Zu diesem Buch

Erst in diesem Moment fiel ihr Blick auf den Spalt zwischen den Vorhängen. Am ganzen Körper zitternd, beobachtete er, wie sich ihre Augen vor Entsetzen weiteten. Er war außerstande, sich zu bewegen. Sie hielt den Atem an und faßte instinktiv nach ihren Brüsten, um sie zu bedecken, und ihm wurde plötzlich bewußt, wie komisch und verletzbar sie wirkte.

Seit Wochen schleicht nachts ein Spanner durch Eastvale, klettert über Mauern und an Dachrinnen hoch, um Frauen zu beobachten und sich an ihrem Entsetzen, wenn sie ihn entdecken, zu weiden. Inspector Banks und seine Männer setzen alles dran, den «Peeping Tom» zu erwischen, zumal ihnen Dorothy Wycombe, eine militante Feministin, die Hölle heiß macht. Aber es sind ja schließlich nicht die einzigen Fälle, die Inspector Banks zu bearbeiten hat. Die Einbrüche bei verschiedenen alten Damen erfordern viel Routine- und Laufarbeit, und dabei hat sich Banks extra aus London aufs Land versetzen lassen, um in Ruhe arbeiten zu können.

Mit seiner Ruhe ist es jedoch endgültig vorbei, als Alice Matlock von ihrer Freundin Ethel Carstairs tot aufgefunden wird. Und die Anwesenheit der attraktiven Psychologin Jenny Fuller, die ihn unterstützen soll, wirkt keineswegs beruhigend. Dr. Fuller arbeitet an dem Täterprofil des «Peeping Tom» und kann nicht ausschließen, daß der Täter demnächst zu einem stärkeren «Reizmittel» greifen und die Frauen nicht nur beobachten wird.

Peter Robinson, 1950 in Castleford, Yorkshire, geboren, wanderte 1974 nach Kanada aus. Er lehrt heute Literatur und «creative writing» an der York University von Toronto. In «Falle für Peeping Tom» stellt der Autor seinen Serienhelden Detective Chief Inspector Alan Banks vor. Robinson gilt als einer der interessantesten Kriminalromanautoren Kanadas.

Peter Robinson

Falle für Peeping Tom

Deutsch von Elke Bahr

rororo

Rowohlt

rororo thriller
Herausgegeben von Bernd Jost

Deutsche Erstausgabe
Veröffentlicht im Rowohlt Taschenbuch Verlag GmbH,
Reinbek bei Hamburg, Januar 1994

Die Originalausgabe erschien unter dem Titel
«Gallows View» bei Penguin Books Canada Limited, 1987

Redaktion Jutta Schwarz
Umschlagfoto Claudia Reinhardt
Umschlagtypographie Peter Wippermann/Susanne Müller
Satz Garamond von Dörlemann-Satz GmbH & Co. KG, Lemförde
Druck und Bindung Clausen & Bosse, Leck
Printed in Germany
1090-ISBN 3 499 43080 0

Die Hauptpersonen

Alice Matlock	lebt in ihrem Wunderland.
Ethel Carstairs	macht eine schreckliche Entdeckung.
Harriet Slade	teilt die Liebe zum Fotografieren mit
Terry, Robin, Norman, Fred und Jack.	
Sandra Banks	hat ein Auge fürs Detail, und man wirft ein Auge auf sie.
Thelma Pitt	kommt zu früh nach Haus.
Dr. Jenny Fuller	zieht alle Register ihres Könnens.
Dorothy Wycombe	hat nur einen Feind: die Hälfte der Menschheit.
Graham Sharp	kann sehr jähzornig werden.
Trevor Sharp	macht eine schmerzliche Erfahrung.
Mick Webster	wird sein eigenes Opfer.
Det. Sergeant Richmond	ist ein echtes Organisationstalent.
Larry Moxton a.k.a. Micklethwaite	kann von sich das gleiche behaupten.
Det. Chief Inspector Alan Banks	liebt Mörder nur in Opern.
Superintendent G. Gristhorpe	liebt Raucher nur im Notfall.

1

1

Die Frau trat in den Lichtkreis der Lampe und fing an sich zu entkleiden. Sie trug einen schwarzen wadenlangen Rock zu einer silberfarbenen Bluse mit Dutzenden winziger, weißer Perlmuttknöpfe. Den Blick in die Ferne gerichtet, als rufe sie sich eine längst vergangene Erinnerung ins Gedächtnis, zog sie die Bluse aus dem Rock und begann sie bedächtig von unten nach oben aufzuknöpfen. Mit einer rollenden Bewegung der Schultern streifte sie das Oberteil ab, zog noch einmal am linken Ärmel, der sich statisch aufgeladen hatte und haftengeblieben war, senkte den Kopf, reckte die Arme nach hinten, um ihren BH aufzuhaken, hob schließlich erst die eine, dann die andere Schulter und streifte die dünnen Träger ab. Ihre Brüste waren groß und schwer, mit dunklen, aufwärts zeigenden Brustwarzen.

Sie öffnete den Reißverschluß über der linken Hüfte, ließ ihren Rock auf den Boden gleiten und trat einen Schritt zur Seite, um sich zu bücken, ihn aufzuheben und sorgsam über die Rückenlehne eines Stuhls zu legen. Dann rollte sie vorsichtig ihre Strumpfhosen über die Hüften, das Becken und die Oberschenkel, setzte sich auf die Bettkante und streifte vorsichtig die Strumpfhose von den Beinen, um keine Laufmaschen zu verursachen. Als sie sich vorbeugte, legte sich ihre straffe Haut oberhalb des Bauchs zu einer dunklen Falte zusammen, und ihre Brüste hingen so weit nach vorn, daß die Warzen ihre Knie berührten.

Schließlich stand sie wieder auf, faßte mit den Daumen in den Gummibund ihres schwarzen Slips und bückte sich, um sie nach unten zu ziehen. Dann trat sie zur Seite, fuhr mit dem linken Fuß unter das Gummiband und schleuderte den Slip in eine Ecke neben dem Kleiderschrank.

Erst in diesem Moment fiel ihr Blick auf den Spalt zwischen den Vorhängen. Am ganzen Körper zitternd, beobachtete er, wie sich ihre

Augen vor Entsetzen weiteten. Er war außerstande, sich zu bewegen. Sie hielt den Atem an und faßte instinktiv nach ihren Brüsten, um sie zu bedecken, und ihm wurde plötzlich bewußt, wie komisch und verletzbar sie wirkte mit dem entblößten schwarzen Dreieck zwischen ihren Beinen ...

Als sie ihren Morgenmantel packte und an das offene Fenster stürzte, gelang es ihm endlich, sich von ihrem Anblick loszureißen und die Flucht zu ergreifen. Sich die Haut aufschürfend, setzte er über die niedrige Mauer, kam auf der anderen Seite fast zu Fall und war bereits in der Dunkelheit verschwunden, als die Frau nach dem Telefonhörer griff.

2

«Wo hab ich bloß diese Zuckerdose gelassen?» schimpfte Alice Matlock vor sich hin, während sie das unaufgeräumte Zimmer durchstöberte. Die Zuckerdose war ein Geschenk von Ethel Carstairs, zu ihrem siebenundachtzigsten Geburtstag, der drei Tage zuvor stattgefunden hatte. Und nun war die Dose verschwunden.

Alice hatte neuerdings Probleme, sich an alltägliche Kleinigkeiten wie diese zu erinnern. Angeblich hing das mit dem Älterwerden zusammen, aber wieso erinnerte sie sich dann so lebhaft an die weiter zurückliegende Vergangenheit? Warum hatte sie dann beispielsweise diesen Tag im Jahre 1916, als Arnold stolzgeschwellt in den Krieg gezogen war, so viel klarer im Gedächtnis als etwa den gestrigen Tag? Was ist gestern alles passiert? überlegte sie, um sich zu prüfen, und tatsächlich fielen ihr ein paar Einzelheiten ein. Beispielsweise war sie in einem Geschäft gewesen, hatte ihr Silber geputzt und sich im Radio ein Hörspiel angehört. Aber war das wirklich gestern gewesen und nicht vorgestern oder vielleicht sogar in der vergangenen Woche? Die Erinnerungen waren da, doch das zeitliche Band, das sie zusammenhielt wie die Perlen einer Halskette, war zerrissen. All diese Jahre, die längst vergangen waren – dieser herrliche Sommer, als die Wiesen voller Butterblumen standen (und es diese häßlichen, neumodischen Bungalows noch nicht gegeben hatte), als die Hecken noch strotzten von Bärenwurz (den sie immer «Gipsy» genannt hatte, weil ihre Mutter gesagt hatte, daß die Zigeuner sie mitnehmen würden, wenn sie die Blüten pflückte), und ihr Garten mit seinen Rosen, Chrysanthemen, den Klematisstauden und den Lupinen. Und Arnold, der da gestanden hatte, bereit zum Aufbruch. In den Knöpfen seiner Uniform hatte sich das Sonnenlicht gespiegelt und funkelnde, tanzende Flecken auf die weißgetünchten Mauern geworfen. Er hatte sich an den Türrahmen gelehnt, an eben diesen Türrahmen, den Kleidersack in der Hand und dieses kleine schiefe Grinsen im Gesicht – einem blutjungen Gesicht, so jung, daß es noch nicht einmal einen Rasierapparat gesehen hatte –, und dann war er losmarschiert, sehr gerade und würdevoll, in Richtung Bahnhof.

Er war nie zurückgekehrt. Wie unzählige andere war es ihm bestimmt gewesen, in ein fernes, fremdes Grab zu sinken. Alice wußte darum. Sie wußte genau, daß er tot war, aber hatte sie nicht trotzdem all die Jahre auf ihn gewartet? Hatte sie deshalb nie geheiratet, nicht einmal dann, als ihr dieser gutaussehende Ladenbesitzer Jack Wormald einen Antrag gemacht hatte? Auf den Knien hatte er gelegen, da unten an den Wasserfällen von Rawley Force; nasse Knie hatte er sich geholt, und es hatte ihm gar nichts ausgemacht. Aber sie hatte trotzdem nein gesagt, hatte das Haus in Ordnung gehalten, nachdem die Eltern gestorben waren, und so wenig wie möglich daran verändert.

Sie erinnerte sich vage, daß es noch einen Krieg gegeben hatte. Lebensmittelkarten, Aufrufe im Radio und Marschmusik; und in der Ferne ein Grollen und Dröhnen, das wohl von Bomben hergerührt hatte. Arnold war auch aus diesem Krieg nicht zurückgekehrt, obwohl sie ihn hatte vor sich sehen können, erneut kämpfend wie ein griechischer Gott, stark und wendig, mit ernstem Gesicht, diesem Gesicht, das nie einen Rasierapparat gesehen hatte.

Weitere Kriege folgten, jedenfalls hatte Alice davon gehört. Kleinere Kriege, weit entfernt, und in allen hatte er gekämpft, Arnold, der ewige Soldat. Irgendwo tief in ihrem Innern wußte sie, daß er nie zu ihr heimkehren würde, trotzdem gab sie die Hoffnung nicht auf. Ohne Hoffnung blieb ihr nichts mehr.

«Wo, um alles in der Welt, hab ich sie hingestellt?» murmelte sie vor sich hin, während sie auf den Knien lag und den Schrank unter der Spüle durchwühlte. «Sie muß doch irgendwo sein . . . Ich würde noch meinen Arm verlieren, wenn er nicht angewachsen wär' . . .»

Plötzlich hörte sie draußen schnelle Schritte. Ihre Augen waren nicht mehr so gut wie früher, aber auf ihr Gehör konnte sie stolz sein, und es machte ihr immer wieder Spaß, irgendwelche Verkäuferinnen oder Busfahrer zurechtzuweisen, die sich einbildeten, sie müßten brüllen, um sich verständlich zu machen. Nach den Schritten hörte sie ein leises Pochen an der Tür. Überrascht richtete sie sich langsam auf und hielt sich an der Abtropfplatte fest, um nicht das Gleichgewicht zu verlieren, dann schlurfte sie durch das Wohnzimmer. Es gab immer eine Chance, sie mußte nur hoffen. Und so öffnete sie die Tür.

3

«Alles Perverse, jedenfalls die meisten», erklärte Detective Chief Inspector Alan Banks und stellte den Höhenregler an der Stereoanlage ein.

«Mich eingeschlossen?» erkundigte sich Sandra.

«Soweit ich weiß, ja.»

«Seit wann ist die künstlerische Präsentation des nackten menschlichen Körpers ein Zeichen für Perversion?»

«Seit die Hälfte der Fotografen nicht mal einen Film in der Kamera hat.»

«Ich schon.»

«Ich weiß, schließlich hab ich die Ergebnisse gesehen», meinte Banks beifällig. «Wo, um alles in der Welt, treibst du bloß diese Mädchen auf?»

«Es sind überwiegend Studentinnen von der Kunstakademie.»

«Wie auch immer», fuhr Banks fort und wandte sich wieder seinem Scotch zu, «ich bin verdammt sicher, daß dieser Jack Tattum keinen Film in der Kamera hat! Und Fred Barton kann garantiert ein Weitwinkelobjektiv nicht von einem Bügeleisen unterscheiden. Würde mich wirklich nicht wundern, wenn die beiden davon phantasieren, daß du für sie posierst – eine schöne, knackige Blondine.»

Sandra mußte lachen. «Ich? Blödsinn! Und hör endlich auf, den verknöcherten Spießer raushängen zu lassen, Alan. Das steht dir nicht. Du wirkst nicht besonders glaubhaft, wenn du dummes Zeug über Fotografie faselst und mir gleichzeitig die Ohren volldröhnst mit dieser verdammten Oper.»

«Für jemanden, der die künstlerische Darstellung des nackten menschlichen Leibes zu würdigen weiß, bist du ein ziemlicher Banause in Sachen Musik.»

«Oh, ich mag Musik. Aber dieses Gekreische macht mir Kopfschmerzen.»

«Gekreische! Gütiger Himmel, Weib – was du hier hörst, ist der erhabene Ausdruck der menschlichen Seele: *Vissi d'arte, vissi d'amo-*

re . . .» sang Banks, einen Sopran imitierend, der die fehlende Stimmlage durch Lautstärke wettmachte.

«Hör auf», stöhnte Sandra gequält und griff nach ihrem Drink.

Es war immer dasselbe, wenn Alan ein neues Hobby hatte. Er widmete sich ihm mit aller Inbrunst für die Dauer von ein bis sechs Monaten, gefolgt von einer Phase der Ruhelosigkeit, bis er jedes Interesse verlor und sich für etwas Neues begeisterte. Während er weiter beteuerte, höchst interessiert zu sein – nur leider zu sehr unter Zeitdruck zu stehen –, sammelten sich die Überreste seiner Leidenschaften an. Auf diese Weise hatte sich das Haus gefüllt mit den gesammelten Werken von Charles Dickens, den Gerätschaften für die Herstellung selbstgekelterter Weine, Jazzplatten aus den zwanziger Jahren, kaum benutzten Joggingschuhen, einer ganzen Kollektion von Vogeleiern und Fachbüchern über nahezu jedes denkbare Thema – von der Geschichte der Tudors bis hin zu Anleitungen über die Installation von sanitären Anlagen.

Sein Interesse für die Oper war erwacht, nachdem er im Fernsehen eine Aufführung von Mozarts *Zauberflöte* gesehen hatte. Der Ablauf war immer gleich – irgendeine Sache erregte seine Neugier, und er wollte mehr darüber wissen, wobei er weder im Kopf noch in seinen Archiven einem System folgte. Unbekümmert stürzte er sich auf den jeweiligen Gegenstand seiner Neugier, ohne Rücksicht auf dessen chronologische Entwicklung. So war es auch mit seinem Opernspleen; Glucks *Orpheus* Schulter an Schulter mit Alban Bergs *Lulu*; *Peter Grimes* als überraschender Bettgefährte von *Tosca*, und *Madame Butterfly* teilte sich das Plattenregal mit *The Rake's Progress.* Sandra liebte Musik, aber Opern machten sie einfach wahnsinnig. Brian und Tracy hatten sich auch schon beschwert, was dazu geführt hatte, daß der Fernsehapparat ins Gästezimmer unterm Dach verbannt worden war. Und hier unten stolperte Sandra bei jedem Schritt über die Schuber mit Kassetten, die Banks den Schallplattenaufnahmen vorzog, weil er sie in seinen Walkman stopfen und sich schon auf dem Weg zur Arbeit mit Purcell oder Monteverdi berieseln lassen konnte. Im Auto hörte er gewöhnlich Puccini oder auch den guten alten Josef Grün – Giuseppe Verdi.

In ihrem Wissensdurst waren sie sich jedoch sehr ähnlich, überlegte Sandra. Sie waren beide keine Akademiker oder Intellektuelle, sondern eher Autodidakten mit einem Bildungseifer, der durchaus typisch war für intelligente Vertreter der arbeitenden Klasse, die nicht den Vorzug gehabt hatten, die höhere Kultur bereits mit der Muttermilch aufzunehmen. Trotzdem wünschte sie sich, daß sich Alan endlich für ein stilleres, friedlicheres Hobby entscheiden würde, für Bienenzucht oder Briefmarkensammlungen beispielsweise.

Unterdessen hatte die Sopranistin ein Crescendo erreicht, bei dem Sandra unwillkürlich kalte Schauer über den Rücken liefen.

«Du hast das doch wohl nicht ernst gemeint, daß die Leute im Foto-Klub samt und sonders pervers sind, oder?» fragte sie.

«Es würde mich jedenfalls nicht wundern, wenn der eine oder andere mehr daraus zieht als einen rein künstlerischen Nervenkitzel, das ist alles.»

«Womöglich hast du recht», stimmte Sandra zu. «Es gibt nämlich nicht nur weibliche Modelle, mußt du wissen. Vorige Woche hatten wir zum Beispiel einen sehr niedlichen Rasta-Knaben vor der Linse. Diese Brustmuskeln . . .»

Das Telefon klingelte.

«Verdammt und zugenäht!» schimpfte Banks und beeilte sich, an den störenden Apparat zu kommen. Sandra nutzte die Unterbrechung, um die Lautstärke von *Tosca* erheblich zu drosseln.

«Noch so ein Exemplar, das sich ungefragt an nackten Leibern erfreut», bemerkte Banks, als er wenige Minuten später wieder Platz nahm.

«Hat *Peeping Tom* wieder zugeschlagen?»

«Offenbar.»

«Du mußt doch wohl hoffentlich nicht sofort hin, oder?»

«Nein, das kann bis morgen warten. Niemand verletzt, und die Frau ist eher wütend als sonstwas. Der junge Richmond kann ihre Aussage aufnehmen.»

«Was ist denn passiert?»

«Eine Frau mit dem Namen Carol Ellis . . . Sagt dir das was?»

«Nein.»

«Anscheinend kam sie gerade von einem friedlichen Abend im Pub zurück und hat sich ausgezogen, um ins Bett zu gehen, bis sie dann plötzlich gemerkt hat, daß jemand hinter dem Vorhang steht und sie durch einen Schlitz beobachtet. Als er spitzbekommen hat, daß sie ihn entdeckt hat, ist er sofort auf und davon. Das war in Leaview, dieser neuen Siedlung mit den häßlichen Bungalows, unten bei den Hütten am Galgenberg. Fabelhaft geeignet für Spanner, diese Flachbauten. Brauchen nicht mal mehr an der Regenrinne hochzukraxeln.»

Banks legte eine Pause ein, um sich eine Zigarette anzuzünden. «Unser Knabe scheint sich allerdings in der Vergangenheit etwas mehr Mühe gemacht zu haben. Beim letzten Mal war's immerhin eine zweigeschossige Maisonettewohnung.»

«Man bekommt eine Gänsehaut», meinte Sandra und legte die Arme um sich, «bei dem Gedanken, sich allein zu glauben und beobachtet zu werden.»

«Ja, das kann ich mir vorstellen», bestätigte Banks. «Was mich aber im Moment weit mehr beschäftigt, ist der Gedanke an diese verdammten Feministinnen, die jetzt wieder über uns herfallen werden. Die scheinen wirklich zu glauben, daß wir diese Vorgänge insgeheim billigen und uns überhaupt keine Mühe geben, den Knaben zu erwischen. Diese Damen halten alle Männer für verkappte Vergewaltiger und sind fest davon überzeugt, daß wir in Jack the Ripper unseren heimlichen Helden sehen. Außerdem meinen sie natürlich, daß wir die Wände auf dem Revier mit Pin-up-Fotos tapeziert haben.»

«Habt ihr auch. Ich hab sie selbst gesehen. Vielleicht nicht ausgerechnet in deinem Büro, aber unten im Erdgeschoß.»

«Ich spreche von Pin-ups mit Jack the Ripper.»

Sandra lachte. «Das wäre allerdings ein starkes Stück, da hast du recht.»

«Kannst du dir eigentlich vorstellen, wie schwer es ist, einen Spanner zu erwischen?» fragte Banks. «Alles, was diese Ferkel tun, ist, sich die Augen auszugucken und dann wieder im Dunkeln zu verschwinden. Keine Fingerabdrücke, keine Patronenhülsen – nichts. Wir können nur darauf hoffen, ihn auf frischer Tat zu ertappen, und zu diesem Zweck haben wir seit Wochen Sondertruppen abgestellt, weibliche und männliche Beamten, die das Gelände durchkämmen, in dem der Bursche vermutlich sein Unwesen treibt. Ohne Ergebnis bisher. Aber wo wir gerade von nackten Körpern reden», sagte Banks und streckte die Hände nach ihr aus, «das bringt mich auf Gedanken. Wie wär's, wenn wir zu Bett gingen?»

«Tut mir leid», antwortete Sandra und schaltete das Stereogerät aus. «Heute nicht, Liebling, ich hab Kopfschmerzen.»

2

1

«Und wo, zum Teufel, hast du dich die ganze Nacht rumgetrieben?» fuhr Graham Sharp seinen Sohn quer über den Frühstückstisch an.

Trevor schaute mißmutig in seine Cornflakes. «Ich war aus.»

«Das hab ich gemerkt, verdammt. Garantiert mit diesem Nichtsnutz von Mick Webster, wie?»

«Na und? Ist doch meine Sache, mit wem ich mich abgebe.»

«Der Kerl taugt nichts, Trevor. Total verkommen, genau wie sein Bruder und sein Vater.»

«Mike ist in Ordnung.»

«Glaubst du, ich hab dich all die Jahre großgezogen, mit meinen eigenen Händen, damit du mit diesem Gesocks rumhängst und auf die schiefe Bahn kommst?»

«Wenn du dich nicht immer wie so'n verdammter kleiner Hitler aufführen würdest, wär meine Mum bestimmt nicht fortgelaufen.»

«Halt dich da raus», antwortete Graham leise. «Du hast keine Ahnung davon, schließlich warst du damals noch klein. Ich will ja nur dein Bestes», fuhr er bittend fort. «Sieh mal, ich hab's nicht besonders weit gebracht, dazu hatt' ich keine Gelegenheit. Aber du bist ein intelligenter Bursche, und wenn du hart an dir arbeitest, kannst du an die Uni gehen, damit du eine bessere Ausbildung bekommst.»

«Wozu? Gibt ja doch keine Jobs hinterher.»

«Das geht vorüber, Trevor. Ich weiß, wir haben schlechte Zeiten im Moment, das brauchst du mir nicht zu sagen. Aber du mußt in die Zukunft sehen. In fünf oder sechs Jahren hast du vielleicht dein Diplom gemacht, und bis dahin kann sich viel geändert haben. Und inzwischen brauchst du nichts weiter zu tun, als ein bißchen häuslicher zu werden und zu lernen. Das ist dir doch immer leicht gefallen, und du weißt, daß du's schaffen kannst.»

«Lernen ist langweilig.»

«Schau dir Mike an», fuhr Graham zunehmend gereizt und mit lauter werdender Stimme fort. «Seit einem Jahr aus der Schule und geht immer noch stempeln. Haust in 'ner Bruchbude mit diesem Faulenzer von Bruder, der Vater ist auf und davon und die Mutter ständig auf der Rolle, statt sich um ihn zu kümmern.»

«Lenny ist kein Faulenzer. Er hat einen Job gehabt, in London, bis man ihn wegrationalisiert hat. Das ist alles, es war jedenfalls nicht seine Schuld.»

«Wir wollen nicht streiten, Trevor. Ich möchte nur, daß du nicht so oft ausgehst und dich mehr mit deinen Schulaufgaben beschäftigst. Ich hab wahrscheinlich nicht viel gemacht aus meinem Leben, aber du kannst es – und du wirst es auch, verdammt noch mal, und wenn es mich den letzten Nerv kostet!»

Trevor stand auf und griff seine Schultasche. «Muß mich beeilen», sagte er. «Du willst doch nicht, daß ich zu spät zum Unterricht komme, oder?»

Krachend fiel die Tür hinter ihm ins Schloß. Graham Sharp legte den Kopf in die Hände und seufzte. Trevor war in einem schwierigen Alter, das wußte er – schließlich war er selbst mit fünfzehn Jahren ein ziemlicher Lauser gewesen –, trotzdem hätte er ihm gerne klargemacht, wieviel er zu verlieren hatte. Die Zeiten waren ohnehin schon hart genug heutzutage, da mußte man sich das Leben nicht noch zusätzlich schwermachen. Nachdem Maureen vor zehn Jahren gegangen war, hatte er sich ganz der Erziehung ihres einzigen Kindes gewidmet. Mit etwas mehr Geld hätte er Trevor in ein besseres Internat geschickt, aber so war er gezwungen gewesen, ihn auf der örtlichen Gesamtschule unterzubringen, wo sich der Junge, trotz aller Hindernisse, immer sehr gut gemacht hatte. Klassenbester und regelmäßig Preise bei den jährlichen Schulfeiern – bis vor einem Jahr, als er anfing, mit Mick Webster herumzuziehen.

Mit leicht zitternden Händen räumte er das Frühstücksgeschirr ab und trug es zum Spülstein. Es war bald Zeit, den Laden aufzumachen. Immerhin konnte er inzwischen etwas länger schlafen, seit er die Morgenzeitungen aufgegeben hatte. Früher, als Maureen noch da gewesen war, hatte er immer um sechs Uhr aufstehen müssen und hatte das auch beibehalten, solange es ging. Aber heute konnte er es sich nicht mehr leisten, eine ganze Mannschaft von Zeitungsausträgern zu beschäftigen oder eine Verkaufshilfe zu bezahlen, um sich anderen Geschäften widmen zu können. Wie die Dinge lagen, blieb ihm nichts anderes übrig, als alles allein zu machen – die Bestellungen, die Buchhaltung, das Überprüfen der Lagerbestände, das Auffüllen der Regale – und es trotzdem noch zu schaffen – jedenfalls meistens –, die Kunden mit einem Lächeln und einem freundlichen Hallo zu begrüßen.

Seine eigentliche Sorge war Trevor, weil er nicht wußte, ob der Junge die Dinge richtig anpackte oder nicht. Er wußte nur, daß er selbst dazu neigte, ein bißchen aufbrausend zu sein und zu viel an dem Bengel herumzunörgeln. Vielleicht war es besser, ihn in Frieden zu lassen und abzuwarten, bis er die Flegeljahre hinter sich hatte. Aber vielleicht war es auch dann schon zu spät.

Graham stapelte das Geschirr im Spülbecken, warf einen Blick auf die Uhr und ging nach vorn zum Laden. Noch fünf Minuten. Er drehte das Türschild auf «geöffnet» und sperrte auf. Ted Croft, der alte Griesgram, stand bereits vor der Tür, zählte seine Pennies und scharrte ungeduldig mit den Füßen in Erwartung seiner Wochenration Tabak. Ein schlechter Anfang für diesen Tag.

2

Schweren Herzens schaltete Banks seinen Walkman aus – mitten in Didos ergreifender Todesarie – und betrat die Polizeiwache, einen Bau mit Tudor-Fassade, zentral gelegen an der Einmündung der Market Street in den mit Kopfstein gepflasterten Marktplatz. Er begrüßte Sergeant Rowe am Empfang mit einem freundlichen «Guten Tag» und ging die Treppe hoch zu seinem Büro.

Im Gegensatz zu der historischen Fassade mit den weißgetünchten Mauern und den schwarzgebeizten Holzbalken war das Innere des Gebäudes modern und funktional gestaltet. Zum Beispiel hatte man Banks Büro mit einer bedienungsunfreundlichen Stabjalousie ausgestattet und einem grauen Stahlmöbel von Schreibtisch, dessen Schubladen bei jeder Bewegung laut ratterten. Der einzige Anflug von «human touch» bestand in einem Wandkalender mit Bildern der Umgebung. Die Illustration für den Monat Oktober zeigte einen Flußabschnitt des Wharfe, in der Nähe von Grassington, mit buntbelaubten Bäumen zu beiden Seiten des Ufers. Ein bemerkenswerter Kontrast zum wirklichen Herbst, der in diesem Oktober nur mit Regen, mit kalten Winden und einem ewig grauen Himmel aufgewartet hatte.

Auf dem Schreibtisch lag eine Notiz von Superintendent Gristhorpe: *Alan – kommen Sie bitte in mein Büro, sobald Sie hier sind – G.*

Nachdem er sich vorsorglich seines Walkman entledigt und ihn in der Schreibtischschublade verstaut hatte, ging Banks über den Korridor zum Büro des Superintendent und klopfte an die Tür.

«Herein», rief Gristhorpe, und Banks folgte seiner Aufforderung.

Gristhorpes Büro wirkte eher luxuriös – Teakholzschreibtisch, Bücherregale, gedämpftes Licht aus Schirmlampen –, doch der größte Teil der Ausstattung stammte von ihm selbst und hatte sich über die Jahre hinweg hier angesammelt.

«Ah – guten Morgen, Alan», begrüßte ihn der Superintendent. «Darf ich Sie mit Dr. Fuller bekannt machen?» Er deutete auf die Frau, die ihm gegenüber saß und sich im gleichen Moment erhob, um Banks die Hand zu reichen. Sie hatte eine üppige Mähne roter Locken, strahlende grüne Augen, umgeben von winzigen Lachfalten, und einen vollen, sinnlichen Mund. Sie trug eine türkisfarbene Bluse – eine Kreuzung zwischen Zwangsjacke und Zahnarztkittel – zu rostfarbenen, eng zulaufenden Kordsamthosen, die kurz über ihren wohlgeformten Knöcheln endeten. Alles in allem war diese Frau Doktor eine echte Attraktion, fand Banks.

«Inspector Banks – nennen Sie mich einfach Jenny», bat Dr. Fuller, während sie langsam seine Hand losließ.

«Jenny heißen Sie also», lächelte Banks und fingerte nach einer Zigarette. «Nun – dann bin ich wohl Alan.»

«Natürlich nur, wenn Sie nichts dagegen haben.» Er meinte, ein spöttisches Funkeln in ihren Augen zu entdecken.

«Keineswegs – es ist mir ein Vergnügen», erklärte er, ihren Blick erwidernd. Dann steckte er die Zigaretten wieder ein, weil ihm eingefallen war, daß Gristhorpe unlängst ein Rauchverbot in seinen Räumen verhängt hatte.

«Dr. Fuller lehrt an der Universität von York», erläuterte Gristhorpe, «wohnt aber hier in Eastvale. Ihr Fachgebiet ist die Psychologie, und ich habe sie um ihre Unterstützung gebeten bei unserem Fall mit ‹Peeping Tom›. Dr. Fuller – vielmehr Jenny», fuhr er mit einem charmanten Lächeln in ihre Richtung fort, «wurde mir von einem alten und sehr geschätzten Freund aus dem Ministerium empfohlen. Wir hoffen sehr, daß sie uns dabei helfen wird, ein Persönlichkeitsprofil des Täters zu erstellen.»

Banks nickte beifällig. «Das wird unsere bisherigen Informationen sicherlich bereichern. Wie kann ich dabei helfen?»

«Ich würde nur gerne mit Ihnen ein paar Details über die Vorfälle durchgehen», sagte Jenny, von dem Notizblock in ihrem Schoß zu ihm hochblickend. «Es waren bisher drei, wenn ich richtig informiert bin?»

«Vier inzwischen, wenn wir den von letzter Nacht mitrechnen. Eine Blondine, wie gehabt.»

Jenny nickte und korrigierte ihre Aufzeichnungen.

«Vielleicht könnten Sie beide einen Termin ausmachen, an dem Sie das besprechen wollen», schlug Gristhorpe vor.

«Wie wär's mit gleich?» erkundigte sich Banks.

«Tut mir leid», meinte Jenny. «Ich fürchte, das wird ein wenig länger dauern, und ich habe Vorlesung in einer Stunde. Was halten Sie von heute abend? Ich will natürlich nicht über Ihre freie Zeit verfügen . . .»

Banks überlegte rasch. Heute war Dienstag; Sandra würde in ihrem Foto-Klub sein, und die Kinder, die jetzt schon ohne Babysitter auskamen, würden zweifellos begeistert sein, einen opernfreien Abend zu haben. «In Ordnung», stimmte er zu. «Sagen wir, um sieben im *Queen's Arms* hier gegenüber. Paßt Ihnen das?»

Jennys Lachfalten um die Augen kräuselten sich und gaben ihr ein höchst vergnügtes Aussehen. «Warum nicht? Schließlich handelt es sich um ein rein inoffizielles Gespräch. Ich möchte mir nur ein Bild machen können von dem psychologischen Typus.»

«Dann also bis heute abend», sagte Banks.

Jenny griff nach ihrer Aktentasche, und er hielt ihr die Tür auf, während Gristhorpe ihn mit einem Blick wissen ließ, daß er ihm noch etwas zu sagen hatte. Nachdem Jenny gegangen war, ließ sich Banks wieder in seinem Sessel nieder, und Gristhorpe ließ seine Sekretärin kommen, um Kaffee zu bestellen.

«Gute Frau», meinte Gristhorpe und rieb sich das rote, pockennarbige Gesicht mit seiner dichtbehaarten Hand. «Ich habe Ted Simpson gesagt, er soll mir eine echte Klassefrau aussuchen für den Job, und ich finde, er hat seine Sache gut gemacht, oder nicht?»

«Das wird sich noch herausstellen», erwiderte Banks. «Aber sie läßt sich in der Tat recht vielversprechend an . . . Sie haben also eine Frau haben wollen. Warum? Hat Mrs. Hawkins aufgehört, Sie zu bekochen und Ihr Haus zu putzen?»

«Nein, nein», lachte Gristhorpe. «Sie backt mir immer noch frischen Kuchen und hält alles in Ordnung. Nein – ich bin nicht hinter einer neuen Ehefrau her. Meine Motive sind rein politisch.»

Banks verstand recht gut, was Gristhorpe damit meinte, zog es aber vor, den Dummen zu spielen. «Politisch?»

«Ja – politisch, diplomatisch, taktisch, wie immer Sie wollen. Sie wissen, was das heißt. Es ist mein Job, jedenfalls der größte Teil davon. Und meine schlimmste Nervensäge. Die Feministinnen sitzen uns im Nacken und behaupten, wir kümmern uns nicht um die Sache, weil nur Frauen davon betroffen sind. Und wenn sie jetzt feststellen, daß wir mit einer offenkundig fähigen und erfolgreichen Frau zusammenarbeiten, werden ihnen wohl die Argumente ausgehen, meinen Sie nicht?»

Banks lächelte in sich hinein. «Ich verstehe, was Sie meinen. Und wie sollen die Damen erfahren, daß wir Jenny Fuller zu Rate gezogen haben? Das ist wohl kaum der richtige Stoff für Schlagzeilen.»

Gristhorpe legte den Finger an seine Hakennase. «Jenny Fuller hat Kontakte zu den hiesigen Feministinnen und wird über alles, was hier vorgeht, Bericht erstatten.»

«Ist das denn in Ordnung?» grinste Banks. «Und ich soll also mit ihr zusammenarbeiten? Dann werd' ich wohl besser ein bißchen auf der Hut sein, wie?»

«Das dürfte Ihnen wohl nicht schwerfallen, oder?» bemerkte Gristhorpe und blickte unschuldsvoll wie ein neugeborenes Kind aus seinen blauen Augen. «Schließlich haben wir doch nichts zu verbergen, stimmt's? Wir wissen, daß wir immer unser Bestes tun, auch in diesem Fall, und ich will nur erreichen, daß auch andere das wissen, das ist alles. Abgesehen davon können solche Persönlichkeitsprofile in Fällen wie diesen sehr nützlich sein. Sie helfen uns dabei, bestimmte Muster aufzudecken, damit wir besser wissen, wonach wir suchen müssen. Und unserer Jenny wird wohl nicht viel entgehen, wie? Ein echtes Prunkstück für die Polizei, meinen Sie nicht auch?»

«Ohne Zweifel.»

«Nun denn», lächelte Gristhorpe und klatschte mit den Händen auf seinen Schreibtisch. «Keine Probleme also. Was tut sich eigentlich bei diesen Einbrüchen?»

«Das ist eine ziemlich merkwürdige Sache. Auch hier haben wir drei Vorfälle binnen eines Monats, allesamt bei älteren Frauen, die allein zu Hause waren. In einem Fall hat's sogar einen gebrochenen

Arm gegeben, aber wir sind bisher nicht viel weiter gekommen als bei unserem Voyeur. Immerhin müssen wir uns nicht von irgendwelchen Seniorengruppen beschimpfen lassen, daß wir angeblich nichts tun, weil nur alte Leute betroffen sind.»

«So sind nun mal die Zeiten, Alan», meinte Gristhorpe. «Und Sie werden zugeben müssen, daß die Feministinnen durchaus Grund zur Klage haben, wenn auch nicht gerade in unserem Fall.»

«Ich weiß, aber es irritiert mich trotzdem, in aller Öffentlichkeit kritisiert zu werden, obwohl ich mein möglichstes tue.»

«Nun, dann haben Sie ja jetzt die Möglichkeit, diesen Eindruck zu korrigieren. Was ist übrigens mit diesem Hehler aus Leeds? Meinen Sie, er könnte uns bei diesen Einbrüchen weiterhelfen?»

«Möglicherweise», meinte Banks achselzuckend. «Kommt drauf an, wie gut Mister Crutchleys Gedächtnis ist. Das hängt von verschiedenen Voraussetzungen ab.»

«Zum Beispiel von dem Grad des Drucks, den Sie ausüben, ich verstehe. Aber ich könnte mir vorstellen, daß Joe Barnshaw da schon einige Vorarbeit geleistet hat. Er ist ein guter Mann. Warum wollen Sie die Sache nicht ihm überlassen, statt sich selbst damit zu belasten?»

«Es ist immerhin unser Fall. Ich will selbst mit Crutchley sprechen, auf diese Weise brauch' ich niemandem Vorwürfe zu machen, wenn etwas schiefläuft. Und vielleicht klingelt's ja irgendwo bei mir, wenn er seine Aussage macht. Ich werde Inspector Barnshaw bitten, ihm die Bilder erst später zu zeigen und einen Zeichner mitzunehmen, falls seine Beschreibung etwas hergibt.»

Gristhorpe nickte. «Klingt vernünftig. Nehmen Sie Sergeant Hatchley mit?»

«Nein, ich mache das allein und setze ihn auf unseren Voyeur an, bis ich wieder zurück bin.»

«Halten Sie das für sinnvoll?»

«Nun, er wird wohl kaum viel Schaden anrichten für die Dauer eines Nachmittags, nicht wahr? Und wenn doch, dann haben die Feministinnen wenigstens eine passende Zielscheibe für ihre Anwürfe.»

Gristhorpe lachte. «Schämen Sie sich, Alan! Ihren armen Sergeant einfach den Wölfen vorzuwerfen . . .»

3

Es regnete in Strömen. Schützend hielt sich Hatchley eine Ausgabe der *Sun* über den Kopf, während er mit Banks über die Market Street zum *Golden Grill* spurtete. Obwohl die Straße ziemlich schmal war, war das Pin-up des Tages auf Seite drei völlig durchnäßt, als sie ankamen. Nachdem sie sich an einem Fensterplatz niedergelassen hatten, starrten sie schweigend durch die regennassen Scheiben auf die verschwommenen Fassaden der gegenüberliegenden Geschäfte und warteten, bis die Bedienung – ein junges und ziemlich kleines Mädchen in einem rotgewürfelten Kleid – beflissen das beim Hereinkommen bestellte Teegebäck und den Kaffee servierte.

Die Beziehung zwischen dem Inspector und seinem Sergeant hatte sich in den sechs Monaten, die Banks nun in Eastvale war, langsam, aber stetig verändert. Zu Anfang hatte Hatchley ihn als Eindringling empfunden, zumal Banks aus der Großstadt kam und den Posten besetzte, auf den er selbst sich Hoffnungen gemacht hatte. Doch im Laufe der Zusammenarbeit hatte der Provinzler Hatchley den Scharfsinn des Inspector zu schätzen gelernt (wenn auch widerstrebend und mürrisch, weil ein Mann aus Yorkshire seine Hochachtung typischerweise hinter einem gewissen Sarkasmus und einem möglichst groben Benehmen verbirgt). Außerdem hatte er Banks' Bemühungen, sich den örtlichen Gegebenheiten anzupassen, zu würdigen gewußt.

Dieser Anpassungsprozeß vor allem hatte anfangs die größten Heiterkeitserfolge ausgelöst. Banks hatte sich hyperaktiv in die Arbeit gestürzt, kettenrauchend (das härteste Kraut von Capstan Full) und den Adrenalinumsatz auf Hochtouren, wie er es von London her gewöhnt war. Doch im Lauf der Monate hatte er sich allmählich auf die langsamere Gangart in Yorkshire eingestellt. Nach außen hin wirkte er inzwischen ganz ruhig und entspannt, was Hatchley jedoch nicht darüber hinwegtäuschen konnte, daß er innerlich ständig unter Strom stand, seine Energie mühevoll zügelte und kanalisierte und nur manchmal in seinen dunklen Augen aufblitzen ließ. Er hatte immer noch seine Launen und neigte dazu, finster vor sich hin zu brüten, wenn er frustriert war. Aber das war eher ein gutes Zeichen, denn es führte zu Ergebnissen. Außerdem hatte er sich auf leichte Zigaretten umgestellt und rauchte nur noch mäßig.

Alles in allem fühlte sich Hatchley inzwischen weitaus wohler mit ihm, trotz der deutlichen Verschiedenheiten ihres Temperaments, wußte seine zupackende Art zu schätzen und die typisch nordenglische Ungezwungenheit im Umgang. Offensichtlich gab es wohl doch keinen so großen Unterschied zwischen einem Nordengländer und einem im Süden beheimateten Angehörigen der werktätigen Klasse. Wenn er also jetzt seinen Boß mit einem «Sir» ansprach, ließ sein Tonfall keinen Zweifel daran, ob er gerade befremdet oder verärgert war, und Banks hatte gelernt, diesen ironischen Unterton richtig zu deuten.

Darüber hinaus hatte er gelernt, die Vorurteile seines Sergeant hinzunehmen – wenn auch nicht zu billigen –, seine Hartnäckigkeit zu schätzen und die Selbstverständlichkeit, mit der er bei Bedarf einen verstockten Verdächtigen mit handfesten Drohungen zum Reden bringen konnte. Banks Methoden, jemanden unter Druck zu setzen, waren eher mentaler und subtiler Art, aber mitunter reagierten die Verdächtigen besser auf Hatchleys direkten Angang und den schroffen Ton seiner Stimme. Obwohl es bei den Vernehmungen nie zu Tätlichkeiten kam, konnte er die Kriminellen ohne weiteres glauben machen, daß die Tage der Behandlung mit dem Gummischlauch noch nicht vorüber waren. Tatsächlich ergänzten sie sich aufs beste bei den Verhören. Besonders verwirrend war es für die Verdächtigen, wenn das große und kräftige Rauhbein Hatchley plötzlich milde und onkelhaft wurde und statt dessen Banks – der kaum groß genug war, um einen anständigen Polizisten abzugeben – die Stimme erhob.

«Hol's der Teufel, ich kann einfach nicht begreifen, warum ich so viel Zeit mit einem Irren vertrödeln soll, der nichts weiter tut, als sich ein paar flotte Höschen anzugucken», meinte Hatchley, nachdem sie sich beide eine Zigarette angezündet hatten und an ihrem Kaffee nippten.

Banks seufzte und fragte sich zum wiederholten Mal, wie es möglich war, daß er sich als gemäßigter Sozialist in Hatchleys Gegenwart immer wie ein Scheißliberaler vorkam.

«Weil die Damen es eben nicht gern haben, wenn man sie anguckt», meinte er knapp.

Hatchley grunzte nur. «Wenn Sie gesehen hätten, was diese Carol Ellis neulich am Samstag abend im *Oak* anhatte, würden Sie das nicht sagen.»

«Das ist ihre Sache, Sergeant, und ich darf doch wohl annehmen, daß sie zumindest das Allernotwendigste anhatte. Andernfalls wäre es Ihre Pflicht gewesen, sie wegen Unzucht in der Öffentlichkeit hinter Schloß und Riegel zu stecken.»

«Wie auch immer, was hat das mit Unzucht zu tun?» verteidigte sich Hatchley.

«Jeder hat das Recht auf seine Intimsphäre, und unser Spanner verletzt dieses Recht», argumentierte Banks. «Damit übertritt er das Gesetz, und wir werden dafür bezahlt, über die Einhaltung der Gesetze zu wachen. So einfach ist das.» Tatsächlich war die Sache alles andere als einfach, wie er wußte, aber er hatte weder die nötige Geduld noch das drängende Bedürfnis, mit seinem Sergeant über die gesellschaftliche Rolle der Polizei zu diskutieren.

«Aber es ist doch nicht so, daß er gefährlich wäre.»

«Für seine Opfer ist er das wohl. Ein Verbrechen muß nicht unbedingt in körperliche Gewalt ausarten. Wo Sie gerade das *Oak* erwähnt haben – kommt die Frau öfter in das Lokal?»

«Hab sie schon ein paar Mal da gesehen. Ist meine Stammpinte.»

«Was meinen Sie – ob unser Mann sie vielleicht auch dort gesehen hat und ihr dann bis zu ihr nach Hause gefolgt ist? Wenn sie sich wirklich so anzieht, wie Sie das beschreiben, hat es ihn möglicherweise in Stimmung gebracht, sie zu beobachten.»

«Mich auch», bekannte Hatchley freimütig, «aber ich bin nicht der Typ, der hinter Vorhängen lauert. Ja, vielleicht haben Sie recht. Obwohl – wenn ich mich recht erinnere, war es doch ein Montag.»

«Und?»

«Nun, meiner Erfahrung nach, machen sich die Damen montags nicht so fein wie am Wochenende. Schließlich müssen sie am nächsten Tag wieder arbeiten, verstehen Sie, und da kann man sich nicht die ganze Nacht um die Ohren schlagen . . .»

«In Ordnung», sagte Banks und hob abwehrend die Hand, «ein Punkt für Sie. Was ist mit den anderen?»

«Was soll mit ihnen sein?»

«Nun, Carol Ellis ist immerhin die vierte. Vor ihr gab es noch drei andere Opfer. Hat eine der Damen vielleicht im *Oak* verkehrt?»

«Ich erinnere mich nicht. Außer daran, Josie Campbell einige Male dort gesehen zu haben. Gehörte sie nicht auch dazu?»

«Ja, sie war der zweite Fall. Wissen Sie was – gehen Sie noch einmal die Aussagen durch, und stellen Sie fest, ob eine der übrigen Damen regelmäßig ins *Oak* gegangen ist. Sprechen Sie mit den Frauen, bringen Sie ihr Gedächtnis auf Trab, und finden Sie heraus, ob sich ein bestimmtes Muster abzeichnet. Sie müssen ja nicht unbedingt direkt vor diesen Zwischenfällen in dem Lokal gewesen sein. Stellen Sie fest, wo die Damen ansonsten verkehren und wo sie waren, bevor sie . . .»

«. . . sich haben *spannen* lassen?» schlug Hatchley vor.

«Ja, wenn Sie so wollen», lachte Banks freudlos. «Seltsam, es gibt eigentlich gar kein passendes Wort dafür, stimmt's?»

«Wo wir gerade von Spannern reden – ich hab vorhin 'ne umwerfende Mieze aus Gristhorpes Büro rauskommen sehen. Ist der Alte neuerdings auch einer von diesen Lustmolchen?»

«Das war Dr. Jenny Fuller», teilte ihm Banks mit. «Sie ist Psychologin, und ich werde mit ihr zusammen ein Persönlichkeitsprofil unseres Täters erarbeiten.»

«Sie Glückspilz. Hoffentlich dauert's 'ne Weile, bis die Lady was rausfindet.»

«Sie haben eine schmutzige Phantasie, Sergeant. Sehen Sie zu, daß Sie zu Mittag im *Oak* sind. Sprechen Sie mit den Leuten an der Bar, und finden Sie heraus, ob sich einer der Gäste ein bißchen zu eifrig mit Carol Ellis beschäftigt oder sie heimlich beobachtet hat. Oder ob sonstwas ungewöhnlich war, die übliche Routine halt, Sie wissen ja. Wenn das Personal abends wechselt, gehen Sie eben heute abend noch mal hin und sprechen mit den Leuten, die gestern bedient haben. Außerdem sollten Sie sich auch noch einmal mit Carol Ellis unterhalten, solange ihre Eindrücke noch frisch sind.»

«Ist das ein dienstlicher Auftrag, Sir?»

«Sicher.»

«Auch der Besuch im *Oak*?»

«Wie ich schon sagte – ja.»

Hatchleys Miene verzog sich zu einem breiten Grinsen, wie bei einem Kind, das einen Penny verloren hat und ein ganzes Pfund findet. «Wenn das so ist, werd' ich mal sehen, was ich tun kann», erklärte er und war bereits verschwunden. Macht nichts, dachte Banks, während er seinen Kaffee austrank und einer Frau zusah, die auf der Türschwelle mit einem transparenten Regenschirm kämpfte. Es war immerhin schon elf. Die Pubs machten auf.

4

Mühsam schleppte sich der Verkehr über die A 1 nach Leeds, und Banks bedauerte bereits, daß er nicht auf die ruhigeren, landschaftlich schöneren Nebenstraßen über Ripon und Harrogate ausgewichen oder noch weiter westlich gefahren war, via Grassington, Skipton und Ilkley. In diesen Tälern schien es immer Hunderte von Wegen zu geben, die von A nach B führten, nur keine direkten Strecken. Insofern war die A 1 im allgemeinen die schnellste Verbindung nach Leeds, falls der Großbauer im Norden von Wetherby nicht gerade seine Sonderrechte geltend machte und das Rotlicht anschaltete, um seine Kühe über die Autobahn zu treiben.

Als ob der Regen nicht bereits schlimm genug gewesen wäre, spritzten die vorausfahrenden Lastzüge ihre matschigen Fontänen hoch – überwiegend Transkontinental-Transporter aus Newcastle oder Edinburgh, die nach Lille, Rotterdam, Mailand oder Barcelona unterwegs waren. Immerhin war es im Wagen warm und trocken, und *Rigoletto* war ein angenehmer Reisegefährte.

Am Autobahnkreuz Wetherby schwenkte er auf die A 58, ließ die meisten Laster hinter sich und fuhr über Collingham, Bardsey und Scarcroft nach Leeds, durchquerte die Stadt in Richtung Roundhay und Harehills und erreichte Chapeltown etwa auf der Hälfte der Arie «La Donna è mobile».

Die Gegend sah trostlos aus, ein Eindruck, der durch wolkenverhangenen Himmel und die sich aus ihm ergießenden Ströme schmutzigen Regens noch verstärkt wurde. Inmitten der gesichtslosen Neubauten standen ein paar wenige alte Häuser und klammerten sich an die roten Backsteinhaufen wie die letzten standhaften Zähne in einer leeren, fauligen Mundhöhle. Graue Schatten in Regenmänteln schoben mit verbissener Miene Kinder- und Einkaufswagen über die Bürgersteige, als suchten sie vergebens nach Läden oder einem Zuhause, das es nicht gab. Das war die Chapeltown Road, das «Ripper»-Territorium, Schauplatz der Rassenunruhen von 1981.

Crutchleys Geschäft lag direkt neben einem mit Brettern vernagelten Laden, dessen verblaßtes Firmenschild darauf hindeutete, daß hier einst Lebensmittel verkauft worden waren. Der Hausanstrich blätterte, und das Angebot hinter den vergitterten Schaufenstern war mit einer dicken Staubschicht bedeckt: Röhren von alten Radios; eine Klarinette, die auf dem zerschlissenen roten Samt ihres Etuis ruhte; eine viersaitige Gitarre; ein Seitengewehr mit einer Scheide für das Bajonett und einem in den Griff eingelassenen schwarzen Hakenkreuz; angeschlagene Zierteller mit handgemalten Ansichten von Weymouth und Lime Regis; eine Fahrradpumpe; verstreute Häufchen von Perlen und billigen Ringen.

Nach anfänglichem Widerstreben schwang die Ladentür auf und löste ein lautes Klingeln aus, als Banks eintrat und ihm eine Geruchswolke entgegenschlug – eine Mischung aus Schimmel, Möbelpolitur und faulen Eiern –, die ihm fast den Atem nahm. Unterdessen näherte sich aus dem hinteren Teil des Ladens ein leicht buckliger Mann mit verschlagenem Gesichtsausdruck. Er trug einen abgewetzten Pullover und Wollhandschuhe mit abgeschnittenen Fingerkuppen. Nachdem er Banks mißtrauisch beäugt hatte, gab er ein «Kann ich Ihnen helfen?» von sich, das sich eher nach einem «Muß ich Ihnen etwa helfen?» anhörte.

«Mister Crutchley?» Banks zeigte seinen Ausweis und erwähnte Inspector Barnshaw, der ihn auf diese Fährte gebracht hatte, worauf sich Crutchley augenblicklich von einem knarzigen Mister Krook in Uriah Heep verwandelte.

«Sehr wohl, Sir, stets zu Diensten», winselte er und rieb sich die Hände. «Wissen Sie, ich tue wirklich alles, um das Geschäft sauber zu halten, aber», fügte er mit einem Achselzucken hinzu, «das ist nicht leicht in dieser Gegend. Und schließlich kann ich ja nicht jedes einzelne Teil überprüfen, das mir die Leute ins Geschäft tragen.»

«Natürlich nicht», stimmte ihm Banks wohlwollend zu, wischte eine Lage Staub vom Ladentisch und lehnte sich dagegen. «Soweit ich von Inspector Barnshaw weiß, denkt er daran, diesmal ein Auge zuzudrücken. Er hat mich gebeten, ihm in dieser Angelegenheit einen Rat zu geben. Wir wissen beide, daß die Geschäfte nicht leicht sind in Ihrer Branche, aber Inspector Barnshaw hat gemeint, daß Sie mir vielleicht trotzdem helfen könnten.»

«Selbstverständlich, Sir. Was immer Sie wünschen ...»

«Wir glauben, daß der Schmuck, den der Constable in Ihrer Auslage gesehen hat, einer alten Dame aus Eastvale gestohlen wurde. Es wäre also hilfreich für uns – und für Sie –, wenn Sie mir die Person beschreiben könnten, die Ihnen die Stücke angeboten hat.»

Crutchley zerfurchte sein Gesicht in angestrengten Denkfalten. Kein besonders angenehmer Anblick, fand Banks, wandte sich ab und betrachtete angelegentlich die ausgestopften Vögel, den zu einem Schirmständer umfunktionierten Elefantenfuß, die kitschigen Drucke aus der viktorianischen Ära und den übrigen Plunder. «Mein Gedächtnis ist nicht mehr so gut wie früher, Sir. Ich werd' auch nicht jünger ...»

«Sicher, das werden wir alle nicht, oder?» lächelte Banks. «Inspector Barnshaw hat auch gemeint, es wäre eine himmelschreiende Schande, wenn Sie dafür Ihre Zeit absitzen müßten, in Ihrem Alter und wo es doch gar nicht Ihre Schuld ist.»

Crutchley schleuderte Banks einen spitzen, bösen Blick zu und fuhr fort, sein schwindendes Gedächtnis zu sondieren.

«Er war ziemlich jung», erklärte er schließlich. «Daran kann ich mich genau erinnern.»

«Wie jung etwa, was würden Sie sagen?» erkundigte sich Banks und zückte sein Notizbuch. «Zwanzig, dreißig ...?»

«Anfang Zwanzig, schätze ich. Mit 'nem kleinen Schnurrbart.» Er deutete auf die etwa vier Tage alten Bartstoppeln über seiner Oberlippe. «So ein dünnes Ding. Bis knapp zum Mundwinkel. So ungefähr», fügte er hinzu und markierte mit einem schmierigen Finger die angegebenen Konturen.

«Sehr gut», meinte Banks ermutigend. «Und sein Haar? War es schwarz, rot, braun oder blond? Lang oder kurz?»

«So 'ne Art Mittelding. Nicht richtig braun, aber blond würd' ich eigentlich auch nicht sagen. Verstehen Sie, was ich meine?»

Banks schüttelte den Kopf.

«Man könnte vielleicht sagen, 's war 'n helles Braun. 'n sehr helles.»

«Hatte der Schnurrbart dieselbe Farbe?»

Er nickte. «Ja, ziemlich blaß.»

«Und welche Länge hatten die Haare?»

«Das weiß ich noch – sie waren kurz und glatt nach hinten gekämmt.» Er bürstete sich mit der Hand das schüttere Stirnhaar zurück.

«Irgendwelche Narben oder Male?»

Crutchley schüttelte den Kopf.

«Nichts, war höchstens 'n bißchen käsig und picklig, das ist alles. Aber das sind sie ja alle heutzutage. Liegt an der Nahrung, Inspector, nichts Gutes mehr drin, nur noch ...»

«Wie groß würden Sie ihn schätzen?» unterbrach Banks.

«Größer als ich. Ungefähr ...» Er hob die Hand etwa zehn Zentimeter über den Kopf. «Ich bin allerdings auch nicht gerade riesig.»

«Also etwa einssiebzig?»

«So ungefähr, ja. Mittelgroß halt.»

«Dick oder dünn?»

«Haut und Knochen. Wie die nun mal sind heutzutage, die jungen Leute, stimmt's? Keine anständige Ernährung, das ist das Problem ...»

«Die Kleidung?»

«Das Übliche.»

«Könnten Sie vielleicht ein bißchen genauer werden?»

«Hä?»

«Ich meine, trug er einen Anzug oder Jeans, Lederjacke, T-Shirt, Pyjama oder was?»

«O nein, kein Leder. Dieses andere Zeug, das so ähnlich ist, nur nicht so weich. Braun und rauh. Widerlich anzufassen, bekommt man 'ne Gänsehaut von ...»

«Velours?»

«Genau, das isses, Velours! Also, 'ne braune Veloursjacke und Jeans. Ganz gewöhnliche blaue Jeans.»

«Und sein Hemd?»

«Kann mich nicht erinnern. Ich glaub' aber, er hatte den Reißverschluß von der Jacke bis oben zu.»

«Ist Ihnen an seiner Stimme etwas aufgefallen? Klang er irgendwie manieriert oder so?»

«Wie meinen Sie?»

«Wie würden Sie seinen Akzent einordnen?»

«Von hier. Vielleicht auch aus Lancashire. Keine Ahnung, wo da der Unterschied ist, aber es gibt ja Leute, die behaupten, sie könnten das auseinanderhalten.»

«Irgendwas Ungewöhnliches? War die Stimme besonders hoch oder tief oder heiser?»

«Klang, als ob er zuviel raucht. Ja, jetzt erinner' ich mich, hier hat er auch gequalmt. Und jedesmal gehustet, wenn er sich so'n Ding angesteckt hat. Hat mir den ganzen Laden vollgepestet.»

Banks überging die Bemerkung. «Demnach hatte er also einen Raucherhusten und eine rauhe Stimme mit hiesigem Akzent. Ist das richtig?»

«Ganz richtig, Sir.» Crutchley trat von einem Fuß auf den anderen, sichtlich ungeduldig, Banks endlich loszuwerden.

«War die Stimme tief oder hoch?»

«Mittel, wenn Sie wissen, was ich meine.»

«Etwa wie meine Stimme?»

«Ja, wie Ihre, Sir. Nur nicht der Akzent. Sie reden anständig. Er nicht.»

«Was meinen Sie damit? Hatte er irgendeine Art von Sprachstörung?» fragte Banks, wohl merkend, daß sich Crutchley im Geist bereits ohrfeigte, Banks unvorsichtigerweise geschmeichelt zu haben und damit die Befragung zu verlängern.

«Nein, das nicht. Ich wollte nur sagen, daß er ziemlich gewöhnlich geklungen hat. Nicht wie Sie. So wie jemand, der keine vernünftige Bildung hat.»

«Hat er gestottert oder gelispelt?»

«Nein, Sir.»

«In Ordnung. Eine Frage noch: Haben Sie ihn vorher schon mal gesehen?»

«Nein, Sir.»

«Inspector Barnshaw wird später vorbeikommen und Ihnen ein paar Fotos vorlegen. Außerdem werden Sie Ihre Beschreibung noch einmal vor unserem Zeichner wiederholen müssen. Tun Sie also Ihr Bestes, sich bis dahin auf den Mann zu konzentrieren. Und falls Sie ihn wieder zu Gesicht bekommen oder sich an weitere Einzelheiten erinnern, wäre ich Ihnen dankbar, wenn Sie sich mit mir in Verbindung setzen würden.» Er notierte seinen Namen und seine Rufnummer auf einer Karte.

«Ich ruf Sie an, Sir, ganz bestimmt, sobald der Typ hier wieder aufkreuzt», überstürzte sich Crutchley und gab Banks das sichere Gefühl, daß seine eigenen Methoden mindestens so wirkungsvoll waren wie die des Kollegen Barnshaw.

Er hörte Crutchley erleichtert aufatmen, als er endlich sein Notizbuch zuklappte, sich dankend verabschiedete und ziemlich unvermittelt zum Gehen wandte, um einem Händedruck zu entgehen. Die Personenbeschreibung, die er erhalten hatte, war nicht besonders umwerfend und hatte auch nicht das leiseste Glöckchen in ihm klingeln lassen, aber sie war immerhin ausreichend. Auf jeden Fall würde sie ihn etwas näher heranbringen an die beiden maskierten Lumpen, die im letzten Monat drei alte Damen beraubt, sie zu Tode erschreckt, ihre Häuser auf den Kopf gestellt und einer armen Fünfundsiebzigjährigen den Arm gebrochen hatten.

3

1

Eine Wasserfontäne hinter sich lassend, rauschte der weiße Cortina durch die Pfützen im Rinnstein und kam schlingernd vor dem Gemeindezentrum von Eastvale zum Stehen. Sandra Banks war zehn Minuten zu spät. Sie sprang aus dem Wagen, öffnete die knarrende Tür so leise wie möglich und betrat auf Zehenspitzen den Versammlungsraum, in dem der Vortrag bereits begonnen hatte. Hier und da wandte sich einer der Stammhörer zu ihr um und lächelte verständnisvoll, während sie versuchte, möglichst unauffällig zu dem leeren Stuhl neben Harriet Slade vorzudringen.

«Tut mir leid», flüsterte sie hinter vorgehaltener Hand. «Das Wetter. Dieses verflixte Auto wollte einfach nicht anspringen.»

Harriet nickte. «Du hast nicht viel versäumt.»

«Wie schön, wie majestätisch, wie überwältigend auch immer die Landschaft Ihren Augen erscheinen mag», sprach der Referent, «vergessen Sie nie, daß es keine Garantie gibt, diesen Eindruck auch auf Ihrem Film wiederzufinden. Tatsächlich ist wohl der größte Teil der Landschaftsfotografien – wie einige von Ihnen sicher schon festgestellt haben – im Ergebnis äußerst enttäuschend. Das Auge der Kamera unterscheidet sich von dem des Menschen; es ist unbeeinflußt von allen anderen Sinnen, mit denen wir unser Erleben speisen. Erinnern Sie sich noch an den Urlaub auf Mallorca oder in Torremolinos? An das wundervolle Gefühl beim Anblick der Hügel und des Meeres, dem magischen Zusammenspiel von Licht und Farben? Und als Sie dann die Urlaubsfotos entwickeln ließen, wissen Sie noch, wie enttäuschend sie waren? Wie wenig sie – wenn überhaupt was zu sehen war! –, wie wenig sie eingefangen hatten von der Schönheit, die Ihnen noch vor Augen stand?»

«Wer ist das?» erkundigte sich Sandra flüsternd bei Harriet, während der Redner eine Pause machte, um an dem Glas Wasser zu nippen, das vor ihm auf dem Pult stand.

«Ein Mann namens Terry Whigham. Macht eine Menge Fotos für die Abteilung Touristik – Kalender und solche Sachen. Wie findest du ihn?»

Sandra hatte nichts gehört, was ihr neu gewesen wäre, aber da sie die arme Harriet mehr oder weniger gewaltsam in diesen Foto-Klub gezerrt hatte, fühlte sie sich verpflichtet, nicht allzu herablassend zu antworten.

«Interessant», sagte sie und hielt die Hand vor den Mund wie ein Schulmädchen beim heimlichen Schwätzen. «Er drückt das recht gut aus.»

«Das find' ich auch», pflichtete Harriet bei. «Weißt du, es sieht immer alles so selbstverständlich aus. Man denkt einfach nicht darüber nach, bevor nicht ein Experte kommt und einem die Dinge erklärt, nicht wahr?»

«Wenn Sie also das nächste Mal konfrontiert sind mit der Bergwelt von Pen-y-Ghent, Skiddaw oder Helvellyn», fuhr Terry Whigham fort, «sollten Sie ein paar einfache Kunstgriffe beachten. Ein besonders naheliegender Trick besteht darin, irgendein Detail in den Vordergrund zu holen, um auf diese Weise ein gewisses Raumgefühl zu vermitteln. Es ist äußerst schwierig, auf einem kleinen Farbabzug die unendliche Weite einer Landschaft einzufangen, aber mit Hilfe einer Person, einer alten Scheune oder einem besonders bizarren Baum im Vordergrund ist es möglich, eine Vorstellung von der tatsächlichen Perspektive zu geben.

Eine etwas kühnere Variante besteht darin, den Blick des Betrachters auf bestimmte Formen oder Strukturen zu lenken. Ein schräger Geröllhang zum Beispiel oder ein Feld voller Butterblumen wird das Auge unweigerlich zu den dahinterliegenden schroffen Felsen und den Wasserfällen führen. Außerdem sollten Sie sich nicht zum Sklaven des Sonnenlichts machen. Nebelverhangene Bergspitzen oder die Schatten der Wolken auf den Hängen können interessante Effekte bringen, wenn Sie die richtige Belichtungszeit einstellen, und ein endloser blauer Himmel sieht noch strahlender und weiter aus mit ein paar sanft dahinschwebenden weißen Wolken.»

Das Licht ging aus, und Terry Whigham zeigte einige seiner Lieblingsdias, um das Gesagte zu illustrieren. Es waren gute Aufnahmen, wie Sandra zugeben mußte, obwohl ihnen der besondere Funke, der persönliche Stempel fehlte, den sie ihren eigenen Fotos mit Vorliebe aufprägte, mitunter auch auf Kosten bewährter alter Regeln.

Harriet war ein Neuling auf dem Gebiet der künstlerischen Fotografie, hatte aber bereits ein gutes Auge bewiesen, auch wenn ihre Technik einstweilen noch sehr zu wünschen übrigließ. Sandra hatte sie anläßlich einer schrecklich öden Brunch-Party bei ihrer Nachbarin Selena Harcourt kennengelernt, und sie hatten sich auf Anhieb gemocht. In London hatte es Sandra nie an anregenden Bekanntschaften gefehlt, aber hier im Norden waren ihr die Leute sehr kühl und zurückhaltend vorgekommen. Bis sie Harriet getroffen hatte, Harriet mit ihrem lustigen Puppengesicht, ihrer zarten Gestalt und ihrem mitfühlenden Wesen. Seither waren sie miteinander befreundet, und Sandra hatte nicht die Absicht, daran etwas zu ändern.

Nachdem die Diavorführung beendet war und Terry Whigham das Podium unter lebhaftem Beifall verlassen hatte, gab der Klub-Sekretär die Termine für das nächste Treffen und die bevorstehende Exkursion nach Swaledale bekannt, bevor man zu Kaffee und Kuchen überging. Sandra, Harriet, Robin Allott und Norman Chester, die allesamt gehaltvollere Erfrischungen bevorzugten, zogen sich, wie gewohnt, in *The Mile Post* auf der gegenüberliegenden Straßenseite zurück.

Sandra saß zwischen Harriet und Robin, einem jungen Lehrer, der gerade eine Scheidung hinter sich hatte. Gegenüber hatte Norman Chester Platz genommen, der sich weniger fürs Fotografieren selbst als für dessen wissenschaftliche Hintergründe interessierte. Alles in allem eine eher seltsame Gruppierung, die unter normalen Umständen nie zustande gekommen wäre. Allen gemeinsam war jedoch das Bedürfnis nach einem kräftigen Drink – vor allem nach einem weitschweifigen Vortrag – und die Abneigung gegen Fred Barton, den Sekretär des Klubs, einen hölzernen Menschen mit unangenehmem Mundgeruch und ein strenggläubiger Methodist, dem es weder in den Sinn kam, einen Pub zu betreten noch die Schuppen zu beseitigen, die ihm auf den steifen blauen Anzug rieselten.

«Nun, was soll's sein?» erkundigte sich Norman, klatschte in die Hände und schaute strahlend in die Runde.

Nachdem alle ihre Wünsche geäußert hatten, verschwand er zum Tresen und kam wenige Minuten später mit einem Tablett voller Drinks zurück. Nach den üblichen Eröffnungskommentaren über die Veranstaltung – die heute überwiegend zugunsten des Referenten ausfielen, der inzwischen zweifellos Bartons quälende Annäherungsversuche oder Jack Tatums gönnerhafte Speichelleckerei über sich ergehen lassen mußte – stürzten sich Robin und Norman in eine

Diskussion über den sinnvollen Gebrauch von Farbfiltern, während sich Sandra und Harriet den jüngsten Kriminalfällen zuwandten.

«Alan wird dir doch sicher erzählt haben von diesem letzten Ereignis, oder?» erkundigte sich Harriet.

«Was für ein Ereignis? Was meinst du?»

«Du weißt doch, dieser Knabe, der überall an den Regenrinnen hochkraxelt und den Frauen beim Ausziehen zuguckt.»

Sandra lachte. «Ziemlich schwer, das auszudrücken, was? ‹Voyeur› klingt ein bißchen zu romantisch, und bei ‹Peeping Tom› denkt man unwillkürlich an eine Schlagzeile aus dem *Daily Mirror.* Nennen wir ihn doch einfach einen Spanner, was er ja schließlich auch ist.»

«Also hast du davon gehört?»

«Ja, gestern abend. Aber woher weißt du davon?»

«Man hat's im Radio durchgegeben, heute nachmittag. Im Lokalrundfunk haben sie ein Interview gebracht mit Dorothy Wycombe. Du weißt doch, diese Frau, die den Riesenaufstand gemacht hat über die angeblich käuflichen Beamten in der örtlichen Regierung.»

«Ich hab von ihr gehört. Und – was hatte sie zu melden?»

«Oh, das Übliche, was hast du erwartet? Hat gemeint, das wär' absolut vergleichbar mit einem Akt der Vergewaltigung, und die Polizei würde sich keine große Mühe geben, weil nur Frauen betroffen sind.»

«Jesus!» seufzte Sandra und griff nach einer Zigarette. «Diese Frau macht mich ganz krank. Dabei ist sie doch nicht dumm, oder? Ich habe sie immer sehr respektiert für die Art, wie sie sich eingesetzt hat, aber diesmal . . .»

«Hast du nicht den Verdacht, daß du dich vielleicht nur aufregst, weil es auch gegen Alan geht?» gab Harriet zu bedenken. «Das macht doch die Sache gewissermaßen zu einem persönlichen Problem, nicht wahr?»

«In mancher Hinsicht schon», gab Sandra zu, «aber als Insider weiß ich eben auch, daß er sich wirklich bemüht und sein möglichstes tut. Genau wie in jedem beliebigen anderen Fall.»

«Und was ist mit Jim Hatchley?»

Sandra schnaubte verächtlich. «Soweit ich weiß, hält man ihn möglichst heraus aus dieser Geschichte. Alan kommt zwar inzwischen ganz gut mit ihm aus – nachdem sozusagen die Fronten zwischen ihnen geklärt sind –, aber trotzdem, dieser Mann ist einfach ein Bauerntölpel. Man hat ihn doch wohl hoffentlich nicht mit der Presse reden lassen, oder?»

«Oh, nein, das nicht, soweit ich weiß. Es wurden überhaupt keine Namen genannt, aber sie hat es geschafft, den Eindruck zu erwecken, als ob alle Polizisten sexuell abartig wären.»

«Typisch. Hat sie auch gesagt, daß sie alle miteinander Schweine sind?»

«Nicht direkt», antwortete Harriet lachend.

«Wie dem auch sei – was hältst du selbst von dieser Geschichte?»

«Ich weiß nicht so ganz. Ich habe nur darüber nachgedacht, wie ... wie ich selbst wohl empfinden würde, wenn man mir heimlich zuguckt. Man bekommt eine richtige Gänsehaut bei der Vorstellung. Es ist, als ob jemand sich in deine geheimsten Phantasien drängt. Man fühlt sich irgendwie schmutzig und mißbraucht.»

«Ich könnte mich auch schütteln bei dem Gedanken», meinte Sandra, als ihr plötzlich bewußt wurde, daß die anderen ihre Diskussion beendet hatten und aufmerksam zuhörten.

«Und weißt du was», fuhr Harriet fort, leicht verlegen angesichts des größer gewordenen Publikums, «trotzdem tut er mir irgendwie leid. Ich meine, er muß doch mächtig unglücklich sein, wenn er herumzieht und solche Sachen macht, total frustriert, verstehst du? Eigentlich ist das alles doch ein bißchen traurig, findest du nicht?»

Sandra legte ihre Hand auf Harriets Arm und meinte mit einem Lachen: «Harriet Slade – du bringst es fertig, daß dir sogar Margaret Thatcher leid tut, wenn gerade wieder tausend Leute ihren Job verloren haben.»

«Seid ihr nie auf die Idee gekommen, daß der Übeltäter vielleicht mitten unter uns zu finden ist?» gab Norman zu bedenken. «Daß er möglicherweise ein Mitglied unseres Klubs ist? Das sind doch mehr oder weniger alles Voyeure», verkündete er und strich sich eine Strähne seines weichen dunklen Haars aus der Stirn. «Vor allem wir, die Fotografen.»

«Wohl wahr», stimmte Sandra zu, «aber wir treiben es nicht so weit, daß wir die Leute heimlich ausspionieren.»

«Und was ist mit den Schnappschüssen?» erwiderte Norman. «Ich habe oft genug selbst so was gemacht – klammheimlich aus der Hüfte, wenn die Leute gerade nicht hinsehen.»

«Auch Frauen, die sich gerade ausziehen?»

«Lieber Himmel, natürlich nicht! Aber zum Beispiel irgendwelche Penner auf der Parkbank, alte Männer bei einem Schwätzchen auf der Brücke oder Liebespärchen beim Sonnenbad.»

«Er hat recht, das ist auch eine Art, Leute auszuspionieren, stimmt's?» mischte sich Robin ein.

«Trotzdem ist es nicht dasselbe», behauptete Norman. «Man dringt schließlich nicht in irgendwelche Privatsphären ein, solange sich die Leute in der Öffentlichkeit aufhalten, in einem Park oder an einem Strand. Das ist nicht dasselbe, als wenn sie sich allein glauben, in ihrem Schlafzimmer zum Beispiel. Außerdem sind die Motive unterschiedlich, wir tun es zu künstlerischen Zwecken und nicht deshalb, um uns sexuell zu stimulieren.»

«Ich bin nicht sicher, ob der Unterschied immer so deutlich ist», meinte Robin. «Im übrigen hast du selbst ja wohl diese Idee aufgebracht.»

«Welche Idee?»

«Daß es ein Mitglied unseres Klubs sein könnte – daß wir alle irgendwie Voyeure sind.»

Norman verfärbte sich und griff nach seinem Glas. «Ja, das hab ich. War wohl kein besonders komischer Einfall.»

«Ach, ich weiß nicht», meinte Sandra, «ich könnte mir Jack Tatum gut vorstellen, wie er gerade in andrer Leute Schlafzimmer guckt.»

Harriet schüttelte sich. «Genau. Jedesmal wenn er einen ansieht, hat man das Gefühl, er guckt durch die Kleider hindurch.»

«Trotzdem bin ich davon überzeugt, daß unser Spanner viel weniger kompliziert ist», erklärte Sandra. «Es scheint ziemlich oft vorzukommen, daß Leute, die die absonderlichsten Dinge tun, in Wirklichkeit ein ganz normales Leben führen.»

«Ich vermute, daß die Frau eines Polizisten weiß, wovon sie spricht», sagte Robin.

«Auch nicht mehr als alle anderen, die imstande sind, ein Buch zu lesen. Schließlich gibt es doch jede Menge Literatur über den Yorkshire Ripper, über Dennis Nilsen, Brady und Hindley, oder etwa nicht?»

«Du willst doch wohl hoffentlich nicht andeuten, daß unser Spanner genauso gefährlich ist, oder?» fragte Norman.

«Ich weiß es nicht. Ich weiß nur, daß es verdammt seltsam ist, so etwas zu tun, und daß ich nicht verstehen kann, was jemanden dazu treibt.»

«Vielleicht versteht er es selbst nicht, was meinst du?» erkundigte sich Robin.

«Mag sein», antwortete Sandra. «Wahrscheinlich ist das auch der Grund, warum er Harriet leid tut, nicht wahr, meine Gute?»

«Du bist ein Ekel», erklärte Harriet und setzte sich mit ein paar Spritzern Bier mit Zitrone zur Wehr.

Nachdem Sandra die nächste Runde bestellt hatte, wechselte das Gespräch auf die bevorstehende Exkursion nach Swaledale und die kürzlich stattgehabte Ausstellung im Nationalmuseum für Fotografie in Bradford. Schließlich verabschiedeten sie sich voneinander, Sandra brachte Harriet nach Hause und fuhr dann selbst heim. Zu ihrer Überraschung ertönten keine Opernklänge aus dem Vorderzimmer, als sie in die Einfahrt schwenkte. Ein wenig verärgert, stellte sie fest, daß Brian und Tracey immer noch vor dem Fernsehapparat saßen und sich einen sehr gewagten Film ansahen. Es war kurz vor elf, und Alan war noch nicht zurück.

2

Wenn man sich die Täler von Yorkshire wie die Finger einer gespreizten Hand vorstellt, findet man Eastvale am Mittelfinger, nicht weit von dessen Spitze. Der Ort liegt an den östlichen Ausläufern des Swaindale, eines langgestreckten Tals, das im Westen mit steil abstürzenden Wasserfällen beginnt, den Biegungen des Flusses folgt und sich nach Osten immer mehr zu einem weiten Wiesenland ausdehnt. Verwaschene Steinwälle schlängeln sich kreuz und quer durch die Flußniederungen, wie seltsame, archaische Schriftzeichen, über die grasbestandenen Hänge bis an die jäh aufsteigenden, weiten Klippen, den «Scars», wie man hierzulande sagt. Oberhalb dieser «Narben» erstreckt sich eine wilde, unbewohnte Moorlandschaft mit gelbem Stechginster und violettem Heidekraut und einem Muster aus schmalen Pfaden, auf denen die Schafe entlangziehen und der Wind dahinbraust. Der Fels besteht überwiegend aus Kalkstein, dessen grauweiße Bruchstellen wie Falten oder Narben aus den steilen Hängen ragen, die Farbe wechselnd nach dem Wetter und mitunter aufblitzend wie Perlenbänder unter Kerzenlicht. Hier und da drängen sich dunklere Schichten von Kies an die Oberfläche, und in einem verlassenen Steinbruch zeigen sich Lagen von Schiefer und Sandstein.

Eastvale selbst ist ein belebter Marktflecken mit etwa vierzehntausend Einwohnern, der sich vom östlichen Rand des Swaindale über die Hänge erstreckt bis zur Flußbiegung – an der der Swain nach Südwesten weiterfließt zum Ouse –, auf dem Gipfel des Castle Hill seinen höchsten Punkt erreicht, sich terrassenförmig nach unten windet und sich hinter dem Fluß und den Eisenbahnschienen verliert.

Eastvale ist zweifellos ein malerischer Ort; es hat einen Marktplatz mit Kopfsteinpflaster, einem hohen, alten Kreuz und einer typisch normannischen Kirche; es bietet Wasserfälle, die von dichten Bäumen beschattet sind, düstere Schloßruinen und diverse Ausgrabungen aus der vorrömischen Zeit. Aber es hat auch Seiten, die der Tourist selten oder nie zu Gesicht bekommt, wie etwa das Viertel von East Side, eine Siedlung von Sozialbauten, die in den sechziger Jahren entstanden und seither dem Verfall überlassen sind.

Ein Besucher in einem der blühenden Gärten am westlichen Ufer des Swain wäre sicher sehr verwundert gewesen über manche der Vorgänge, die sich auf der anderen Seite des Flusses abspielten. Jenseits der Pappeln und der Uferzeile renovierter Altbauten aus der georgianischen Ära erstreckt sich dort ein etwa fünfzig Meter breiter Streifen baumbestandener Wiesen, der sogenannte Grüngürtel. Dahinter liegt die Siedlung East Side.

Inmitten der graffiti-beschmierten Fassaden, der ausrangierten Kinderwagen und Autoreifen, der streunenden Hunde und verwahrlosten Schmuddelkinder proben die Bewohner der überfüllten Sozialsiedlung das Überleben nach dem Zusammenbruch der beiden einzigen Erwerbsquellen, die die Stadt neben dem Tourismus zu bieten hatte – eine Spinnerei am nordwestlichen Flußrand und eine Schokoladenfabrik am östlichen Ende des Ufers. Manche von ihnen führen ein ruhiges, friedvolles Familienleben, bleiben ganz für sich und versuchen, mit der Sozialhilfe zurechtzukommen. Andere sind erbittert und gewalttätig, ein bunter Haufen von Totschlägern, Säufern und Drogensüchtigen, von Männern, die ihre Frauen prügeln und ihre Kinder mißbrauchen. Den sogenannten «East-Side-Beat» zu ziehen – wie die Zuteilung des Streifendienstes in dieser Region im Polizeijargon heißt – ist eine gefürchtete Pflicht, der sich die meisten jungen Constables mit allen Mitteln zu entziehen versuchen.

Selbstverständlich hatte es vor der Errichtung dieses sozialen Gettos die üblichen Proteste gegeben, doch die sechziger Jahre hatten ganz im Zeichen optimistischer, zukunftsweisender Ideen gestanden, und so waren die Wohnsilos schließlich hochgezogen worden. Auch die politische Korruption verzeichnete in dieser Ära eine neue Blüte, die Stadträte erholten sich scharenweise an fernen Stränden auf Kosten diverser Vertragsunternehmer, und Mengen von steuerfreien

Schwarzgeldern wechselten den Besitzer. Unterdessen mußten sich die Mieter, die man in die Terrassenblocks, die Wohntürme und Maisonnette-Appartements gepfercht hatte, mit papierdünnen Zimmerwänden, unzureichenden Heizungen und lecken Installationen herumschlagen. Trotzdem glaubten sie, das große Los gezogen zu haben – immerhin lebten sie jetzt auf dem Land, in gesunder Luft.

Mitten durch die Siedlung, von Nord nach Süd, verlief die Streckenführung der Eisenbahn. Die Schienen waren eigens auf einen hohen Damm verlegt worden, der den Fahrgästen einen reizvollen Ausblick bot auf die nach hinten gelegenen Gärten mit ihrem wildwuchernden Grün, den buntgetünchten Reihen von Lauben und Kaninchenställen. Hier und da führten ein paar schmale Tunnel unter der Trasse hindurch, um die beiden Hälften des Stadtviertels zu verbinden, und in einem dieser Tunnel standen Trevor Sharp und Mick Webster, rauchten ihre Zigaretten und sprachen übers Geschäft.

Die Anwohner hatten der Unterführung den Namen «Schnüffel-Schlauch» gegeben, in Anbetracht der unzähligen Plastiktüten, die in dem schmalen Gang herumlagen. Es war ein finsterer Ort, nur an einem Ende beleuchtet von einer gelbsüchtigen Straßenlaterne, erfüllt von einem mörderischen Gestank nach Klebstoff, Hundepisse und kalter Kotze. Es war ein Ort, den die Einheimischen nach Möglichkeit mieden.

Wie immer man Mick Webster auch bezeichnen mochte – ein Schnüffler war er nicht. Natürlich hatte er's auch mit Klebstoff versucht – wie mit allen anderen Drogen –, war aber zu dem Ergebnis gekommen, daß das Zeug nichts taugte; es knallte einem nur den Kopf zu, und man bekam Pickel, wie Lenny. Nicht daß Lenny schnüffelte, nein, aber er stopfte sich zu viel von diesen fettigen Fisch-und-Chips rein. Mick hielt es lieber mit den kleinen roten Pillen, von denen Lenny immer die Taschen voll hatte; nette Dinger, die das Herz ordentlich ankurbelten und ihm ein Gefühl gaben wie Superman. Tatsächlich war er ein vierschrötiger, sechzehnjähriger Rüpel mit Skinheadbürste, Boxernase und einem permanenten blöden Grinsen. Wer ihn kommen sah, zog es vor, die Straßenseite zu wechseln.

Trevor hingegen wirkte durchaus nicht wie das, was die braven Bürger unter einem bösen Buben verstanden. Er war eher hübsch, wie sein Vater, und machte sich weder in Kleidung noch Frisur zum

Sklaven irgendeiner herrschenden Mode. Da man ihn allgemein für einen besonders harten Burschen hielt, kam niemand auf die Idee, ihn wegen seiner ordentlichen, konservativen Erscheinung zu hänseln.

Während der Zehn-Uhr-Zehn über ihre Köpfe brauste, zündete sich Trevor eine neue Zigarette an.

«Lenny meint, 's wär Zeit, daß wir aufhör'n mit den alten Tussis und uns nach was umseh'n, das 'n bißchen mehr Profit bringt», verkündete Mick und kickte ein paar Glasscherben durch den Gang.

«Zum Beispiel?»

«Zum Beispiel in Häuser einsteigen. Vernünftige Hütten, wo richtig reiche Leute wohnen. Zum Beispiel, wenn sie nicht da sind. Lenny meint, er kann uns sagen, wo und wann. Wir brauchen bloß noch reinzukommen, uns das Zeug zu schnappen und abzuhauen.»

«Und die Alarmanlagen?»

«Gibt's da nicht», sagte Mike grinsend. «Total friedliche Gegend, wo nie was passiert ist.»

Trevor dachte nach. «Und wann soll's losgeh'n?»

«Wenn Lenny den richtigen Tip hat.»

«Lenny steckt sich einfach zu viel in die Tasche, Mick. Das lohnt sich nicht für uns. Sag' ihm, daß er uns mehr Prozente geben muß, wenn wir ins Geschäft kommen wollen.»

«Yeah, yeah, schon gut.» Das Thema war nicht neu, Trevor ritt ständig darauf herum, und Mick hatte allmählich die Nase voll. Außerdem hatte er viel zuviel Angst vor Lenny, um ihm mit Beschwerden zu kommen.

«Und wie sollen wir da reinkommen?» fragte Trevor.

«Weiß der Henker. Durchs Fenster oder durch die Hintertür, Lenny wird uns schon geben, was wir brauchen. Das sind alles Leute, die gerade Urlaub machen oder übers Wochenende unterwegs sind. Total easy, die Sache. Lenny hat die Häuser im Auge.»

«Hast du die Piepen fürs letzte Mal?»

«Oh, hätt' ich beinah' vergessen.» Mick grinste und zog ein Bündel Banknoten aus der Hüfttasche. «Lenny sagt, er hat nur fünfzig Scheine gekriegt für das Zeug. Das sind zehn für dich und zehn für mich.»

Trevor schüttelte den Kopf. «Das ist nicht in Ordnung, Mick. Er nimmt uns sechzig Prozent ab, und woher wissen wir, daß er tatsächlich nur fünfzig bekommen hat? Wenn du mich fragst, war die Ware mehr wert, mindestens hundert.»

«Ich glaub' ihm, ist schließlich mein Bruder, verdammt noch mal», antwortete Mick, zunehmend gereizt. «Und wenn wir ihn nicht hätten, würden wir das Zeug überhaupt nicht los! Wir hätten keinen Penny, kapierst du, Mann? Vierzig Prozent von dem, was er macht, sind doch wohl besser als hundert Prozent in den Wind geschissen, oder?»

«Wir sollten das Zeug selbst absetzen. So furchtbar schwer kann das doch nicht sein.»

«Mensch, dazu brauchst du doch Kontakte, wie oft soll ich dir das noch sagen? Und die hat Lenny! Du kannst nicht einfach reinspazieren bei so 'nem abgewichsten Antiquitäten-Heini auf der Market Street und den Macker fragen, ob er 'ne Ladung heiße Juwelen oder 'n paar Kamera-Oldies kaufen will, kapiert?»

«Ich hab ja nur gesagt, daß es nicht so schrecklich schwer sein kann, das ist alles.»

«Paß auf – wir haben hier 'n nettes kleines Geschäft am Laufen, also laß es, wie's ist. Aber ich versuch' mal, ob wir nicht vielleicht fünfzig Prozent rausholen können, okay?»

«Okay», stimmte Trevor achselzuckend zu.

«Hab ich dir schon erzählt, daß Lenny 'ne Knarre hat?» fragte Mick, sichtlich begeistert.

«Nein. Wo hat er die denn her?»

«Von diesem Macker, der den Klub hat, in Soho. 'ne ganz große Nummer, der Typ. Wie die dicken Bosse aus der Glotze.»

«Funktioniert sie denn?»

«Logo – wozu haste so'n Ding, wenn's nicht ballern kann.»

«Hast du's schon probiert? Ich meine, weißt du sicher, daß das Ding funktioniert?»

«Natürlich nicht, verdammt! Was glaubst du wohl? Daß ich einfach über'n Markt latsche und 'n bißchen in der Gegend rumballere?»

«Genau weißt du's also nicht, ob das Ding geht.»

Mick seufzte ergeben und sprach langsam wie zu einem kleinen Kind: «Glaubst du vielleicht, daß die Typen da unten dir 'n Blindgänger andreh'n? Wär doch wohl nicht in ihrem Interesse, wie?»

«Was für eine ist es denn?»

«Ach, leck' mich, keine Ahnung. 'n Mordsapparat, wie die Dinger in der Glotze. Clint Eastwood hat immer so'n Ding, in den Dirty-Harry-Stories, du weißt schon.»

«Eine Magnum?»

«Ja, genau, so was muß es sein.»

«Dickes Kaliber», meinte Trevor und fuhr improvisierend fort: «‹Siehst du, was ich hier in der Hand halte, Kleiner? Eine 45er Magnum, das stärkste Schießeisen der Welt. Bläst dir einfach den Kopf weg. Na, wie fühlst du dich, du Pfeife? Ist wohl nicht ganz dein Tag heute, wie?›»

Die kleine Einlage mit Dirty Harry kam bestens an. Als der Zehn-Uhr-Fünfundzwanzig nach Ripon über ihre Köpfe donnerte, waren die beiden hoffnungsvollen Schwerverbrecher immer noch dabei, sich mit imaginären Waffen und imitiertem Pistolenknallen gegenseitig zur Strecke zu bringen.

3

«Also, bevor wir anfangen», erklärte Jenny Fuller, «möchte ich Ihnen gerne sagen, daß ich genau weiß, warum man mich dafür ausgeguckt hat, bei diesem Fall zu assistieren.»

«Oh», sagte Banks arglos. «Was meinen Sie?»

«Sie wissen verdammt gut, was ich meine. Glauben Sie, ich hätte den verschwörerischen Blick nicht bemerkt, den Sie und Gristhorpe heute morgen gewechselt haben? In dieser Gegend gibt es mindestens zwei männliche Professoren, die für das anstehende Problem besser qualifiziert sind – beides Experten auf dem Gebiet abweichender Verhaltensstrukturen. Aber Sie wollten eine Frau, weil sich das besser macht in der Öffentlichkeit, und Sie wollten mich speziell, weil ich Kontakte unterhalte zu Dorothy Wycombe.»

Sie hatten es sich in den gemütlichen Sesseln vor dem prasselnden Kaminfeuer bequem gemacht. Banks schwenkte einen halben Liter Bitter, Jenny hatte sich mit der halben Menge begnügt.

«Nicht daß ich irgendwelche Einwände hätte», fuhr sie fort. «Sie sollen nur Bescheid wissen. Ich hab es nämlich nicht sehr gern, wenn man mich für dumm verkauft.»

«Ich habe verstanden.»

«Und noch etwas – Sie brauchen nicht zu glauben, daß ich zu Dorothy Wycombe gehe und ihr haarklein berichte, was sich hier abspielt. Ich bin ein Profi und kein Schnüffler. Man hat mich um meinen fachkundigen Rat gebeten, und ich beabsichtige, in dieser Hinsicht mein möglichstes zu tun.»

«Gut, dann wissen wir ja beide, woran wir sind. Ich bin froh über Ihre Offenheit, weil mich der Gedanke, mit einer Art Kundschafterin aus dem gegnerischen Lager zusammenzuarbeiten, nicht besonders glücklich gemacht hat.»

Jenny lächelte, und ihr ganzes Gesicht hellte sich auf. Sie war wirklich eine außergewöhnlich schöne Frau, dachte Banks und stellte beunruhigt einen leichten Anflug von Verlangen an sich fest, als sie sich in ihrem Sessel ein wenig streckte und zurechtsetzte. Sie trug enge Jeans und ein einfaches weißes T-Shirt unter einem weiten, zitronengelben Blazer. Das dunkelrote lange Haar fiel weich über ihre Schultern.

Banks selbst hatte sich für diesen Abend mit besonderer Sorgfalt angezogen, zumindest gerade so viel, wie er sich hatte leisten können, ohne bei Sandra Verdacht zu erregen. Beim Abendessen, das eher hastig verlaufen war, hatte er ihr mitgeteilt, daß er den Abend mit Dr. Fuller verbringen müsse, um den psychologischen Aspekt des Voyeurismus zu erörtern. Fertig angekleidet war er einen Moment versucht gewesen, etwas von dem ungeöffneten Eau de Cologne aufzulegen, das ihm ein entfernter Verwandter vor Jahren zu Weihnachten geschenkt hatte. Schließlich hatte er sich jedoch mit einem dezenten Rasierwasser begnügt und mit einer großzügigen Gabe von «Right Guard». Außerdem hatte er sich einige Mühe gegeben, sein kurzes schwarzes Haar zu glätten, obwohl es so dicht über der Schädeldecke abgeschnitten war, daß es ohnehin keine Chance hatte, irgendwo abzustehen.

Schließlich war er mindestens zehn Minuten vor der verabredeten Zeit im *Queen's Arms* eingetroffen. Zum einen, weil er Damen nicht gerne warten ließ, in der Hauptsache aber, weil ihm der Gedanke zuwider war, Jenny ohne Begleitung in einem Pub zu wissen – auch wenn es sich um ein seriöses Lokal wie das *Queen's* handelte. Als sie mit fünfminütiger Verspätung eintraf, drehten sich auch tatsächlich alle Köpfe in ihre Richtung.

«Nun denn – wo wollen wir anfangen?» fragte er, zündete sich eine Zigarette an und schlug sein Notizbuch auf.

«Legen Sie bloß das Ding weg», protestierte Jenny. «Beschränken wir uns doch zunächst einmal auf ein paar inoffizielle Informationen, damit wir uns ein Bild machen können. Ich werde Ihnen dann einen formellen Bericht abgeben, sobald ich die Daten ausgearbeitet habe.»

Dergestalt verwarnt steckte Banks das Notizbuch wieder ein.

«Was denken Sie selbst über den Fall?» erkundigte sich Jenny. «Ich weiß, das ist eigentlich meine Sache als Expertin, aber ich möchte doch gern wissen, wie Sie die Dinge sehen.» Ihre Stimme schien einen leicht spöttischen Unterton zu haben. Banks war unschlüssig, ob sie ihn aushorchen wollte oder sich gar über ihn lustig machte. Aber wahrscheinlich war es einfach nur ihre Art, die Art, wie man mit Studenten im Seminar umging. Ähnlich wie Ärzte mit ihren Krankenbett-Manieren, hatten Lehrer vermutlich bestimmte Unterrichts-Manieren.

«Ich fürchte, ich weiß gar nicht, wo ich anfangen soll.»

«Vielleicht kann ich Ihnen helfen . . . Glauben Sie, daß die Frauen diese Taten herausfordern, zum Beispiel durch die Art, wie sie sich anziehen?»

Die Frage war heikel und genau von dem Kaliber, das er befürchtet hatte.

«Es mag durchaus sein, daß sie sich recht einladend gegeben haben, um auf normale, zivilisierte Art jemanden kennenzulernen», antwortete er, «aber das kann man natürlich nicht als Aufforderung für Voyeure oder Vergewaltiger verstehen, keinesfalls.»

Ihr Blick machte deutlich, daß sie seine Antwort billigen konnte. «Auf der anderen Seite», fuhr er fort, um sie ein bißchen zu provozieren, «wenn die Damen abends nach zehn durch dunkle Straßen spazieren – auf hohen Absätzen, in Miniröcken und knappen Blüschen –, würde ich schon sagen, daß sie zumindest sehr unvorsichtig sind, wenn nicht gar herausfordernd.»

«Mit anderen Worten, Sie glauben, daß sie es selbst so wollen?» fragte sie empört und ließ die grünen Augen blitzen.

«Keineswegs, ich glaube nur, daß die Leute – vor allem die Frauen – heutzutage viel mehr auf der Hut sein müssen. Wir alle wissen doch, wie das Leben aussieht in der Stadt, und es gibt wirklich keinen Grund mehr, davon auszugehen, daß man in einem Ort wie Eastvale immun ist gegen Sexualtäter.»

«Aber warum sollten wir nicht gehen dürfen, wohin wir wollen, wann wir wollen und wie wir wollen?»

«Doch, das sollten Sie – in einer besseren Welt. Was die unsere leider nicht ist.»

«Vielen Dank, daß Sie mich darauf aufmerksam machen. Sie scheinen ein kleiner Philosoph zu sein, wie?»

«Man tut, was man kann. Hören Sie, was wollen Sie eigentlich? Einen Schlagabtausch über Frauenrechte? Ich dachte, wir spielen mit offenen Karten, aber bitte sehr – okay, ich bin ein Mann und damit bereits schuldig! Und ich werde in einer Million Jahren noch nicht ganz begriffen haben, was es bedeutet, eine Frau zu sein. Aber ich bin nicht – zumindest nach meiner Überzeugung – dieser engstirnige Heuchler, als den Sie mich hier darstellen wollen.»

«Okay, tut mir leid. Aber ich bin auch nicht gerade das, was Sie sich vielleicht unter einem Mannweib vorstellen, ich bin lediglich daran interessiert, etwas über männliche Einstellungen zu erfahren, das ist alles. Schließlich arbeite ich auf dem Gebiet – Mann, Frau, männliche und weibliche Psyche, Ähnlichkeiten und Unterschiede. Wahrscheinlich war ich deswegen die nächstbeste Wahl im Vergleich zu den brillanten männlichen Idealbesetzungen.»

Sie mußte selbst lachen über diese Wortwahl, und Banks lachte mit. Schließlich streckte sie ihre Hände, als halte sie eine Filmklappe, ließ das imaginäre Requisit zusammenknallen und sprach: «Kooperation Banks und Fuller, Take zwei ... Aber zuerst noch was zu trinken. Danke, nein, diesmal bin ich dran.»

Banks sah ihr wohlgefällig nach, wie sie mit langsamen, katzenhaften graziösen Bewegungen zur Bar ging und sich an die Theke lehnte, während der Barmann das bestellte Bier zapfte. Kurz darauf kam sie zurück, stellte die Gläser auf den Tisch und sagte:

«So, und nun zurück an die Arbeit ... Was wollen Sie von mir wissen?»

«Eine Menge ...»

«Nun, dann wird es wohl ein Weilchen dauern.»

«Ich bin überzeugt, daß sich jede Minute lohnen wird.»

Jenny lächelte zustimmend. «Ja», meinte sie, «das glaub' ich auch.»

Banks machte dem beklommenen Schweigen ein Ende, indem er seine erste Frage stellte: «Ist es möglich, daß unser Spanner irgendwann zu gewalttätigeren Sexualdelikten übergeht?»

«Hmmm», antwortete Jenny. «Ich fürchte, ich muß in dieser Frage so unverbindlich bleiben wie der Rest der Wissenschaftler, die sich mit dem Thema beschäftigt haben. Die Mehrzahl der Untersuchungen deutet jedenfalls darauf hin, daß es sich beim Voyeurismus um eine minder schwere mentale Störung handelt, die keine Spiralwirkung haben muß und mit hoher Wahrscheinlichkeit nicht zu anderen Formen sexueller Abweichung führt.»

«Aber?»

«Aber – der Grad der Wahrscheinlichkeit ergibt sich aus dem vorhandenen Testmaterial. Was nichts anderes bedeutet, als daß wir nur sehr wenige Fälle registriert haben, in denen ein Voyeur zu einem

Vergewaltiger wurde. In der Regel ist dieses ‹Spannen› das Äußerste, was sich die betroffenen Patienten leisten. Was allerdings nicht heißen soll, daß keine anderen Fälle bekannt sind, und insofern gar nichts darüber aussagt, ob Ihr Mann in diese Kategorie gehört oder nicht. Es kann durchaus eine Art Knacks geben. Wenn das Zugucken ihm nicht mehr genügt, wenn es ihm nicht mehr gibt, was er braucht, wird er entweder damit aufhören oder sich möglicherweise anderen, schwereren Formen der sexuellen Gewalt zuwenden. Ich werde mal in der Dokumentation nachschlagen und Ihnen ein paar solche Fälle heraussuchen.»

«Sie sprechen von Gewalt – aber diese Leute verursachen doch keine körperlichen Verletzungen.»

«Ich gebrauche diese Vokabel ganz bewußt, denn es handelt sich hier tatsächlich um Gewalt. Sie müssen das so sehen: Wir alle werfen gern einen Blick auf das andere Geschlecht, Männer allerdings mehr als Frauen – und ich kann wohl ohne Bedenken behaupten, daß Ihr Spanner garantiert keine Frau ist. Die Frage ist nur – warum tun Männer so etwas? Es liegt wohl in der Kindheit begründet, in dem früh entwickelten Gespür, daß die Betrachtung des nackten Frauenkörpers verboten ist, ein Tabu, das ihn nur um so geheimnisvoller und begehrenswerter macht. Man braucht kein Diplom in Psychologie, um sich vorstellen zu können, warum Männer weibliche Brüste mögen – schließlich sind sie die Quelle, die uns ernährt hat und der wir unsere ersten Erfahrungen von Liebe verdanken. Ist das soweit klar?»

Banks nickte.

«Wir schauen also alle ganz gern hin. Sie sehen sich die Frauen auf der Straße an, und Sie haben den Eindruck, daß sie sich alle nur herausgeputzt haben, damit man sie bemerkt und sie ansieht. Und warum auch nicht? Schließlich dreht sich alles um dieses Eine, das den Fortbestand der Rasse Mensch garantiert. Doch an welchem Punkt wird aus diesem Schauen, das wir alle praktizieren – selbst Frauen riskieren ja heutzutage hier und da mal einen Blick auf einen Männerhintern oder auf gewisse andere Wölbungen –, ab wann also wird aus diesem Schauen Voyeurismus? Auf den Straßen, in Lokalen und sämtlichen öffentlichen Plätzen überhaupt ist alles noch in Ordnung, es gibt sozusagen eine implizite Erlaubnis zum Gucken. Und es gibt spezielle Orte, wie beispielsweise Stripteaselokale, wo man seine voyeuristischen Impulse ebenfalls in aller Öffentlichkeit ausleben kann. Das alles ist völlig legal, aber wenn eine Frau in ihrem Schlafzimmer ist und sich auszieht, um zu Bett zu gehen, will sie sicher nicht dabei beobachtet werden – allenfalls von ihrem Mann oder ihrem Geliebten. Die meisten Frauen wollen sich jedoch nicht einmal von ihren Männern zusehen lassen. Die Erlaubnis zum Schauen ist aufgehoben, und ab da wird das heimliche Hinsehen zu einem Akt sexueller Gewalt, weil es eine Nötigung, einen Eingriff, ein ungewünschtes Vordringen in ihre eigene, unantastbare Welt bedeutet und sie zu einem reinen Objekt degradiert. Habe ich mich klar ausgedrückt?»

«Sehr klar», antwortete Banks. «Und was hat der Voyeur davon? Warum macht er das?»

«Beide Fragen sind nicht leicht zu beantworten. Zum einen gewinnt er zweifellos Macht über die Frau und verspürt ein gewisses Triumphgefühl bei dem Gedanken, sie zu erniedrigen. Vielleicht spielt auch Genugtuung mit hinein, weil er meint, sich rächen zu müssen für irgendwelche Untaten, die ihm andere Frauen nach seiner Einschätzung zugefügt haben. Gleichzeitig ist es eine Art Neuinszenierung früher sexueller Eindrücke, eines wie immer beschaffenen Ereignisses, dem er die erste sexuelle Stimulation verdankt und das er nun ständig wiederholt, weil es für ihn der einzige Weg ist, sich Befriedigung zu verschaffen. Sie sehen, die Sache ist ziemlich kompliziert ... Wenn es dem Voyeur gelingt, in die Privatsphäre seines Opfers einzudringen, gewinnt er Macht über die Frau. Das damit verbundene Risiko und das Element von ‹Sünde› oder Verbot, das da mit hineinspielt, verleiht diesem Akt in seinen Augen nur eine besondere Intensität. Masturbiert dieser Mann eigentlich, während er den Frauen zusieht?»

«Ich weiß nicht. Wie haben jedenfalls keine Samenspuren gefunden.»

«Haben Sie genau nachgesehen?»

«Die Jungs aus dem Labor waren jedesmal vor Ort. Wenn da etwas zu entdecken gewesen wäre, hätten sie es ganz bestimmt gefunden.»

«Okay, das spielt ohnehin keine große Rolle. Wahrscheinlich reichen die Hosen als Schutz – oder er speichert den Anblick in seiner Phantasie und masturbiert später.»

«Über welche Art Mensch reden wir hier eigentlich?»

«Sie fragen nach seiner Persönlichkeit?»

«Ja.»

«Da muß ich wieder ein wenig vage bleiben. Er kann ein introvertierter Typ sein oder das Gegenteil, extrovertiert. Er kann groß oder klein sein, dünn oder dick ...»

«Das ist wirklich sehr vage.»

Jenny lachte. «Ja, da haben Sie recht. Tut mir leid, aber es gibt leider keinen bestimmten Typ. In gewisser Weise ist es weitaus einfacher, einen echten Psychopathen zu beschreiben, einen Sexualmörder zum Beispiel. Der Voyeur – der wissenschaftliche Ausdruck für dieses Phänomen ist übrigens Skopophilie – ist nicht einfach irgendein Fiesling, der als heimtückischer Einzelgänger durch die Welt läuft. Die Handlungen unseres Mannes sind im wesentlichen bestimmt von Frustration, tiefer Frustration über das Leben im allgemeinen und menschliche Beziehungen im besonderen. Möglicherweise ist seine erste wichtige sexuelle Erfahrung durch Voyeurismus zustande gekommen, indem er etwas beobachtet hat, das er nicht sehen durfte – die Eltern beim Liebesakt zum Beispiel –, und seitdem empfindet er alles als große Enttäuschung, vor allem den Sex. Sicher hat er auch beträchtliche Schwierigkeiten, den eigentlichen Sexualakt zu vollziehen.

Was nun den Voyeurismus – oder die Skopophilie – zu dem macht, was wir mit ‹abnorm› bezeichnen, ist die simple Tatsache, daß der Skopophile seinen Lustgewinn einzig und allein aus dem Zusehen bezieht. Natürlich wird niemand bestreiten wollen, daß das Anschauen des anderen ein integraler Bestandteil des Sexualakts ist. Viele Männer mögen es und finden es erregend, ihren Partnerinnen beim Ausziehen zuzusehen. Andere gehen gern in Stripteaselokale, und was immer man auch in der Frauenbewegung von diesen Dingen halten mag – niemand würde diese Männer ernsthaft als abnorm im klinischen Sinne bezeichnen. Der Skopophile hingegen bleibt in der prägenitalen Phase verhaftet, seine sexuelle Entwicklung hat eine Art Kurzschluß erlitten, und wie immer seine Lebensumstände sein mögen – ob er allein lebt, in einer Ehe, mit den Eltern oder einem dominierenden Elternteil –, er wird sie im wesentlichen als frustrierend empfinden. Er wird sich unter Druck fühlen und infolgedessen das intensive Bedürfnis haben, sich davon zu befreien, sich ein Ventil zu suchen.

Daß er verheiratet ist, ist eher unwahrscheinlich, wenn doch, wird er ernsthafte Probleme haben. In der Regel jedoch lebt er allein, da er in seiner sexuellen Entwicklung nicht reif genug ist, um den Ansprüchen einer normalen Frau aus Fleisch und Blut gewachsen zu sein – es sei denn, sie ist selbst eine besonders ungewöhnliche Person.»

«Ich verstehe», sagte Banks und zündete sich eine Zigarette an. «Sieht also nicht danach aus, als würden wir's leicht haben mit ihm, wie?»

«Richtig, aber man hat es nie leicht, wenn's um Menschen geht. Wir sind schon unglaublich komplexe Wesen.»

«Ach, und ich dachte immer, ich wäre ein ganz einfacher und unkomplizierter Mensch.»

«Alan Banks – Sie sind wahrscheinlich der komplizierteste in dem ganzen Verein. Wo wir gerade dabei sind – was hat eigentlich ein netter Mann wie Sie bei der Polizei verloren?»

«Er verdient sich seinen Lebensunterhalt und versucht, das Gesetz zu hüten. So einfach ist das.»

«Würden Sie auch ein Gesetz hüten, das Ihnen nicht richtig erscheint?»

«Ich weiß nicht.»

«Angenommen, das Gesetz würde bestimmen, daß jemandem die Hand abgehackt wird, wenn er ein Stück Brot stiehlt? Würden Sie dann herumgehen und nach Brotdieben Ausschau halten?»

«Ich vermute, daß ich wohl nicht bei der Polizei wäre in einer derartigen Gesellschaft.»

«Eine sehr vage Antwort.»

«Was soll ich Ihnen sagen?» meinte Banks achselzuckend. «Zumindest ist es eine ehrliche Antwort.»

«Na schön, und was ist mit den Drogen-Gesetzen? Was ist mit den Studenten, die Hasch rauchen?»

«Was soll die Frage?»

«Ich meine – stellen Sie ihnen nach? Finden Sie, daß man es ahnden sollte, wenn die Leute Hasch rauchen?»

«Solange das gegen ein Gesetz verstößt, ja. Wenn Sie aber wissen wollen, ob ich mit allen Gesetzen dieses Landes einverstanden bin, heißt die Antwort nein. Aber wir haben durchaus einen gewissen Spielraum bei der Strafverfolgung und handhaben diese Dinge recht diskret, verstehen Sie? Hinter irgendwelchen haschrauchenden Studenten sind wir heute nicht mehr sehr eifrig her, dafür interessieren wir uns mehr für die Herrschaften, die das Heroin überall verbreiten.»

«Warum sollte jemand nicht Heroin nehmen dürfen, wenn er das so will. Damit tut er doch sonst niemandem weh.»

«Mit dem gleichen Recht könnte ich Sie fragen, warum sollte ein

Mann nicht herumlaufen und die Frauen beim Ausziehen beobachten dürfen? Das tut ja auch keinem weh.»

«Sie wissen ganz genau, daß das nicht dasselbe ist. Außerdem tut es der Frau sehr wohl weh. Sie hat einen Schock und fühlt sich erniedrigt.»

«Nur, wenn sie davon weiß.»

«Wie?»

«Sie müssen das so sehen: Bisher sind vier dieser Vorfälle registriert worden – aber wie viele wurden möglicherweise gar nicht bemerkt? Wie oft hat er sich wohl ungesehen davonstehlen können, was meinen Sie?»

«Darüber habe ich noch nicht nachgedacht», räumte Jenny ein. «Übrigens mache ich Sie darauf aufmerksam, daß ich keineswegs vergessen habe, worüber wir vorhin sprachen, bevor Sie mich so geschickt abgelenkt und zur Arbeit gerufen haben.» Sie lächelte ihm spöttisch nach, während er zur Bar ging, um frische Drinks zu besorgen.

«Ich nehme an», fuhr sie fort, als Banks zurück war, «daß er theoretisch jede Nacht unterwegs gewesen sein kann – aber ich bezweifle, daß er es tatsächlich getan hat.»

«Warum?»

«Die meisten sexuellen Aktivitäten – die normalen wie die pervertierten – bedürfen einer Art Reifeperiode zwischen den jeweiligen Taten. Die Dauer variiert und hängt davon ab, wann sich wieder ein gewisser Druck aufgebaut hat, der nur auf diese Weise abgelassen werden kann.»

«Verstehe. Etwa ein- oder zweimal pro Woche – oder wäre das zu viel?»

«Für wen? Für Sie oder für mich?»

«Lenken Sie nicht ab. Für unseren Mann natürlich.»

«Nein, ich würde sagen, einmal pro Woche – allerhöchstens zweimal müßten ihm reichen.» Unvermittelt brach sie in lautes Gelächter aus und hielt sich die Hand vor den Mund. «Tut mir leid, ich bin manchmal ein bißchen albern. Sie machen mich wahrscheinlich nervös.»

«Scheint an meinem Beruf zu liegen. Obwohl ich mich manchmal frage: Was war eher – die Henne oder das Ei? Mache ich die Leute nervös, weil mir das unbewußt in Fleisch und Blut übergegangen ist durch meinen ständigen Umgang mit Kriminellen – oder war ich schon vorher so und habe mich deshalb für den Job entschieden?»

«Und?»

«Ich hab nur gesagt, daß ich mir gelegentlich diese Frage stelle, nicht, daß ich eine Antwort weiß. Aber machen Sie sich keine Sorgen, wenn Sie mich erst besser kennen, wird es Ihnen nichts mehr ausmachen.»

«Versprochen?»

«Kommen wir zurück aufs Geschäft.»

«In Ordnung.» Jenny wischte sich die Lachtränen aus den Augen, setzte sich gerade hin und brach erneut in einen Lachkrampf aus. Banks betrachtete sie lächelnd, und bald schaute auch der Rest der Gäste zu ihnen herüber. Jenny wurde feuerrot, passend zu ihrem Haar, das hin und her züngelte wie die Flammen hinter dem Kamingitter.

«Oh, es tut mir leid, wirklich, ich bin untröstlich», sagte sie schließlich. «Wenn ich einmal in diesem Zustand bin, kann ich mich kaum noch bremsen. Sie müssen mich für eine komplette Idiotin halten.»

«Keineswegs», bemerkte Banks trocken. «Ich schätze Leute mit Humor.»

«Ich glaube, es geht mir schon besser», meinte sie und nippte vorsichtig an ihrem Glas Bitter. «Schuld daran sind nur diese ständigen Zweideutigkeiten, hick!» Sie legte die Hand auf ihre Brust. «Jetzt bekomm' ich auch noch einen Schluckauf!»

«Sie müssen einfach ein Glas Wasser trinken, in umgekehrter Position», erklärte Banks, «das ist das beste Mittel gegen Schluckauf, das ich kenne.»

Jenny sah ihn stirnrunzelnd an. «Sie meinen, ich soll auf dem Kopf stehen?»

«Nein, natürlich nicht.» Banks wollte ihr das Verfahren eben mit Hilfe seines Bierkrugs demonstrieren, als er einen Schatten über dem Tisch bemerkte und ein höfliches Hüsteln vernahm. Sein Urheber war Fred Rowe, der wachhabende Sergeant.

«Pardon, daß ich Sie stören muß, Sir», sagte Rowe leise und zog sich einen Stuhl heran, «aber es hat etwas Ärger gegeben.»

«Erzählen Sie», meinte Banks auffordernd und stellte sein Bier ab.

«Eine alte Dame, Sir. Sie wurde tot aufgefunden.»

«Todesursache?»

«Läßt sich noch nicht sagen, Sir, sieht aber verdächtig aus. Der Freund, der ihren Tod gemeldet hat, meint, man hätte die Wohnung ausgeraubt.»

«Okay, vielen Dank, Fred. Ich werde mir das gleich ansehen. Wie ist die Adresse?»

«Gallows View, Nummer zwei. Das ist unten bei . . .»

«Danke, ich weiß Bescheid. Holen Sie Sergeant Hatchley, er muß im *Oak* sein. Und schicken Sie Dr. Glendenning zum Tatort, und versuchen Sie, möglichst viele Jungs von der Spurensicherung aufzutreiben. Am besten benachrichtigen Sie auch gleich Detective Constable Richmond. Ist der Superintendent informiert?»

«Ja, Sir.»

«Gut, dann sagen Sie ihm, ich wäre unterwegs.»

Der Sergeant machte sich auf den Rückweg zum Revier, und auch Banks schickte sich zum Gehen an. Während er sich noch bei Jenny entschuldigte, fiel ihm plötzlich ein, daß Sandra heute abend den Cortina genommen hatte.

«Verdammt!» schimpfte er. «Jetzt muß ich doch noch rüber und mir einen Wagen besorgen.»

«Kann ich Sie nicht fahren?» erbot sich Jenny. «Ich weiß, wo Gallows View ist.»

«Würden Sie das tun?»

«Aber ja. Sie sind wahrscheinlich ohnehin über dem Limit, aber ich habe nur die Mini-Rationen getrunken.»

«Sie müssen aber im Wagen warten, weil Sie sich nicht am Tatort aufhalten dürfen.»

«Verstanden.»

«Okay, dann woll'n wir mal.»

«Ja, Sir», salutierte Jenny.

4

1

Der Regen hatte erst seit einer Stunde aufgehört, und die Luft war noch feucht und kühl. Trevor schlug den Kragen seiner Jacke hoch und hielt ihn eng um seinen Hals, während er über den Grüngürtel stapfte und über Micks Worte nachdachte. Hinter den georgianischen Doppelhäusern schwenkte er auf die alte Brücke aus dem vierzehnten Jahrhundert und spuckte kräftig in das Wasser, das sich in Kaskaden über die Terrassen des Flußbetts ergoß. Dann schlenderte er durch die Ufergärten und bog schließlich in die Straße, die sich in zahlreichen Windungen vom Castle Hill hinabschlängelte zum Marktplatz.

Manchmal machte ihm Mick regelrecht angst. Nicht wegen seines martialischen Aussehens, sondern wegen seiner Dummheit. Klar, daß Lenny keine höheren Prozente abgeben würde, aus dem einfachen Grund, weil Mick zu feige war, ihn zu fragen. Er, Trevor, war's nicht. Er hatte keine Angst vor diesem Lenny, ob mit oder ohne Kanone. War ihm wirklich total egal, das Schießeisen; er hatte sowieso den Eindruck, daß es für Mick nur ein blödes Spielzeug war, mit dem er angeben konnte.

Es mußten die Pillen sein, ganz bestimmt. Die Pillen und die angeborene Blödheit. Wenn man Mick nur ansah, konnte einem schlecht werden. Immer total verschwitzt und dann die blöden Sprüche. Und die Hopserei, von einem Bein aufs andere, als ob er pissen müßte – ein Bild des Jammers. Er selbst hatte die Dinger noch nicht probiert, aber er wollte es schon mal versuchen, irgendwann. Schließlich war er ja nicht wie Mick; ihm würden die Pillen bestimmt nichts anhaben.

Mit dem Sex hatte er's auch noch nicht probiert. Mick gab immer mächtig an, angeblich hatte er's mit so 'nem Flittchen getrieben, an der Mauer im Tunnel, aber das konnte ihn, Trevor, nicht beeindrukken. Selbst wenn's stimmte – er war beileibe nicht interessiert an solchen Vergnügungen. Er würde das alles auch haben – Drogen, Sex, was auch immer –, alles zu seiner Zeit, und zwar auf die feine Art. Und er würde schon wissen, wann die Zeit reif war.

Dieser neue Plan, der war allerdings nicht übel. Alte Leute hatten heutzutage sowieso keine Wertsachen mehr. Trugen wahrscheinlich den ganzen alten Plunder ins Pfandhaus, damit sie die Andenken nicht ganz vergaßen. Trevor mußte lachen bei dieser Vorstellung. Beim ersten Mal hatte es noch Spaß gemacht, war immerhin eine Abwechslung gewesen im Vergleich zu dem Kleinkram, blöden Touristen in die Taschen zu fassen – *Euer Ehren, ich habe nur meinen Beitrag geleistet zur Belebung des Tourismus, damit sich die New Yorker nicht so fremd fühlen* –, es war irgendwie aufregend gewesen, in den Häusern dieser Leute tun zu können, was man wollte. Alles kurz und klein zu schlagen und zu sehen, daß sie zu schwach waren, um sich zu wehren. Nicht daß er ein Schlägertyp war; er hätte sich nie vergriffen an so einem alten Weib (allerdings mehr aus Ekel denn aus Mitleid). Solche Sachen waren Micks Spezialität. Mick war eben ein Schläger.

Diese neue Geschichte, das war was anderes. Die Häuser von den Alten hatten alle nach Vergangenheit gerochen, nach Lavendelwasser, Wick VapoRub, nach vollgestopften Kommoden und toter alter Haut. Was jetzt auf sie wartete, waren richtige Klasse-Hütten, mit Videorekordern, tollen Stereoanlagen, Geschirrspülautomaten und Tiefkühltruhen, randvoll mit ganzen Ochsen. Sie konnten sich Zeit lassen, sich an den Sachen freuen und hier und da mal was kaputtschlagen. Schließlich konnte man ja nicht alles wegschleppen. Am besten hielt man sich an die tragbaren Sachen – Bargeld, Schmuck, Silber und Gold. Mick und Lenny waren wahrscheinlich blöd genug, sich die Farbfernseher und die Videos zu schnappen und sie auf dem Markt von Eastvale anzubieten. Dabei hatte heutzutage jeder Scheißer einen von diesen Ultraviolett-Stiften, mit dem er seinen Namen und seine Postleitzahl auf allem möglichen verewigen konnte, von der Mikrowelle bis zur Waschmaschine, und die Cops brauchten das dann nur mit einer Speziallampe abzulesen. Hoffentlich lag Mick wenigstens bei den Alarmanlagen nicht falsch. Allem Anschein wurden die Leute neuerdings immer sicherheitsbewußter.

Er überquerte den Südzipfel des ausgestorben daliegenden Marktplatzes und arbeitete sich durch eine Ansammlung enger, verwinkelter Gassen bis zur King Street vor. Dort nahm er die Abkürzung über die Leaview-Siedlung zur Gallows View. Die terrassenförmig angelegte Reihe alter Cottages wirkte wie ein knotiger Finger, der nach Westen zu den Dales wies.

Während er die Bungalows passierte und über den Cardigan Drive auf die schmutzige Straße vor den Cottages einschwenkte, bemerkte er vor der Nummer zwei seltsame Aktivitäten. Es war gleich das erste Haus, in dem diese Matlock wohnte, die alte Schlampe. Langsam schlenderte er an der Vorderfront entlang und sah im Vorbeigehen eine ganze Ansammlung von Leuten in der offenen Haustür. Dieser Superbulle aus London war auch dabei, dieser Banks. Hatte vor ein paar Monaten hier den Laden übernommen und dick in der Zeitung gestanden, mit Foto. Hatchley, der alte Brutalo, stand daneben und guckte etwas wackelig auf seine Stelzen. Und dann diese Frau, direkt auf der Türschwelle. Was trieb die denn hier? Sie war es, ganz genau, das mußte sie sein. Die aus der superschicken Altbauhütte gegenüber von der East Side, gleich auf der anderen Seite vom Grüngürtel, die Tante, die Mick immer ficken wollte. War womöglich auch 'n Bulle, man wußte ja nie, heutzutage.

Inzwischen war er bei Nummer acht angelangt, um seinem Vater wieder einmal erklären zu dürfen, warum er seine Hausaufgaben nicht gemacht hatte.

2

Entgegen Banks' Anordnung hatte Jenny ihren Wagen verlassen, um von der Türschwelle aus unbemerkt das Geschehen zu verfolgen. Sie hatte noch nie eine Leiche gesehen, und diese hier sah besonders schlimm aus. Das runzlige, bläulich-graue Gesicht war zu einer Maske aus Zorn und Schmerz erstarrt, dunkelrote Lachen von Blut waren unter dem Schädel ausgetreten und hatten sich über den Bodenfliesen verteilt. Alice Matlock lag auf dem Rücken am Fuß eines Tisches und hatte sich offenbar bei einem Sturz nach hinten an dessen Kante den Schädel aufgeschlagen. Dieser erste Eindruck mochte täuschen, überlegte Jenny, aber schließlich wimmelte hier eine ganze Batterie von Experten herum, es war ein ständiges Kommen und Gehen, und am Ende würden diese Leute zweifellos den wirklichen Tathergang aus den Spuren ablesen können.

Obwohl die Szene etwas Schauerliches hatte, fühlte sich Jenny merkwürdig losgelöst und nahm die Eindrücke in sich auf wie ein unbeteiligter, rein sachlicher Beobachter. Wahrscheinlich war es dieses besondere Talent, das sie zu einer guten Psychologin machte: die Fähigkeit, sich aus der Flut menschlicher Emotionen ausklammern und die Dinge nüchtern beobachten zu können. Draußen zu stehen und ins Innere zu schauen. Vielleicht war das auch der Grund, warum sie als Frau nicht ganz akzeptiert wurde – zumindest hatten sich ein oder zwei ihrer Liebhaber beschwert, daß es, unabhängig von dem Spaß, den man innerhalb oder außerhalb des Bettes mit ihr haben konnte, nahezu unmöglich sei, ihr wirklich nahezukommen, daß man sich ständig beobachtet fühle, wie eine Versuchsperson in einem unbegreiflichen Experiment . . . Mit einer entschlossenen Handbewegung wischte Jenny den plötzlichen Anflug kritischer Selbstbetrachtung beiseite; wenn sie den allgemeinen Vorstellungen über eine richtige Frau nicht entsprach, wenn sie weder ständig in Ohnmacht fiel und Tränen vergoß oder subjektiv, irrational, intuitiv und sentimental war – dann sollten ihr die Männer getrost den Buckel runterrutschen.

Das Haus machte einen beklemmenden Eindruck. Es war nicht nur die alles durchdringende Nähe des Todes, sondern mehr noch diese massive Anhäufung von Dingen, die der Vergangenheit angehörten. Die Wände waren mit einem wabenartigen Muster von Nischen, Winkeln und Spalten durchzogen, in denen buntbemalte Ostereier und silberne Teelöffel aus Rhyll oder Morecambe vor sich hin staubten, in trauter Gemeinschaft mit alten Schnupftabakdosen, zierlichen Figuren aus Chinaporzellan, einem Flaschenschiff, vergilbten Geburtstagskarten und Miniaturen. Auf dem Kaminsims drängten sich sepiafarbene Fotografien – steife Gruppenbilder der Familie und eine Aufnahme von vier jungen Frauen in Schwesternuniform vor einem altmodischen Sanitätswagen der Army; die verbleibenden Wandflächen waren bestückt mit gerahmten Gobelinstickereien und zahllosen Aquarellen von Wiesenblumen, Vögeln und Schmetterlingen. Jenny schüttelte sich bei dem Gedanken, in einem derartigen Mausoleum leben zu müssen. Ihre eigene Wohnung lag zwar auch in einem alten Haus, aber die Innenausstattung war großzügig und modern.

Sie beobachtete Bank bei der Arbeit. Wie erwartet, wirkte er sehr tüchtig und professionell, schien jedoch oft mit den Gedanken woanders zu sein, und gelegentlich zog ein Ausdruck schmerzlicher Trauer über sein Gesicht, wenn er sich gegen die Wand lehnte und auf den toten Körper der alten Frau hinabsah, während sie aus allen erdenklichen Blickwinkeln fotografiert wurde. Der Fotograf war eigentlich viel zu jung für diesen prosaischen Umgang mit dem Tod, fand Jenny. Unterdessen machte sich der Arzt – einer von der alten, zigarettenrauchenden Sorte, die noch Hausbesuche machte, wenn man die Grippe hatte oder der Hals entzündet war – mit Thermometern, Diagrammen und anderen Gerätschaften an der Toten zu schaffen. Diskret wandte sich Jenny ab und versuchte, den Blumendarstellungen die richtigen Namen zuzuordnen. Sie stand immer noch auf der Türschwelle, hatte die Arme über der Brust gefaltet und fühlte sich merkwürdig unsichtbar. Alle schienen zu glauben, daß sie zu Banks gehörte, und niemand schenkte ihr die leiseste Beachtung – abgesehen von einem leicht angesäuselt wirkenden Sergeant, den sie schon bei ihrem Besuch auf der Wache gesehen hatte und der ihr gelegentlich begehrliche Blicke zuwarf. Sie ignorierte ihn und beobachtete die übrigen Männer bei der Arbeit.

Mitten in diesem routiniert und wie automatisch ablaufenden Geschehen saß Ethel Carstairs, die den Leichnam entdeckt hatte. Immer noch zitternd und schockweiß im Gesicht, nippte sie an dem Brandy, den einer der Beamten in der Küche gefunden hatte – in einer von Alices Medizinflaschen –, schien sich aber inzwischen wieder so weit unter Kontrolle zu haben, daß sie mit Banks sprechen konnte.

«Alice sollte heute abend eigentlich zu mir kommen», erklärte sie mit schwacher, zittriger Stimme. «Wir treffen uns jeden Samstag und Dienstag, um Rommé zu spielen. Sie hat kein Telefon, ich konnte also nur warten, als sie nicht pünktlich da war. Aber als es dann immer später wurde, hab ich mir doch Sorgen gemacht und bin zu Fuß hier rüber, um zu sehen, ob sie vielleicht krank ist. Sie ist immerhin siebenundachtzig, letzte Woche haben wir noch ihren Geburtstag gefeiert, Inspector. Die kaputte Zuckerdose da unten, die hab ich ihr geschenkt.»

Auf den Fliesen vor dem alten Eichenholzbüfett, aus dem jemand sämtliche Schubladen herausgezogen hatte, lagen die Scherben einer hübschen Zuckerdose mit Rosenmuster.

«Sie hat immer gern genascht, obwohl der Doktor ihr die Süßigkeiten verboten hat», fuhr Ethel fort und tupfte sich mit einem spitzengesäumten Taschentuch die feuchten Augen.

«Lag sie genauso da, als Sie sie gefunden haben?» fragte Banks freundlich.

«Ja, ich hab nichts angerührt. Ich seh' ziemlich viel fern, Inspector, und deshalb kenn' ich das mit den Fingerabdrücken und so. Ich hab nur da drüben in der Tür gestanden, das ganze Durcheinander gesehen und die arme Alice und bin sofort zur Telefonzelle, Ecke Cardigan Drive, und hab die Polizei angerufen.»

Banks nickte beifällig. «Gut so, Sie haben genau das Richtige getan. Was war mit der Tür?»

«Wie?»

«Die Tür. Sie müssen sie doch berührt haben, als Sie reinkamen.»

«Oh, natürlich, wie dumm von mir! Tut mir leid, aber ich mußte sie doch aufmachen, und dabei hab ich wahrscheinlich die ganzen Fingerabdrücke verschmiert.»

Banks blickte mit einem Lächeln zu Vic Manson, der eben dabei war, die Einrichtung mit Aluminium-Puder einzustäuben. «Keine Sorge, Mrs. Carstairs», beruhigte er die Frau, «wer auch immer es war – er hat bestimmt Handschuhe getragen. Auch die Kriminellen gucken heutzutage viel ins Fernsehen. Trotzdem müssen wir das natürlich überprüfen, für alle Fälle. Um auf die Tür zurückzukommen . . .» fuhr er fort, «. . . war sie angelehnt, verriegelt, oder stand sie offen?»

«Verschlossen war sie nicht. Ich hab geklopft, und als sich keiner gemeldet hat, hab ich die Klinke probiert, und dann ist die Tür einfach aufgegangen.»

«Es gibt keine Hinweise auf ein gewaltsames Eindringen, Sir», bestätigte Detective Constable Richmond, der den Türrahmen neben Jenny untersucht hatte. «Wer es auch war – sie muß ihn selbst eingelassen haben.»

Inzwischen hatte Hatchley die Durchsuchung der oberen Räume abgeschlossen und wankte mit schwerer Schlagseite die Treppe hinunter. Zweifellos hatte er bis über den Eichstrich getankt, war aber, wie die meisten Profis, durchaus imstande, sich in Krisenzeiten zusammenzureißen. «Alles schön gründlich durchwühlt da oben», meldete er. «Kleiderschrank, Schubladen, Wäschekommode und der ganze Rest.»

«Wissen Sie, ob Mrs. Matlock irgendwelche Wertstücke besessen hat?» wandte sich Banks an Mrs. Carstairs.

«*Miss* Matlock, Inspector», korrigierte sie ihn. «Alice war nie verheiratet.»

«Demnach hat sie also keine direkten Angehörigen?»

«Niemanden. Sie hat alle überlebt.»

«Und? Besaß sie irgendwelche Wertgegenstände?»

«Nein, wertvoll war da eigentlich nichts, Inspector, jedenfalls nicht für andere. Nur ein bißchen Silber, da drüben in der Anrichte, oberstes Bord.» Die Türen des Büfett-Aufsatzes standen offen, und auf dem Boden lag ein Haufen zertrümmerter Nippes; Silberbestecke waren nicht darunter. «Aber ihre wertvollsten Stücke waren die da», erklärte Ethel mit einer raumgreifenden Geste auf die Ansammlung von Trödel und alten Fotos. «Ihre Erinnerungen.»

«Wie steht es mit Geld? Hatte sie häufig viel Bares im Haus?»

«Nicht so viel. Nur ein bißchen was für Notfälle. Sie hat es immer in der obersten Schublade von ihrem Frisiertisch versteckt.»

«Wieviel war das ungefähr?»

«Oh, höchstens fünfzig Pfund oder so.»

Banks schaute hinüber zu Hatchley, der den Kopf schüttelte und erklärend hinzufügte: «Da oben ist Chaos, aber wenn Geld dabei war, ist es jetzt jedenfalls weg.»

«Glauben Sie, unser Mann – oder unsere Männer – hat gewußt, wonach er sucht?»

«Wie's aussieht, nein», antwortete Hatchley. «Haben einfach alles durchwühlt. Das gleiche Bild wie bei den anderen Einbrüchen.»

«Ja», sprach Banks leise, wie zu sich selbst. «Immer dasselbe, die Opfer lassen die Täter auch noch selbst ins Haus. Man sollte wirklich meinen, daß die alten Leute heutzutage etwas vorsichtiger sein müßten.»

«Prosopagnosia», verkündete Jenny, die von der Tür aus das Gespräch aufmerksam verfolgt hatte.

«Wie bitte?» fragte Banks, offensichtlich kaum weniger überrascht von ihrer Anwesenheit wie sie selbst vom Klang ihrer Stimme. Auch der Rest der Versammlung drehte sich nun zu ihr um, so daß Banks, obwohl deutlich verärgert, nichts anderes übrigblieb, als sie vorzustellen: «Das ist Dr. Fuller. Sie berät uns bei einem unserer Fälle.» Alle lächelten, nickten ihr zu und machten sich wieder an ihre Arbeit.

«Könnten Sie das bitte einmal erklären?» verlangte Banks.

«Prosopagnosia? Nun, darunter versteht man den Verlust der Fähigkeit, Gesichter erkennen zu können. Sie tritt gelegentlich als Folge einer Hirnschädigung auf, in der Regel aber als Nebenerscheinung der Senilität.»

«Ich sehe nicht ganz den Zusammenhang ...»

«Alice war keineswegs senil, junge Dame», mischte sich Ethel

Carstairs ein, «sie wurde nur allmählich ein bißchen vergeßlich bei kleinen alltäglichen Dingen, aber an die Vergangenheit konnte sie sich ganz genau erinnern.»

Jenny nickte bestätigend. «Das war nicht beleidigend gemeint, Mrs. Carstairs. Ich wollte nur sagen, daß diese Dinge eine ganz natürliche Folge des Alterungsprozesses sind und uns alle treffen werden, früher oder später.» Sie wandte sich wieder an Banks. «Um ein Gesicht einordnen zu können, vergleichen wir es mit unserem Repertoire an bekannten Gesichtern. Das passiert in Bruchteilen von Sekunden, und entweder können wir das Gesicht zuordnen oder nicht. Bei der Prosopagnosia kann der Betrachter zwar die einzelnen Gesichtszüge ausmachen, sie jedoch nicht als Ganzes mit den im Gedächtnis gespeicherten Bildern in Zusammenhang bringen. Insofern sind ältere Menschen häufig gefährdet im Umgang mit Fremden, und deshalb schien mir diese Tatsache erwähnenswert.»

«Wollen Sie damit sagen, daß sie möglicherweise nur geglaubt hat, ihren Besucher zu erkennen?» fragte Banks.

«Ja, vielleicht meinte sie auch nur, sie *müßte* ihn kennen und dürfe nicht unhöflich sein. Das ist ein ziemlich weit verbreitetes Phänomen. Ein freundlicher, gut erzogener Mensch möchte nicht den Anschein erwecken, unhöflich zu sein, und zieht es deshalb vor, so zu tun, als wisse er genau, mit wem er zu tun hat. Das ist etwa vergleichbar mit der Situation, daß man den Namen eines Bekannten vergessen hat und sich die größte Mühe gibt, ihn nicht direkt ansprechen zu müssen. Nur daß die Dinge hier weitaus ernster sind.»

Dr. Glendenning packte seinen abgewetzten braunen Arztkoffer, zündete sich eine Zigarette an – was streng verboten war am Schauplatz eines Verbrechens, in seinem Fall jedoch stillschweigend geduldet wurde – und schlenderte hinüber zu Banks und Jenny. «Seit ungefähr vierundzwanzig Stunden tot», knarzte er aus dem Mundwinkel, mit der heiseren Stimme des Kettenrauchers und einem starken Edinburgher Akzent. «Todesursache Schädelfraktur, wahrscheinlich an der Tischkante hier.»

«Können Sie sagen, ob man sie gestoßen hat?»

«Sieht so aus. Ein paar Quetschungen an den Oberarmen und den Schultern. Ist allerdings keine endgültige Diagnose, Genaueres kann ich Ihnen erst nach der Autopsie erzählen. Aber falls sich das alte Mädchen nicht auch noch hat vergiften lassen, wird wohl kaum viel mehr dabei herauskommen. Sie können sie jetzt rüberbringen lassen ins Leichenschauhaus. Wird ja wohl eine offizielle Untersuchung geben müssen», erklärte er und ging.

Die Arbeit der Spurensicherung war unterdessen auch beendet. Manson hatte reichlich Fingerabdrücke gesammelt – überwiegend wohl von Alice Matlock selbst –, mit denen er sich vergnügen konnte, und die übrigen Beamten hatten jede Menge Plastikbeutel gefüllt mit Haaren, Kleidungsstücken und Blutresten.

«Sie können jetzt auch gehen, Mrs. Carstairs», verkündete Banks. «Es wäre sehr freundlich von Ihnen, wenn Sie morgen früh zu uns aufs Revier kämen und Ihre Aussage zu Protokoll geben würden.» Er gab Detective Constable Richmond den Auftrag, Ethel nach Hause zu fahren, und wies ihn an, sie am Morgen dort wieder abzuholen und aufs Revier zu bringen.

«Das wär's, dann werd' ich mich auch mal auf den Heimweg machen», erklärte er mit deutlich müder Stimme. «Kümmern Sie sich um den Rest, Sergeant. Sorgen Sie dafür, daß über Nacht ein Posten hier aufgestellt wird, und geben Sie der Ambulanz die nötigen Anweisungen. Außerdem können Sie ruhig schon mit der Befragung der Nachbarn beginnen, sie werden sicher noch auf sein. Die Neugier hält die Leute ja bekanntlich wach. Nehmen Sie sich ganz Gallows View vor und die sechs übrigen Bungalows hier in der Straße, der Rest kann bis morgen warten. Denken Sie daran, daß der Tod nach Angaben des Doktors vor ungefähr vierundzwanzig Stunden eingetreten sein muß – also etwa zwischen zehn und zwölf letzte Nacht –, und finden Sie heraus, ob jemand irgendwas gesehen oder gehört hat. Okay?»

Hatchley nickte trübsinnig. Plötzlich fiel sein Blick auf Richmond, der eben Ethel Carstairs nach draußen begleitete, und seine Miene hellte sich auf. «Bleib nicht zu lange, mein Junge», rief er ihm nach und entblößte seine gelben Zähne zu einer Art grimmigem Lächeln. «Ich hab' Arbeit für dich.»

Banks und Jenny brachen auf. Überraschenderweise verzichtete Banks darauf, seinem Ärger über Jennys Unbotmäßigkeit Luft zu machen. Ohne ein Wort zu sagen, fuhren sie durch die Nacht und unterbrachen das Schweigen nur für einen kurzen Moment, um für die nächste Woche einen neuen Gesprächstermin auszumachen. Nachdem sie Banks vor seiner Tür abgesetzt hatte, machte sich Jenny auch auf den Heimweg, müde und doch außerstande, die Erinnerung an Alice Matlocks toten Körper loszuwerden.

3

Detective Constable Richmond war mindestens genauso angetan von seiner jüngst erfolgten Beförderung zur Kriminalpolizei wie von dem Schnurrbart, mit dem er sich neuerdings schmückte. Letzterer ließ ihn älter und würdiger aussehen, ersteres verlieh ihm - was weit wichtiger war - ein Flair von Erfolg. Jahrelang hatte er seinen Streifendienst versehen, sich mit den Fiat Pandas herumgeschlagen oder sich die Füße abgelaufen in ganz Eastvale, mit dem Ergebnis, daß er über eine genaue Kenntnis sämtlicher Straßen, Hinterhöfe und Schlupfwinkel der Stadt verfügte. Die heimlichen Plätze der Liebespärchen waren ihm ebenso vertraut wie die Ganoventreffs und die Pubs, in denen die umherziehenden Schlägertrupps aus dem Catterick-Camp gelegentlich zur Polizeistunde die letzten Gäste aufmischten.

Auch bei den alten Cottages von Gallows View, am äußersten westlichen Stadtrand, kannte er sich aus. Die Stadtsanierer hatten die Häuser abreißen wollen - zumal man gerade die Neubausiedlung Leaview in Angriff genommen hatte -, schließlich hatte sich der Stadtrat jedoch dem Druck der Denkmalschützer beugen müssen und widerstrebend zugelassen, daß die betagten Bauten bleiben durften. Alles in allem waren es ohnehin nur noch fünf Cottages, von denen die beiden äußeren, am westlichen Ende der Straße gelegen, zusammengelegt worden waren zu einem Geschäft mit angrenzendem Wohnhaus. Richmond hatte selbst als kleiner Junge seine Karamellen, Lakritzschnecken und Wundertüten dort gekauft und war dann später zu Zigaretten übergegangen, die ihm der Ladeninhaber oft gegen ein paar Marken von Mutters Lebensmittelkarte überlassen hatte, mit ein paar Drops zu Threepence obendrauf.

Gedankenverloren stand Richmond auf der Straße, zog den Regenumhang etwas enger, um sich die nasse Kälte vom Leibe zu halten, und wünschte Hatchley, diesen verdammten Sklaventreiber, zum Teufel. Garantiert saß der Bastard immer noch gemütlich in dem Haus der toten Frau, süffelte ihren Brandy aus und ließ seinen jüngeren Kollegen ungerührt durch den Regen von Haus zu Haus marschieren. Na schön, er kann mich mal, dachte Richmond, aber wehe er versucht, die Lorbeeren einzustecken, wenn ich was herausfinde.

Resigniert klopfte er an die Tür Nummer vier. Fast im gleichen Augenblick öffnete eine attraktive junge Frau, die sich die Kragenzipfel ihres Morgenrocks dicht vor den Hals hielt. Richmond zeigte stolz seinen Ausweis, strich gewichtig seinen Schnurrbart und folgte der Frau ins Innere des Hauses. Für 'ne alte Hütte, dachte er, haben die das Ding aber verdammt auf Vordermann gebracht: Doppelfenster, Zentralheizung, stuckverzierte Wände mit nettgerahmten Bildern – ein bißchen zu modern für seinen Geschmack, aber immerhin nicht dieser billige Woolworth-Kitsch –, zwei breite Fernsehsessel mit bequemen Kissen und dazwischen einer von diesen Couchtischen mit einer Glasplatte.

Dankend akzeptierte er das Angebot, eine Tasse Kaffee zu trinken – das würde ihn wenigstens wach halten –, fragte sich dann aber doch, was die Frau so lange in der Küche trieb und mit welchen Geräten sie diese seltsamen, sirrenden Geräusche zustande brachte. Als er den Kaffee endlich kosten durfte, wußte er Bescheid – er war aus frischgemahlenen Bohnen zubereitet, von Hand gefiltert und schmeckte einfach köstlich. Die Frau stellte das Tablett – ein Bambusgestänge mit zwei runden Glasplatten, dazwischen die gepreßten Blüten von wildem Klee, wie Richmond messerscharf feststellte – auf dem Tisch vor ihm ab, so daß der Detective endlich zur Sache kommen konnte.

Der Name der Frau war Andrea Rigby, und sie lebte in diesem Haus mit ihrem Mann, einem Systemanalytiker, der werktags oft außer Haus war, um in London oder Bristol an irgendwelchen größeren Projekten zu arbeiten. Vor drei Jahren war das Paar in das Haus in Gallows View gezogen, seit der Ehemann den gutbezahlten Job gefunden und sich den Jugendtraum von einem Leben auf dem Lande erfüllt hatte. Die Frau schien ihrem Aussehen nach Italienerin oder Spanierin zu sein – Richmond konnte sich in diesem Punkt nicht eindeutig entscheiden, schließlich stellte sich jedoch heraus, daß sie mit Mädchennamen Smith hieß und aus Leominster stammte.

«Was ist passiert?» erkundigte sich Andrea. «Ist meiner Nachbarin Miss Matlock etwas zugestoßen?»

«Ja», antwortete Richmond, nicht bereit, für den Augenblick mehr preiszugeben. «Haben Sie die Frau gekannt?»

«Ich würde nicht sagen, daß wir uns *gekannt* haben. Jedenfalls nicht näher. Wir haben uns halt gegrüßt, und ich habe gelegentlich für sie ein paar Einkäufe gemacht, als sie im letzten Jahr krank war.»

«Uns interessiert, ob Sie vielleicht vergangene Nacht zwischen zehn und zwölf irgend etwas Ungewöhnliches gesehen oder gehört haben, Mrs. Rigby.»

«Letzte Nacht? Lassen Sie mich nachdenken. Am Montag also, da war Ronnie gerade wieder weg nach London . . . Ich hab einfach nur herumgesessen und ein bißchen ferngesehen. Ja, jetzt erinnere ich mich, daß ich gehört habe, wie jemand die Straße runtergerannt ist, zum Cardigan Drive. Das muß so etwa um elf gewesen sein, denn die Nachrichten waren vorbei, und ich guckte mir gerade einen alten Film an. Ungefähr eine halbe Stunde, dann hab ich abgeschaltet, weil er mir zu langweilig war.»

«Jemand ist also gerannt – war das alles?»

«Ja.»

«Sie sind also nicht ans Fenster gegangen, um mal nachzusehen?»

«Nein, warum sollte ich? Vermutlich waren es nur irgendwelche Kinder.»

Richmond kritzelte in seinem Notizbuch. «Sonst noch etwas? Hörten Sie irgendwelche Geräusche von der Tür nebenan?»

«Ich hatte den Eindruck, als hätte jemand geklopft, nach diesem Gerenne. Aber ich bin mir nicht sicher, es klang irgendwie so dumpf, so entfernt. Tut mir leid, aber ich habe nicht besonders darauf geachtet.»

«Wie lange ungefähr, nachdem Sie das Laufen gehört haben?»

«Direkt danach. Das Laufen hörte auf, und dann hörte ich das Klopfen.»

«Ist das Geräusch des Laufens schwächer geworden, oder brach es plötzlich ab?»

Andrea dachte einen Augenblick nach. «Es brach eher ab, ja. Aber das will nicht viel besagen, denn sobald irgendwelche Leute oder Autos um die Straßenecke verschwinden, hört man nichts mehr.»

«Haben Sie überhaupt irgendwas hören können von Miss Matlocks Tür?»

«Nein, nichts, aber das ist nicht ungewöhnlich. Ich höre nicht einmal, wenn ihre Freundin vorbeikommt. Ich höre nur, daß sie anklopft, aber von drinnen dann nichts mehr. Diese alten Häuser haben noch sehr dicke Wände, und die Treppenaufgänge stoßen jeweils aneinander, so daß der Abstand zwischen ihrem und unserem Wohnzimmer wirklich ziemlich groß ist. Ich höre zwar manchmal die Stufen knarren, wenn sie zum Schlafen nach oben geht, aber mehr auch nicht.»

Richmond nickte und klappte sein Notizbuch zu. «Haben Sie in letzter Zeit irgendwelche Personen bemerkt, die sich hier in der Gegend herumgedrückt haben? Irgendwelche Kids oder Fremde?»

Andrea schüttelte den Kopf, und Richmond fielen keine weiteren Fragen ein. Außerdem war es ohnehin schon ziemlich spät, und es gab noch mehr Leute zu befragen. Er dankte Andrea Rigby für ihren ausgezeichneten Kaffee und ging weiter zur Nummer sechs.

Auf sein Klopfen wurde die Tür einen Spaltbreit geöffnet, und ein Mann mit dicken Brillengläsern spähte um die Ecke. Es war Henry Wooller, wie Richmond feststellte, nachdem er sich Eintritt verschafft hatte, der Bibliothekar der hiesigen Leihbücherei, ein trockener, verschrobener Kauz und notorischer Einzelgänger. Woollers Haus war die reinste Müllhalde, vollgestopft mit alten Zeitungsausschnitten, schmutzigen Tellern, alten Socken und halbvollen Teetassen, in denen sich Inseln von Schimmelpilzen angesiedelt hatten. Über allem ein beißender, durchdringender, animalischer Gestank. Unter dem Feuilleton der *Sunday Times* schaute der Zipfel eines Pornomagazins hervor, das offenbar hastig versteckt worden war. Die Buchstaben UNCY waren klar zu erkennen, und Richmond schloß daraus, daß es sich um BIG'N BOUNCY, einen Import aus Dänemark, handeln mußte. Unter dem Vorwand, ein wenig aufzuräumen, sorgte Wooller dafür, daß das Magazin ganz verdeckt wurde.

Richmond wiederholte die Fragen, die er schon Andrea Rigby gestellt hatte, aber Wooller behauptete hartnäckig, er habe nicht das leiseste Geräusch gehört. In der Tat lag sein Cottage noch ein Stück weiter entfernt vom Cardigan Drive, der im rechten Winkel abbog und sich am Westrand der Siedlung Leaview bis zum östlichen Ende von Gallows View hinzog, aber Richmond hielt die Entfernung nicht für den entscheidenden Grund. Vielmehr war deutlich zu fühlen, daß Wooller nichts mit der Sache zu tun haben wollte – eine weitverbreitete Reaktion in solchen Fällen –, daß er aber darüber hinaus auch etwas zu verbergen hatte. Seine durch die dicke Brille entstellten Augen blieben jedoch starr und ausdruckslos, und es war klar, daß er nichts preisgeben würde. Richmond gab seiner Unzufriedenheit Ausdruck, indem er ihm nur flüchtig dankte und sich verabschiedete.

Über den Eingang zur ehemaligen Nummer acht erreichte man jetzt die Privaträume des Ladenbesitzers. Richmond hörte Stimmen durch die geschlossene Tür und blieb einen Moment lauschend stehen, in der Hoffnung, etwas Wichtiges zu erfahren. Er konnte nur ein paar Wortfetzen aufschnappen – entweder war die Tür zu dick, oder das Gespräch fand in den hinteren Räumen statt –, aus denen sich allerdings schnell zusammenreimen ließ, daß sich irgendein junger

Bursche gerade Vorhaltungen machen lassen mußte, weil er sich zu lange draußen herumtrieb und seine Schularbeiten vernachlässigte. Richmond lächelte in einem plötzlichen Gefühl der Solidarität mit dem armen Jungen. Er hatte sich selbst oft genug solche Standpauken anhören müssen.

Auf sein Klopfen verstummten die Stimmen augenblicklich, und die Tür wurde abrupt aufgerissen. Graham Sharp wirkte deutlich besorgt, als er feststellte, daß die Polizei ihn zu sprechen wünschte. Aber so reagierte fast jeder, wie Richmond wußte, und gewöhnlich steckte nicht mehr dahinter als ein unbezahlter Strafzettel für falsches Parken.

«Nein, ich hab sie nicht besonders gut gekannt», erklärte Sharp. «Sie hat immer das Nötigste hier gekauft, weil es so wohl bequemer für sie war, ansonsten hat sie ganz zurückgezogen gelebt. Was ist ihr denn zugestoßen?»

«Haben Sie gestern nacht vielleicht irgend etwas gehört, so etwa um elf Uhr?» wollte Richmond wissen.

«Nein, nichts», antwortete Sharp. «Ich hab oben ferngesehen. Wir haben aus einem der ehemaligen Schlafzimmer eine Art Wohnraum gemacht. Er liegt ganz nach Westen, so weit, wie man in Eastvale nur kommen kann, ohne gleich in einem Acker zu landen. Ich hätte also gar nichts hören können aus der Ecke vom Cardigan Drive.»

«Irgendwelche ungewöhnlichen Vorkommnisse in der letzten Zeit? Fremde Leute auf der Straße oder Kinder, die herumlungern?»

«Nein.»

«Neue Kunden im Geschäft? Oder neugierige Leute, die Fragen stellen?»

«Niemand, außer Ihnen.» Sharp lächelte verkniffen, aber deutlich erleichtert, daß Richmond sein Notizbuch wegsteckte.

«Könnte ich kurz mit Ihrem Sohn sprechen, Sir?» fragte Richmond.

«Mit meinem Sohn?» wiederholte Sharp, sichtlich nervös. «Wozu? Er ist noch ein Kind, eben erst fünfzehn.»

«Vielleicht kann er uns trotzdem helfen.»

«Na schön.» Sharp rief die Treppe hoch nach seinem Sohn. Wenige Augenblicke später trollte sich Trevor mürrisch nach unten.

«Wo warst du gestern abend, ungefähr um elf?» fragte Richmond.

«Hier bei mir», schaltete sich Sharp ein. «Das hab ich Ihnen doch schon gesagt – wir haben ferngesehen.»

Richmond blätterte in seinem Notizbuch, das machte sich besser, auch wenn er keine Gedächtnisstütze brauchte. «Sie sagten, daß *Sie* oben waren und ferngesehen haben, Sir. Von Ihrem Sohn war nicht die Rede.»

«Na schön, aber so war's nun mal gemeint. Ich bin einfach davon ausgegangen, daß Sie das richtig verstehen. Wo sollte er denn auch sonst sein um die Zeit?» Er legte Trevor den Arm um die Schultern, und der Junge zuckte sichtlich zusammen.

«Nun?» wandte sich Richmond an Trevor.

«Stimmt genau, wir haben ferngesehen. Gibt ja sonst nicht viel, was man hier tun kann, oder?»

Richmond bedankte sich bei beiden und ging, nachdem er auch in diesem Fall seine Vorbehalte zu Papier gebracht und sich eine Notiz gemacht hatte, daß er Trevor von irgendwoher zu kennen glaubte. Alles in allem sah es nicht danach aus, als ob der ganze beschissene Abend ein Reinfall war. Allmählich genoß er die Befragung und die Verantwortung, die auf ihm ruhte, und seine gehässigen Hintergedanken gegen Sergeant Hatchley schwanden zusehends dahin.

In den ersten beiden Häusern auf dem Cardigan Drive traf er niemanden an. Die Bewohner zweier weiterer Häuser waren am Vorabend bis in die frühen Morgenstunden auf einer Wohltätigkeitsveranstaltung ihres Klubs gewesen, und in den verbleibenden beiden Häusern hatte man zur fraglichen Uhrzeit zwar jemandem vorbeilaufen hören, aber niemand hatte aus dem Fenster geschaut oder das Klopfen an Alice Matlocks Tür gehört.

Im ersten Überschwang hatte Richmond noch vorgehabt, mehr als diese ersten sechs Häuser hinter sich zu bringen, allmählich aber fühlte er sich doch etwas müde, und da er immerhin seine Pflicht absolviert hatte, beschloß er, sich auf den Rückweg zu machen und Hatchley Bericht zu erstatten.

Er fand den Sergeant in Alice Matlocks Lehnstuhl vor, lang ausgestreckt, die Füße auf einem Schemel deponiert und laut schnarchend. Die Tote war inzwischen weggeschafft worden, geblieben waren nur die kreidegezeichneten Umrisse ihrer Gestalt auf den abgewetzten Fliesen und die dunklen Lachen getrockneten Blutes. Überall lag noch der Staub von Mansons Fingerabdruckpulver, und der Flüssigkeitspegel in der Brandyflasche war deutlich gesunken.

Richmond hüstelte diskret, worauf Hatchley ein blutunterlaufenes Auge aufklappte und knurrte: «Ah, schon zurück, mein Junge?

Grade nachgedacht über den Fall, bißchen die Atmosphäre geschnuppert, klar? Was ist, sind Sie durch mit den Häusern?»

Richmond nickte.

«Guter Junge. Na, dann woll'n wir uns mal auf die Socken machen. Sie brauchen sicher Ihren Schönheitsschlaf, wenn Sie morgen die ganzen Berichte schreiben wollen.»

«Inspector Banks hat doch angeordnet, daß jemand hier auf Posten bleiben soll.»

«Soso, hat er das? Ja, sicher, das kann einer von den Uniformkitteln machen. Wissen Sie was, machen Sie's sich hier gemütlich, und ich sag auf dem Heimweg im Revier Bescheid. In 'ner Viertelstunde ist die Ablösung da, garantiert. Okay, mein Junge?»

Müde, durchnäßt und halb erfroren murmelte Richmond nur ein ergebenes «Ja, Sir», machte es sich in einem Sessel bequem und tröstete sich mit dem Gedanken, daß die schöne Andrea Rigby wenige Meter weiter in ihrem Bett lag, nur durch eine Hauswand von ihm getrennt. Schließlich überlegte er, daß er die Zeit ebensogut nutzen konnte, um in groben Zügen seinen morgigen Bericht zu entwerfen. Er holte das Notizbuch hervor, überlas die Aufzeichnungen, die er in seiner kleinen ordentlichen Schrift gesammelt hatte, und begann zu grübeln, wie das alles wohl zusammenpaßte.

5

1

Der folgende Mittwoch ließ sich für Banks schon am Morgen schwer an. Sein Schreibtisch war bereits mit Berichten übersät, und der Gedanke an Jenny Fuller ging ihm nicht mehr aus dem Kopf. Dabei war seine Ehe völlig in Ordnung – Sandra war alles oder sogar mehr, als er sich jemals von einer Partnerin erhofft hatte –, insofern gab es also keinen Grund, warum er sich für eine andere Frau interessieren sollte.

Ihm fiel ein, daß Paul Newman einmal gesagt hatte: «Warum sollte ich draußen einen Hamburger essen, wenn ich zu Hause ein gutes Steak haben kann?» Was ihm nicht einfiel, war der Name des Witzbolds, der darauf geantwortet hatte: «Und was ist, wenn du Lust hast auf eine Pizza?»

Mit sechsunddreißig war er sicher noch ein gutes Stück entfernt von der vielbeschworenen Midlife-crisis, dennoch gab es wohl keinen Zweifel, daß er sich stark hingezogen fühlte zu dieser umwerfenden rothaarigen Doktorin der Psychologie. Es hatte ihn plötzlich getroffen, wie eine Art elektrischer Schock, und er war überzeugt, daß es ihr genauso ergangen war. Sie hatten sich nur zweimal gesehen, aber beide Begegnungen hatten unter einer starken unterschwelligen Spannung gestanden, und Banks wußte nicht, wie er sich dagegen wehren sollte. Das einzig Vernünftige war, seiner Wege zu gehen und jede weitere Begegnung zu vermeiden, aber diese Lösung war aus beruflichen Gründen nicht praktikabel.

Widerwillig würgte er den heißen, bitteren Kantinenkaffee hinunter und ermahnte sich erneut, die Dinge nicht so ernst zu nehmen. Es gab keinen Grund, sich schon alleine deshalb schuldig zu fühlen, weil man an eine attraktive Frau dachte. Schließlich war er ein normaler, heterosexuell reagierender Mann. Nach einem weiteren Schluck von dem bitteren Kaffee fühlte er sich hinreichend gefestigt, um sich wieder der Arbeit zuwenden zu können, den Berichten auf seinem Schreibtisch.

Er überflog Richmonds Protokolle von den Hausbefragungen, sinnierte einen Augenblick über die Vorbehalte, die der junge Detective in seinen Anmerkungen geäußert hatte, und kam zu dem Ergebnis, daß man diesen Fragen nachgehen mußte. Auch er erinnerte sich an Trevor Sharp, im Zusammenhang mit einem Taschendiebstahl an einem Touristen, der kurz nach seinem Dienstantritt in Eastvale passiert war. Der Junge hatte unter dringendem Tatverdacht gestanden, war aber nicht angeklagt worden, weil der Vater ihm ein Alibi gegeben hatte und das Opfer – ein «unschuldiger Ausländer» aus Oskaloosa in Iowa – nicht imstande gewesen war, den Täter eindeutig zu identifizieren.

Hatchleys Besuch im *Oak* war reine Zeitverschwendung gewesen. Er hatte das Personal und die Stammgäste befragt (und dabei zweifellos eine Menge Spesen gemacht), aber niemanden gefunden, der sich an irgendwelche ungewöhnlichen Vorfälle im Zusammenhang mit Carol Ellis erinnerte. Der besagte Abend war ohnehin besonders ruhig gewesen – wie an jedem Montag –, und sie hatte die ganze Zeit über an ihrem Ecktisch gesessen und sich mit ihrer Freundin Molly Torbeck unterhalten. Die beiden Damen hatten das Lokal vor der Polizeistunde zusammen verlassen und sich dann vermutlich vor der Tür getrennt, um nach Hause zu gehen. Niemand hatte die beiden beobachtet oder irgendwelche Anstalten gemacht, eine der Frauen aufzugabeln.

Der Sergeant hatte auch mit Carol, Molly und den drei anderen Opfern gesprochen. Im Ergebnis waren zwei der vier betroffenen Personen – Josie Campbell und Carol Ellis – an den fraglichen Abenden im *Oak* gewesen, während die beiden anderen sich in Pubs am entgegengesetzten Ende von Eastvale aufgehalten hatten. Damit zeichnete sich zwar nicht die Art von Muster ab, die Banks erhofft hatte, aber doch immerhin eine Gemeinsamkeit: Pubs. Vielleicht fiel Jenny Fuller zu diesem Thema etwas ein.

Banks verzichtete auf seine Frühstückspause im *Golden Grill*, überarbeitete noch einmal seinen eigenen Bericht über das Gespräch mit Crutchley und deponierte die Akte in der Zwischenablage, um die Skizze des Zeichners abzuwarten.

Während er die vorläufigen Ergebnisse des Gerichtspathologen über Alice Matlock studierte, verpaßte er auch seinen Lunch. Der

Bericht enthielt keine besonderen Neuigkeiten, bestätigte jedoch Glendennings Vermutungen über Zeit und Ursache des Todes. Die Quetschungen an den Handgelenken und den Armen deuteten darauf hin, daß ein Kampf stattgefunden hatte, in dessen Verlauf die Frau nach hinten gefallen war und sich den Schädel an der Tischkante aufgeschlagen hatte.

Glendenning war ein äußerst gründlicher Mann und stand in dem Ruf, einer der besten Pathologen des Landes zu sein. Er hatte sorgfältig nach etwaigen Spuren stumpfer Gegenstände gesucht, um zu überprüfen, ob man das Opfer vor seinem Fall verletzt und den Sturz nur inszeniert hatte, um die eigentliche Todesursache zu verschleiern. Außer einer typischen Schädelfraktur durch Aufprall hatte sich jedoch nichts feststellen lassen. Der Schädelknochen war an der Bruchstelle gesplittert und in die Hirnmasse am Hinterhauptbein eingedrungen, hatte aber zugleich die vorderen Hirnlappen geschädigt, was allem Anschein nach nur bei einem Sturz vorkam. Ein Effekt, der – wie Glendenning angemerkt hatte – vergleichbar sei mit einem plötzlichen Bremsmanöver im Auto und einem Aufprall der Insassen gegen die Windschutzscheibe. Im Unterschied dazu führe ein Schlag gegen den Kopf eines stehenden oder sitzenden Opfers zu einer Wunde, die auf den Bereich des aufprallenden Gegenstands beschränkt bleibe. Die Verletzung, an der Alice Matlock gestorben war, war in jedem Falle tödlich – auch für jüngere Menschen, mit weniger brüchigen Knochen –, deutete jedoch nicht notwendigerweise auf einen Mord hin. Es konnte ebensogut ein Unfall gewesen sein, fahrlässige Tötung oder Totschlag.

Detective Richmond erschien mit müden, rotgeränderten Augen und überbrachte das Protokoll von Ethel Carstairs' Aussage. Es enthielt keine besonderen Neuigkeiten, außer einer spezifizierten Aufstellung der entwendeten Silbersachen. Manson hatte am Tatort zwei unterschiedliche Sätze von Fingerabdrücken entdeckt – von der Toten selbst und von ihrer engsten Freundin Ethel, die sich ohne Umschweife bereit erklärt hatte, ihre Abdrücke zum Vergleich zu hinterlassen.

Gegen Viertel nach zwei steckte Superintendent Gristhorpe seinen Kopf durch die Tür. «Immer noch dabei, Alan?»

Banks nickte nur und deutete vielsagend auf den Papierhaufen, der seinen Schreibtisch füllte.

Gristhorpe warf einen Blick auf seine Uhr. «Sehen Sie zu, daß Sie sich drüben noch rasch ein Stück Pastete und ein Halbes besorgen. Ich finde, wir sollten uns so gegen drei alle zu einer Konferenz zusammensetzen, und ich möchte nicht, daß Sie mit Ihrem Magenknurren die Sitzung stören.»

«Eine Konferenz?»

«Jawohl, mein Freund, weil mächtig viel passiert ist. Unser netter kleiner Voyeur, die Einbrüche und jetzt auch noch die Sache mit Alice Matlock. Gefällt mir gar nicht. Höchste Zeit, daß wir ein paar Ideen streuen. Nur ich und Sie, Hatchley und Richmond. Haben Sie übrigens die Berichte von dem Knaben gelesen?»

«Ja, ich hab sie grade durch.»

«Nicht schlecht, was? Detailliert, keine langatmigen Infinitive oder unzusammenhängenden Adverbien. Wird's noch weit bringen, der Junge. Na, dann, bis gleich, im Sitzungssaal.»

2

Der sogenannte Sitzungssaal war lediglich der größte Raum, den die Wache aufzuweisen hatte. In seiner Mitte stand ein großer mattschimmernder ovaler Tisch, um den zehn gleiche, unbequeme Stühle mit steifen Rückenlehnen gruppiert waren. Die Anordnung hatte etwas Imposantes, aber die Zusammenkunft selbst war eher ungezwungen. In der Mitte des Tisches stand eine Warmhalteplatte mit einer Kanne Kaffee, umgeben von ein paar Aktenstapeln, Bleistiften und Notizblöcken. Aschenbecher waren nicht vorhanden. Gristhorpe schätzte es nicht, wenn man in seiner Gegenwart rauchte. Ausgenommen in Cafés oder Pubs, wo es sich nicht vermeiden ließ.

«Also», verkündete der Superintendent, nachdem alle ihre Papiere sortiert und sich Kaffee genommen hatten, «wir haben vier Einbrüche – allesamt bei alten Leuten –, inklusive einer Körperverletzung und einem Todesfall. Außerdem einen Spanner, der überall herumläuft und durch jedes verdammte Fenster guckt, wenn ihm danach ist – und wir haben so gut wie nichts in der Hand, egal bei welchem Fall. Ich schätze also, es ist höchste Eisenbahn, daß wir unser bißchen Gehirnmasse zusammenwerfen und mal sehen, ob wir nicht auf die eine oder andere Idee kommen. Alan?»

Banks hustete. Er brauchte dringend eine Zigarette, mußte sich aber statt dessen damit begnügen, auf einer Büroklammer herumzukauen. «Vielleicht sollte sich Detective Constable Richmond als erster äußern. Er hat immerhin die Befragung bei den Nachbarn der alten Dame durchgeführt, die letzte Nacht gestorben ist.»

Gristhorpe schaute Richmond auffordernd an.

«Nun, Sir, ich nehme an, Sie werden meine Berichte gelesen haben. Dem ist eigentlich nicht viel hinzuzufügen. Wir haben das Haus über Nacht von einem Streifenpolizisten bewachen lassen und einen weiteren Mann losgeschickt, um die restlichen Häuser am Cardigan Drive abzuklappern. Einige der Bewohner haben jemanden laufen hören, aber das war alles.»

«Wir wissen doch wohl, wer dieser Jemand war, stimmt's?» fragte Gristhorpe.

«Nicht hundertprozentig, Sir. Allerdings haben Sie wohl recht, wahrscheinlich wird es dieser Bursche gewesen sein, der den Damen immer beim Ausziehen zuguckt.»

«Ganz richtig», bestätigte Gristhorpe und blätterte eine Seite weiter in dem vor ihm liegenden Bericht. «Diese Andrea Rigby hat also gesagt, daß sie jemanden hat laufen hören und dann ein Klopfen an einer Tür. Wenn wir einmal die alternativen Erklärungen dafür außer acht lassen – könnte es dann möglicherweise sein, daß es kein Dieb, sondern unser Spanner war, der Alice Matlock getötet hat? Vielleicht hat sie ihn gekannt, vielleicht hat er sie gebeten, ihm zu helfen, ihn zu beschützen oder ihr beichten zu dürfen? Vielleicht hat sie ihm gedroht, alles zu erzählen, es ist zum Kampf gekommen, und er hat sie gegen den Tisch gestoßen? Also Körperverletzung mit Todesfolge?»

«Das Haus ist gründlich durchsucht worden, wie die anderen auch, Sir», gab Sergeant Hatchley zu bedenken.

«Und keine Fingerabdrücke?»

«Keine Fingerabdrücke, Sir.»

«Könnte er es vielleicht darauf angelegt haben, daß es wie ein Einbruch aussieht?»

«Warum sollte unser Spanner auf die Idee kommen?» fragte Banks.

«Nun, er wird doch wohl die Zeitungen lesen», meinte Gristhorpe.

«Es paßt trotzdem nicht, das würde auf einen Vorsatz hindeuten. Aber wenn es so passiert ist, wie Sie annehmen, war es vermutlich eher ein Unfall. Wahrscheinlich ist er einfach in Panik geraten und weggelaufen.»

«Man hat schon von Fällen gehört, wo die Leute selbst bei Verbrechen aus Leidenschaft ihre Spuren verwischt haben.»

«Das ist richtig, Sir», erwiderte Banks. «Es scheint nur nicht in das

Persönlichkeitsprofil zu passen, soweit wir es bisher erarbeitet haben.»

«Ich höre ...»

«Dr. Fuller ...» da war es schon wieder, dieses formelle Getue. Warum konnte er sie nicht einfach Jenny nennen, vor aller Welt? «... Dr. Fuller meint, daß wir es mit einem total frustrierten Mann zu tun haben, der vermutlich bereits das Äußerste wagt, wenn er durch die Fenster oder Vorhänge schaut. Man kann das zwar nicht sicher sagen, aber es ist offenbar einigermaßen unwahrscheinlich, daß ein Voyeur zu schwerwiegenderen Gewalttaten übergeht. Andrerseits wird er das Bedürfnis verspüren, auf irgendeine Weise auszubrechen, je mehr sich der innere Druck in ihm aufbaut. Er sitzt gewissermaßen in der Falle, in einer Art Zwickmühle, und es läßt sich nicht voraussagen, auf welche Weise er versuchen wird, ihr zu entkommen.»

«Aber es handelt sich doch hier nicht um ein Sexualverbrechen, Alan. Von diesen Dingen ist Alice Matlock doch, Gott sei Dank, verschont geblieben.»

«Ich weiß, Sir, aber es paßt trotzdem nicht zusammen. Unser Spanner tut, was er tun muß, wenn er unter Druck steht, und er kennt nur einen Weg, sich von der Spannung zu befreien – indem er den Frauen beim Ausziehen zusieht. Es genügt ihm nicht, einfach in ein Striplokal zu gehen, er braucht die Heimlichkeit, die Macht, das Gefühl, über seine ahnungslosen Opfer bestimmen zu können, und wenn ihm das gelungen ist, läßt die Spannung nach. Ein Mensch mit einer derartigen Persönlichkeitsstruktur würde wohl kaum im Laufschritt zu einer alten Frau hasten, um ihr seine Schwächen zu beichten – geschweige denn, sie nach Befriedigung seiner Wünsche umzubringen.»

«Ich verstehe, was Sie sagen wollen, Alan», räumte Gristhorpe ein. Seine buschigen Augenbrauen, die in der Mitte zusammentrafen, zeichneten eine dicke graue Linie quer über seine unschuldig blauen Kinderaugen. «Vielleicht wäre es das Beste, wenn wir erst einmal herausfinden, wen Alice Matlock überhaupt gekannt hat.»

«Sie scheint eher eine Einzelgängerin gewesen zu sein, Sir», meldete sich Richmond. «Die meisten ihrer Nachbarn wußten kaum etwas von ihr. Es scheint allenfalls zu einem flüchtigen Gruß auf der Straße gereicht zu haben.»

«Ich kannte Alice Matlock», verkündete Gristhorpe. «Sie war eine Freundin meiner Mutter und hat immer ihre Eier auf unserer Farm gekauft, als ich noch ein Kind war. Ich erinnere mich, daß sie mir jedesmal irgendwelche Bonbons mitgebracht hat . . . aber Sie haben recht, junger Mann, sie war tatsächlich eine Art Einsiedlerin, vor allem im Alter. Hat ihren Verlobten verloren, im Ersten Weltkrieg, soweit ich weiß, und nie geheiratet. Wie dem auch sei, kümmern Sie sich um diese Sachen, und stellen Sie fest, ob sie vielleicht freundschaftliche Kontakte hatte zu jemandem, der sich als Voyeur eignen würde.»

«Da wäre noch etwas . . .»

«Ja, Alan?»

«Wenn es sich nicht um *eine* Person handelt, wenn der Einbruch von der üblichen Gang verübt wurde und unser Voyeur zufällig zugeguckt und sich aus dem Staub gemacht hat – dann haben sie sich möglicherweise auch gesehen.»

«Sie meinen, wenn wir einen von ihnen schnappen, hätten wir eine Spur, die uns zu den anderen führt?»

«Ja.»

«Na schön, aber im Moment sind wir doch wohl ziemlich weit von den einen wie dem anderen entfernt, oder?»

«Das ist richtig.»

«Und bei wem, glauben Sie, hätten wir die besten Chancen?»

«Bei den Einbrechern», antwortete Banks ohne Zögern. «Im Moment fertigt unser Zeichner gerade ein Phantombild des Mannes an, der die Ware in Leeds abgesetzt hat. Der Ladenbesitzer hat mir bereits mündlich eine recht genaue Beschreibung gegeben, aber sie paßt auf keins der mir bekannten Gesichter aus unserer Kartei. Sergeant Hatchley und Constable Richmond haben ihn auch nicht identifizieren können.»

«Möglicherweise ist er also nicht von hier. Vielleicht ein Neuzugang?»

«Oder schon lange weg», schlug Richmond vor, «und nur gelegentlich am Ort.»

«Möglich. Kennen Sie jemanden, auf den die Beschreibung passen würde?»

Richmond schüttelte den Kopf. «Nur auf den Ehemann von Andrea Rigby. Irgend so ein Computeras, das die meiste Zeit unterwegs ist. Aber dann hab ich ein Foto von ihm gesehen, auf dem Kamin, und danach paßt er nicht zu unserer Beschreibung. Außerdem ist er wohl ohnehin nicht der Typ. Soweit ich gesehen habe, macht er einen Haufen Geld mit seiner Bastelei an den Computern.»

«Nun, dann fragen Sie mal herum», riet Gristhorpe, «und sehen Sie zu, ob dabei vielleicht was herauskommt. In Ihrem Bericht, Richmond, haben Sie übrigens erwähnt, daß Ihnen dieser Wooller verdächtig erschien. Hatte das einen besonderen Grund?»

«Nein, eigentlich nicht, Sir.» Richmond schien verwirrt, als habe man ihn bei einer gänzlich abwegigen Spekulation ertappt. «Nur dieses Sexheft, Sir, das steht auch in meinem Bericht.»

«Schon», meinte Gristhorpe nachsichtig, «allerdings werden wohl die meisten von uns sich gelegentlich mal Bilder von nackten Frauen ansehen, oder?»

«Die Frauen waren aber nicht nur nackt, Sir», wandte Richmond ein, offensichtlich zu spät begreifend, daß er sich um Kopf und Kragen redete, «manche waren auch gefesselt, Sir . . .» seine Stimme schwankte einen Augenblick «. . . und sie haben es mit Tieren gemacht . . .»

«Nun denn», unterbrach ihn Gristhorpe mit einem strahlenden Lächeln, «ich sehe, Sie haben Ihre Hausaufgaben gemacht, junger Mann. Aber selbst wenn es sich bei diesem Schund um illegale Importe handelt, werden wir wohl nicht viel dagegen tun können, nicht wahr? Also, worauf wollen Sie eigentlich hinaus?»

«Nur darauf, daß er mir verdächtig vorkam, Sir. Absolut unkommunikativ und gerissen. Er hat sich aufgeführt wie jemand, der etwas zu verbergen hat.»

«Sie glauben, daß er vielleicht unser Voyeur sein könnte?»

«Durchaus möglich, Sir.»

«Alan?»

Banks zuckte die Achseln. «Ich hatte noch nicht das Vergnügen mit Mister Wooller – ich weiß nur, daß unser Mann jede Größe, jede Breite, jedes Aussehen überhaupt haben kann. Wenn er allerdings unter frustrierenden Bedingungen lebt und sich an sadomasochistischen Bildern oder Sodomie hochzieht, kann das durchaus ein Hinweis sein.»

«In Ordnung», erklärte Gristhorpe und machte sich eine Notiz, «dann sollten wir diesen Herrn im Auge behalten. Ein kurzer Besuch, ein kleines Schwätzchen – aber nicht zu viel Druck», mahnte er mit einem strengen Blick zu Hatchley, der angelegentlich auf seine Notizen sah und seine Krawatte zurechtrückte.

«Dieser Junge, Sir – Trevor Sharp», begann Richmond.

«Was ist mit ihm?»

«Das ist auch irgendwie seltsam, Sir. Ich hab gehört, wie sie sich gestritten haben, über das späte Ausgehen und die Hausaufgaben, und als ich dann nach dem bewußten Abend gefragt habe, hat der Vater zuerst nur von sich gesprochen. Er hätte ferngesehen, im Hinterzimmer. Später, als ich danach gefragt habe, hat er dann behauptet, der Junge wäre auch dabei gewesen.»

«Glauben Sie, daß er gelogen hat?»

«Könnte sein.»

«Vor vier Monaten hatten wir den Jungen hier», erläuterte Banks. «Verdacht auf Straßenraub, aber es kam nicht zur Anklage.»

«Nun gut», meinte Gristhorpe, «nachdem wir allem Anschein nach bislang nicht mehr wissen, als daß unsere Einbrecher ziemlich jung sind, können wir dieser Spur ebensogut nachgehen. Alan, vielleicht sollten Sie sich mal mit den beiden unterhalten, mit Vater und Sohn. Auf diese Weise können Sie sich überzeugen, ob an Richmonds Eindruck etwas dran ist.»

«In Ordnung», stimmte Banks zu. «Ich schau heute mal vorbei, wenn der Junge aus der Schule zurück ist.»

«Vielleicht wär es keine schlechte Idee, sich auch mal mit dem Schuldirektor zu unterhalten. Man weiß ja nie, die haben manchmal ihre Schüler ganz gut unter Kontrolle. Welche Schule ist das überhaupt?»

«Die hiesige Gesamtschule, Sir», erklärte Richmond. «Auf der bin ich auch gewesen.»

«Dann ist der Direktor wohl der alte Buxton, wie?»

«Ja, Sir – *Boxer Buxton*, wie wir immer gesagt haben. Er muß jetzt kurz vor der Pensionierung sein.»

«Er muß jetzt seit mindestens vierzig Jahren an dieser Schule sein. Als Direktor wahrscheinlich schon zwanzig Jahre oder mehr, schon seit der Zeit, als es noch die Eastvale Grammar School war. Inzwischen ist er schon ein bißchen tatterig und ziemlich versponnen in seine eigene Welt, aber Sie sollten sich vielleicht doch mal mit ihm über den jungen Trevor unterhalten und feststellen, ob er sich irgendwie auffällig verhält, womöglich die Schule schwänzt oder sich mit irgendwelchen Rowdies herumtreibt. War noch etwas?» wandte sich Gristhorpe an Sergeant Hatchley. «Etwas, das uns weiterhelfen könnte, Sergeant?»

«Ich kann einfach kein bestimmtes Muster entdecken in der Vorgehensweise unseres Spanners, Sir», erklärte Hatchley. «Bis auf die Tatsache, daß er sich immer Blondinen aussucht.»

«Was meinen Sie?»

«Nun, ich meine ein bestimmtes Muster, nach dem er seine Opfer auswählt, sich an sie heranmacht und herausfindet, wem er folgen kann.»

«Es waren doch nicht nur alleinstehende Frauen, oder?» erkundigte sich Gristhorpe.

«Nein, Sir», antwortete Hatchley. «Bei der einen hat sogar der Ehemann im Bett gelegen und gedöst, während unser Knabe sich hinter dem Vorhang vergnügt hat.»

«Ich glaube, er sondiert vorher das Terrain», merkte Banks an. «Er scheint immer genau zu wissen, durch welches Fenster er gucken kann und wie die Räume in den Häusern verteilt sind. Er schafft es sogar, sich jeweils die beste Zeit auszusuchen.»

«Demnach wählt er seine Opfer also sehr sorgfältig aus?»

«Offenbar.»

«Die Frauen waren alle vorher in einem Pub gewesen», fügte Hatchley hinzu, «aber es gibt keine Hinweise darauf, daß sie dort beobachtet wurden.»

«Das wäre doch eine Erklärung, nicht wahr?» meinte Banks. «Wenn er vorher schon wußte, wen er ausspionieren will, hat er sich auch über die Gewohnheiten seiner Opfer informiert. Wenn er die Häuser, wo sie wohnen, vorher ausgekundschaftet hat, wird er auch gewußt haben, wann die Frauen üblicherweise aus dem Pub kommen und das Licht im Schlafzimmer anmachen. Außerdem hat er bestimmt auch gewußt, ob der Ehemann noch eine Weile unten blieb oder vielleicht in der Badewanne lag, während sie sich schon ausgezogen hat. Eine gewisse Vorarbeit wird wohl nötig gewesen sein.»

«Das klingt ziemlich einleuchtend, Alan», bestätigte Gristhorpe, «allerdings hilft es uns in der Sache wohl kaum weiter, oder?»

«Nun, wir könnten die Leute immerhin warnen, daß sie möglicherweise beobachtet werden, und ihnen empfehlen, auf irgendwelche Fremden zu achten, die sich in der Gegend herumtreiben.»

«Ja, ich denke, das könnten wir.» Gristhorpe seufzte und fuhr sich mit den Fingern durchs Haar. «Besser als gar nichts jedenfalls. Sergeant Hatchley – soweit ich weiß, haben Sie noch einmal mit den Opfern gesprochen?»

«Ja, Sir, allerdings hat sich nichts Neues dabei ergeben. Abgesehen von der Tatsache, daß die Damen in allen Fällen vorher aus gewesen waren.»

«Vielleicht hält er sie deshalb für sündig oder verworfen oder irgendwas in dieser Art», spekulierte Banks. «Möglicherweise braucht er solche Gefühle gegenüber seinen Opfern. Bekanntlich gibt es viele Männer, denen der Gedanke, daß Frauen rauchen oder allein in Lokale gehen, zuwider ist. In ihren Augen machen sich die Frauen damit selbst zu einer billigen Beute. Vielleicht empfindet er genauso und braucht die Vorstellung, daß sich seine Opfer vorher selbst erniedrigt und verunreinigt haben.»

Gristhorpe kratzte sich am Hals und meinte stirnrunzelnd: «Ich habe den Eindruck, daß Sie sich ein bißchen zu lange mit Dr. Fuller unterhalten haben, Alan. Aber vielleicht liegen Sie ja auch richtig, auf jeden Fall sollten Sie diesen Punkt mit ihr bereden. Wann ist der nächste Termin?»

«Morgen.»

«Wieder am Abend?»

Banks spürte, wie er leicht errötete. «Wir haben beide tagsüber zu viel zu tun, Sir.»

Hatchley versuchte ein Lachen zu unterdrücken, indem er die untere Gesichtshälfte hinter einem riesigen, verschmutzten Taschentuch verschwinden ließ und sich kräftig schneuzte, während Richmond verlegen auf seinem Stuhl herumrutschte. Banks registrierte die Reaktionen der beiden Männer mit deutlicher Verstimmung und hatte das Bedürfnis, die Dinge richtigzustellen, ihnen zu sagen, daß es sich um Arbeit, nichts als verdammte Arbeit handelte. Aber er wußte nur zu gut, daß seine Proteste überzogen klingen würden, also blieb er stumm und behielt seinen Ärger für sich.

«Setzen Sie ihr diesen Punkt also auseinander», fügte Gristhorpe, den Zwischenfall ignorierend, hinzu, «und fragen Sie sie, ob sie möglicherweise einen Zusammenhang sieht zwischen unserem Voyeur und dem Tod von Alice Matlock. Finden Sie heraus, ob es eine gewisse Wahrscheinlichkeit gibt, daß unser Mann etwas gegen Frauen hat, die allein in Pubs gehen.»

«Vermutlich wird sie mich auslachen», meinte Banks. «Ich fürchte, wir neigen alle ein bißchen dazu, uns gelegentlich als Amateurpsychologen aufzuspielen.»

«Keine Sorge, Alan, das ist nicht weiter verwunderlich. Wir wären doch wohl auch ein verdammt unempfindsamer, gleichgültiger Haufen, wenn wir uns nicht von Zeit zu Zeit ein paar Gedanken machen würden über das Wesen und das Verhalten des Menschen – und des

Polizisten im besonderen, nicht wahr? Nun, das war's wohl, oder?» fragte er und erhob sich, um die Sitzung zu beenden.

Niemand äußerte sich. «Also, dann hätten wir das . . . Gehen Sie der Sache mit Wooller und dem jungen Sharp nach, bringen Sie diese Phantomzeichnung in Umlauf, sobald sie fertig ist, und überprüfen Sie mit dieser Ethel Carstairs, ob Alice Matlock vielleicht noch ein paar andere Freunde gehabt hat.»

«Sollen wir die Presse irgendwie einschalten?» erkundigte sich Banks. «Vielleicht mit einer Warnung, daß die Damen die Augen offenhalten und sich vor Fremden in acht nehmen?»

«Das kann jedenfalls nicht schaden. Ich werde mich selbst darum kümmern. Also, an die Arbeit. Vertagen wir uns auf einen späteren Zeitpunkt.»

3

Graham Sharp rollte von Andrea Rigby herunter und sprach mit einem Seufzer des Behagens: «Ah, Gott erhalte uns den Mittwoch! Wenigstens ein freier Nachmittag in der Woche!»

Andrea kicherte übermütig und kuschelte sich in die Beuge seines Arms. Er nahm das Gewicht ihrer Brüste wahr, den Druck der immer noch steifen Brustwarzen gegen seinen Rippenbogen, den warmen und schläfrig stimmenden, säuerlichen Geruch nach Sex. Andrea ließ ihren Finger langsam in einer geraden Linie von seinem Hals zu seinem Schamhaar wandern und sagte träumerisch: «Es war wundervoll, Gray. Es ist immer wundervoll mit dir. Siehst du, jetzt fühlst du dich schon viel besser.»

«Ich war nur ein bißchen in Gedanken, weiter nichts.»

«Du warst völlig verspannt», bemerkte Andrea und massierte seine Schultern, um dann lachend hinzuzufügen: «Was es auch war, es hat dich jedenfalls ganz schön wild gemacht.»

«Wann wirst du ihm sagen, was los ist?»

«Oh, Gray!» Sie kuschelte sich enger an, quetschte ihre Brüste an seinen Körper. «Mach uns doch nicht die Stimmung kaputt. Ich will jetzt nicht an solche unangenehmen Dinge denken.»

Graham lächelte und streichelte ihr Haar. «Verzeih, Liebes, aber diese Heimlichtuerei macht mir manchmal ganz schön zu schaffen. Ich möchte ja nur, daß wir immer zusammen sein können.»

«Das werden wir, ganz bestimmt», murmelte Andrea. Sie fühlte, wie sein Glied allmählich wieder härter wurde, und rieb langsam ihren Körper an ihm. «O Gott, Gray . . .» Heftig zog sie den Atem ein, als er ihre Brust umfaßte und mit Daumen und Zeigefinger ihre Brustwarze drückte. «Ja . . . Ja . . .»

Außerhalb dieser Situation, in Augenblicken der Vernunft, wußte Graham nur zu gut, daß sie nie für immer zusammen sein würden. Wie immer Andrea über ihren Ehemann denken mochte, er war im Grunde gar kein übler Bursche. Jedenfalls schlug er sie nicht und ging auch nicht fremd, soweit Graham wußte. Sie kamen ganz gut miteinander zurecht, wenn er ausnahmsweise einmal zu Hause war, aber wichtiger war wohl noch, auch wenn Andrea das nicht einmal vor sich selbst zugeben würde – schon gar nicht jetzt, kurz vor einem Orgasmus –, daß ihr Mann eine Menge Geld machte. Bald schon, so hatte sie Graham bedauernd erzählt, würden die beiden umziehen in ein typischer ländliches Domizil, ein abgelegenes Cottage in den Dales oder irgendwo in den Cotwolds, wo das Klima etwas milder war. Warum ihr Mann unbedingt auf dem Lande wohnen wollte, war ihr schleierhaft – zumal er ohnehin fast nie zu Hause war –, aber glücklicherweise hatte sich herausgestellt, daß ihr zumindest Eastvale weit mehr zu bieten gehabt hatte als erwartet.

In seinem tiefsten Innern wußte er auch, daß Trevor nie eine andere Mutter akzeptiert hätte, schon gar nicht eine Frau, die nur zwei Türen weiter wohnte und mit ihren vierundzwanzig Jahren eher eine Art älterer Schwester gewesen wäre. Und dann das Geld. Graham kam nur knapp über die Runden mit seinem Einkommen, und bei reiflicher Überlegung (die er nach Möglichkeit vermied) konnte er sich Andrea eigentlich nicht als Frau eines kleinen Ladenbesitzers vorstellen. Kaum denkbar, wenn man Pariser Modellkleider trug, Originale an der Wand hängen hatte und zum Urlaub nach New York oder Bangkok flog. Nein, so wenig wie Trevor sie jemals als Mutter akzeptieren würde, so wenig würde sie selbst ihren Lebensstil aufgeben wollen.

Das Problem war nur, daß sie beide im Herzen Romantiker waren. Angefangen hatte es damit, daß Andrea immer öfter in den Laden gekommen war, um ein paar Kleinigkeiten zu kaufen – ein Päckchen Jacob's Cream Crackers, ein paar frische Brötchen oder eine kleine Flasche Weinessig aus Tarragona –, und wenn keine anderen Kunden zu bedienen gewesen waren, hatte sie sich jedesmal Zeit gelassen und ein wenig geplaudert. Auf diese Weise hatte Graham binnen ein oder zwei Wochen eine Menge über sie erfahren, vor allem darüber, daß ihr Mann ständig unterwegs war und sie sich mächtig langweilte.

Eines Abends dann war eine der elektrischen Sicherungen in ihrem Haus durchgebrannt, sie hatte sich nicht zu helfen gewußt und Graham um Beistand gebeten. Er war erschienen, mit Taschenlampe und Sicherungsdraht, und hatte das Problem im Handumdrehen gelöst. Es hatte den obligaten Kaffee gegeben und danach eine höchst aufregende Sitzung mit heißen Küssen und Fummeleien auf ihrem Sofa, einem dieser praktischen, modernen Dinger, das man bei Bedarf ohne große Umstände zu einem einigermaßen adäquaten Bett umfunktionieren konnte.

Seither – seit etwa zwei Monaten – hatten sie sich ziemlich regelmäßig getroffen, wenn auch unter erschwerten Bedingungen: Sie hatten nie miteinander ausgehen können (abgesehen von einem gemeinsamen Dinner in York, wo sie den ganzen Abend nervös über ihre Schultern geblickt hatten) und es überhaupt vermeiden müssen, miteinander gesehen zu werden. Wenn Graham sie besuchte, kam er über die Hinterhöfe, deren hohe Mauern ihn vor neugierigen Blicken abschirmten und das Geräusch seiner Schritte dämpften. Manchmal veranstalteten sie vorher ein richtiges Candlelight-Dinner, dann wieder stürzten sie sich ohne besondere Umschweife ins Bett. Andrea war die leidenschaftlichste und hingebungsvollste Frau, die Graham je geliebt hatte, und durch sie hatte er neue, ungeahnte Freuden erfahren.

Zu Anfang hatten sich die Dinge leichter angelassen. Trevor war auf einer dreiwöchigen Klassenfahrt in Frankreich gewesen, und so hatte Graham über seine Zeit verfügen können. Nach der Rückkehr des Jungen war das schwerer geworden, und insofern genoß er den Mittwoch, wo das Geschäft am Nachmittag geschlossen blieb. Die Wochenenden fielen selbstverständlich ganz flach, weil Andreas Mann im Hause war. Übrig blieben also nur die wenigen Abende, an denen Trevor ausgehen und sich mit seinen Kumpels treffen durfte, im Kino, im Jugendklub oder bei einer Tanzveranstaltung im Ort. In letzter Zeit war Trevor allerdings kaum noch zu Hause gewesen, und Graham hatte Andrea weitaus öfter sehen können.

Als es vorbei war, lehnten sie sich in die Kissen und zündeten sich Zigaretten an. Andrea stieß den Rauch aus der Nase wie ein Filmstar aus den vierziger Jahren.

«Waren sie gestern abend auch bei dir?» fragte sie.

«Die Polizei?»
«Ja.»
«Was glaubst du, was da passiert ist?»
«Na, die alte Frau, diese Alice Matlock. Sie ist tot.»
Andrea runzelte die Stirn. «Ein Mord?»
«Das nehmen die wohl an, sonst würden sie ja wohl kaum ihre Zeit damit vertrödeln, alle Leute auszufragen, was sie getan haben und wo sie waren.»
Seine Stimme klang verärgert, und Andrea streichelte ihm beruhigend über die Brust. «Mach dir keine Sorgen, Darling, schließlich hat das ja nichts mit uns zu tun, nicht wahr?»
«Nein, natürlich nicht», sagte er, drehte sich zu ihr um und ließ seine Hand über ihren schweißfeuchten Bauch gleiten. Er liebte ihren Körper, der so anders war als der seiner Maureen. Sie hatte ganz glatte Haut gehabt, glatt wie Marmor und mitunter ebenso kalt, so daß er kaum gewagt hatte, sie zu berühren, aus Angst, ihn zu entweihen. Aber Andreas Haut hatte eine Struktur, eine Art Körnung, die unter den Fingern ein Prickeln verursachte, wenn man ihr über die Schultern oder den Hintern strich – selbst dann, wenn es so feucht war wie in diesem Moment.
«Was wollten sie denn von dir wissen?» fragte er.
«Nur, ob ich irgendwas gehört hätte in der Nacht davor.»
«Und? Hast du?»
«Ja, kurz nachdem du weg warst. Ich hab gehört, wie jemand den Cardigan Drive langgerannt ist, und dann hat es irgendwo an die Tür geklopft.»
«Meinst du, es war dieselbe Person?»
«Könnte sein.»
«Am Cardigan Drive ist Montag nacht wieder eine Frau beim Ausziehen beobachtet worden», verkündete Graham. «Hat in der Zeitung gestanden.»
«Wieder dieser Spanner?»
«Ja.»
Andrea fröstelte und schmiegte sich enger an seinen Körper. «Dann nehmen sie sicher an, daß er es war, oder?»
«Ja, vermutlich», antwortete Graham.
«Was haben sie dich denn gefragt?»
«Dasselbe. Ob ich irgendwas gehört hätte. Und von Trevor wollten sie wissen, wo er gewesen ist.»

«Sie haben's eben abgesehen auf die jungen Burschen, das weißt du, Gray. Aber das hat nichts zu sagen. Es liegt nur an dieser Arbeitslosigkeit, daß sie heutzutage automatisch alle Jugendlichen für Verbrecher halten.»

«Ist ja auch was dran.»

«Was hast du ihnen erzählt?»

«Daß er zu Hause war, natürlich. Mit mir.»

«Oh, Gray, meinst du, das war richtig? Wenn ihn nun jemand woanders gesehen hat? Das wäre dann noch viel schlimmer.»

«Er war's nicht, Andrea, er ist nicht der Typ dafür, und ich werde, verdammt noch mal, nicht zulassen, daß ihn die Polizei in die Mangel nimmt. Wenn sie ihn einmal beim Wickel haben, lassen sie nicht mehr locker. Beim letzten Mal war's schon schlimm genug, und das soll nicht noch einmal vorkommen.»

«Wenn du meinst, daß es so besser ist, Gray . . .»

Graham blickte sie stirnrunzelnd an. «Ich weiß, daß du meinst, er wär's nicht wert», sagte er, «aber er ist wirklich ein guter Junge und wird seinen Weg machen, du wirst schon sehen.»

Sie schlang die Arme um seinen Hals. «Aber ich denke doch gar nichts Schlechtes von ihm, bestimmt nicht. Du bist nur so völlig vernarrt und kritiklos, wenn's um deinen Jungen geht. Er kann einfach nichts falsch machen, in deinen Augen.»

«Na und? Schließlich bin ich sein Vater, und er hat sonst niemanden.» Er lächelte und gab ihr einen Kuß. «Keine Sorge, Liebes, ich weiß schon, was ich tue.» Er warf einen Blick auf seine Armbanduhr, die er auf dem Nachttisch deponiert hatte. «Himmel, es wird Zeit, daß ich gehe! Trevor kann jeden Moment aus der Schule kommen.»

Andrea rückte traurig von ihm weg. «Ich hasse es, wenn du weg mußt, Gray», sagte sie. «Ich fühle mich so verlassen ohne dich, und es ist so schrecklich langweilig, den ganzen Abend über allein zu sein.»

Graham gab ihr einen flüchtigen Kuß auf die Lippen. «Ich weiß, ich werd' versuchen, später noch mal vorbeizukommen. Mal sehen, was Trevor heute abend vorhat.»

Er schlüpfte in seine Hosen, während Andrea ihn vom Bett aus beobachtete.

«Ich mache mir allmählich ein bißchen Sorgen wegen Wooller», erklärte sie, als Graham bereits aufbrechen wollte.

«Was ist mit ihm?»

«Ich weiß nicht, vielleicht leide ich unter Verfolgungswahn, unter

Schuldgefühlen oder was auch immer – aber er guckt mich immer so an, als ob er genau Bescheid wüßte. Und das Schlimmste ist, daß er dann so aussieht, als ob er sich gerade überlegen würde, was er mit seinem Wissen anfängt. Verstehst du, was ich meine? Ich hab immer das Gefühl, als hätte er alles gesehen, von mir und von uns.»

«Mach dir darüber keine Gedanken», meinte Graham beruhigend, setzte sich auf die Bettkante und nahm ihre Hand. «Du bist nur ein wenig überreizt. Wir waren sehr diskret, und die Wände sind sehr dick – ich bin sicher, daß er nicht den leisesten Ton hören kann. Und ich bin immer sehr vorsichtig, wenn ich komme. Glaub mir, Schatz, du brauchst dir keine Sorgen zu machen. So, jetzt muß ich aber.» Er tätschelte ihre Hand und gab ihr einen Kuß auf die Stirn. Andrea streckte sich mit einem Gähnen, dann rutschte sie hinüber auf die andere Bettseite und legte sich in die Kuhle, die Grahams Körper hinterlassen hatte. Sie zog sich das Laken, das noch nach seinem Old Spice duftete, über die Schultern und winkte ihm träge nach, während er leise durch die Tür schlüpfte.

4

Es war sechs Uhr abends, als Banks vor der Nummer acht in Gallows View vorfuhr. Er hatte beschlossen, sich selbst um die Sharps zu kümmern und das Gespräch mit Wooller dem Kollegen Hatchley zu überlassen.

«Guten Abend», sagte er höflich und stellte sich vor, als Graham Sharp ihm die Tür öffnete, eine Gabel mit einem Stück Wurst in der Hand.

«Wir sind gerade beim Abendessen. Kann das nicht warten?»

«Es wird nicht lange dauern», erklärte Banks, mit einem Bein bereits in der Diele. «Essen Sie ruhig weiter.»

Das Wohnzimmer war eigentlich mehr eine Art Warenlager, in dem sich Kartons voller Konserven, Keksen und Chips stapelten, die von hier aus wohl leichter in den Laden zu transportieren waren. Im Hintergrund war eine praktisch und modern eingerichtete Küche zu erkennen, komplett bis zum Mikrowellenherd. Der eigentliche Wohnbereich lag offenbar in der oberen Etage und erstreckte sich über die gesamte Grundfläche beider Cottages.

Graham und Trevor saßen an einem wachstuchbezogenen Tisch und widmeten sich den Resten eines Abendessens, das offensichtlich aus Bratwürsten mit Kartoffelbrei und gebackenen Bohnen bestanden hatte. Neben den Tellern standen zwei große weiße Becher mit dampfendem Tee.

«Nun, was gibt es denn?» erkundigte sich Graham, nachdem er höflicherweise zuvor seinen Mund geleert hatte. «Letzte Nacht haben wir schon mit einem Ihrer Mitarbeiter gesprochen und ihm alles gesagt, was wir wissen.»

«Ich weiß», antwortete Banks, «deshalb bin ich ja hier. Da sind noch ein paar Dinge zu klären in Ihrer Aussage. Detective Richmond ist noch etwas neu in dem Job, Sie verstehen? Wir müssen die neuen Mitarbeiter ein wenig im Auge behalten, ob sie alles richtig machen und die Vorschriften beachten.»

«Wollen Sie damit sagen, daß Sie nur gekommen sind, um dem jungen Burschen ein bißchen auf die Finger zu sehen?» erkundigte sich Sharp ungläubig.

Selbstverständlich war kein Wort davon wahr, Banks hatte die Ausrede nur benutzt, um die Sharps vorläufig in Sicherheit zu wiegen und dafür zu sorgen, daß sie ihre Deckung aufgaben. Danach war immer noch Zeit, sie wieder in die Defensive zu drängen – eine Position, die sich oft genug als außerordentlich erhellend erwies.

«Tja, wer hätte das gedacht!» fuhr Sharp fort. «Ich wäre nie auf die Idee gekommen, daß es einem bei der Polizei genauso geht wie in allen anderen Jobs. Dann haben Sie womöglich auch Tarifverträge und jammern über die Löhne und das schlechte Kantinenessen, wie?»

Banks lachte. «Wir haben zwar keine Kantine, aber wir beklagen uns tatsächlich ziemlich oft über die Höhe der Lohnsteigerungen oder darüber, daß die Löhne gar nicht angehoben werden.» Er zog mit unschuldsvoller Miene sein Notizbuch hervor. «Detective Richmond sagt, daß Sie nichts gehört haben in der besagten Nacht, um etwa elf Uhr. Ist das zutreffend?»

«Ist es.»

«Wo waren Sie?»

«Im Wohnzimmer, beim Fernsehen.» Er deutete zur Decke. «Liegt nach hinten, ganz am anderen Ende vom Haus. Sie können es sich ja mal ansehen, wenn Sie wollen.»

«Oh, ich denke, das wird nicht nötig sein, aber trotzdem vielen Dank ... Haben Sie den ganzen Abend über ferngesehen?»

«Also, von acht Uhr bis Mitternacht, auf alle Fälle.»

«Gut», meinte Banks und spähte wieder in sein Notizbuch. «Sieht so aus, als wär' unser Mann ganz schön vorsichtig gewesen. Wenn Sie im Wohnzimmer waren und der Fernseher lief, dann können Sie natürlich auch gar nichts gehört haben vom anderen Ende des Cardigan Drive, nehm' ich an, und wahrscheinlich auch nichts von der Nummer zwei da drüben, nicht wahr?»

«Nein, gar nichts. Sie können das ja mal ausprobieren, wenn Sie wollen.»

Banks winkte abwehrend mit der Hand und wandte sich dann unvermittelt an Trevor. «Und wo warst du?»

Trevor war gerade mit einem Bissen Bohnen und Würstchen beschäftigt und murmelte, völlig überrascht und mit einer Geste zu seinem Vater, durch die halbzerkauten Speisereste: «Bei ihm.»

«Mister Sharp», meinte Banks und wandte sich mit einem Stirnrunzeln erneut an Graham, «DC Richmond sagt, Sie hätten zuerst kein Wort davon gesagt, daß Ihr Sohn bei Ihnen war. Sie sollen immer nur in der ersten Person gesprochen haben, als ob Ihr Sohn gar nicht da gewesen wäre.»

«Worauf wollen Sie hinaus?» fragte Sharp angriffslustig und legte Messer und Gabel aus der Hand.

«Ich überprüfe nur die Angaben meines Constable, Sir, um festzustellen, ob er alles richtig aufgenommen hat. Er hat sich wohl ein bißchen gewundert über diesen Punkt und ihn in seinem Bericht mit einem Fragezeichen markiert.»

Sharp war einen Augenblick lang sprachlos und starrte Banks nur an, während Trevor an seinem Abendessen kaute. «Wenn Sie damit andeuten wollen, daß mein Trevor etwas damit zu tun haben könnte, sind Sie falsch gewickelt. Er ist ein grundanständiger Junge, immer gewesen, da können Sie jeden fragen.»

«Ich will überhaupt nichts andeuten, Mr. Sharp. Ich wüßte nur gern, warum der Constable das erwähnt hat.»

«Ich hab das einfach so gesagt, ohne mir was dabei zu denken», erklärte Sharp. «Schließlich überlegt man ja nicht dauernd, daß man womöglich auch noch Rechenschaft abgeben muß über die Leute, mit denen man gerade zusammen war, oder? Ich meine, wenn man Sie fragt, was Sie letzte Nacht getan haben, und Sie einfach nur zu Hause waren vor dem Fernseher, werden Sie doch wohl auch nicht sagen ‹Meine Frau und ich . . . blablabla . . .› Oder doch?»

«Das ist genau der Punkt, Mr. Sharp – nein, das würde ich vermutlich nicht tun. Also, dann wollen wir das mal richtigstellen . . . Sie und

Trevor waren also den ganzen Abend über zusammen, von etwa acht Uhr bis Mitternacht, haben miteinander ferngesehen und nichts Ungewöhnliches gehört oder gesehen. Ist das so richtig?»

«Ganz genau. Nur daß Trevor ungefähr um elf schon ins Bett gegangen ist. Muß ja schließlich ausgeschlafen sein für die Schule.»

«Natürlich. Und welches Programm hast du dir angesehen, Trevor?» fragte Banks beiläufig und wandte sich zu dem Jungen um.

«Wir haben ...»

«Ich habe Trevor gefragt, Mr. Sharp. Also, was hast du gesehen, mein Junge?»

«Ich weiß nicht mehr so genau», antwortete Trevor. «Es gab so 'ne amerikanische Krimiserie. Jede Menge Cops und Verfolgungsjagden und Schießereien, Sie wissen schon.» Er zuckte mit den Achseln. «Ich hab mein Buch gelesen und die halbe Zeit gar nicht hingesehen.»

«Was für ein Buch?»

«Nun reicht's aber», explodierte Graham. Seine Schläfenader war hervorgetreten und pochte vor Zorn. «Sie können doch hier nicht einfach reinspazieren und meinen Sohn verhören, als ob er etwas Unrechtes getan hätte! Wie ich Ihnen bereits sagte – Trevor war den ganzen Abend hier bei mir und ist um elf Uhr zu Bett gegangen.»

«Was hat er gelesen?»

«Äh?»

«Das Buch ... in welchem Buch hat er gelesen?»

«Das war *Shining* von Stephen King», antwortete Trevor. «Das kennen Sie vielleicht ...»

«Nein», entgegnete Banks und lächelte Trevor aufmunternd an. «Ist es gut?»

«Yeah, viel besser als der Film.»

Banks nickte und steckte sein Notizbuch weg. «Also, ich glaube, das war's. Dann werd' ich Sie mal allein lassen, damit Sie in Ruhe zu Ende essen können. Nein, danke, lassen Sie nur», protestierte er und streckte den Arm aus, um Graham am Aufstehen zu hindern, «ich finde schon allein hinaus.»

Damit war er verschwunden, und die Sharps widmeten sich wieder ihrem Abendessen. Bedächtig kauend schauten sie auf ihre Teller und sprachen kein Wort.

6

1

Der Donnerstagmorgen traf Banks wie eine kalte Dusche, in Gestalt der unförmigen Mrs. Dorothy Wycombe. Sie wartete in Gristhorpes Büro, und Banks hatte gerade im Vorbeikommen den Walkman ausgeschaltet, als ihn der Superintendent zu sich hereinbat. Gristhorpe hatte offensichtlich nicht die leiseste Idee, wie man mit der Dame umging. Trotz seiner Bildung und des anerzogenen Einfühlungsvermögens war er ein Gentleman vom Lande geblieben und nicht daran gewöhnt, mit kriegerischen Fregatten Kämpfe auszufechten. Er wirkte völlig verloren.

Im Gegensatz zu vielen anderen Menschen war Dorothy Wycombe nicht besonders empfänglich für ihre Umgebung. Gristhorpes Büro war ein gemütlicher Raum, fast wie ein Wohnzimmer mit einem Hauch von Gelehrsamkeit, aber für Dorothy Wycombe hätte es ebensogut der Bahnhof von Leeds City sein können. Sie stand da, als erwarte sie den Fünf-Uhr-Fünfundvierzig nach King's Cross, hatte die Arme vor der Brust verschränkt und die Augen fest gerichtet auf alles, was sich in ihrem Blickfeld bewegte. Der vorherrschende Ausdruck in ihrem Gesicht während des anschließenden Gesprächs war der eines unwiderstehlichen Ekels, als habe sie soeben eine angeschimmelte Zitrone verschluckt.

«Äh ... Miss ... äh ... Mrs. Wycombe ... darf ich Ihnen Detective Chief Inspector Banks vorstellen», stammelte Gristhorpe einleitend.

«Erfreut, Sie kennenzulernen», sagte Banks geistesgegenwärtig.

Keine Antwort.

Seine Arbeit hatte Banks gelehrt, daß es unklug war, in Klischees zu denken, die meistens nur zu Mißverständnissen führten. Andrerseits hatte er häufig auch anerkennen müssen, daß solche Klischees wirklich existierten, da ihm oft genug der lispelnde, affektierte Typ des

Homosexuellen begegnet war, der tweedgekleidete pensionierte Colonel mit Schnauzbart und Jagdhocker im Gehstock und die Hure mit dem Herzen aus Gold. In Dorothy Wycombe nun so etwas wie die Karikatur einer Frauenrechtlerin vor sich zu haben war insofern kaum überraschend – wenn auch ein wenig enttäuschend.

«Scheint, daß es da eine Beschwerde gegeben hat, Alan», begann Gristhorpe bedächtig. «Es geht um Sergeant Hatchley, aber ich dachte, Sie sollten es vielleicht zuerst erfahren.»

Banks nickte und blickte auf Dorothy Wycombe, die ihn mit herausfordernd vorgerecktem Kinn musterte.

Attraktiv war diese Frau ganz offensichtlich nicht; weniger offensichtlich war hingegen, ob sie dies ausschließlich der Natur oder ihren eigenen Anstrengungen zu danken hatte. Aus dem dauergewellten, farblosen Haar war jede Spur von Leben entwichen, und der unförmige Sack, der offenbar als Kleid durchgehen sollte, bauschte sich über den unmöglichsten Körperpartien. Über dem Doppelkinn straffte sich ein schmaler, bösartiger Mund, umgeben von Falten, die das permanente Zusammenpressen der Zähne in das Lippengewebe gekerbt hatte. Ihr Teint war fahl und teigig, und hinter dem Krankenkassengestell ihrer Brille funkelten wachsame Augen, deren zweifellos vorhandene Intelligenz von einem revolutionären Feuer durchdrungen war. Ihre Sprechweise klang abgehackt und durchsetzt mit Hervorhebungen, als müsse sie jedem dritten Wort besondere Bedeutung verleihen.

«Man hat mich informiert», begann sie und zog ein kleines schwarzes Notizbuch zu Rate, um den dramatischen Effekt der Rede zu steigern, «daß Ihr Sergeant bei der Befragung der Opfer Ihres *Peeping Tom* einen ausgesprochen respektlosen Ton angeschlagen hat. Darüber hinaus hat er gegenüber einer Zeugin dem Wunsch Ausdruck gegeben, einen ähnlichen Gewaltakt an ihr verüben zu wollen.»

«Das sind sehr schwerwiegende Beschuldigungen», stellte Banks fest und verspürte plötzlich heftiges Verlangen nach einer Zigarette. «Wer hat das behauptet?»

«Ich behaupte das.»

«Ich kann mich nicht erinnern, daß Sie auch zu den Opfern unseres Skopophilen zählen.»

«Wie bitte?»

«Ich sagte, daß mir nichts von irgendwelchen Übergriffen auf Ihre eigene Intimsphäre bekannt ist.»

«Das spielt auch keine Rolle. Sie versuchen nur, das eigentliche Problem zu verniedlichen.»

«Welches Problem?»

«Die *obszönen* und *zotigen* Anspielungen Ihres Sergeant. Eine Haltung, die allerdings – wie ich hinzufügen möchte – typisch ist für die Art und Weise, in der diese ganze skandalöse Angelegenheit gehandhabt wird.»

«Wer hat diese Beschuldigungen vorgebracht?» wiederholte Banks.

«Wie ich bereits sagte – *ich* bin hier, um Sie davon zu unterrichten.»

«In wessen Auftrag?»

«Als Vertreterin der hiesigen Frauen.»

«Wer hat Sie dazu ermächtigt?»

«Inspector Banks, Ihr Verhalten ist wirklich aufreizend! Sind Sie nun bereit, mich anzuhören, oder nicht?»

«Selbstverständlich werde ich Sie anhören, sobald Sie mir sagen, wer diese Beschuldigungen erhoben und Sie ermächtigt hat, das hier zur Sprache zu bringen.»

Dorothy Wycombe legte noch etwas mehr Distanz zwischen sich und den Inspector und blies sich zu voller Größe auf. «Ich bin die Vorsitzende der WEEF!»

«Weef?»

«W.E.E.F. – Inspector Banks! Die *Women of Eastvale for Emancipation and Freedom*, WEEF.»

Banks hatte es schon immer eher lächerlich gefunden, wie größere oder kleinere Gruppen die Sprache vergewaltigten, um die Akronyme ihrer Organisationen möglichst einprägsam und schmissig klingen zu lassen. Mit der NATO, der SEATO, der UNO und anderen bedeutenden Vereinigungen hatte es angefangen, im Laufe der Zeit dann auf lokale Initiativen wie SPIT, SHOT und SPEAR übergegriffen und nun zu einem Gebilde wie der WEEF geführt. Offenbar spielte es dabei keine Rolle, daß sich die Bezeichnung «Women of Eastvale» eher mittelalterlich anhörte und daß die Wörter «Freedom» und «Emancipation» mehr oder weniger dasselbe bedeuteten. Die ganzen Umstände dienten nur dazu, diese WEEF ins Leben zu rufen und ihr einen Namen zu geben, der sich in Banks Ohren allenfalls anhörte wie ein etwas klägliches «woof» oder das Quieken einer verschreckten Maus.

«Nun gut», meinte Banks nachgiebig und machte sich eine Notiz. «Und wer hat Ihnen also diese Beschwerde vorgetragen?»

«Ich bin keineswegs verpflichtet, meine Informationsquellen anzugeben», wies ihn Dorothy Wycombe rüde ab, mit der Bissigkeit eines Reporters vor Gericht.

«Sergeant Hatchley», meinte Banks seufzend, «hat sich gestern mit den Damen Carol Ellis, Mandy Selkirk, Josie Campbell und Ellen Parry über deren Erlebnisse in der bewußten Angelegenheit unterhalten. Außerdem sprach er noch mit Molly Torbeck, die am Abend der Tat vorher mit Carol Ellis im *Oak* gewesen war. Möchten Sie, daß ich die Damen selbst noch einmal befrage, um herauszufinden, wer sich beschwert hat? Sie wissen, daß ich das ohne weiteres tun kann.»

«Tun Sie, was Sie nicht lassen können. Von mir werden Sie jedenfalls nichts erfahren.»

«In Ordnung», sagte Banks und machte Anstalten zu gehen. «Unter diesen Umständen habe ich nicht die Absicht, Ihrer Beschwerde ernsthaft nachzugehen. Machen Sie sich bitte klar, daß uns viele übereifrige Bürger ständig mit irgendwelchen haltlosen Anwürfen überschütten. Das nimmt dermaßen überhand, daß wir über ein gut funktionierendes System verfügen, um uns vor solchen Unterstellungen zu schützen. Und da Sie eine erklärte Verfechterin von Freiheit und Emanzipation sind, werden Sie doch sicher nicht wünschen, daß jemand zu Unrecht verdächtigt wird und aufgrund schmutziger Verleumdungen berufliche Nachteile hinnehmen muß, nicht wahr?»

Dorothy Wycombe lief rot an und sah aus, als müsse sie jeden Moment explodieren. Ihre Kinnlappen bebten, und die Fingerknöchel traten weiß hervor, als sie Gristhorpes Schreibtischkante umklammerte und mit schriller Stimme schimpfte:

«Das ist unerhört! Ich lasse mir doch nicht vorschreiben, was ich zu tun habe, schon gar nicht von einem faschistischen Polizeiapparat!»

«Tut mir leid», erklärte Banks und wandte sich zur Tür, «aber wir können uns bedauerlicherweise nicht abgeben mit anonymen Beschwerdeführern . . .»

«Carol Ellis!» Der Name brach aus Dorothy Wycombes verkniffenem Mund wie eine mächtige Dampfwolke aus einem verklemmten Ventil. «*Also* – wollen Sie sich jetzt endlich hinsetzen und mir zuhören?»

«Selbstverständlich, Ma'am», meinte Banks und nahm wieder sein Notizbuch zur Hand.

«*Miss* Wycombe, wenn ich bitten darf», mäkelte sie. «Und im übrigen erwarte ich, daß Sie sich der Sache mit dem gebotenen Ernst annehmen werden.»

«Es ist jedenfalls eine ernste Beschuldigung, wie ich bereits vorhin sagte», gab Banks zu. «Deshalb brauche ich auch möglichst exakte Auskünfte. Also, was hat Carol Ellis genau gesagt?»

«Sie hat gesagt, daß Sergeant Hatchley diese ganze Affäre wie einen *dummen Jux* behandelt, daß er wahlweise *gelangweilt* oder *belustigt* gewirkt hat, als er sie befragte, und daß er gewisse *Anspielungen* gemacht hat, bezüglich ihres Körpers.»

«Gelangweilt oder belustigt, Miss Wycombe? Was genau? Das sind doch recht verschiedene Dinge, nicht wahr?»

«Beides, je nachdem.»

«Und die gewissen Anspielungen über ihren Körper? Welcher Art waren die? Unanständig oder beleidigend?»

«Was sollen sie denn sonst gewesen sein, Inspector? Er hat durchblicken lassen, daß dieser Spanner *bestimmt seinen Spaß* an ihr gehabt hat.»

«War das alles?»

«Reicht das denn nicht? Welche Art von ...»

«Ich meine, gab es da noch andere Anspielungen?»

«Nein, das ist alles, was ich Ihnen sagen wollte. Ich kann mich doch hoffentlich darauf verlassen, Inspector, daß etwas unternommen wird in dieser Angelegenheit?»

«Keine Sorge, Miss Wycombe, ich werde der Sache auf den Grund gehen. Wenn etwas dran ist an diesen Beschuldigungen, wird Sergeant Hatchley bestraft werden, da können Sie sicher sein.»

Dorothy Wycombe verzog das Gesicht zu einem grimmig-mißtrauischen Lächeln und zischte aus dem Büro.

Gristhorpe holte tief Luft. «So wörtlich war das nun auch wieder nicht gemeint, Alan, mit meinem dummen Scherz, daß wir Ihren Sergeant am besten den Wölfen vorwerfen ... Wie dem auch sei, wir können von dieser Miss Wycombe halten, was wir wollen, aber sie hat da wohl einen wunden Punkt getroffen, was meinen Sie?»

«Wenn ihre Behauptung zutrifft, ja.»

«Glauben Sie denn, daß das nicht der Fall ist?»

«Wir wissen doch beide zur Genüge, Sir, wie oft die Wahrheit unter derartigen emotionalen Belastungen verdreht wird. Lassen Sie mich erst einmal Hatchleys Version hören, bevor wir weitere Schritte unternehmen.»

«Gut, aber halten Sie mich auf dem laufenden, Alan. Sind Sie ansonsten irgendwie weitergekommen?»

«Nein, aber ich habe heute wieder ein Treffen mit Jenny Fuller. Vielleicht bringt sie etwas mehr Licht in diese Geschichte. Wenn sich das Feld ein wenig eingrenzen ließe, wüßten wir wenigstens, wo wir mit unseren Ermittlungen ansetzen könnten.»

«Was ist mit Alice Matlock?»

«Keine neuen Erkenntnisse bisher.»

«Machen Sie ein bißchen Dampf, Alan. Im Moment häufen sich die Akten ein bißchen zu hoch für meinen Geschmack.»

2

Wieder zurück in seinem Büro, fand Banks eine Notiz von Inspector Barnshaw auf seinem Schreibtisch, zusammen mit der Skizze des mutmaßlichen Einbrechers, die der Polizeizeichner nach den Angaben des Altwarenhändlers aus Leeds angefertigt hatte. In der Kartei hatte Crutchley kein bekanntes Gesicht entdecken können, immerhin bot die Skizze eine recht genaue Umsetzung der Personenbeschreibung.

Banks zündete sich eine Zigarette an, rückte die Aktenberge auf seinem Schreibtisch zurecht und ließ nach Sergeant Hatchley schikken, der fünf Minuten später bereits in der Tür stand.

«Setzen Sie sich», sagte Banks schroff. Sein abweisender Ton ließ ahnen, daß der Sergeant keiner erfreulichen Unterhaltung entgegensah.

Statt langer Vorreden kam Banks sofort zur Sache, berichtete wortgetreu von den Vorwürfen, die Dorothy Wycombe gegen Hatchley erhoben hatte, und bat ihn um seine Version des Gesprächs mit Carol Ellis.

Hatchley errötete, kratzte sich das Kinn und versuchte, den Blicken seines Vorgängers auszuweichen.

«Nun, was ist?» drängte Banks. «Ich will nur wissen, ob es wahr ist.»

«Also – ja und nein», bekannte Hatchley.

«Soll heißen?»

«Sehen Sie, Sir, ich kenne Carol Ellis. Schließlich bin ich Junggeselle, und sie ist auch nicht verheiratet. Ich gebe ja zu, daß ich schon länger ein Auge auf sie geworfen habe – jedenfalls schon lange vor dieser Geschichte.»

«Fahren Sie fort.»

«Als ich gestern mit ihr sprach, war sie längst weg über die Sache. So groß war der Schock nun auch wieder nicht, schließlich ist ja keinem was passiert. Sie hat sogar 'n paar Witze darüber gemacht, nach dem Motto, daß sie hoffentlich ihre beste Reizwäsche angehabt und ihm 'ne gute Schau geboten hat. So was in der Art . . . Schätze, das hat sie nur gesagt, weil sie nervös war oder 'n bißchen verlegen, ich weiß auch nicht. Aber, wie ich schon sagte, ich kenn' sie eben und hab 'ne Schwäche für das Mädchen. Kann schon sein, daß ich da 'n bißchen mitgealbert habe. Damit's nicht so unpersönlich ist, Sie verstehen?»

«Kann es sein oder ist es so?»

«Na schön, es ist so.»

«Waren Sie irgendwie gelangweilt?»

«Mit Carol Ellis? Sie machen Witze, Sir! Vielleicht 'n bißchen flapsig, das kann sein. Schließlich ist das ja was anderes, als wenn man jemanden nicht kennt oder irgend so 'n Gangster vor sich hat.»

«Haben Sie angedeutet, daß der Täter wahrscheinlich seinen Spaß an ihr gehabt hat?»

«Daran kann ich mich nicht so genau erinnern, höchstens hab ich zum Spaß irgendwas in der Art von mir gegeben. Als sie das mit der Reizwäsche erwähnt hat, hab ich wohl so ungefähr gesagt, daß sie mir garantiert in egal welchem Unterzeug gefallen hätte. Wollte ihr nur 'n Kompliment machen, Sie verstehen? War vielleicht 'n bißchen frech, aber . . .»

Banks seufzte nur. Ihm war durchaus klar, wie sich das Ganze abgespielt hatte, ebenso klar war allerdings, daß es besser nicht passiert wäre. Was man Hatchley vorwerfen konnte, war allenfalls, sich taktlos benommen und seine persönlichen Interessen wichtiger genommen zu haben als die Arbeit. Was auch immer Carol Ellis tatsächlich zu Dorothy Wycombe gesagt hatte, war wohl eher scherzhaft gemeint gewesen und zweifellos völlig verzerrt wiedergegeben worden.

«Ich muß Ihnen wohl nicht sagen, daß Sie sich wie ein kompletter Esel aufgeführt haben, nicht wahr?» sprach er zu Hatchley, der eine Antwort offenbar für überflüssig hielt. «Ihr Verhalten ist eine äußerst schlechte Reklame für uns, und es wird uns sicher eine Menge Zeit kosten, diese Nervensäge von Dorothy Wycombe zu besänftigen. Ich würde es wirklich begrüßen, wenn Sie Ihre diversen Neigungen und Anschauungen für sich behalten würden. Die Dame in einem Pub anzusprechen ist eine Sache, aber während einer offiziellen Vernehmung mit ihr zu flirten ist etwas völlig anderes. Habe ich mich klar ausgedrückt?»

Hatchley preßte die Lippen aufeinander und nickte.

«Sind Sie sicher, daß Carol Ellis Ihre Bemerkungen genauso aufgenommen hat, wie sie gemeint waren?»

Hatchleys Züge hellten sich auf. «Sie hat sich für Samstag abend mit mir verabredet, Sir, wenn Sie das meinen . . .»

Banks mußte unwillkürlich lächeln. «Wenn das so ist, muß sich wohl irgend etwas verheddert haben im Kommunikationssystem», murmelte er. «Nun, ich werde selbst mit ihr sprechen und das wieder zurechtbiegen. Aber in Zukunft sollten Sie verdammt vorsichtig sein, ich lege keinen besonderen Wert auf dieses aggressive Frauenzimmer und der Superintendent sicher auch nicht. Halten Sie sich also besser raus aus der Voyeurs-Geschichte, und sehen Sie zu, daß Sie dem Alten in der nächsten Zeit nicht unter die Augen kommen, okay?»

«Was soll ich statt dessen tun?»

«Konzentrieren Sie sich auf die Einbrüche und die Alice-Matlock-Sache.» Er schob ihm die Phantomzeichnung zu. «Lassen Sie davon Kopien machen, und bringen Sie sie unters Volk. Helfen Sie Richmond, und versuchen Sie herauszufinden, ob Alice Matlock Kontakt hatte zu jungen Leuten, irgendwelchen lahmen Enten oder einsamen Herzen, so was in der Art. Haben Sie übrigens Wooller aufgesucht?»

«Ja, gestern abend.»

«Irgendwas bei rausgekommen?»

Hatchley schüttelte den Kopf. «Nein. Ist 'n komischer Vogel, auf alle Fälle, aber ich wette, er hat nichts gehört und gesehen.»

«Hatten Sie den Eindruck, daß er mit irgendwas hinterm Berg hält?»

«Mit 'ner Menge Sachen. Ganz schön durchtrieben, der Bursche, das steht fest, hat aber bestimmt nichts zu tun mit der Matlock-Sache, nein. Ich glaub allerdings nach wie vor, daß es sich lohnt, wenn wir ihn wegen der anderen Sache ein bißchen im Auge behalten. Irgendwie kriegt man regelrecht 'n fieses Gefühl, wenn man mit ihm redet.»

«Okay», stimmte Banks zu, «aber aus dem Fall halten Sie sich raus, wie gesagt. Noch etwas: Falls die Presse Wind bekommt von dieser Geschichte mit Dorothy Wycombe – was übrigens mit Sicherheit passieren wird –, wünsche ich nicht, daß Sie irgendwelche Stellungnahmen abgeben. Kein Wort, verstanden?»

«Ja, Sir. Scheint ja 'ne richtige Amazone zu sein, die Dame, äh?»

«Machen Sie, daß Sie rauskommen, Sergeant.»

Hatchley verschwand, und Banks entspannte sich, heilfroh, diese Strafpredigt hinter sich zu haben. Es machte ihm nichts aus, den Sergeant gelegentlich bei der Arbeit anzubrüllen, aber er haßte es, seinen Untergebenen eine formelle Rüge erteilen zu müssen. Warum Gristhorpe ihm den Schwarzen Peter zugeschoben hatte, war leicht durchschaubar. Ohne Frage war der Superintendent viel zu diplomatisch, um sich mit Disziplinierungsmaßnahmen Feinde zu machen – andrerseits war er aber auch zu weichherzig gegenüber seinen Männern.

Banks warf einen Blick auf die Uhr. Es war kurz nach elf inzwischen. Er beschloß, sein zweites Frühstück heute allein einzunehmen, um dem gekränkten Hatchley Gelegenheit zu geben, in aller Ruhe seine Wunden zu lecken.

3

Die Gesamtschule von Eastvale war früher die Grammer School, ein Gymnasium, gewesen und hatte einen guten Ruf gehabt. In jenen längst vergangenen Tagen waren die vielversprechenden Zöglinge noch von weither gekommen, viele von ihnen hatten hier ein Stipendium für Oxford oder Cambridge erworben oder waren zum Studium an eine der roten Backstein-Universitäten im Norden gegangen, um näher beim Elternhaus zu bleiben.

Es war ein viktorianischer Bau mit einer imposanten gotischen Fassade aus Spiralen, Türmchen, einer großen Uhr und einem Glokkenturm und weitverzweigten, düsteren Korridoren im Innern. Anfang der siebziger Jahre war das Hauptgebäude um diverse «provisorische» Klassenräume ergänzt worden, Wohnanhänger zum großen Teil, die man einfach auf Ziegelsteine aufgebockt hatte und die den Eindruck machten, als seien sie für immer zum Bleiben bestimmt.

Mit der landesweiten Verbreitung des Gesamtschulsystems änderten sich auch in Eastvale die schulischen Verhältnisse. Die Lehrer kämpften mit überfüllten Klassen und mit Schülern so unterschiedlicher Herkunft und Fähigkeiten, daß es unmöglich wurde, die Begabten zu fördern und den Minderbegabten gerecht zu werden. Und oft genug litten die Schüler unter unfähigen Pädagogen, die mehr von Leichtathletik und Rugby verstanden als von Cäsars Eroberungszügen, Shakespeares Dramen oder den Quadratwurzeln negativer Zahlen.

Banks kannte diesen Ort, hatte aber das Hauptgebäude bislang noch nicht von innen gesehen. Sowohl Brian als auch Tracy gingen hier zur Schule, und die Geschichten, die sie davon zu erzählen hatten, waren nicht geeignet, Banks' Zutrauen in das Gesamtschulsystem zu stärken.

Als Kind der Arbeiterklasse hatte er stets eine starke Aversion verspürt gegen jede Form elitären Denkens, als leidlich gebildeter erwachsener Mann mit sehr viel Sinn für Wissen war er jedoch inzwischen zu der Auffassung gekommen, daß man weder mit massiver Sonderförderung noch mit Nachgiebigkeit und Hätschelei aus einem faulen, widerspenstigen Schafskopf einen Spitzenschüler machen konnte. Statt dessen hatten die mittelmäßigen Geister die Oberhand und hinderten die begabteren Schüler, sich zu entfalten und ihr Bestes zu geben. Banks wußte aus seiner eigenen Schulzeit, daß Kinder dazugehören wollten, daß sie es nicht ertrugen, von ihren Klassenkameraden geschnitten zu werden, was jedoch unweigerlich passierte, wenn sich jemand - außer im Sport - irgendwo hervortat.

Was die natürlichen Anlagen betraf, hatte er keine klare Meinung. Vielleicht kamen die einen wirklich mit besseren Hirnen auf die Welt als andere, aber das war in seinen Augen nicht die Kernfrage - der Punkt war vielmehr, daß man jedem die Chance geben mußte herauszufinden, wozu er fähig war, und eben dafür schien die idealistische Konzeption des Gesamtschulsystems eine Gewähr zu bieten. In der Praxis sahen die Dinge allerdings etwas anders aus.

Er selbst hatte bei seiner Ausbildung relativ viel Glück gehabt. Nachdem er die Aufnahmeprüfung fürs Gymnasium verpatzt hatte, war er eigentlich dazu verdammt gewesen, auf die örtliche Berufsschule zu gehen, um dort zu einem erstklassigen Elektriker, Maurer oder Straßenkehrer ausgebildet zu werden. Nicht daß er etwas gegen manuelle Tätigkeiten gehabt hätte - sein Vater hatte schließlich auch sein Geld als Metaller verdient, bevor er wegen einer schweren Angina vorzeitig in den Ruhestand treten mußte -, das Problem war nur, daß er sich für keinen der angebotenen Berufe interessierte.

Glücklicherweise hatte er es dann mit vierzehn Jahren, im zweiten Anlauf, geschafft. Er hatte lange und schwer gearbeitet, schließlich die Prüfung bestanden und sich am Gymnasium wiedergefunden, als neuer Mensch, aber auch als Außenseiter. Wie es aussah, hatten alle

Mitschüler in den drei Jahren, die er im «Exil» verbracht hatte, bereits feste Freundschaften geschlossen, und in den ersten beiden Trimestern war er fast verzweifelt, keinen Anschluß zu finden. Tatsächlich war das alles nur die typische Vorsicht und Reserviertheit unter Schuljungen gewesen. Sobald die anderen herausgefunden hatten, daß er beim Raufen der Schrecken des Schulhofs war, daß er die beste Schleuder sein eigen nannte und beim Rugby den wahrscheinlich elegantesten Scrumhalf machte, den das Team je gesehen hatte, war er überall akzeptiert worden.

Trotzdem, wenn er so zurückdachte, war es doch ein schmerzlicher Prozeß gewesen. Schon die erste Prüfung hatte seinen Freundeskreis aufs nachhaltigste gesprengt; wer aufs Gymnasium ging, gab sich nicht mehr ab mit den Jungs von der Berufsschule, gleichgültig, wie oft man früher miteinander Commando oder Kricket gespielt hatte – und die nächste Prüfung führte zu ungefähr dem gleichen Ergebnis, mit umgekehrten Vorzeichen. Diesmal waren es die Freunde von der Berufsschule, die nicht mehr mit ihm redeten, weil sie sich von ihm verraten fühlten. Die guten und die schlechten Erinnerungen an die eigenen Schultage waren wieder lebendig geworden, jetzt, da er durch die Tore der Eastvale Gesamtschule trat.

Es war gerade Mittagspause, als er den Schulhof überquerte. Die Kinder spielten Tischtennis oder Kricket gegen Torstäbe an der Wand zum Hof oder standen rauchend im Schatten der Fahrradunterstände; die Lehrer saßen im rauchgeschwängerten Lehrerzimmer, lasen im *Guardian* oder kämpften sich durch das Kreuzworträtsel der *Sun*. Der Direktor hingegen hatte sich in sein Allerheiligstes zurückgezogen, einen sicheren Hafen, in den Banks nun geleitet wurde von einer schlanken, hübschen Sekretärin, die kaum älter aussah als eine Schülerin der Abschlußklasse.

Die in Anstaltsgrün gehaltenen Wände der Korridore waren in halber Höhe verglast, so daß jeder im Vorbeigehen vollen Einblick in die Klassenzimmer hatte. Im Moment lagen alle Pulte verlassen da, und die Wandtafeln trugen noch die unentzifferbaren Züge krakeliger Kinderschriften. Auf den Schreibpulten prangten die eingeschnitzten Initialen irgendwelcher Freundinnen, die Namen berühmter Kricketspieler, Fußballer oder Rockbands, wie in den Tagen von Banks' eigener Schulzeit – nur die Namen hatten sich geändert. Über allem lag der vertraute Geruch nach Kaugummi, Kreide und dem Leder der Schulmappen.

Der Direktor saß in seinem holzgetäfelten Amtszimmer, schlürfte eine Tasse Tee und las in einer abgegriffenen Ausgabe von Ciceros Werken. Nachdem er Banks begrüßt hatte, sagte er mit einem traurigen Blick auf sein Buch: «Latein, Inspector. Welch eine elegante, edle Sprache! Das ideale Gerüst für ausgedehnte poetische Höhenflüge! Aber heutzutage scheint man dafür keine Verwendung mehr zu haben. Wie dem auch sei», seufzte er und erhob sich, «Sie sind sicher nicht gekommen, um sich meine Probleme anzuhören ...»

Sowohl der Mann als auch sein Buch schienen einst bessere Tage gekannt zu haben. Das Gesicht des Direktors wirkte verhärmt, sein Haar war von einem müden Grau, und seine Schultern hingen kraftlos nach vorn. Sein auffälligstes Merkmal war jedoch eine dicke rote Nase, und es bedurfte keiner allzu großen Phantasie, um sich vorstellen zu können, zu welchen Spitznamen die Schüler dadurch inspiriert wurden. Er trug einen fledermausartigen Umhang, nur das passende Barett schien zu fehlen. Das ganze Büro hatte eine so frappierende Ähnlichkeit mit der Höhle seines ehemaligen Schulleiters, daß Banks den gleichen Adrenalinanstieg verspürte wie in den Tagen, als er selbst noch vor dem großen Meister gestanden und auf den Rohrstock gewartet hatte.

«Nein, Sir», lächelte er und fiel wie von selbst in den gewohnten respektvollen Ton. «Ich bin hier, um Ihnen einige Fragen zu stellen über einen Ihrer Schüler.»

«Ach, du meine Güte! Er wird sich doch wohl hoffentlich nicht in Schwierigkeiten gebracht haben? Ich fürchte, es ist heutzutage nicht leicht, die Jungs im Auge zu behalten, und wir haben leider ein paar ziemlich zwielichtige Elemente an unserer Schule. Aber nehmen Sie doch Platz.»

«Danke, Sir. Wir wissen noch nichts Genaues», fuhr Banks fort, «vorläufig geht es nur um die eine oder andere Diskrepanz in einer Aussage, und wir wollten nur sehen, ob Sie uns vielleicht etwas über Trevor Sharp erzählen können.»

Buxtons Miene deutete nicht darauf hin, daß ihm der Name etwas sagte. Offensichtlich hatte er es schon seit langem aufgegeben, über seine Schülerschar zu wachen. Statt dessen stand er auf und ging zu einem Aktenschrank, aus dem er unter heftigem Murmeln und Zetern schließlich ein Bündel Papiere zutage förderte.

«Berichte», erklärte er und pochte mit seinem knochigen Finger auf die Dokumente. «Da sollte wohl drinstehen, was Sie wissen wollen.

Es wäre mir allerdings ganz lieb, Inspector, wenn die Sache unter uns bliebe. Die Unterlagen sollen vertraulich behandelt werden . . .»

«Selbstverständlich. Umgekehrt wäre ich gleichfalls dankbar, wenn Sie zu niemandem über diesen Besuch sprechen würden. Vor allem natürlich nicht zu dem Jungen selbst oder zu sonst jemandem, der ihm davon erzählen könnte.»

Der Direktor nickte und begann in der Akte zu blättern. «Dann wollen wir mal sehen . . . 1983 . . . nein . . . Winterhalbjahr . . . Sommer . . . 1984 . . . ausgezeichnet . . . neunzig Prozent . . . sehr gut.» In dieser Art ging es eine Zeitlang weiter, bis er sich wieder Banks zuwandte: «Ein intelligenter Knabe, dieser Master Sharp. Der Name scheint bestens zu ihm zu passen. Da, schauen Sie!» Er reichte Banks die Beurteilungen aus dem Vorjahr. Sie waren voller «Sehr gut» und anderen überdurchschnittlichen Noten in sämtlichen Fächern außer Geographie. Der Fachlehrer hatte dazu angemerkt: «Scheint sich nicht für die Materie zu interessieren. Zweifellos fähig, aber nicht gewillt, an der Sache zu arbeiten.»

Dieser einzige Schwachpunkt war offensichtlich nur ein Vorgeschmack auf die Berichte aus jüngster Zeit, die überwiegend mit Bemerkungen wie «Könnte besser sein», «Strengt sich nicht genügend an» und «Zeigt eine negative Haltung gegenüber dem Stoff» gespickt waren. Außerdem beklagten sich verschiedene Lehrer über seine häufigen Fehlzeiten. «Wenn Trevor dem Unterricht häufiger beiwohnen würde, könnte er dem Stoff zweifellos besser folgen», schrieb Mr. Fox, der Englischlehrer, und Mr. Rhodes' Kommentar lautete: «Die unterlassenen Hausaufgaben und das häufige Fernbleiben vom Unterricht haben in diesem Trimester erheblich zu Trevors enttäuschenden Ergebnissen im Fach Geschichte beigetragen.»

«Alles in allem», sagte Banks, «scheint hier ein vielversprechender Schüler vom rechten Weg abgekommen zu sein.»

«Ja», stimmte Buxton bedauernd zu. «Das passiert heutzutage immer öfter. Allem Anschein nach gibt es zu viele andere Zerstreuungen für die Jungs. Selbstverständlich ist das in den meisten Fällen nur eine vorübergehende Phase der Rebellion. Ein notwendiger Ausbruch aus dem System, verstehen Sie?»

Banks verstand vollkommen, hielt jedoch auch andere Interpretationen für zulässig, wenn sich ein brillanter Schüler mit besten Zukunftsaussichten in einen Bummelanten und Schulschwänzer verwandelte.

«Was hat er für Freunde?» erkundigte er sich. «Mit wem hängt er zusammen?»

«Ich fürchte, das kann ich nicht sagen, Inspector. Es ist dermaßen schwierig, sie im Auge zu behalten . . . Aber Mr. Price, sein Klassenlehrer, wird bestimmt etwas darüber wissen.» Er nahm den Telefonhörer ab und hielt ihn wie einen geknickten Blumenstengel. «Ich werde Sonia bitten, ihn zu holen.»

Mr. Price erschien mit einer Miene, in der sich deutlich der Ärger über die Unterbrechung seiner Essenspause abzeichnete, zugleich jedoch eine gewisse Besorgnis über den unvermuteten Anruf. Der Direktor empfing ihn jedoch in aufgeräumter Stimmung, so daß er sich rasch entspannte und sich mit zunehmender Neugier als pedantischer Schwätzer entpuppte. Nachdem er mehrere Minuten lang versucht hatte, seinen Chef und dessen Besucher mit seinen modernen Methoden des Sprachunterrichts und seinen Theorien über die Klassenführung zu beeindrucken, mußte Banks ihn schließlich unterbrechen, um ihn auf das eigentliche Thema zu bringen.

«Ich bin hier, um mich über einen Ihrer Schüler zu erkundigen, Mr. Price. Es handelt sich um Trevor Sharp.»

«Ah, ja, Sharp. Ein seltsamer Bursche, wirklich. Gibt sich nicht viel ab mit den anderen Jungs. Ziemlich störrisch und abweisend. Gibt einem das Gefühl, daß man sich besser von ihm fernhält.»

«Und? Tun das die anderen Jungs?»

«Sieht so aus. Keiner ist direkt gegen ihn oder so was, er geht nur seiner Wege und die anderen auch.»

«Demnach ist er also mit niemandem enger befreundet?»

«Genau.»

«Ist er ein Schlägertyp oder so was?»

«Keineswegs, obwohl er das ohne weiteres könnte, wenn er wollte. Ein zäher Bursche. Und eine große Nummer bei Mannschaftsspielen. Kleidet sich immer sehr konservativ, im Gegensatz zu den anderen, die mit allem möglichen ankommen – knallroten Haaren, Irokesenbürste, Stachelarmbändern, Lederjacken mit Nieten, Sie wissen schon. Aber Sharp, nichts davon.»

«Machen sich die anderen denn nicht über ihn lustig?»

«Nein. Er ist immerhin der Längste in der Klasse, und keiner traut sich, ihn zu belästigen.»

«Den Beurteilungen ist zu entnehmen, daß er in letzter Zeit häufig fehlt. Haben Sie mit ihm darüber gesprochen?»

«Ja, sicher. Beim letzten Elternsprechtag hab ich mich auch mit seinem Vater unterhalten, der völlig perplex war, aber anscheinend nicht viel erreicht hat. Trevor kommt und geht weiterhin, wie es ihm beliebt. Meiner Meinung nach ist er schlicht gelangweilt. Er ist sehr intelligent, und die Schule gibt ihm nichts.»

Mehr war offensichtlich nicht zu sagen, zumal Banks keine konkreten Gründe einfielen, um weitere Nachforschungen über Trevor Sharp anzustellen. Er bedankte sich bei Mr. Price und dem Schulleiter, ermahnte sie noch einmal, das Gespräch vertraulich zu behandeln, und ging.

4

Während Banks im Büro des Schulleiters die Berichte durchgesehen hatte, war Trevor bereits aus dem Schulgelände verschwunden, um sich, eine gute Meile entfernt, mit Mick in einem Pub zu treffen, in dem man die Frage des Alkoholausschanks an Jugendliche recht locker handhabte, vor allem, wenn das Geld immer regelmäßig über die Theke kam. Die beiden Jungen saßen über dem letzten Viertel ihrer Bierhumpen, rauchten ihre Zigaretten und lauschten der Auswahl von Songs, die Mick auf der Musikbox gedrückt hatte.

Trevor hatte das Gesicht zu einer Grimasse verzogen und pulte schmatzend an einem seiner Vorderzähne.

«Was ist los mit dir?» beschwerte sich Mick. «Macht einen ja ganz fertig, dieses ständige Gefummel in deinem Maul.»

«Weiß auch nicht», antwortete Trevor. «Tut 'n bißchen weh und fühlt sich rauh an. Hab wahrscheinlich 'ne Füllung verloren.»

«Laß mal sehen.»

Trevor bleckte sein Gebiß wie ein Pferd mit der Kandare im Maul, während Mick die Zähne inspizierte und schließlich seine Diagnose verkündete: «Klarer Fall, einer ist 'n bißchen schwarz am Rand – der kleine, neben dem dicken gelben. Ich würd' mal besser zu 'nem Zahnklempner geh'n, wenn ich du wär'.»

«Ich kann Zahnärzte nicht ausstehen.»

«Feigling!» höhnte Mick.

«Von mir aus», meinte Trevor achselzuckend, «aber ich kann sie nun mal einfach nicht leiden. Egal», fügte er hinzu, als die Musik verstummt war, «du sagst also, wir haben zwei neue Jobs?»

«Genau. Einen heute nacht und den nächsten am Montag.»

«Warum schon heute nacht? Das ist doch wohl ein bißchen sehr kurzfristig.»

«Weil die morgen aus 'm Urlaub zurückkommen, kapiert? Und die Ware ist super, sagt Lenny.»

«Und was ist mit dem Ding am Montag?»

«Die Alte geht montags in ihren Country-Club, und Lenny hat gehört, daß sie immer 'n Haufen Schmuck zu Hause hat. Reiche Scheidungswitwe, wie 's aussieht.»

«Hat dein Lenny auch 'ne Idee gehabt, wie wir da reinkommen sollen?»

«Viel besser.» Mick verzog das picklige Gesicht zu einem breiten Grinsen. «Er hat mir das hier gegeben.» Er schlug seinen Parka auf und zeigte Trevor das Ende eines Metallprügels, der sehr nach einer Brechstange aussah. «Ein Klacks mit dem Ding», meinte er, «steckst du einfach zwischen Tür und Pfosten, und schon biste drin.»

«Und wenn uns jemand sieht?»

«Tut schon keiner. Sind alles große Häuser, ziemlich weit auseinander. Außerdem kommen wir über die Rückseite. Total ruhig, kein Mensch in der Gegend. Aber wir ziehen besser trotzdem die Mützen über, zur Sicherheit.»

Trevor nickte. Der Gedanke, in ein großes leeres, dunkles Haus einzusteigen, hatte etwas Erschreckendes und Aufregendes zugleich. «Wir brauchen Taschenlampen», erklärte er. «Am besten diese kleinen Dinger, diese Punktstrahler.»

«Hab ich schon», sagte Mick stolz. «Lenny hat mir 'n paar in die Hand gedrückt, bevor er runter ist nach London.»

«Dann ist es ja gut», lächelte Trevor. «Wir sind dabei.»

«Wir sind dabei», bekräftigte Mick. Sie hoben ihr Glas und tranken darauf.

7

1

Jenny Fuller schien Banks' Theorie, daß der Voyeur seine Opfer aus den weiblichen Stammgästen der Pubs rekrutierte, äußerst erheiternd zu finden. «Kaum läßt man Sie drei Tage allein», lachte sie, «und schon haben Sie sich Ihre eigenen Ideen zurechtgelegt, wie?»

«Aber könnte denn nicht etwas dran sein?»

«Doch, durchaus möglich, daß das ein Muster ergibt, etwa wie seine Fixierung auf blinde Frauen. Andrerseits hängt es vielleicht einfach nur damit zusammen, daß es für ihn der geeignetste Zeitpunkt war. Ein Zeitpunkt, an dem ihn niemand vermissen oder sehen würde. Oder wo er sich darauf verlassen konnte, daß seine Opfer genug getrunken hatten, um nach Hause und zu Bett zu gehen. Er wird wohl kaum auf gut Glück irgendwo endlos gewartet haben, bis sich die passende Dame eingestellt hat.»

«Jetzt sind Sie es, die sich meinen Kopf zerbricht.»

Jenny lächelte. Sie saßen in tiefen, bequemen Sesseln an einem prasselnden Kaminfeuer, wie Leute, die sich jetzt gemütlich ihrem Brandy und einer Zigarre zuwenden wollten. Statt dessen tranken sie beide ein Theakstone Bitter, und nur Banks paffte gelegentlich an seiner Benson & Hedges, Special Mild.

«Wie viele Pubs gibt es eigentlich in Eastvale?» erkundigte sich Jenny.

«Siebenundfünfzig. Ich habe das überprüfen lassen.»

Jenny pfiff durch die Zähne. «Ein wahres Paradies für Alkoholiker! Trotzdem – Sie werden doch wahrscheinlich wissen, in welchen Gegenden er operiert, oder?»

«Überall und nirgends, wie es scheint. Er hat seinen Wirkungskreis ziemlich weit ausgedehnt, abgesehen von den zwei Damen, die im gleichen Pub gewesen sind. Insofern hilft uns das nicht sehr viel weiter, allerdings deutet einiges darauf hin, daß zwischen ihm und dem Fall Alice Matlock ein Zusammenhang besteht. Könnte der Täter ein und dieselbe Person gewesen sein?»

«Erwarten Sie ein klares Ja oder Nein?»

«Ich möchte nur Ihre Meinung hören. Wäre es denkbar, daß unser Voyeur, nachdem er Carol Ellis beim Ausziehen beobachtet hat, die Straße hinuntergelaufen ist, an Alice Matlocks Tür geklopft und sie – aus welchen Gründen auch immer – vorsätzlich oder versehentlich getötet hat?»

«Sie möchten vermutlich eine Antwort, die ausschließlich auf psychologischen Überlegungen basiert?»

«Ja.»

«In diesem Fall würde ich nein sagen. Es wäre äußerst unwahrscheinlich. Erstens hätte er keinen Grund, zu ihrem Haus zu laufen. Wenn er sich von ihr beobachtet geglaubt hätte, wäre er allenfalls so weit und so schnell wie möglich weggelaufen.»

«Sie nehmen mir schon wieder meine Arbeit ab.»

«Ach, zum Teufel», sagte Jenny, «das liegt eben alles ziemlich nahe beieinander. Welche Antwort haben Sie denn erwartet?»

«Ich weiß auch nicht. Vielleicht, daß Voyeure keine Mörder sind oder so was in der Art.»

«Psychologie für Anfänger, wie?» lachte Jenny. «Tut mir leid, damit kann ich nicht dienen. Ich habe Ihnen gesagt, daß es ziemlich unwahrscheinlich ist, und ich habe Ihnen einen guten Grund dafür genannt. Und wenn ihm die Beobachtung von Carol Ellis die gewünschte Erleichterung verschafft hat, bezweifle ich stark, daß er emotional imstande war, gleich danach einen Mord zu verüben.»

«Das hab ich auch dem Superintendent gesagt.»

«Ja, dann, warum um alles in der Welt . . .» setzte Jenny an, um dann in Lachen auszubrechen. «Es ist wahr, wir machen tatsächlich beide den Job des andern, stimmt's? Aber im Ernst, Alan – ich sage, es ist unwahrscheinlich, aber keineswegs unmöglich.»

«Ist er möglicherweise zu ihr gegangen, um sich ihr anzuvertrauen?»

Jenny schüttelte den Kopf. «Das glaube ich nicht. Nicht zu einer alten Frau, das paßt überhaupt nicht ins Bild. Um es einmal stehend freihändig zu formulieren – Sie haben es vermutlich mit einem kahlköpfigen, kurzsichtigen, mittelalterlichen Mann zu tun, der einen Regenmantel aus Plastik trägt, Fahrradspangen und Überschuhe.»

«Klassisch schön.»

«Tut mir leid, aber es gibt nun einmal solche Klischees.»

«Oh, ich weiß. Glauben Sie mir, ich weiß es zur Genüge.»

«Was meinen Sie?»

«Ich denke da zum Beispiel an Dorothy Wycombe.»

«Ah», antwortete Jenny, «sie hat Ihnen wohl einen Besuch abgestattet?»

«Heute morgen.»

«Ach ja, Dorothy kann einen schon das Fürchten lehren, nicht wahr? Ich selbst habe jedenfalls meine Schwierigkeiten, mit ihr zurechtzukommen.»

«Ich dachte, Sie wären dicke Freundinnen.»

«Nur Bekannte. Wir haben ein oder zwei Projekte miteinander bearbeitet, das ist alles. Tatsächlich haben wir nicht sehr viel gemeinsam, aber Dorothy ist eine äußerst energiegeladene Person und macht ihren Job wirklich sehr gut.»

«WEEF?»

«Ja, WEEF. Klingt ziemlich verdreht, wie?»

Banks nickte nur.

«Wie dem auch sei», fuhr Jenny fort, «Dorothy ist wirklich eine intelligente Person, aber sie denkt zu dogmatisch. Worum ging es denn, wenn die Frage nicht indiskret ist?»

«Um eine etwas delikate Angelegenheit», erklärte Banks und schilderte ihr in kurzen Worten den Sachverhalt, ohne Namen zu nennen. Zum Schluß mußten sie beide lachen.

«Der arme Mann», meinte Jenny mitleidig, «dabei hat er doch nur versucht, sich ein bißchen ranzumachen.»

«So arm ist er nun auch wieder nicht. Er hätte wissen müssen, daß so was nicht geht.»

«Ich frage mich nur, warum ihn die Frau bei Dorothy verraten hat.»

«Hat sie gar nicht. Ich habe vorhin auf dem Weg hierher kurz bei ihr reingeschaut, und sie war sehr verärgert über diesen Vorfall. Allem Anschein nach hat Miss Wycombe den bedauernswerten Opfern einen Besuch abgestattet – vermutlich wie eine dieser feinen viktorianischen Damen, die sich um die Armen gekümmert haben – und bei dieser Gelegenheit versucht, etwas Munition gegen uns zu sammeln. Die Frau hat ganz freundlich mit ihr geschwatzt und dabei auch ein paar scherzhafte Bemerkungen über meinen Beamten gemacht. Tatsächlich fühlte sie sich wohl eher geschmeichelt von seinen Annäherungsversuchen, weil sie selbst schon seit längerem ein Auge auf ihn geworfen hatte und sich fragte, wann er wohl endlich den ersten Schritt wagen würde. Dorothy Wycombe hat nun die Tatsachen so verdreht, wie sie es für ihre Zwecke brauchte, ist zu uns marschiert und wollte Köpfe rollen sehen.»

«Ein reizender Job, den Sie da haben.»

«Ich weiß. Und dazu noch ein ziemlich schmutziger . . .»

«. . . aber einer muß ihn ja tun. Wo wir gerade von schmutzigen Geschäften reden», fuhr Jenny fort, «ich habe da ein paar Fälle für sie ausgegraben . . .»

«Ich bin ganz Ohr.»

«Haben Sie schon mal was gehört von Charles Floyd oder Patrick Byrne?»

Banks schüttelte den Kopf. «Ich fürchte, ich kenne mich nicht besonders gut aus in der Geschichte der großen Kriminalfälle. Erzählen Sie.»

«Patrick Byrne ermordete 1959 ein junges Mädchen, in einer Jugendherberge in Birmingham. Er arbeitete auf einer Baustelle direkt nebenan und war eines Nachmittags von seinem Vorarbeiter nach unten in die Baubude geschickt worden, weil er betrunken vom Mittagessen zurückgekommen war. Von dort aus hatte er schon häufiger den Mädchen in der Jugendherberge beim Ausziehen zugesehen, aber bei dieser Gelegenheit spazierte er einfach hinein in das Gebäude und erwürgte eines der Mädchen. Dann zog er ihr die Kleider aus, vergewaltigte sie und trennte ihr anschließend mit einem normalen Tischmesser den Kopf ab. Außerdem machte er den Versuch, eine ihrer Brüste zu verspeisen. Mit etwas Zucker.»

«Klingt nicht sehr ermunternd, Ihre Geschichte.»

«In der Tat. Offenbar hatte Byrne schon mit siebzehn Jahren sadistische Phantasien gehabt, in denen er sich unter anderem vorstellte, die Frauen mit einer Kreissäge in zwei Hälften zu teilen. Wie er sagte, wollte er die Frauen dafür bestrafen, daß sie ihn durch ihren Sex in nervöse Spannungen versetzten. Vor dieser Tat hatte er sich damit begnügt, die Mädchen beim Ausziehen zu beobachten, aber der Alkohol und die Aufregung über die Rüge des Vorarbeiters hatten ihn in einen Zustand versetzt, der ihn Dinge tun ließ, zu denen er nie zuvor fähig gewesen war. Tatsächlich hatte er auch eine Notiz hinterlassen, auf der zu lesen stand: ‹Ich habe nie geglaubt, daß so etwas wirklich passieren würde.›»

«Ist der andere Fall ähnlich herzerfrischend?»

«Ja, aber es ist immerhin trostreich, daß er sich vor langer Zeit abspielte – nämlich in den vierziger Jahren –, und zwar in Texas. Charles Floyd pflegte die Damen zunächst beim Ausziehen zu beobachten, dann wartete er eine Weile, bis sie eingeschlafen waren, ehe er sie tötete und vergewaltigte – in exakt dieser Reihenfolge. Eine der Frauen hatte die Angewohnheit, nie ihre Vorhänge zu schließen, wenn sie sich auszog. Er beobachtete sie über mehrere Nächte, bis er eines Abends, nachdem sie eingeschlafen war, bei ihr einstieg, sie erschlug, ihren Kopf in ein Laken wickelte und sie vergewaltigte, um dann den Rest der Nacht mit der Leiche im Bett zu verbringen. Außer ihr tötete er noch verschiedene andere Frauen, und als man ihn schließlich faßte, gab er an, zu Anfang nur ein Voyeur gewesen zu sein und erst später gemordet und vergewaltigt zu haben, zu einem Zeitpunkt, als die sexuelle Erregung zu übermächtig geworden war.»

«Diese Frau, die ihre Vorhänge nicht zugezogen hat – war das nicht geradezu eine Einladung für ihn?» meinte Banks.

Jenny warf ihm einen eisigen Blick zu. «Dieses Thema haben wir doch wohl durch.»

«Richtig, und ich habe gesagt, daß die Frauen sich besser etwas vorsichtiger verhalten sollten, um die Männer nicht zu provozieren.»

«Und ich habe gesagt, daß es unser gutes Recht ist, uns so anzuziehen, wie wir wollen, und hinzugehen, wo es uns, verdammt noch mal, beliebt!»

«Wir sind uns also einig, daß wir uns uneinig sind.»

«Sieht so aus. Aber damit wir uns nicht mißverstehen – ich breche keineswegs eine Lanze für Frauen, die sich vor offenen Vorhängen ausziehen, das ist zweifellos ziemlich töricht. Was ich sagen will, ist lediglich, daß Floyd in erster Linie einen Gewalt- und weniger einen Sexualakt verübt hat und daß diese Dinge immer wieder passieren werden, solange die Männer nicht lernen, Frauen als Menschen und nicht als Sexualobjekte anzusehen.»

«So schön das auch klingt – ich glaube nicht, daß die Lösung so einfach ist», meinte Banks. «Zweifellos handelt es sich hier um Gewaltakte, aber überall in der Natur hat die Gewalt eine starke sexuelle Komponente. Meiner Meinung nach spricht einiges dafür, daß der Anstieg der Sexualverbrechen mit einem Anstieg der äußeren Anreize einhergeht – also mit der Kleidermode, mit Pornographie, Werbung, Film, Fernsehen und diesen ganzen Dingen.»

«Und wer bestimmt die Kleidermode der Frauen?»

«Überwiegend Männer, denke ich.»

«Richtig. Mit anderen Worten, ihr Männer kleidet uns nach euren Wünschen, nach euren Vorstellungen von dem, was euch begehrenswert erscheint – und dann entblödet ihr euch nicht, uns den Vorwurf zu machen, wir würden es selbst darauf anlegen!»

«Okay, immer mit der Ruhe», beschwichtigte Banks, höchst betroffen, Jenny so aufgebracht und gekränkt zu erleben. Besänftigend legte er ihr die Hand auf die Schulter, und sie ließ es sich gefallen. «Ich verstehe vollkommen, was Sie sagen wollen. Das Thema ist wirklich sehr komplex, und man tut sich etwas schwer mit den Schuldzuweisungen. Aber ich bin gerne bereit, meinen Anteil an Verantwortung zu übernehmen. Und wie steht es mit Ihnen?»

Jenny nickte, und sie schüttelten sich die Hand.

«Welche Schlüsse haben Sie nun aus den genannten Fällen gezogen?» wollte Banks wissen.

«Keine, genaugenommen. Abgesehen natürlich von den naheliegendsten.»

«Wahrscheinlich bin ich etwas dickfellig, aber für mich ist eigentlich nichts naheliegend.»

«Solange wir nichts über die Motivation des Mannes wissen, können wir auch nicht sagen, ob der Schalter vielleicht umkippen wird und wie nahe er davorsteht.»

«Es ist schon fast zehn», sagte Banks mit einem Blick auf seine Uhr. «Möchten Sie vielleicht noch einen Drink?»

«Ja, bitte.»

«So ist es recht. Und während ich an der Bar bin, könnten Sie vielleicht über folgende Frage nachdenken: Deuten unsere bisherigen Informationen möglicherweise darauf hin, daß unser Mann eines Tages – ähnlich wie Floyd und Byrne – die Grenzen überschreitet?»

2

Das Schloß brach im Nu aus der Türfüllung, als Mick das Brecheisen ansetzte, und im nächsten Moment waren die beiden bereits im Inneren des still und dunkel daliegenden Hauses. Der Lichtstrahl ihrer kleinen Taschenlampen geisterte kreuz und quer über die gut bestückte Küche – den Gefrierschrank, die Waschmaschine, den Geschirrspüler, die Mikrowelle und den Elektroherd –, ohne lange zu verweilen. Nur die Armen versteckten ihren Notgroschen in alten Marmeladengläsern im Küchenschrank.

Am Ende der kurzen Diele lag das in zwei Ebenen aufgeteilte Wohnzimmer, und Mick fluchte leise, als er über die Trennstufen stolperte. Soweit sich das bei den beschränkten Lichtverhältnissen ausmachen ließ, war der Raum sehr groß und nur spärlich möbliert. Im Schein der Taschenlampen war eine dreisitzige Couch zu erkennen, eine Standsäule mit Fernseher und Videogerät und ein Stereoturm. Neben der Tür stand ein hoher Geschirrschrank voller Chinaporzellan und Kristallgläsern. Mick öffnete die unteren Türen und stieß auf eine gut eingerichtete Bar mit Scotch, Gin, Brandy, Wodka, Rum und allen erdenklichen sonstigen Alkoholika. Er packte eine Flasche Rémy Martin, setzte sie an den Hals und nahm gierig ein paar kräftige Züge, bis er plötzlich husten mußte und Trevor ihn ermahnte, ruhig zu sein.

Trevor fühlte sich eingeschüchtert von diesem fremden Haus. Er hatte längst vergessen, warum er hier war, und zitterte vor Aufregung bei der Vorstellung, einen richtigen Einbruch verübt zu haben. Das hier war das Zuhause eines Menschen, seine «Burg», und er hatte kein Recht, sich hier aufzuhalten. Er hatte den Eindruck, in einer riesigen, dunklen Höhle voller ungeahnter und bedrohlicher Überraschungen zu stecken, wie damals als kleiner Junge im Vergnügungspark von Blackpool, wenn er mit dem Boot durch die langen Tunnel auf dem See gefahren war. Oder wie auf der Geisterbahn, denn er empfand die gleiche Furcht, und jedes winzige Detail, das im Licht seiner Taschenlampe auftauchte, traf ihn überraschend: eine gebogene Wandlampe, die sich zur Decke reckte wie ein gekrümmter Arm mit einer Taschenlampe; eine reichverzierte Stehlampe, von deren Fuß sich eingeschnitzte Schlangenleiber über die Stange nach oben wanden; eine alte Flöte auf dem Kaminsims. Und hier und da erfaßte seine Taschenlampe einen Ausschnitt von den großen gerahmten Bildern an den Wänden: ein riesiger Vogel vor einem schreckensstarren Mann; ein nacktes Weib auf einer großen Meeresmuschel. Er hörte das Hämmern seines Herzens, das Keuchen seines Atems, und er fühlte, wie er mit jedem Schritt immer weiter eindrang in das Reich eines anderen.

Mick hatte die Cognacflasche unterdessen geleert und ließ sie auf den Boden fallen. Nachdem er sich mit dem Handrücken über den Mund gewischt hatte, gab er Trevor einen aufmunternden Klaps auf die Schulter und schlug vor, sich in den oberen Räumen umzusehen.

Im Elternschlafzimmer nahmen sie die Umrisse eines breiten Betts, eines Schranks und einer Spiegelkommode wahr. Ihre Augen hatten sich inzwischen an die Dunkelheit gewöhnt, und von außen drang der Schein einer Straßenlaterne durch das dünne Netz der Vorhänge, so daß sie auf ihre Taschenlampen verzichten konnten.

Trevor begann die Schubladen zu durchsuchen und knipste die Taschenlampe wieder an, um den Inhalt zu überprüfen. Er fand eine Menge schwarzer Seidenunterwäsche – Büstenhalter, Höschen, Hemden, Strümpfe –, die sich weich und schlüpfrig anfühlten und sich knisternd entluden, als er sie in seinen Händen rieb, gegen das Gesicht drückte und den frischen Limonenduft der fremden Frau einatmete. In einer weiteren Schublade fand er eine alte Zigarrenkiste zwischen Männersocken, Achselhemden und Unterhosen; in der Schachtel ein Schlüsselbund und etwa hundertfünfzig Pfund in bar.

Mick hatte eine Art Schmuckschatulle auf der Spiegelkonsole entdeckt. Als er sie öffnete, hüpfte eine Ballettänzerin heraus und begann sich zu einer klingelnden Weise im Kreis zu drehen. Verblüfft ließ er die Schatulle fallen, und der Schmuck kullerte über den Fußboden. Mit einem unterdrückten Fluch bückte er sich und sammelte die Sachen wieder ein.

Unterdessen suchte Trevor, den Schlüsselbund in der Hand, nach irgendwelchen verschlossenen Schränken, wurde aber nicht fündig. Schließlich machten sie sich wieder auf den Weg ins Erdgeschoß, unter ihren Füßen das luxuriöse Gefühl eines tiefen, weichen Teppichs, knipsten erneut ihre Taschenlampen an und unterzogen das Wohnzimmer einer genaueren Prüfung, bis sie tatsächlich an einer Wand in der Ecke auf etwas stießen, das nach einem Safe aussah. Trevor probierte seine Schlüssel, ohne Erfolg. Mick probierte sein Stemmeisen, mit dem Ergebnis, daß es sich verbog. Schließlich gaben sie auf.

«Komm, wir nehmen den Videorekorder mit», flüsterte Mick.

«Nein, der ist zu schwer und zu leicht zu finden.»

«Lenny kann ihn ja in London an den Mann bringen.»

«Nein, Mick, das schwere Zeug ist nur hinderlich. Du hast den Schmuck, und ich hab die hundert Scheine, das ist genug.»

«Genug!» schnaubte Mick. «Die Leute hier schwimmen doch in Kohle! Und wir haben nicht viel mehr abgestaubt als bei den alten Schachteln.»

«Doch, haben wir. Außerdem passen die Leute heutzutage ganz

schön auf, und wir können froh sein, überhaupt so viel gekriegt zu haben.»

Widerstrebend gab Mick sein Vorhaben auf und stimmte einem raschen Rückzug zu. Trevor zögerte noch einen Moment. Es gefiel ihm hier, und er verspürte, trotz der immer noch prickelnden Angst, das dringende Bedürfnis, noch irgend etwas zu tun. Schließlich öffnete er den Reißverschluß seiner Hose und begann zu urinieren. Er benetzte den Fernseher, den Videorekorder, den Stereoturm und sprengte großzügig den Teppich, die Bilder und den Kaminsims ein. Das Wasser schien kein Ende zu nehmen, es ergoß sich in einem mächtigen, im Licht der Taschenlampen schimmernden Strahl, in dem er sich mehr und mehr entspannte und ein köstliches Gefühl der Wärme in seinem Körper aufsteigen spürte.

Um zu demonstrieren, daß er ohne weiteres mithalten konnte, ließ Mick die Hosen runter und deponierte, leise vor sich hin kichernd, einen dampfenden Haufen auf dem Schaffellteppich vor dem Kamin.

Nachdem sie ihre Geschäfte beendet hatten, verließen sie das Haus auf demselben Wege, auf dem sie gekommen waren. Nur an der Küche machten sie noch einen kurzen Halt, um die Schubladen und Schränke zu durchsuchen. Für alle Fälle.

3

«Es gibt allerdings keinen Hinweis darauf, daß wir es hier mit einem Byrne oder Floyd zu tun haben», meinte Jenny und nippte an ihrem Bitter. «Wenn wir so einen Typ vor uns hätten, wäre sicher längst etwas passiert. Das Problem mit der Psychologie ist immer, daß sie ihre besten Ergebnisse zeitigt, wenn alle Fakten bekannt sind. Es ist schwierig, ins Blaue hinein zu spekulieren. Außerdem ist es unwissenschaftlich.»

«Die Polizeiarbeit läuft genauso», fügte Banks an. «Wir richten uns ausschließlich nach Fakten, aber ich habe oft festgestellt, daß gelegentliches Spekulieren – oder dunkle Ahnungen auf der Basis von wenig Informationen – sehr hilfreich sein können. Es erweitert das Denken und gibt Raum für Phantasie und Intuition.»

«Es wundert mich, das aus Ihrem Mund zu hören», fand Jenny und betrachtete ihn, als müsse sie ihre bisherigen Theorien über ihn sämtlich revidieren.

«Warum?»

«Das ist einfach so. Vermutlich, weil ich daran gewöhnt bin, daß Sie nach Fakten suchen, nach eindeutigen Beweisen.»

«Was auch sehr wichtig ist, das läßt sich nicht leugnen. Aber oftmals sind die Beweise nur insofern von Nutzen, als sie uns helfen, eine Theorie, eine Überzeugung, zu bilden. Schließlich muß man die Täter auch erwischen, und sie sind gewöhnlich schlauer und einfallsreicher, als man denkt. Bis auf ein paar Ausnahmen, die ganz einfach dumm sind. Doch das sind die wenigen leichten Fälle.»

«Ich würde sagen, daß unser Voyeur eher recht intelligent ist. Das sind natürlich wiederum nur Vermutungen, aber es ist ihm bisher immerhin gelungen, sich nicht erwischen zu lassen, also wird er sein System wohl recht gut ausgeklügelt haben. Bleibt abzuwarten, wie flexibel er sich anstellen wird, aber er ist ganz gewiß kein Dummkopf.»

«Um auf meine ursprüngliche Frage zurückzukommen», insistierte Banks, «Sie glauben also nicht, daß die Dinge eskalieren werden?»

«Ich bin, wie gesagt, der Meinung, daß wir es durchaus mit einem schwerwiegenden Sexualverbrechen zu tun haben. Ich halte es außerdem für einigermaßen unwahrscheinlich, daß unser Mann nekrophile Neigungen entwickeln oder irgendwelche Brüste aufessen wird – ob mit oder ohne Zucker –, trotzdem bin ich mir keineswegs sicher, daß ihn das reine Zugucken auf die Dauer befriedigen wird. Möglicherweise wird es ihn bald langweilen, weil es ihm zu leicht fällt – vor allem, wenn er wirklich intelligent ist. Wenn der auf diese Weise gewonnene Nervenkitzel nachläßt oder aufhört, dann . . . dann . . .» sie zuckte mit den Achseln, «. . . dann wird er im günstigsten Fall zu exhibitionistischen Handlungen übergehen und im schlimmsten Fall zu irgendeiner Form von Angriff und physischer Gewalt.»

«Vergewaltigung?»

«Letztlich ja, wenn auch vielleicht nicht im eigentlichen, im rechtlichen Sinne. Es muß nicht unbedingt zu einer Penetration kommen, möglicherweise zwingt er die Frauen nur, sich vor ihm auszuziehen. Ich weiß auch nicht, ich versuche nur, eine Art Schema zu entwickeln. Es ist denkbar, daß er den Drang verspürt nach mehr Gefahr, nach einem größeren Risiko. Vielleicht verlangt es ihn danach, die Angst seiner Opfer zu sehen und auszukosten. Ja, das kann passieren, vor allem wenn er sich mehr und mehr seinem Primärreiz nähert.»

«Was meinen Sie damit?»

«Wenn er jemanden findet, der ihn beispielsweise an seine Mutter erinnert – oder wer immer diesen ersten Triebimpuls in ihm ausgelöst hat –, kann es passieren, daß der Reiz zu stark wird und ihn dazu bringt, eine bestimmte Handlungsschwelle zu überschreiten.»

«Was können wir also anfangen mit dem, was wir bisher in der Hand haben?» wollte Banks wissen.

«Ich soll Ihnen wohl sagen, wie Sie Ihren Job zu machen haben?»

«Warum nicht? Bis jetzt waren Sie doch dabei gar nicht so schlecht.»

«In Ordnung. Was ich tun würde, ist folgendes: Ich würde Ausschau halten nach Männern zwischen zwanzig und fünfunddreißig, die entweder allein leben oder mit nur einem Elternteil, vorzugsweise mit der Mutter.»

«Warum?»

«Weil es das ist, was die Statistik darüber aussagt. Nicht unbedingt verläßlich, selbstverständlich, aber immerhin besser, als in die hohle Hand gemacht, wie Sie wohl sagen würden, nicht wahr?»

«Würde ich, in der Tat. Ich war eigentlich nur verwundert über diese Sache mit dem einen Elternteil.»

«Ich denke, es liegt daran, daß beide Eltern gewöhnlich mehr Stabilität garantieren, zumindest, wenn die Ehe einigermaßen intakt ist. Wie dem auch sei, so lautet jedenfalls die Statistik. Soll ich weitermachen?»

«Ja.»

«Ich denke, von dieser Sorte wird es wohl nicht allzu viele geben hier in Eastvale, denn die meisten jüngeren Männer ziehen weg oder sind verheiratet. Als nächstes würde ich dann bestimmte, ausgewählte Pubs ‹abdecken›, wie das immer so schön im Fernsehen heißt.»

«Ich sagte Ihnen doch schon, wie viele Pubs es hier gibt. Dazu haben wir einfach nicht genügend Leute.»

«Dann nehmen Sie halt, was Sie haben. Es war zweimal im selben Pub, warum sollte er's nicht noch ein drittes Mal versuchen? Dort können Sie jedenfalls schon mal jemanden postieren, und Sie haben sicher auch eine hübsche Polizistin zur Verfügung, die gern ein paar Überstunden macht, um dafür zu sorgen, daß dieser Bursche dingfest gemacht wird, oder?»

Banks nickte. «Machen Sie weiter.»

«Was die anderen beiden Pubs betrifft, so werden Sie die sicher auch abdecken können. Nachdem er einmal dort Glück gehabt hat, wird er's vielleicht ein zweites Mal probieren.»

«Sie schlagen also vor, daß wir die Lokale überwachen, in denen er bereits operiert hat?»

«Ja.»

«Nun gut, das tun wir bereits.»

«Sie Schuft!» lachte Jenny und gab ihm einen scherzhaften Klaps auf den Arm. «Aber Sie müssen doch immerhin zugeben, daß ich auf dem richtigen Weg war, stimmt's?»

«Absolut, wenn Sie also mal einen neuen Job brauchen ... Was fällt Ihnen sonst noch ein?»

«Sie könnten sich in den pornographischen Buchläden umsehen – falls es so was hier gibt – und in den Striplokalen. Womit ich nicht sagen will, daß Sie jeden armen Teufel jagen sollen, der sich hier und da mal ein paar nackte Brüste und Ärsche angucken will. Machen Sie einfach nur klar, daß Sie da sind. Vielleicht bekommt er's mit der Angst und macht einen Fehler.»

«Halten Sie es denn für wahrscheinlich, daß er sich an solchen Plätzen herumtreibt?»

«Es ist immerhin möglich. Schließlich ist er jemand, der gerne guckt, nicht wahr? Auch wenn es ihm da vielleicht nicht ganz soviel Spaß macht wie auf die andere Art. Wobei mir einfällt – gibt es solche Läden überhaupt hier in Eastvale?»

«Ein oder zwei schon. Wir haben ein Auge darauf, aber ich werde Ihren Rat befolgen und ein bißchen mehr Druck machen.»

Jenny nickte. «Verzeihen Sie die Frage», sagte sie, «aber wie sind Sie an diese Narbe da gekommen?» Damit beugte sie sich vor und berührte die schmale Schramme über Banks rechtem Auge.

«Ein Unfall», erklärte er knapp. «Ist Jahre her.»

«Wie enttäuschend. Ich dachte schon, Sie hätten sie sich bei einem heldenhaften Kampf mit einem messerschwingenden Amokläufer zugezogen oder von einem Schuß, der plötzlich im Handgemenge losging, als Sie jemandem das Leben retten wollten.»

«Dafür daß Sie Psychologin sind, haben Sie ziemlich romantische Vorstellungen.»

«Sie natürlich nicht, wie? Kommen Sie, sagen Sie schon, wo Sie dieses Ding herhaben.»

«Wie ich schon sagte, von einem Unfall.»

«Welche Art von Unfall?»

«Ich bin von meinem Dreirad gefallen.»

«Lügner! Sie wollen sich nur interessant machen, hab ich recht?»

«Und Sie wollen sich nur über mich lustig machen, weil Sie ein bißchen zuviel getrunken haben.»

«Ohhh, das hab ich nicht!»

Banks lachte. «Nein, vielleicht nicht. Aber wenn Sie so weitermachen, wird es nicht mehr lange dauern, und dann muß ich Sie verdonnern wegen Trunkenheit am Steuer.»

«Ich habe meinen Wagen gar nicht dabei. Ich bin vor unserem Treffen noch zu Fuß in die Stadt gegangen und habe mich etwa eine Stunde in der Bibliothek aufgehalten.»

«Dafür bin ich heute mit dem Wagen hier – und ich habe ganz bestimmt nicht zuviel getrunken. Kommen Sie, ich werd' Sie nach Hause bringen.»

Der Regen war wieder heftiger geworden. Banks umrundete vorsichtig den Castle Hill, fuhr die schmalen, gewundenen Straßen hinunter bis zum Fluß, überquerte die Brücke und kam fünf Minuten später bereits vor Jennys Haus am Grüngürtel zum Stehen.

«Kommen Sie noch mit auf einen Kaffee?» fragte sie.

«Nur auf einen ganz schnellen.»

4

Trevor und Mick saßen im Vorderzimmer und teilten ihre Beute auf. Etwa fünfzig Pfund hatte Trevor bereits vorher verschwinden lassen, außerdem hatte er Mick überzeugen können, Lenny gegenüber nur von fünfzig Pfund Bargeld zu sprechen. Es war ohnehin klar, daß Lenny seinen Profit machen würde, wenn er den Schmuck verkaufte.

Mick war rastlos. Vor dem Einbruch hatte er ein paar Aufputschpillen genommen, danach ein paar Tranquilizer, um wieder zu sich zu kommen, und nun fochten die Drogen zusammen mit dem Alkohol in seinem Körper einen erbitterten Kampf aus. Er konnte unmöglich ruhig dasitzen und Musik hören oder fernsehen, und Trevor, der allmählich von ihm genug hatte, machte Anstalten zu gehen. Sie standen am Fenster und schauten hinaus in den Regen, als plötzlich, vor einem der alten Häuser jenseits des Grüngürtels, ein Wagen hielt.

«Das ist der Vogel», stellte Mick fest. «Die Rothaarige mit den langen Beinen. Uaah, ich fühl' schon, wie sie die Dinger um meine Brust klemmt! Wer ist denn der Typ bei ihr? Garantiert so 'n Scheißwichser.»

«Ich glaub, das ist der Bulle», meinte Trevor, der Banks erkannt hatte. «Echt komisch, der war doch auch mit ihr in dem Haus von der Alten, neulich nachts.»

«Is vielleicht auch 'n Bulle, die Braut. Reine Verschwendung von so 'ner geilen Nummer, wenn du mich fragst. Trotzdem, die Titten sind nicht schlecht.»

«Wahrscheinlich will er sie nur flachlegen», überlegte Trevor. «Jedenfalls geht er mit ihr rein.»

«Hat der ein Schwein, dieser Scheißer.»

«Trotzdem irgendwie komisch, daß man die gleich zweimal so sieht.»

«Was 'n komisch daran? Die seh' ich alle Tage. Wohnt doch gleich gegenüber, kapiert?»

«Ich meine, daß man die so zusammen sieht.»

«Meine Güte, er will sie halt anstechen. Verdammt, muß das 'n Gefühl sein, wenn die einem die Schenkel um die Rippen schlingt!»

Statt der Beine waren es die Arme von Morpheus, die Mick mehr und mehr umschlangen. Die Amphetamine, ohnehin bereits überwiegend verpufft, streckten die Waffen vor den Barbituraten, Micks Hirnmasse schien sich langsam in Watte aufzulösen, seine Wahrnehmungen schwanden, die Sinne klappten zu, wie von Ventilen gesteuert. Der Lichtschein in den Augenwinkeln wurde immer schwächer, und in seinen Ohren ertönte ein sanftes Rauschen wie von Meereswellen; die Zunge war schlaff und schwer geworden, zu müde zum Sprechen.

Trevor kannte die Symptome, nahm seinen Mantel und ging. Alles in allem war es kein schlechter Abend gewesen, wahrscheinlich der beste seit Jahren, dachte er, fühlte noch einmal die durchlebte Erregung, während er durch die schlafende Stadt nach Hause ging, und konnte es kaum erwarten bis zum nächsten Montag.

8

1

Durch die kühle Stille der Kirche hallte plötzlich das schrille Kreischen rostiger Türangeln. Sandra und Harriet sahen sich um und entdeckten Robin Allott, der soeben eintrat, dicht gefolgt von Norman Chester.

«Hier habt ihr euch also versteckt», sagte Norman, während er die schwere Tür hinter sich zudrückte. «Wir hatten uns schon gefragt, wo es die reizenden Damen hingezogen hat», tönte das Echo seiner Stimme von den hohen, steinernen Wänden.

«Was tut ihr hier?» wollte Robin wissen.

«Wir warten auf die Sonne», antwortete Sandra, «damit ich eine schöne Aufnahme machen kann von diesem Bleiglasfenster hier.»

«Das wird wohl nicht mehr lange dauern», meinte Robin, als er durch das Seitenschiff näher kam. «Die Wolken scheinen aufzureißen, und der Wind treibt sie ganz nett vor sich her. Nicht übel, dieses Fenster, was?»

Sandra nickte und schaute erneut zum Ostfenster hoch. Sie befanden sich in der Pfarrkirche von St. Mary in Musker, einem der Ziele des Foto-Klubs auf seiner Exkursion zum Swaledale. Die meisten der Klubmitglieder spazierten draußen an der Ivelet Side entlang und versuchten Terry Whighams Vorstellungen von Landschaftsbildern in die Praxis umzusetzen, mit allen möglichen Aufnahmen der spektakulären Aussicht auf Oxnop, Muker Side und das düstere Massiv des Great Shunner Fell. Harriet und Sandra jedoch waren im Dorf geblieben, hatten das Zunfthaus fotografiert, den Dorfladen und das alte literaturgeschichtliche Institut, bevor sie sich in die Pfarrkirche begeben hatten.

«Die Darstellung soll der hiesigen Landschaft angepaßt sein», fuhr Robin fort und deutete auf das Fenster. «Man erkennt Jesus, den guten Hirten, mit einem Lamm auf den Schultern – ein echtes gehörntes

Schaf aus Swaledale –, wie er seine Herde führt. Der große Hügel da hinten, das ist Kisdon, hier rechts seht ihr den Fluß Swale, und links davon liegt Muker Beck.»

«Du scheinst ja einiges darüber zu wissen», bemerkte Sandra. «Warst du früher schon hier?»

«Ein- oder zweimal.»

Norman wanderte im Altarraum auf und ab, und man hörte das Echo seiner Schritte, während er den Abendmahlskelch und das Taufbecken inspizierte.

«Die Kirche ist wirklich wunderschön», meinte Robin. «Und der Friedhof ist auch sehr interessant. Genau die Sorte, auf der ich auch gerne begraben sein würde.»

«Was für morbide Gedanken.»

«Keineswegs. Übrigens mußten sie früher, bevor diese Kirche gebaut wurde, ihre Toten in weidengeflochtenen Särgen zehn oder fünfzehn Meilen weit schleppen bis zur Kirche von Grinton, am Ivelet Side entlang über den sogenannten ‹Leichenpfad›, wie der Weg früher hieß. Die Leute wollten eben unbedingt auf geweihter Erde bestattet werden. Aber ich hoffe zunächst einmal auf ein langes und gesundes Leben, wie die arme Alice Matlock.»

«Alice Matlock?»

«Ja, die alte Dame, die man neulich tot in ihrem Cottage aufgefunden hat. Dein Mann muß dir doch davon erzählt haben, oder?»

«Doch, natürlich», antwortete Sandra, «ich war nur überrascht, daß du plötzlich von ihr gesprochen hast, weiter nichts.»

Robin schaute hoch zu den matten Bleiglasscheiben. «Nun, ich habe sie gekannt, das ist alles. Es hat mich doch ein wenig erschüttert, daß jemand, der so vieles durchgestanden hat, ausgerechnet auf so brutale Art ums Leben gekommen ist. Hat dein Mann schon irgendwelche Anhaltspunkte warum?»

«Keine, soweit ich weiß. Wie kommt es, daß du sie gekannt hast?»

«Ich fürchte, ich übertreibe da ein bißchen. Tatsächlich hab ich sie seit Jahren nicht mehr gesehen. Du weißt ja, wie das ist – man verliert die alten Herrschaften sehr leicht aus den Augen. Sie war eine Freundin meiner Großmutter väterlicherseits. Sie hatten ungefähr das gleiche Alter und haben jahrelang als Schwestern am Krankenhaus in Eastvale gearbeitet. Als ich noch klein war, hat mich meine Oma oft mitgenommen, wenn sie Alice besucht hat.»

«Ist dir nicht der Gedanke gekommen, daß du vielleicht helfen könntest bei den Ermittlungen?» fragte Sandra.

«Ich?» antwortete Robin entgeistert. «Aber wie denn? Ich sagte doch, ich hab sie seit Jahren nicht mehr gesehen.»

«Alan findet es frustrierend, daß so wenig zu erfahren ist über ihre Hintergründe, denn die meisten ihrer Freunde sind längst tot. Was immer du weißt, du könntest ihm sicher damit helfen.»

«Ich wüßte wirklich nicht wie.»

«Wenn man so lange mit einem Polizisten zusammenlebt», meinte Sandra, «fragt man nicht mehr nach dem Wie. Wärst du denn bereit, einmal mit ihm zu sprechen?»

«Ich weiß nicht . . . ich . . . ich kann mir nicht vorstellen, wie ich ihm helfen könnte.»

«Komm schon, Alan wird dich nicht gleich auffressen. Du hast doch gesagt, daß dich ihr Tod getroffen hat. Dann ist das doch sicher nicht zuviel verlangt, oder?»

«Nein, nein, das wohl nicht. Also, wenn du meinst, daß ich da helfen kann, selbstverständlich . . .»

«Es ist immerhin möglich.»

«Na schön.»

«Gut, dann werd' ich ihm Bescheid sagen. Falls ich ihn mal sehe, er ist im Moment selten da. Heute abend wollten wir allerdings miteinander ausgehen, wenn er es nicht wieder vergessen hat. Wann würde es dir passen? Ich bin sicher, daß er dir keinesfalls Umstände machen will.»

«Ich weiß nicht. Vielleicht irgendwann an diesem Wochenende? Ich bin sicher zu Hause.»

«Bestens.» Sandra schrieb sich Robins Adresse auf und wandte sich wieder dem Ostfenster zu. «Nun mach schon, komm endlich», beschwor sie die Sonne, die sich immer noch nicht zeigen wollte.

Wartend standen sie da, eine Minute oder länger, bis sich langsam das Buntglas erhellte und das Rot des Christusgewandes, das Blau der Flüsse zu seinen Füßen, das Purpur, das Orange und das Grün auf den Hügeln zu leuchten begannen. Sandra stellte eine weite Blende ein und betätigte den automatischen Belichtungsmesser.

«Seltsam», sagte Robin, der sie beobachtete, «aber ich habe manchmal den Eindruck, als schauten wir durch ein klares Fenster nach draußen auf ein merkwürdig idealisiertes Bild.»

«Ja, so ist es», stimmte ihm Harriet zu. «Es hat etwas von einer Vision. Oh, schau nur, wie diese Farben leuchten!»

«Eine Vision, in der Tat», spottete Norman, der vom Nordfenster herübergeschlendert kam. «Ihr seid mir zwei echte Romantiker, ihr beiden.» Damit war er bei ihnen, und alle versuchten abwechselnd, das Leuchten hinter dem bunten Glas mit ihren Kameras einzufangen.

2

Der Freitag war ein ziemlich ruhiger Tag auf dem Revier von Eastvale. Die Überwachung der Pubs am vorausgegangenen Abend hatte nichts gebracht, und Richmond hatte gemeldet, daß niemand aus der Szene den Verdächtigen aus den Hauseinbrüchen nach der Polizeiskizze erkannt hatte. Nachdem er den Detective Constable aufs Rathaus geschickt hatte, um das Melderegister nach jungen Männern durchzusehen, die allein oder mit nur einem Elternteil lebten, blieb für Banks nicht mehr viel zu tun. Keine Dorothy Wycombe, die etwas Leben in den Tag brachte; keine Jenny Fuller, nichts.

Immerhin hatte er auf diese Weise Zeit zum Nachdenken und verbrachte den Rest des Vormittags mit Rätselraten über seine drei Fälle, die ihm immer noch einigermaßen nebelhaft erschienen. In Eastvale trieb sich ein Spanner herum, soviel war klar. Außerdem hatten zwei jugendliche Gangster hilflose alte Frauen beraubt. Aber was war mit Alice Matlock? Hatte einer von diesen Männern sie getötet?

Nach den bisherigen Beweisen sah es ganz danach aus. Das Opfer war alt und allein, in ihrem Haus hatte man ein Chaos hinterlassen und das Geld und die Silbersachen gestohlen. Es war so gut wie sicher, daß sie sich zur Wehr gesetzt hatte, dabei gestürzt oder auch nach hinten gestoßen worden war und sich den Schädel an der Tischkante aufgeschlagen hatte.

Gewißheit darüber gab es allerdings nicht, so daß Banks sich fragte, ob die Ereignisse vielleicht anders abgelaufen waren und aus welchem Grund. Nach dem, was er von Jenny erfahren hatte, kam der Spanner offenbar nicht in Frage. Der nächste Schritt mußte also sein, nach jemandem zu suchen, der ein Motiv hatte, Alice Matlock aus dem Weg zu schaffen oder sich zumindest auf eine so heftige Konfrontation mit ihr einzulassen.

Dem Bericht von Sergeant Hatchley zufolge hatte Ethel Carstairs ausgesagt, daß Alice in den letzten Jahren sehr zurückgezogen gelebt hatte und nicht der Typ gewesen war, sich irgendwelcher Streuner oder sonstigen Fremden anzunehmen. Wenn also die beiden jugendlichen Rabauken nicht für ihren Tod verantwortlich waren, wer konnte es dann gewesen sein und warum?

Unglücklicherweise ließ ihm der ruhige Nachmittag auch mehr Zeit, als ihm lieb war, um über die Ereignisse des Vorabends nachzudenken. Sandra hatte bereits geschlafen bei seiner Rückkehr, so daß er immerhin keine Erklärungen hatte abgeben müssen, war aber am nächsten Morgen sehr frostig gewesen und hatte ihn nur kühl daran erinnert, daß sie für den Abend mit Harriet Slade und deren Mann verabredet waren, daß die beiden bereits einen Babysitter bestellt hatten und daß er selbst versprochen hatte, mit den Kindern am Samstagmorgen zum Castle Hill zu fahren. Er kannte das und wußte, daß sie ihm auf diese Art zu verstehen geben wollte, daß er – unabhängig von irgendwelchen sonstigen Verirrungen – auf jeden Fall zu wenig Zeit aufbrachte für die Menschen, die ihm am nächsten standen.

Seither nagten die Schuldgefühle an ihm, trotz der Tatsache, daß es keineswegs zu irgendwelchen Verirrungen gekommen war.

Nachdem ihn Jenny in ihr Wohnzimmer geführt hatte, war ihm als erstes aufgefallen, daß sie eine aufwendige Stereoanlage besaß, aber keinen Fernsehapparat, und er hatte eine entsprechende Bemerkung gemacht.

«Früher hatte ich mal einen», hatte sie geantwortet, schon auf dem Weg zur Küche, «aber ich hab ihn einer Kollegin geschenkt. Ohne dieses Ding bekomm' ich viel mehr getan – ich lese, höre Musik, gehe aus und seh' mir die Filme im Kino an. Früher war ich für alles zu faul, weil ich dazu neige, immer den Weg des geringsten Widerstandes zu gehen.»

«Ich hatte etwas andere Vorstellungen von dem Studierzimmer eines Professors», rief er ihr nach. Außer ein paar psychologischen Magazinen neueren Datums und einer Mappe mit Notizen deutete nichts auf angestrengte wissenschaftliche Arbeit hin.

«Das Arbeitszimmer ist oben», rief sie zurück. «Ich arbeite wirklich hart, Inspector, ganz im Ernst. Milch und Zucker?»

«Nein, danke.»

Er musterte den gerahmten Druck an der Wand, der einen riesigen düsteren Berg darstellte, der eher steil als massiv über ein kleines Dorf im Vordergrund ragte und es völlig zu dominieren schien.

«Von wem ist das?» fragte er Jenny, als sie mit zwei dicken Kaffeebechern ins Zimmer trat.

«Das? Von Emily Carr.»

«Nie von ihr gehört», bekannte Banks, der dank Sandra immerhin über eine gewisse Grundkenntnis in Sachen Kunst verfügte.

«Das ist nicht verwunderlich, sie ist aus Kanada. Ich habe nach meinem ersten Examen drei Jahre in Vancouver gearbeitet. Sie stammt von der Westküste und hat eine Menge Bilder von Totempfählen und Waldszenen gemacht. Merkwürdigerweise habe ich dieses Stück hier erst in einer Galerie in Kleinburg, in der Nähe von Toronto, entdeckt und mich augenblicklich in das Motiv verliebt. Alles sieht so ungeheuer lebendig aus, finden Sie nicht?»

«Durchaus, auf eine düstere, beängstigende Art. Ich bin sehr im Zweifel, ob es meinen simplen Ansprüchen an Bilder genügen würde.»

«Sagen Sie mir nichts!» antwortete sie, einen Yorkshire-Tonfall nachahmend. «Ich weiß nicht viel über Kunst, aber man weiß doch, was einem gefällt ... Nicht schlecht für ein Mädel aus Leicester, was?»

Banks lachte. «Besser, als ich es könnte, auf alle Fälle. Aber das ist nicht meine Art, ein Bild zu testen. Ich frage mich einfach, ob ich es an meine Wohnzimmerwand hängen und damit leben könnte.»

«Und mit diesem könnten Sie nicht leben?»

«Nein, damit nicht.»

«Und womit können Sie statt dessen leben? Allem Anschein nach legen Sie sehr strenge Maßstäbe an.»

Banks versuchte sich ein paar Bilder in Erinnerung zu rufen, mit denen ihn Sandra vertraut gemacht hatte. «Zum Beispiel mit Modiglianis *Ruhendem Akt.* Vielleicht auch mit Chagalls *Das Dorf und ich* oder mit Monets *Wasserlilien.*»

«Großer Gott, alleine dafür brauchen Sie ein ganzes Zimmer!»

«Ja, aber das wär's mir auch wert.»

Jenny schenkte großzügig Cognac in den Kaffee, ohne Banks Zeit zu lassen für irgendwelche Proteste. Dann legte sie eine Musikkassette ein und setzte sich neben ihn.

«Gute Musik», meinte er. «Was ist es?»

«Das Violinkonzert von Max Bruch.»

«Hm, nie gehört. Sind Sie ein Fan von klassischer Musik?»

«Oh, nein. Das heißt, ich höre gern klassische Musik, aber eigentlich mag ich von allem etwas. Ich mag Jazz – Miles Davis und Monk –, und ich liebe auch noch immer die alten Sachen aus den Sechzigern – die Beatles, Dylan und die Stones. Allerdings sind meine alten Aufnahmen inzwischen ein bißchen verkratzt.»

«Für jemanden, der Psychologie lehrt, scheinen Sie eine Menge von den schönen Künsten zu verstehen.»

«Ich habe im zweiten Fach Englisch studiert, und mein Vater war eine Art Hobbykünstler. Aber auch heute verbringe ich manchmal mehr Zeit mit der Kunst als mit den Naturwissenschaften. Die meisten Psychologen sind schrecklich langweilige Leute.»

«Mögen Sie die Oper?»

«Auf dem Gebiet kenne ich mich leider nicht besonders gut aus. Meine Schwester hat mich einmal zu einer Aufführung von *La Traviata* mitgenommen, an die Opera North. Aber das ist Jahre her, und ich fürchte, daß ich mich kaum noch an etwas erinnere.»

«Versuchen Sie's mal. Ich werde Ihnen ein paar Kassetten leihen. *Tosca* zum Beispiel ist eine wundervolle Oper.»

«Worum geht es dabei?»

«Um einen finsteren Polizeichef, der eine junge Sängerin zum Beischlaf zwingen will mit der Drohung, ihren Geliebten zu töten.»

«Klingt sehr verlockend», meinte Jenny und schüttelte sich in einem plötzlichen Schaudern. «Da krieg ich richtig eine Gänsehaut.»

«Die Musik ist wirklich gut. Ein paar sehr schöne Arien.»

«In Ordnung, soviel zur Oper», sprach Jenny lächelnd und stieß mit ihm an. «Was ist mit heute abend? Meinen Sie, daß wir gute Arbeit geleistet haben?»

«Ja, das meine ich. Schließlich darf man keine Wunder erwarten, deshalb haben wir Sie nicht zugezogen.»

«Wie reizend! Ich weiß genau, warum Sie mich dabeihaben wollten.»

«Ich wollte sagen, das ist nicht der Grund, warum wir einen Psychologen eingeschaltet haben.»

«Ja, das weiß ich auch.»

«Sondern?»

«Sie hatten einfach Angst, daß sich die Sache zu einer Serie von Vergewaltigungen und Sexualmorden ausweitet, und deshalb lag Ihnen daran, die Beweislage von einer neutralen Person überprüfen zu lassen.»

«Das trifft weitgehend zu. Aber darüber hinaus wollten wir auch sicherstellen, daß wir eine bessere Chance haben, ihn zu stoppen, bevor es so weit kommt.»

«Und? Sind Sie dem inzwischen etwas nähergekommen?»

«Das wird sich zeigen.»

Während sie stumm dasaßen, fühlte Banks, wie sein Herz schneller schlug und sich seine Kehle zusammenschnürte. Ihm war klar, daß er nicht hätte hierherkommen dürfen, daß es nur eine Interpretation gab, warum er das Angebot auf einen Kaffee akzeptiert hatte – und dieses Wissen war beunruhigend. Die Musik hüllte sie ganz ein, und seine innere Spannung wurde so stark, daß er fühlen konnte, wie sie an seinen zusammengepreßten Kiefermuskeln zerrte. Jenny rührte in ihrem Kaffee, und ein Hauch von ihrem Parfüm wehte zu ihm herüber. Es war nicht eigentlich ein Parfüm, sondern mehr ein frischer und fröhlicher Duft, der ihn an unbeschwerte Kindheitstage erinnerte, an sonnige Ausflüge aufs Land.

«Hören Sie», platzte er schließlich heraus, stellte den Kaffeebecher ab und sah Jenny ins Gesicht, «es tut mir leid, wenn ich den Eindruck vermittelt habe ... einen völlig falschen Eindruck ... ich bin nämlich verheiratet.» Nun, da er sein Bekenntnis abgeliefert hatte – auf die wohl nur denkbar taktloseste Art –, verlor er sich in weiteren Entschuldigungen und Wiederholungen, bis ihm Jenny ins Wort fiel.

«Sie Dummkopf, das weiß ich doch längst. Was glauben Sie denn? Als Psychologe sieht man's den Leuten doch schon von weitem an, daß sie verheiratet sind.»

«Sie wissen also? Aber dann ...»

Jenny zuckte mit den Achseln. «Ich habe nicht vor, sie zu verführen, wenn Sie das meinen. Ich mag Sie, das ist wahr, ich fühle mich zu Ihnen hingezogen, und ich habe den Eindruck, daß es Ihnen ähnlich geht ... ach, verdammt, vielleicht will ich es doch, ich weiß auch nicht ...» Sie streckte ihre Hand aus und berührte sein Gesicht. «Keine Bedingungen, Alan. Warum müssen Sie alles so schrecklich ernst nehmen.»

Er fühlte, wie er augenblicklich erstarrte. Sie war so betroffen von seiner plötzlichen Ernüchterung, daß sie mit einem jähen Ruck aufsprang und ihr Gesicht zur Wand drehte.

«Okay», sagte sie, «ich habe mich idiotisch aufgeführt. Gehen Sie. Nun gehen Sie schon!»

«Hören Sie, Jenny», sprach Banks, «Sie haben nichts dergleichen getan und überhaupt nichts falsch gemacht. Es ist meine Schuld, ich hätte nicht hierherkommen dürfen.»

«Und warum haben Sie es dann getan?» fragte sie, ein wenig besänftigt, aber immer noch mit abgewandtem Gesicht.

Banks hob die Schultern und zündete sich eine Zigarette an. «Wenn ich mit Ihnen ins Bett ginge, würde ich sicher nicht wollen, daß es bei dem einen Mal bleibt.»

«Das können Sie doch gar nicht wissen, wenn Sie's noch gar nicht versucht haben», meinte sie, drehte sich zu ihm um und zeigte ein dünnes Lächeln.

«Doch, das weiß ich.»

«Vielleicht bin ich eine Pleite im Bett.»

«Das ist nicht der Punkt.»

«Egal, ich wußte sowieso, daß Sie es nicht tun würden.»

«Wirklich?»

«Ich bin Psychologin, erinnern Sie sich? Und ich habe genügend Zeit mit Ihnen zugebracht, um zu wissen, daß Sie keinen Hang zu Frivolitäten haben und wahrscheinlich äußerst monogam veranlagt sind.»

«Bin ich tatsächlich so leicht durchschaubar?»

«Keineswegs, aber ich bin immerhin eine Expertin. Möglicherweise wollten Sie sich testen, ein Risiko eingehen.»

«Nun, es heißt ja, der beste Beweis für die Tugend sei eine erfolgreich abgewehrte Versuchung.»

«Und? Wie fühlen Sie sich jetzt?»

«Unerträglich tugendhaft.»

Jenny lachte und gab ihm einen flüchtigen Kuß auf den Mund. Es war ein freundschaftlicher Kuß, unter dem sich sein Verlangen nicht vermehrte, sondern sich eher zu verflüchtigen und die Dinge auf eine einfachere, entspanntere Ebene zu transponieren schien.

«Bleiben Sie noch ein bißchen», schlug Jenny vor. «Wenn Sie jetzt sofort aufbrechen, werde ich glauben, daß Sie wegen diesem ganzen Durcheinander gehen, und dann liege ich den Rest der Nacht wach.»

«Einverstanden, aber nur, wenn ich noch einen Kaffee bekomme – und diesmal ohne Cognac.»

«Schon unterwegs, Sir.»

«Was ist übrigens mit Ihnen?» fragte Banks, während Jenny zur Küche ging. «Sind Sie geschieden? Oder Single?»

«Single», sprach Jenny, an den Türrahmen gelehnt. «Zu einer Heirat ist es bisher nicht gekommen.»

«Auch nicht beinahe?»

«Oh, doch, das schon. Aber beinahe verheiratet geht wahrscheinlich nicht, oder? Das wäre ungefähr so, wie ein bißchen schwanger zu sein.» Damit wandte sie sich ab, um den Kaffee zu machen, ein Lächeln hinter sich zurücklassend, das langsam verwelkte wie eine Blume, die liegengeblieben war.

Banks erwachte aus seinen Träumen, mit einer Mischung aus Reue, daß er es überhaupt so weit hatte kommen lassen, und einem Gefühl von Bedauern, die Gelegenheit nicht genutzt und sich den Freuden des Eros überlassen zu haben. Er stülpte sich die Kopfhörer über, fuhr das Band mit *Dido und Aeneas* zurück bis zu dem Klagelied «When I am laid in earth» und verließ das Gebäude. Während Karthagos Königin Dido ihrem treulosen Geliebten nachrief «Remember me, remember me ...», fühlte er einen leichten Schauder in seinem Rücken.

3

Der Abend mit Harriet und David verlief vergnüglich. Sie fuhren durch das Dale, entlang der Straße am Ufer des Swain, der nach dem heftigen Regen höhergestiegen war und schnell dahinströmte. Jenseits der steilen Wiesenböschungen zogen sich die dunklen Ränder des Tales hin, erhoben sich zu beiden Seiten des Ufers in steile Höhen wie die Flanken gigantischer, schlafender Wale. Bei Fortford schwenkte David in einen nicht eingezäunten Feldweg, der über die Hügel direkt nach Axeby führte, einem kleinen Dorf, wo im *Greyhound*, einem alten Pub mit niedriger Decke und knapp einem Meter dicken Mauern, jeden Freitag eine «Folknight» stattfand, zu der das Publikum selbst aus entlegenen Regionen wie Leeds, Bradford und Manchester herbeiströmte.

Sie waren früh genug eingetroffen, um noch einen Vierertisch in der Nähe des hinteren Gastraums zu ergattern, von wo aus man eine relativ gute Sicht auf die winzige Bühne hatte. David holte die erste Runde, und alle tranken auf einen vergnüglichen Abend. David war stellvertretender Bankleiter, und obwohl Banks ihn für einen ziemlichen Langweiler hielt, gab er sich redliche Mühe, ihn sympathisch zu finden, um Sandra einen Gefallen zu tun. Allerdings war ihm nach wie vor schleierhaft, was eine so lebhafte und vielseitig interessierte Frau wie Harriet an diesem Mann finden mochte.

Die Musik war erfreulich gut, nichts von diesen neumodischen, quengeligen Protestsongs, die Banks auf die Nerven gingen. Im *Greyhound* konnte man sich im allgemeinen darauf verlassen, daß solide, traditionelle Folkmusik angeboten wurde – *Sir Patrick Spens, The Wife of Usher's well, Marie Hamilton, The unquiet Grave* und solche Lieder –, insofern bot ihm dieser Abend ein ungetrübtes Vergnügen an den alten Balladen, die er fast genauso liebte wie seine Opernarien. Die Unterscheidung von sogenannter «ernster» und «Unterhaltungsmusik», von «Kultur» und «Folklore», war für ihn völlig nebensächlich, was ihn fesselte, war die Geschichte, die dahintersteckte, das Dramatische und die Spannung, die die Musik vermittelte.

Da David an diesem Abend mit dem Fahren an der Reihe war, konnte sich Banks etwas mehr als seine üblichen zwei Pints gönnen, und da das Bier im *Greyhound* berühmt war für seine Qualität – es wurde noch selbst gebraut –, machte er reichlich von seinen Möglichkeiten Gebrauch. Für einen relativ kleinen Mann konnte er allerdings einiges vertragen, insofern deutete nichts darauf hin, daß er zuviel getrunken hatte – abgesehen von der Tatsache, daß er zuviel rauchte und etwas mehr redete als gewöhnlich. Sandra hingegen trank eher langsam und blieb bei ihrem Gin-Tonic.

Dieser Tag, der so mühsam begonnen und ihm eine Menge beunruhigender Gefühle beschert hatte, schien, alles in allem, ein gutes Ende zu nehmen. Der Abend mit Sandra und den Slades, mit guter Musik und gutem Bier, vertrieb allmählich die Gedanken an Jenny. Aus der Entfernung von vier bis fünf Pints nahm sich die Erinnerung an das, was er getan hatte, nicht mehr ganz so schlimm aus. Mit Sicherheit gab es genügend Männer, die in dieser Situation schlechter ausgesehen hätten. Sicher, er hatte wahrscheinlich furchtbar moralisch und pathetisch geklungen – aber was sollte man sonst sagen, wenn man einer schönen und intelligenten Frau einen Korb geben mußte?

Als er sich erneut eine Zigarette anzündete, warf ihm Sandra während ihres Gesprächs einen kurzen Blick zu, und sie lächelten einander an.

4

Seine Position auf dem schrägen Dach war recht günstig, da er sich im Liegen kaum abhob von den dunklen Schieferplatten, allerdings war die Lage nicht besonders bequem, und das lange Warten begann ihn zu ermüden.

Das Gelände war gründlich erkundet, er hatte darauf geachtet, nicht zu lange auf der Vorderseite herumzulungern – zumal es sich um eine abgelegene Sackgasse handelte –, sondern nur wie zufällig vorbeizugehen und das Ganze von der Rückseite aus in Augenschein zu nehmen, wo ein unbeleuchteter, baumbestandener Fußweg an den umzäunten Gärten entlangführte, geradezu ideal. Er war durch eine Zaunlücke geschlüpft, hatte sich seitlich an der Regenrinne auf einen nach hinten gelegenen Anbau – eine Art Lager oder Werkstatt – hochgezogen und sich direkt auf einer Höhe mit dem Schlafzimmerfenster befunden. Er wußte, daß es das richtige Fenster war, denn die Kinderzimmer lagen nach vorn, wie er bei einer seiner früheren Erkundungen an den Wandbemalungen erkannt hatte. Er wußte auch, daß sie immer als erste zu Bett ging, während ihr Mann gewöhnlich unten im Vorderzimmer blieb und noch eine Weile Musik hörte oder die Zeitung studierte.

Warum dauerte es nur so lange heute? Die beiden waren schon vor einer halben Stunde nach Hause gekommen, aber hier oben rührte sich nichts. Endlich ging das Licht im Schlafzimmer an, und er bezog seinen Posten vor dem Spalt unter den Vorhängen. Die Frau band ihr glattes blondes Haar hinten zusammen, faßte auf den Rücken nach ihrem Reißverschluß, zog ihn langsam nach unten, ließ das schwarze, seidig schimmernde Kleid über ihre blassen Schultern auf den Teppich gleiten, hob es vom Boden auf und hängte es sorgsam in den Schrank.

Da stand sie nun. Er sah das dunkle V des Brustansatzes im BH, die einladende Einwärtsbiegung der Taille und darunter die sanft geschwungene Wölbung der Hüften. Alles an ihrer Figur war sanft und leicht; die Proportionen stimmten, nichts war übertrieben. Es war genau der Körper, auf den er gewartet, der die ersten Gefühle in ihm geweckt und sich ihm seither immer entzogen hatte. Mit wachsender Erregung verfolgte er, wie sie sich vor den Frisiertisch setzte und das Make-up entfernte, bevor sie sich weiter auszog. Planvoll und konzentriert fuhr sie mit den Wattebäuschen über ihr Gesicht, wie die Frau in seiner Erinnerung. Beinahe unbewußt begann er sich zu reiben, sah ihr zu und wünschte sich, sie möge nie aufhören, möge so weitermachen bis in alle Ewigkeit.

Schließlich stand sie auf und zog ihr Nachthemd unter einem der Kissen hervor. Mit dem Gesicht zum Fenster hakte sie ihren BH auf, und er sah, wie sich ihre kleinen Brüste ein wenig tiefer senkten, als sie den Halter entfernte. Er rieb unentwegt, schneller und schneller, und dann geschah es. Das, worauf er gewartet hatte: Sie entdeckte ihn.

Die Bilder rollten wie in Zeitlupe vor ihm ab. Der Moment, wo sie den BH ablegte, und dann, im nächsten Moment, der plötzliche Schock in ihren Augen, als sie ihn erblickte, der Ausdruck von Entsetzen, der sich über ihr Gesicht verbreitete wie vergossene Milch auf einem Tisch. Und dann war es soweit, der Höhepunkt war da, und sein ganzer Körper wand und schüttelte sich im Orgasmus. Eine Sekunde später war er bereits vom Dach heruntergerutscht, ließ sich auf den Boden fallen und schoß durch die Zaunlücke, bevor sie noch Zeit gehabt hatte, die Vorhänge zu öffnen.

5

Sandra konnte nicht genau sagen, warum und zu welchem Zeitpunkt ihr schlagartig klar wurde, daß man sie beobachtete. Es war ein plötzliches Gefühl gewesen, das Gefühl, nicht allein zu sein. Und als sie hochschaute, entdeckte sie ein Auge, ein seltsam körperloses Auge, das wie losgelöst in der Vorhanglücke zu schweben schien. Sie schrie nach Alan, während sie gleichzeitig zum Fenster stürzte, die Vorhänge aufriß und eben noch einen Blick auf eine Gestalt in einem dunklen Regenmantel erhaschte, die durch das Loch im Zaun davonhuschte und über den rückwärtigen Fußweg verschwand.

Banks kam die Treppe hochgerannt, ließ Sandra nach kurzem Zögern bei den Kindern, die von ihrem Schrei wach geworden waren, und übernahm die Verfolgung. Die schmale Allee lag verlassen da, und es war zu dunkel, um etwas erkennen zu können. Als erstes lief er bis zur Einmündung der Hauptstraße, konnte aber niemanden entdecken. Danach wandte er sich mit langsamen und leisen Schritten in die andere Richtung und verwünschte sich im stillen, nicht den Weitblick gehabt zu haben, eine Taschenlampe mitzunehmen. Angestrengt suchte er das Dunkel ab, aber nirgendwo rührte sich ein Schatten, und so lautlos er auch dastand, kein Atmen, kein Rascheln war zu hören. Sein einziger Erfolg bestand darin, eine Katze aufzuscheuchen, die plötzlich quer über den Weg schoß und ihm fast einen Herzanfall verursachte.

Er ging bis zum anderen Ende, wo ein schmaler Durchlaß in den angrenzenden Park führte. Dahinter war es pechschwarz, und es hatte keinen Sinn, die Suche fortzusetzen. Wer immer der ungebetene Besucher gewesen war, die Dunkelheit hatte ihn verschlungen, ihm einen weiteren Sieg ermöglicht. Fluchend versetzte Banks dem wackligen Zaun einen kräftigen Tritt und stürmte zurück ins Haus.

9

1

Am Samstag morgen stand Banks, wie versprochen, hoch oben an den Zinnen des Castle und blickte über sein «Land» oder seine «Güter», wie man in London zu sagen pflegte. Es war ein frischer Tag mit klarer Sicht, die Wolken waren verschwunden, der Himmel hatte sein tiefes, sommerliches Azurblau verloren und strahlte in einem lichteren, eisigeren Blau, als habe die Kälte des nahenden Winters sich bereits den Weg gebahnt.

Banks betrachtete das lebhafte Treiben auf dem Marktplatz zu seinen Füßen. Das Gedenkkreuz und die Kirche mit ihrem quadratischen Turm wirkten fast ein wenig verloren zwischen den provisorischen Holzbuden und dem Meer von Farben, das an solchen Tagen auf dem Markt zu blühen pflegte. Der Busbahnhof im Osten stand voll von roten Linienbussen, und auf dem angrenzenden Parkplatz ragte das Grün und Weiß der Reisebusse aus den zwergenhaft kleinen Personenwagen heraus. Touristengruppen schlenderten umher, die gelben und roten Anoraks bis zum Kragen geschlossen, um sich vor dem überraschend kühlen Wind zu schützen. Auch Banks hatte seine dicke Jacke bis oben hin zugeknöpft, und die Kinder trugen weite Ponchos über ihren Wollpullovern.

Für Tracy war das Eastvale Castle stets ein Stück lebendiger Geschichte, ein ehrwürdiges elisabethanisches Schloß, in dem angeblich Mary Stuart, die schottische Königin, eine Zeitlang gefangengehalten worden war und wo irgendein Richard oder Henry vorübergehend Hof gehalten hatte. In Tracys Vorstellung wandelten schöne Hofdamen über die hallenden Galerien und wisperten sich Geheimnisse aus den königlichen Gemächern zu, während sich Grafen und Barone auf üppigen Banketten mit ihren anmutigen Frauen im Rhythmus der Gaillarden und Pavanen drehten.

In Brian rief dieser Ort eher die Erinnerung an die barbarischen

Seiten der Geschichte wach. Für ihn war es eine Festung, von der die alten Britannier kochendes Öl auf die Häupter der römischen Eroberer geschüttet hatten, eine finstere Zitadelle mit dunklen Verliesen, in denen verzweifelte Gefangene mit Daumenschrauben, Streckbank und der Eisernen Jungfrau gefoltert worden waren.

Sie lagen beide nicht ganz richtig. Tatsächlich war das Castle von den Normannen erbaut worden, etwa um die gleiche Zeit wie sein berühmteres Pendant Richmond; es war wie dieses aus Steinen errichtet und hatte ebenfalls einen ungewöhnlich massiven Burgfried.

Während die Kinder durch die Ruinen streiften, schaute Banks hinab auf die Dächer der Stadt, auf das Schachbrettmuster aus roten Dachpfannen und walisischen Schieferschindeln. Er folgte den Umrissen der Hügel, die sich nach Westen zu hohen Ketten und schroffen Gipfeln emporschwangen und sich nach Osten in sanften Wellenlinien in einer weiten Ebene verloren. Allenthalben waren die Bäume bereits mit den rostigen Farben des Herbstes überzogen, wie auf dem Bild in seinem Wandkalender.

Weiter vorn konnte er die Randbezirke der Stadt ausmachen jenseits des Flusses die beiden häßlichen Wohntürme der Neubausiedlung East Side, die sich darunter ausbreitete, bis sie sich in den Feldern verlor; im Westen Gallows View, das seinen dunklen, knorrigen Finger in Richtung Swainsdale reckte. Zum Norden hin schien sich die Stadt zu gabeln, entlang der Zinken zweier Straßen, von denen die eine in die nördlichen Dales und zu den Seen führte, die andere nach Tyneside und zur Ostküste. Jenseits dieser älteren Wohngebiete waren nur noch vereinzelte Bauernhöfe und ein paar abgelegene Weiler zu erkennen.

Banks betrachtete die weite Aussicht, ohne sie wirklich aufzunehmen. In Gedanken war er immer noch bei den Ereignissen des vergangenen Abends. Er hatte keine Anzeige über den Vorfall gemacht, und das nagte an seinem Pflichtgefühl. Andrerseits war er mit Sandra zu dem Ergebnis gekommen, daß es wahrscheinlich noch weit peinlicher und lästiger war, wenn die Sache bekannt wurde. Man brauchte keine sonderliche Phantasie, um sich die Schlagzeilen und das Gerede vorzustellen. Trotzdem war ihm die Entscheidung nicht leicht gefallen, und er fragte sich, wie viele andere sich wohl genauso wenig in der Lage gesehen hatten, der Polizei von ähnlichen Vorfällen zu berichten. Solange Frauen immer noch Schwierigkeiten hatten, ein

Verbrechen wie Vergewaltigung anzuzeigen, wie viele mochten dann erst darauf verzichten, über ihre Begegnung mit einem Spanner zu berichten?

Für Banks lagen die Dinge allerdings noch komplizierter. Er war Polizist und von daher verpflichtet, ein Beispiel zu geben und sich buchstabengetreu an das Gesetz zu halten. Möglicherweise hatte er sich nicht immer daran gehalten, wenn er vielleicht gelegentlich die Geschwindigkeitsbeschränkung übertreten oder – schlimmer noch – mit etwas mehr Alkohol als erlaubt von einer Weihnachtsparty heimgefahren war, aber nun stand er zum erstenmal vor einem schwerwiegenden Interessenkonflikt zwischen Familie und Beruf. Dennoch, sie hatten sich entschieden, nach einer langen Diskussion im Bett, und diese Entscheidung war endgültig. Den Kindern, die den Schrei gehört hatten, war gesagt worden, Sandra habe geglaubt, einen Einbrecher zu sehen, sich aber getäuscht.

Was Banks noch zu schaffen machte, war der Gedanke, auf wertvolle Spuren oder Hinweise verzichten zu müssen, wenn keine Untersuchung eingeleitet wurde. Um diesen Punkt nach Möglichkeit zu klären, hatte Sandra vorgeschlagen, die Nachbarn zu befragen und sich diskret zu erkundigen, ob man irgendwelche Fremden in der Gegend hatte herumlungern sehen. Das war zwar nicht viel, aber besser als nichts.

Damit war die Angelegenheit vorläufig erledigt. Banks zuckte die Achseln und beobachtete, wie sich einer der roten Linienbusse aus seiner engen Parkbucht befreite und auf den Platz einschwenkte. Die goldenen Hände vor dem blauen Gesicht der Kirchturmuhr zeigten auf elf Uhr dreißig. Er hatte versprochen, pünktlich um zwölf zum Mittagessen zurück zu sein.

Nachdem er Brian und Tracy – die sich unterdessen heftig zankten über die wahre Geschichte der Burg – aufgestöbert hatte, drängte er die Kampfhähne zum Ausgang.

«Selbstverständlich ist das eine alte Zitadelle», behauptete Brian. «Im Keller gibt es Verliese mit Ketten an den Wänden, und das ganze Ding bricht bald zusammen.»

Trotz ihrer etwas anachronistischen Phantasievorstellungen von der Epoche wußte Tracy sehr wohl, daß die Burg aus dem frühen zwölften Jahrhundert stammte, und diesem Wissen gab sie nun auch mit aller Bestimmtheit Ausdruck.

«Das ist doch Blödsinn», schoß Brian zurück. «Du brauchst dir nur anzugucken, in welchem Zustand das Ding ist. So was dauert mindestens ein paar tausend Jahre.»

«Erstens», konterte Tracy mit einem leidenden Seufzer, «ist es aus Stein, und es ist noch gar nicht so lange her, daß man mit Stein gebaut hat. Außerdem steht es auch so im Geschichtsbuch. Du kannst ja den Lehrer fragen, dann wirst du ja sehen, daß ich recht hab, du Blödmann.»

Brian gab auf und zog sich in seine Phantasien zurück: Er war ein tapferer Ritter, und Tracy war ein edles Burgfräulein in Not, das sein langes Haar aus einem hohen, engen Fenster zu ihm herabließ. Der edle Ritter zerrte einmal kurz und schmerzhaft an der Mähne und stolzierte davon, um einen feuerspeienden Drachen zu erlegen.

Sie schlängelten sich über den Fußweg hinunter zum Marktplatz und seinem geräuschvollen Treiben, das aus der Höhe so langsam und lautlos gewirkt hatte wie in einem Traum.

Hier war alles zu haben, vom Spielzeug über Musikkassetten und Taschenlampenbatterien bis zu Spitzenvorhängen, Tuschpinseln und gebrauchten Taschenbüchern, aber in der Hauptsache wurde jede Art von Bekleidung angeboten – Jeans, Jacken, Hemden, Unterwäsche, Socken und Schuhe. Einer der regelmäßig vertretenen Händler – Banks hatte ihn auf den Namen Flash Harry getauft, wegen seines bleistiftdünnen Schnurrbarts, der flachen Mütze und dem spitzbübischen Grinsen – jonglierte mit Tellern und Tassen aus Chinaporzellan und pries mit lautem Geschrei die Qualität seiner Artikel. Touristen und Einheimische drängten sich um die zugigen Verkaufsstände, befühlten die Ware und feilschten mit rotnasigen Händlern, die heißen Oxo tranken und fingerlose Strickhandschuhe trugen, um die Hände warmzuhalten und doch ungehindert ihr Geld zählen zu können.

Nach einem flüchtigen Blick auf ein Paar Kinderschuhe – der Preis war billig, aber die Qualität ebenfalls – lenkte Banks die Kinder nach Süden über die Market Street. Unter den überhängenden Erkern der engen Straße gelangten sie nach knapp einer Viertelmeile zu der Stelle, wo sich die Straße verbreiterte und die Sackgasse abzweigte, in der sie wohnten. Inzwischen war es fünf Minuten vor zwölf.

«Superintendent Gristhorpe hat angerufen», meldete Sandra, kaum daß sie das Haus betreten hatten. «Vor ungefähr fünfzehn Minuten. Du sollst, so schnell du kannst, zur Nummer 17, Clarence Gardens kommen. Worum es geht, hat er nicht gesagt.»

«Verdammter Mist», knurrte Banks und knöpfte seine Jacke wieder zu. «Kannst du das Essen ein bißchen warm halten?»

Sandra nickte.

«Ich kann allerdings nicht sagen, wie lange es dauert.»

«Macht nichts», erklärte sie und lächelte, als er sich mit einem Kuß verabschiedete. «Es ist sowieso nur ein Eintopf. Oh, bevor ich's vergesse – außerdem hat er uns für morgen abend zum Essen eingeladen.»

«Als Trostpflaster vermutlich», meinte Banks und machte sich auf den Weg zur Garage.

2

«Eine verdammte Schande ist das, jawohl», verkündete Maurice Ottershaw, die Hände in die Hüften gestemmt, und Banks fragte sich, ob er damit auf den Einbruch anspielte oder auf die Tatsache, daß die Polizei nicht imstande gewesen war, dieses Ärgernis zu verhindern. Ottershaw war ein großer grauhaariger Mann mit sonnenbrauner Urlaubshaut und einem offenbar schwierigen Charakter. Allem Anschein nach war er überzeugt, daß der öffentliche Dienst ausschließlich zu seinem persönlichen Wohl eingerichtet worden war und er demzufolge dessen Angehörige wie private Kammerdiener behandeln durfte. Er schien sich gerade noch zurückhalten zu können, Banks in die Küche zu schicken, um einen Tee zu kochen.

«Das ist leider nichts Ungewöhnliches», erklärte Banks, um den aufgebrachten Hausherrn über die Ferkeleien auf Wand, Teppich und Elektrogeräten hinwegzutrösten. «Es gibt viele Einbrecher, die die ausgeraubten Wohnungen verwüsten.»

«Was geht mich das an, zum Teufel?» ereiferte sich Ottershaw, sogar unter der Bräune noch sichtbar errötend vor Zorn. «Ich will, daß sie gefaßt werden, verdammt, diese Vandalen!»

«Wir werden unser Bestes tun», antwortete Banks geduldig. «Leider haben wir nicht besonders viel Anhaltspunkte.»

Richmond und Hatchley hatten sich bereits bei den Nachbarn umgehört, die entweder aus gewesen waren oder nichts gehört hatten. Fingerabdrücke hatte Manson nicht entdecken können, außer denen des Hausherrn und seiner Putzhilfe, die noch vor kurzem da gewesen war und alle Räume gründlich gereinigt hatte. Der Tag, an dem der Einbruch stattgefunden hatte, ließ sich nicht mit Sicherheit feststellen, aber eingrenzen auf den Zeitraum zwischen Donnerstag – dem Besuch der Reinemachefrau – und der Rückkehr Ottershaws am frühen Samstagmorgen.

«Könnten Sie mir eine Liste der gestohlenen Gegenstände anfertigen?»

«Einhundertzweiundfünfzig Pfund und fünfundsiebzig Pence in bar, um damit mal anzufangen», erklärte Ottershaw.

«Warum haben Sie so viel Bargeld hier herumliegen lassen?»

«Es lag nicht herum, sondern in einer Schachtel in der Schublade. Nichts weiter als eine kleine Handkasse, um den Kaufmann zu bezahlen und so was. Ich habe nur selten Bargeld bei mir, weil ich meistens meine Kreditkarte benutze.»

«Wie ich sehe, sind Sie ein Kunstliebhaber», sagte Banks mit einem Blick auf die großen gerahmten Drucke von Boschs *Garten der Lüste* und Botticellis *Geburt der Venus.* Er war keineswegs sicher, ob er selbst mit einem dieser Bilder hätte leben können.

Ottershaw nickte. «Das sind natürlich nur Drucke, aber immerhin gute, Sie verstehen. Ich habe allerdings auch etwas Geld in ein oder zwei Originale investiert.» Er deutete auf eine zerklüftete weiße Leinwand mit gelben und schwarzen Kratzern, die sich quer über das Format zogen wie auf- und absteigende Eisenbahnschienen. «Eine Londoner Künstlerin. Ziemlich bekannt inzwischen, aber damals nicht. Ich hab das Ding für ein Butterbrot gekauft. Hatte wahrscheinlich nichts mehr zu essen, die arme Kleine.»

«Fehlen irgendwelche Bilder?»

Ottershaw schüttelte den Kopf.

«Antiquitäten?» Banks deutete auf die Stehlampe, die Kristallgläser und das Chinaporzellan.

«Nein, alles noch da und heil geblieben, gottlob.»

«Sonst noch was?»

«Etwas Schmuck. Imitationen, aber trotzdem etwa hundert Pfund wert. Meine Frau kann Ihnen die einzelnen Stücke beschreiben. Und dann wäre natürlich das hier, dieses Chaos. Meine Frau rührt diesen Fernseher garantiert nicht mehr an und die Stereoanlage auch nicht. Ich muß alles neu kaufen. Sie haben sogar den guten Rémy verschüttet.»

Die letzte Bemerkung erschien Banks unangebracht melodramatisch, aber er ließ sie unkommentiert durchgehen. «Wo ist eigentlich Ihre Frau, Sir?» fragte er.

«Sie ruht. Sie ist sehr sensibel, und diese Geschichte war einfach zu viel für sie – nachdem man uns obendrein auch noch die ganze Nacht an diesem vedammten Flughafen festgehalten hat.»

«Demnach sollten Sie also gestern schon zurück sein?»

«Ja, das hab ich Ihnen doch schon gesagt, oder? Dieses blöde Flughafenpersonal ist einfach in den Streik getreten.»

«Wußte irgend jemand Bescheid, daß Sie weg waren?»

«Die Nachbarn, ein paar Freunde und die Leute im Klub.»

«Welcher Klub ist das bitte, Sir?»

«Der Eastvale Golfklub», verkündete Ottershaw mit stolzgeschwellter Brust. «Wie Sie vermutlich wissen, ist er sehr exklusiv, und es ist wohl nicht anzunehmen, daß irgendwelche kriminellen Elemente Zutritt finden.»

«Wir müssen alle Möglichkeiten in Betracht ziehen», sagte Banks und kritzelte sinnlose Worte in sein Notizbuch, um sich Ottershaws verächtlichen Blick zu ersparen. Er sah keinen Grund, sich auf ein Augengefecht mit einem Opfer einzulassen.

«Sonst noch jemand?»

«Nicht daß ich wüßte.»

«Kann es sein, daß Ihre Frau zu jemandem davon gesprochen hat?»

«Ich habe alle abgedeckt, von denen wir wissen.»

«Wo arbeiten Sie, Sir?»

«Bei Ottershaw, Kilney und Glenbaum.»

Banks hatte das Firmenschild der Anwälte oft genug gesehen. Die Kanzlei befand sich in der Market Street, ein Stück weiter südlich vom Polizeirevier.

«Und wer wird das alles hier wieder in Ordnung bringen?» fragte Ottershaw barsch mit einer vielsagenden Geste auf das Chaos in seinem Wohnzimmer.

Die Fäkalien lagen in Kringeln auf dem Kaminvorleger und hatten die weißen Teppichfasern braun verfärbt. Fernsehapparat, Videorekorder und Stereoanlage sahen aus, als habe man sie mit einem Gartenschlauch eingesprengt, aber es war offensichtlich, was sich in Wirklichkeit zugetragen hatte. Amateure, dachte Banks. Wahrscheinlich Kinder, die sich einen Jux gemacht hatten. Vielleicht dieselben, die bei den alten Damen eingebrochen waren und jetzt ihre große Stunde gesehen hatten. Aber irgend jemand mußte ihnen erzählt haben, wo sie zu suchen hatten, daß die Ottershaws verreist waren – und wenn er diesen Jemand gefunden hatte, ergab sich der Rest von allein.

«Das kann ich Ihnen wirklich nicht sagen», entgegnete er. Möglicherweise nahmen die Leute vom Labor den Unrat mit, und vielleicht waren sie, mit etwas Glück, in der Lage, anhand der Fäkalien etwas über die Person auszusagen: Größe, Gewicht, Hautfarbe, Eßgewohnheiten, gesundheitliche Verfassung, Erscheinung. Immerhin etwas Hoffnung.

«Das ist ja großartig, wirklich», beklagte sich Ottershaw. «Da fährt man nun ahnungslos für zehn Tage in Urlaub, und als ob es nicht genügen würde, daß dieses unverschämte Volk vom Flughafen ausgerechnet an unserem letzten Tag streikt, finden wir dann auch noch die Wohnung vor, voll mit Scheiße!» Das letzte Wort kam mit einer solchen Lautstärke, daß die Laborleute, die das Zimmer durchsuchten, sich zugrinsten, als sie Banks Grimasse sahen.

«Sie müssen wissen, Sir, wir sind kein Reinigungsdienst», wies er Ottershaw in mildem Ton zurecht, als spreche er zu einem Kind. «Wenn wir uns damit beschäftigen würden, hätten wir vermutlich keine Zeit mehr, nach den Leuten zu suchen, die so was machen, nicht wahr?»

«Dieser Schock könnte tödlich sein für meine Frau», erklärte Ottershaw, Banks' Bemerkung ignorierend. «Hat der Arzt gesagt. Ein schwaches Herz. Der Organismus kann einen plötzlichen Schock nicht verkraften. Meine Frau ist furchtbar empfindlich – und dieses Schaffell war ihr Lieblingsteppich! Sie ist nie im Leben imstande, das wegzuschaffen.»

«In diesem Fall, Sir, sollten Sie es wohl besser selbst machen», schlug Banks vor, warf noch einen letzten Blick auf die obszönen Haufen und überließ das Haus den Experten der Spurensicherung.

3

Das *Oak* erwies sich als eine der vielen viktorianischen Monstrositäten, die gewöhnlich auf Namen wie *The Jubilee* oder *The Victoria* hören. Es zog sich um die ganze Ecke des Cardigan Drive – etwa eine halbe Meile nördlich von Gallows View, an der Einmündung der Elmer Street –, eine wahre Orgie aus glänzenden Kacheln und Butzenscheiben, die Banks mächtig an das *Prince William* in Peterborough erinnerte, wo er draußen vor der Tür immer mit anderen Kindern Murmeln gespielt und gewartet hatte, daß die Eltern endlich herauskamen.

Dem Inneren hatten Generationen von Trinkern und Rauchern

mit verschütteten Bieren und abgestandenem Zigarettenqualm einen bräunlichen Schimmer und einen fleckigen Teppich beschert, trotzdem hatte der große Gastraum eine warme und gemütliche Atmosphäre. Die hohe Decke war auffällig bunt, die Theke hatte zugunsten einer Tanzfläche aus der Mitte weichen müssen und erstreckte sich nun über die gesamte Länge einer Seitenwand. Dahinter ließ eine Mannschaft – oder eher ein Dragonerhaufen – von drallen Bardamen auf hochhackigen Pumps die Wadenmuskeln spielen und versuchte unter angestrengtem Lächeln, den zahllosen Bestellungen nachzukommen. In der verspiegelten Rückwand wiederholten sich die strahlenden Kronleuchter, die Flaschenreihen exotischer Getränke und die Gesichter der ungeduldig wartenden Gäste, was den Eindruck eines allgemeinen, aber angenehmen Chaos erhöhte. Am Samstagabend ging die Post ab im *Oak*, mit wechselnden Darbietungen eines ortsansässigen Komikers und einer Popgruppe, deren Wurzeln – in Musik und Kostüm – tief hineinreichten in die frühen Sechziger.

«Was, um alles in der Welt, hat Sie auf die Idee gebracht, mich hierhin zu schleppen?» erkundigte sich Jenny Fuller mit einem ratlosen Lächeln.

«Die Atmosphäre», antwortete Banks, ebenfalls lächelnd. «Daraus kann man viel lernen.»

«Garantiert. Sie sagten, es hätte sich etwas Neues ergeben, etwas, das Sie mir erzählen wollten.»

Banks nahm einen tiefen Atemzug und bereute es augenblicklich – die Luft im *Oak* war nicht gerade von bester Qualität, nicht einmal nach neuesten, erweiterten Standards der Luftverpestung. Glücklicherweise hatten wenigstens die Unterhaltungskünstler gerade eine Pause eingelegt, und es gab keine weitere Lärmbelästigung außer dem Gelächter und Geschnatter der Gäste.

Er hatte Jenny gleich nach seinem Besuch im Haus der Ottershaws angerufen, ohne eine konkrete Vorstellung, warum er sie im *Oak* zu treffen wünschte oder was er mit ihr bereden wollte. Immerhin hatte er die versprochenen Kassetten von *Tosca* in Aussicht gestellt, aber das allein war noch kein ausreichender Grund. Sie hatte sich artig bedankt und ihm erklärt, daß sie nur bis neun Uhr bleiben könne, da sie anschließend noch auf einer Party erscheinen müsse, die die Universität zu Ehren eines Gastdozenten gab. Er selbst hatte – Sandra zuliebe – auch früh wieder zu Hause sein wollen, und so hatte ihm dieses Arrangement ganz gut gepaßt.

«Wir hatten letzte Nacht Besuch von unserem Spanner», erklärte er schließlich. «Das heißt Sandra, genaugenommen.»

«Großer Gott!» stieß Jenny hervor, Mund und Augen weit aufgerissen. «Was ist passiert?»

«Nicht sehr viel. Sie hat ihn ziemlich früh entdeckt, und er ist weggerannt über den Weg hinterm Haus. Ich bin sofort hinter ihm her, aber er war bereits im Dunkeln verschwunden.»

«Wie geht es ihr?»

«Gut, sie nimmt es mit Gelassenheit. Allerdings ist sie ziemlich verschlossen und läßt andere nicht gern an ihre wahren Gefühle heran – mich am allerwenigsten. Ich könnte mir vorstellen, daß sie sich genauso fühlt wie die anderen – verletzt, vergewaltigt, beschmutzt und wütend.»

Jenny nickte. «Ja, sehr wahrscheinlich. Ist das nicht ein bißchen seltsam für Sie, bei Ihrem Job?»

«Auch darüber wollte ich mit Ihnen reden – ich habe keine Anzeige erstattet.»

Jenny starrte ihn an, einen Moment zu lange für seinen Geschmack. Es war ein intensiver, fragender Blick, dem er sich schließlich entzog, indem er zur Bar ging und zwei neue Drinks holte.

An der Theke drängelte man sich inzwischen in Fünferreihen, als hätten sich mindestens zwei Rugby-Mannschaften dort versammelt, und Banks war kleiner und schmaler als die meisten der Männer, die dort mit ihren Gläsern durch die Luft wedelten und über die Köpfe der anderen hinweg schrien: «Drei halbe Black and Tan, Elsie-Schatz, bitte!» . . . «Ein Wodka Slimline, zwei halbe Stella, ein Cherry B, ein Brandy mit Crème de Menthe» . . . «Fünf halbe Guinness . . . Kahlua und Coke . . . und ein Gin extra für meine Frau, Liebes!» . . . Alle wollten offenbar große Bestellungen loswerden.

Zu seinem Glück entdeckte er schließlich Richmond, der weiter vorn stand, groß und sichtbar. Er machte ihn auf sich aufmerksam – immerhin war der Constable im Dienst – und bat ihn, ihm ein halbes und ein kleines Bitter zu besorgen. Etwas überrascht, aber willig, ergänzte Richmond seine Bestellung, und da Banks ihn nicht auch noch zu Kellnerdiensten heranziehen wollte, wartete er, bis der Constable die Getränke bekommen hatte, gab ihm das Geld und machte sich davon.

«Was überlegen Sie?» fragte er, als er sich wieder neben Jenny niederließ.

Jenny lachte. «Nichts Besonderes. Erinnern Sie sich noch an unseren letzten Abend?» Das Eis war also gebrochen; und schließlich war das Thema kein Tabu. «Ja», antwortete er und wartete.

«Sie erinnern sich – ich sagte, ich wüßte genau, wie Sie sich in dem Fall verhalten würden, obwohl ich es mir anders wünschte . . .»

«Ja, irgendwas in dieser Art.»

«Nun, und jetzt versuche ich gerade festzustellen, worauf ich eigentlich gewettet habe – Anzeige oder keine Anzeige? Und ich glaube, ich habe falsch gelegen. Nicht daß ich Sie für einen Sklaven Ihrer Arbeit halte oder so was, aber Sie tun eben gern das Richtige . . . Sie sind einfach eine ehrliche Haut. Und ich dachte mir, wenn Sie nicht das tun, was Sie für richtig halten, werden Sie darunter leiden müssen. Unter Ihrem Gewissen. Sie haben wahrscheinlich zu viel davon.»

«Ich habe mich nicht danach gedrängt», entgegnete Banks und zündete sich die zweite Zigarette dieses Abends an.

«Aber Sie sind auch nicht damit geboren.»

«Nein?»

«Nein, Sie sind entsprechend konditioniert.»

«Auch danach hab ich mich keineswegs gedrängt.»

«Nein, bestimmt nicht, das tut keiner. Aber diesmal haben Sie mich doch überrascht. Ich war fest davon überzeugt, daß Sie den Vorfall sofort melden würden, egal, welche Peinlichkeiten damit verbunden sind.»

Banks schüttelte den Kopf. «Es würde zu viel unliebsames Gerede geben. Nicht nur für Sandra, sondern auch in meiner Abteilung. Diese Wycombe wartet doch nur darauf, so eine Information in die Hände zu bekommen. Wenn wir das publik machen und den Fall möglicherweise schnell lösen, wird sie sofort behaupten, daß wir das nur getan haben, weil die Frau eines Polizisten unter den Opfern war. Nein, ich werde das lieber für mich behalten.»

«Und was ist mit irgendwelchen Zeugenaussagen?»

«Sandra und ich werden das selbst übernehmen. Wir werden jeden aus der Gegend befragen, ob er irgendwelche fremden Personen gesehen hat.»

Jenny sah ihn ein wenig spöttisch an. «Das sollte keine Kritik sein, verstehen Sie? Ich vertrete schließlich nicht die Polizeibehörden.»

«Ich weiß», entgegnete Banks, «aber ich mußte es einfach loswerden, und da ist mir nur jemand eingefallen, der . . .»

«. . . der sozusagen automatisch auf Ihrer Seite ist?»

«Ich hatte eigentlich sagen wollen ‹jemand, der das versteht› . . . Aber Sie werden wahrscheinlich recht haben – ich habe tatsächlich auf Ihre Unterstützung gebaut.»

«Die haben Sie auch, ob Sie sie nun brauchen oder nicht. Außerdem ist Ihr Geheimnis bei mir sicher aufgehoben.»

«Trotzdem hätte ich Sie gerne noch etwas gefragt, das ein bißchen mehr fachlicher Natur ist», fuhr Banks fort. «Dieser Vorfall, die Tatsache, daß es Sandra getroffen hat, meine Frau . . . meinen Sie, das hat eine Bedeutung?»

«Wenn er wußte, wer sie war – und das wird wohl der Fall gewesen sein –, dann schon. Dann ist es in der Tat eine Weiterentwicklung.»

«Und das heißt?»

«Das heißt, daß er dreister wird, daß er größere Risiken eingehen muß, um sich Befriedigung zu verschaffen. Wenn er nicht gerade ein Einsiedler ist oder der Typ, der den Kopf in den Sand steckt, wird er sicher in den Zeitungen gelesen haben, welche Reaktionen er mit seinen Taten bewirkt, und wahrscheinlich wird ihn das mit Stolz erfüllen. Aus diesem Grund wird er auch wissen, daß Sie die Ermittlungen leiten in diesem Fall. Also zieht er ein paar Erkundungen über Sie ein, stellt fest, daß Sie eine attraktive blonde Frau haben . . .»

«Oder er kennt sie bereits?» warf Banks ein.

«Wie kommen Sie darauf? Er brauchte doch einfach nur diskret Ihr Haus zu beobachten, um sie kommen und gehen zu sehen.»

«Es ist nur so ein Gefühl . . .»

«Ja, aber worauf gründet es sich? Wo kommt es her?»

Banks versuchte nachzudenken, mit einiger Anstrengung, da die Popgruppe unterdessen ihre nächste Runde intonierte mit einer Neuauflage der Searcher's und ihres alten Hits *Love Potion Number Nine.*

«Ich habe mit ihr über diesen Foto-Klub gesprochen, dem sie angehört», sagte Banks gedankenvoll. «Sie arbeiten gelegentlich mit Aktmodellen, und ich habe gesagt, daß die meisten männlichen Klubmitglieder wahrscheinlich nicht einmal einen Film in ihrer Kamera haben. Das sollte nur ein Witz sein, aber was meinen Sie – könnte es da tatsächlich irgendeinen Zusammenhang geben?»

«Ich bin nicht sicher», antwortete Jenny. «So ein Klub erlaubt doch, sich in allen Ehren die Modelle angucken zu dürfen, und wenn jemand wirklich keinen Film eingelegt hat, mag ihm das die Illusion geben, etwas Heimliches zu tun, etwas Verbotenes. Ich fürchte, das erscheint mir ein wenig weit hergeholt, wenn das Ihre Theorie sein sollte. Aber wir können zumindest davon ausgehen, daß unser Mann an nackten Frauen interessiert ist, wobei allerdings erst das heimliche Beobachten ihm den richtigen Kitzel bringt. Was ist eigentlich mit diesem anderen Burschen, den Sie im Visier hatten?»

«Wooller?»

«Möglich, wenn das sein Name war. . .»

«Ja, Sie meinen bestimmt diesen Wooller, der da oben auf Gallows View wohnt. Wir haben ihn unauffällig überprüft, und es hat sich gezeigt, daß er in Cardiff war, auf einem zweiwöchigen Kursus für Bibliothekswissenschaftler, der genau in die Zeit fällt, wo zwei dieser Vorfälle stattgefunden haben. Damit ist er außen vor, was auch immer er an pornographischem Schund bei sich verstecken mag.»

«Tut mir leid», sagte Jenny mit einem Blick auf ihre Uhr, «aber ich muß mich jetzt wirklich beeilen. Der Dekan bekommt einen Anfall, wenn ich nicht rechtzeitig da bin, um den hochgeehrten Gast zu begrüßen.» Sie gab Banks einen ermutigenden Klaps auf den Arm. «Machen Sie sich keine Gedanken, ich glaube, daß Sie die richtige Entscheidung getroffen haben. Und noch etwas – ich würde sagen, daß die jüngsten Aktionen unseres Spanners durchaus einen gewissen Sinn für Humor verraten. Es macht ihm bestimmt Spaß, Sie dumm dastehen zu lassen, meinen Sie nicht auch? Rufen Sie mich an? Vielleicht Anfang der Woche?»

Banks nickte und sah ihr nach. Er bemerkte, wie Richmond ihm einen aufmerksamen Blick zuwarf, und fand, daß er vermutlich einen recht zweifelhaften Eindruck machte – ein Detective Chief Inspector, der seinen Samstagabend im *Oak* verbrachte, in Begleitung einer attraktiven Frau. Er dachte an den vergangenen Donnerstag, sah wieder Jennys Blick und hörte sie sagen, sie habe genau gewußt, daß er nicht mit ihr schlafen würde. Was ärgerte ihn nur so sehr daran? Die Tatsache, so leicht durchschaubar zu sein? Wenn ja, dann war es immerhin ein Trost, daß er zumindest einen kleinen Sieg errungen hatte. Oder fühlte er sich am Ende schuldig, weil er in Wirklichkeit etwas anderes gewollt hatte? Vielleicht würde er es doch noch tun, überlegte er, während er nach draußen schlenderte in den kühlen Oktoberabend. Er konnte immer noch seine Meinung ändern, das war doch erlaubt? Nicht nur Frauen, sondern auch einem Mann.

Schließlich tat es doch niemandem weh. «Keine Verpflichtungen», das hatte Jenny ausdrücklich gesagt...

Er stellte seinen Kragen hoch und machte sich auf den Weg zu seinem Wagen. Die Zigaretten waren ihm ausgegangen, aber glücklicherweise war noch ein Kiosk geöffnet, gleich neben dem Pub. Als er das Wechselgeld aufnahm, zögerte er einen Moment, bevor er es in die Tasche steckte. Ihm fiel ein, daß Hatchley zwar die Barmädchen im *Oak* befragt, aber nichts von den umliegenden Geschäften erwähnt hatte.

Er zog seinen Ausweis und fragte den Ladeninhaber nach seinem Namen.

«Patel», antwortete der Mann, leicht mißtrauisch.

«Um welche Zeit schließen Sie?»

«Zehn Uhr. Das ist doch nicht ungesetzlich, oder?» antwortete Mr. Patel mit einem breiten Yorkshire-Akzent.

«Nein, keineswegs. Ich frage nicht deshalb», versicherte Banks. «Es geht um letzten Montag. Haben Sie vielleicht bemerkt, ob sich hier abends jemand herumgetrieben hat?»

Mr. Patel schüttelte den Kopf.

Wie Banks schon befürchtet hatte, war es wohl noch zu früh gewesen für den Spanner. Und zu lange her für den Kioskbesitzer, um sich noch deutlich zu erinnern.

«Aber ein bißchen später», fuhr Mr. Patel fort, «da hab ich so'n Kerl gesehen, der verdammt lange an der Bushaltestelle rumgelungert hat. Dabei waren schon mindestens zwei oder drei Busse vorbeigekommen, und er saß immer noch da. Muß am Montag gewesen sein, glaub' ich.»

«Um welche Zeit ungefähr?»

«Kurz nachdem ich den Laden zugemacht hab'. Saß einfach in dem Unterstand, da drüben auf der anderen Straßenseite.»

Banks blickte aus dem Fenster und sah die Haltestelle, ein dunkles Rechteck, das ein wenig zurückgesetzt lag von der Straße.

«Und wo waren Sie?» fragte er.

«Zu Hause», antwortete Mr. Patel, wandte den Blick zur Decke und fuhr fort: «Die Wohnung liegt gleich hier drüber. Sehr praktisch.»

«Ja, ganz bestimmt», meinte Banks, zunehmend neugierig. «Erzählen Sie mir doch etwas mehr.»

«Ich kann mich dran erinnern, weil ich grade die Vorhänge zumachen wollte. In dem Moment kam 'n Bus vorbei, und ich hab geseh'n, wie der Kerl da sitzen blieb. Kam mir ziemlich komisch vor. Ich meine, was sucht so'n Knabe an der Haltestelle, wenn er nich' auf'n Bus wartet?»

«Ja, da haben Sie recht», sagte Banks. «Erzählen Sie weiter.»

«Da gibt's nichts mehr zu erzählen. Etwas später hab ich noch mal rausgeguckt, und da war er immer noch da.»

«Und wann ist er dann gegangen?»

«Hab ich nicht gesehen, so direkt. Muß so gegen elf Uhr gewesen sein, da hab ich nämlich das letztemal geguckt.»

«Und das Mal davor?»

«Wie bitte?»

«Ich meine, wann haben Sie das letztemal nach draußen geschaut und ihn gesehen?»

«Um halb elf ungefähr.»

«Können Sie den Mann beschreiben?»

Mr. Patel schüttelte betrübt den Kopf. «Tut mir leid, aber dafür war's zu dunkel. Ich glaube, er hat 'nen dunklen Mantel angehabt oder so was wie 'ne Regenhaut. Schlank und 'n Stückchen größer als Sie. Hatte irgendwie den Eindruck, daß er noch ziemlich jung war, aber es war schwierig, ihn da auszumachen, in dem Schatten.»

«Das ist nicht weiter schlimm, machen Sie sich keine Gedanken», meinte Banks. Immerhin stimmte die Farbe des Mantels mit der Beschreibung von Sandra und den übrigen Opfern überein. Zweifellos war das der richtige Mann, und man hatte einen Anhaltspunkt, um die Inhaber der umliegenden Geschäfte, der Lokale und auch die Busfahrer zu befragen. Möglicherweise hatten auch noch andere in dieser Nacht einen Mann auf einen Bus warten sehen, den er nie genommen hatte.

«Das war eine äußerst wichtige Aussage», erklärte Banks, «und Sie haben mir sehr geholfen.» Mr. Patel zuckte mit den Achseln und schüttelte verlegen den Kopf. «Haben Sie den Mann vielleicht früher schon einmal gesehen?»

«Ich glaube nicht, aber wie soll ich das wissen? Ich hab ihn ja nicht erkannt.»

«Wenn Sie ihm wieder begegnen oder Ihnen jemand auffällt, der ihm ähnlich sieht, wenn wieder jemand an der Haltestelle herumlungert, ohne einen Bus zu nehmen, oder sich sonstwie merkwürdig verhält – dann lassen Sie es mich wissen, ja?» Banks notierte seine

Telefonnummer auf einer Visitenkarte und reichte sie Mr. Patel, der sie kopfnickend entgegennahm und versprach, die Augen offenzuhalten.

Unter den herrlichen Melodien der *Zauberflöte* fuhr Banks nach Hause und war zum erstenmal seit Tagen wieder frohen Mutes.

10

1

Am Sonntag morgen machte er sich auf den Weg zu Robin Allott, der nur etwa zehn Minuten von ihm entfernt bei seinen Eltern wohnte, in einer eher bescheidenen Doppelhaushälfte.

Auf sein Klopfen öffnete eine kleine vogelähnliche Frau die Tür und führte ihn – unentwegt um ihn herum flatternd – ins Wohnzimmer.

«Setzen Sie sich doch, Inspector», sagte sie und zog ihm einen Stuhl heran. «Ich werde Robin sofort holen. Er ist in seinem Zimmer und liest die Sonntagszeitung.»

Banks schaute sich mit einem raschen Blick im Zimmer um. Das Mobiliar wirkte ein wenig schäbig, es gab weder einen Videorekorder noch eine Stereoanlage, nur einen schon recht betagten Fernsehapparat. Alles in allem ein deutlicher Kontrast zu der üppigen Ausstattung bei den Ottershaws, dachte Banks.

«Er kommt gleich runter», meldete Mrs. Allott. «Darf ich Ihnen vielleicht eine Tasse Tee anbieten?»

«Ja, gern», antwortete Banks, überwiegend aus dem Bedürfnis heraus, die Frau für eine Weile loszuwerden. Sie machte ihn nervös mit ihrem ständigen Gehüpfe. «Ich hoffe, Sie und Mr. Allott nicht zu stören», fügte er höflich hinzu.

«Oh, nein, durchaus nicht.» Sie senkte die Stimme. «Mein Mann ist Invalide, Inspector. Er hatte einen schweren Schlaganfall vor zwei Jahren, und er kann sich nicht mehr so gut bewegen. Deshalb bleibt er die meiste Zeit im Bett, und ich pflege ihn, so gut ich kann.»

Das war also die Erklärung für die dürftige und abgenutzte Einrichtung. Trotz aller Segnungen des Sozialstaats war der Ausfall des Hauptverdieners immer noch ein schwerer finanzieller Rückschlag für die meisten Familien.

«Es war eine große Hilfe, daß Robin nach seiner Scheidung wieder zu uns gezogen ist», fügte sie hinzu, um dann mit einem hilflosen Achselzucken festzustellen: «Aber er wird wohl kaum für immer bleiben können, nicht wahr?»

Auf der Treppe wurden Schritte laut, und als Robin ins Zimmer trat, verabschiedete sich Mrs. Allott, um den Tee vorzubereiten.

«Hallo», grüßte Robin und schüttelte Banks die Hand. Er wirkte geradezu unnatürlich gesund, gutaussehend und jung, trotz der unverkennbaren Anzeichen, daß auch sein fülliges kastanienbraunes Haar bereits an den Schläfen zurückwich. «Sandra hat mir gesagt, daß Sie vielleicht vorbeischauen werden.»

«Ja, wegen Alice Matlock», erläuterte Banks. «Mir liegt daran, so viel wie möglich über ihr Leben zu erfahren.»

«Ich weiß eigentlich nicht, inwieweit ich Ihnen da von Nutzen sein kann, Inspector», antwortete Robin. «Das habe ich auch schon zu Sandra gesagt, aber sie wollte unbedingt, daß wir miteinander sprechen. Bestimmt haben Sie inzwischen längst ihre engeren Freunde befragt und alles erfahren, was Sie wissen wollen.»

«Sie scheint nur eine engere Freundschaft gehabt zu haben – zu einer Dame namens Ethel Carstairs –, und selbst diese Beziehung bestand offenbar noch nicht sehr lange. Die meisten ihrer Altersgenossen sind wohl längst verstorben.»

«Na ja, so ist das eben, wenn man ein so hohes Alter erreicht. Wie dem auch sei, ich sagte schon, daß ich Ihnen wahrscheinlich nicht sehr viel weiterhelfen kann, aber fragen Sie nur.»

«Haben Sie sie gesehen, in letzter Zeit?»

«Nein, schon ziemlich lange nicht mehr. Wenn ich mich recht erinnere, liegt unsere letzte Begegnung ungefähr drei Jahre zurück. Ich suchte nach einer Vorlage für ein Porträtfoto und dachte mir, daß sie genau das richtige Modell wäre. Das Bild muß irgendwo herumliegen. Wenn Sie wollen, kann ich es später für Sie heraussuchen.»

«Und davor?»

«Davor hab' ich sie jahrelang nicht gesehen. Seit dem Tod meiner Großmutter.»

«Waren die beiden enge Freundinnen?»

«Ja. Sie und meine Großmutter – das heißt die Mutter meines Vaters – haben viele Jahre zusammen gearbeitet, im hiesigen Krankenhaus. Eastvale ist kein besonders großer Ort – und war es damals noch viel weniger –, so daß es nicht weiter verwunderlich war, daß sie Freundinnen wurden. Außerdem haben sie auch die Kriegszeiten miteinander durchgemacht, und solche Dinge verbinden. Als ich klein war, hat mich meine Oma oft mitgenommen zu Alice.»

Mrs. Allott erschien mit dem Tee und ließ sich am anderen Ende des Tisches nieder.

«Können Sie mir etwas über ihre Vergangenheit erzählen?» erkundigte sich Banks.

«Nichts, das Sie nicht auch von anderen erfahren könnten, wie ich glaube. Ich habe erst später, als ich alt genug war für diese Dinge, begriffen, wie faszinierend ihr Leben gewesen sein muß, mit welchen umwälzenden Veränderungen sie konfrontiert war. Können Sie sich das vorstellen? Es gab kaum Autos, als sie klein war, und die Menschen kamen nicht sehr weit herum, aber es geht nicht nur um den technischen Fortschritt. Schauen Sie sich nur den Wandel unserer Einstellungen, unseres Verhaltens an, wie sich die ganze Gesellschaft in ihren Strukturen grundlegend geändert hat.»

«Wie ist Alice damit umgegangen?»

«Ob Sie's glauben oder nicht, Inspector, aber sie war eine regelrechte Radikale. Eine der ersten Kämpferinnen für die Rechte der Frauen, und sie ging sogar so weit, sich für die Internationale Brigade zu verpflichten und als Krankenschwester im Spanischen Bürgerkrieg zu dienen.»

«War sie Kommunistin?»

«Nicht im strengen Sinne des Wortes, soweit ich weiß. Genau wie viele andere, die gegen das Franco-Regime gekämpft haben.»

«Welche Eindrücke hatten Sie von ihr?»

«Eindrücke? Wissen Sie, ich war ein Kind, und mich faszinierte schon das Cottage, in dem sie lebte. Es war voll von allem möglichen Krimskrams. Diese Nischen, die geradezu überquollen von dem Schnickschnack, den sie jahrelang gesammelt hatte – angelaufene Feuerzeuge, viktorianische Pennies und diese alten silbernen Drei-Penny-Stücke, der ganze herrliche alte Trödel. Ich glaube nicht, daß ich der Hausherrin selbst damals so viel Aufmerksamkeit gewidmet habe. Ich erinnere mich noch, daß ich jedesmal ganz fasziniert war von diesem Flaschenschiff, der *Miranda*, daß ich es stundenlang angestarrt habe und einfach kein Ende finden konnte. Es war lebendig für mich, ein richtiges Schiff, ich habe mir sogar vorgestellt, wie die Mannschaft die Segel setzte und sich Schlachten lieferte mit den Piraten.»

Mrs. Allott schenkte den Tee ein und lachte. «Er hatte immer schon eine sehr lebhafte Phantasie, mein Robin, nicht wahr?»

Robin nahm keine Notiz von ihr. «Wie ist das überhaupt passiert? Wie ist sie umgekommen?»

«Das wissen wir noch nicht genau», antwortete Banks. «Wie es aussieht, ist sie möglicherweise gefallen bei einem Kampf mit irgendwelchen Jugendlichen, die sie ausrauben wollten. Aber wir müssen auch andere Möglichkeiten in Betracht ziehen. Haben Sie vielleicht eine Vorstellung?»

«Ich kann mir eigentlich nicht vorstellen, daß es Kinder oder Jugendliche waren.»

«Warum nicht?»

«Nun, die würden sich doch nicht an einer gebrechlichen alten Frau vergreifen, oder?»

«Sie wären sicher erstaunt, wozu Kinder heutzutage fähig sind, Mr. Allott. Aber wie ich schon sagte – möglicherweise haben sie sie nicht mit Absicht getötet.»

Robin lächelte. «Ich unterrichte an einem College für berufliche Weiterbildung, Inspector, insofern habe ich auch ein wenig den Glauben an die Unschuld und die Reinheit der Jugend verloren. Trotzdem – wäre nicht auch eine andere Erklärung denkbar?»

«Das wissen wir nicht, aber deshalb versuche ich ja auch, Näheres zu erfahren. Woran dachten Sie denn zum Beispiel?»

«An nichts Konkretes. Es war nur so eine Idee.»

«Sie können sich also nicht vorstellen, daß es jemanden gibt, der sie gehaßt oder sonst irgendeinen Grund gehabt hat, sie aus dem Weg schaffen zu wollen?»

«Nein, tut mir leid. Ich wünschte, ich könnte Ihnen helfen, aber . . .»

«Schon gut», sagte Banks und erhob sich. «Schließlich habe ich ja nicht damit gerechnet, daß Sie mir die fertige Lösung präsentieren. Fällt Ihnen vielleicht sonst noch etwas ein?»

«Nein, aber wenn es Sie interessiert, könnte ich dieses Porträt für Sie heraussuchen.»

Aus reiner Höflichkeit begleitete ihn Banks ins obere Stockwerk und wartete, während Robin einen seiner zahlreichen Kästen mit Fotografien durchsah. Das Porträt von Alice, das er schließlich zutage förderte, war auf einen Wechselrahmen gezogen und offenbar noch in sehr gutem Zustand. Die Nahaufnahme zeigte den Kopf der alten Frau im Halbprofil, und das kontrastreiche Entwicklungsverfahren hatte das feine Netz von Linien und Falten gut herausgebracht. Die gesamte Topographie des Gesichts gab eine deutliche Vorstellung von der Lebhaftigkeit ihrer Züge, dem stolzen Ausdruck und dem wachen Blick ihrer klaren Augen.

«Das ist sehr gut», meinte Banks. «Seit wann beschäftigen Sie sich mit Fotografie?»

«Seit meiner Schulzeit.»

«Haben Sie schon einmal daran gedacht, das professionell zu betreiben?»

«Sie meinen als Polizeifotograf?»

Banks lachte. «Etwas derart Spezielles hatte ich wirklich nicht im Sinn», erklärte er.

«Nun, ich habe tatsächlich schon überlegt, es als freier Fotograf zu versuchen», antwortete Robin, «aber das ist mir zu unsicher. Ich bleibe wohl besser beim Lehrberuf.»

«Da wäre noch etwas, wo ich schon mal hier bin», bemerkte Banks und gab ihm das Foto zurück. «Nur eine Kleinigkeit, auf die ich neugierig wäre . . . Hatten Sie schon einmal die Idee, daß sich jemand aus dem Foto-Klub vielleicht über das rein Künstlerische hinaus für die Modelle interessiert?»

Diesmal lachte Robin. «Eine komische Frage», meinte er. «Aber ja, wie es aussieht, gibt es immer ein oder zwei, die nur auftauchen, wenn wir mit Modellen arbeiten. Was hat Ihnen Sandra denn erzählt?»

«Um die Wahrheit zu sagen», antwortete Banks, «ich wollte sie lieber nicht danach fragen. Sie ist ein bißchen empfindlich in dieser Hinsicht, und ich habe sie wahrscheinlich ohnehin schon zu häufig damit aufgezogen.»

«Ich verstehe.»

«Wer sind diese Leute?»

«Wollen Sie die Namen wissen?»

«Ja.»

«Tja, ich weiß nicht . . .» zögerte Robin.

«Machen Sie sich keine Sorgen», versicherte ihm Banks, «daß Sie jemanden in Schwierigkeiten bringen. Wenn die Herrschaften nichts auf dem Kerbholz haben, werden sie nicht einmal erfahren, daß wir ihre Namen gehört haben.»

«In Ordnung.» Robin nahm einen tiefen Atemzug. «Geoff Welling und Barry Scott sind die beiden, die sich da am auffälligsten benehmen. Im Grunde scheinen sie ganz anständige Kerle zu sein, aber sie tauchen nur selten bei uns auf, und ich habe auch noch nie irgendwelche Arbeiten von ihnen gesehen.»

«Danke», sagte Banks und notierte sich die Namen. «Was sind das für Typen, die zwei?»

«Alle beide etwa Ende Zwanzig, also in meinem Alter. Ungefähr einssechzig und einsachtzig groß. Barry hat einen kleinen Bierbauch, Geoff scheint ganz gut in Form zu sein. Aber was soll das alles? Geht es um diesen Fall mit dem Spanner?»

«Robin!» ertönte von unten Mrs. Allotts Stimme. «Kannst du mal kommen und deinem Dad den Tee und seine Kekse nach oben bringen?»

«Schon unterwegs», rief Robin zurück und folgte Banks über die Treppe nach unten.

«Noch eine Tasse Tee, Inspector?» fragte Mrs. Allott.

«Nein, lieber nicht», bedankte sich Banks. «Ich werde zu Hause erwartet.»

Gedankenversunken machte er sich auf den kurzen Heimweg und versuchte vergeblich zu ergründen, welche von Robins Bemerkungen daran schuld war, daß sein Unbehagen über den Tod von Alice Matlock noch gewachsen war.

2

Abgesehen von ihrem momentanen Schock, der sie hatte aufschreien lassen, nahm Sandra den Zwischenfall eher gelassen hin. Wie tausend Male zuvor hatte sie sich ausgekleidet, um zu Bett zu gehen, hatte sich ganz versunken den höchst intimen abendlichen Ritualen hingegeben – und im nächsten Moment hatte diese kleine private Welt in Scherben gelegen und würde wohl nie wieder ganz heil werden. Diese Vorstellung von einem totalen und dauerhaften Zusammenbruch jeder Privatheit hatte etwas Melodramatisches, wie sie sehr wohl wußte, aber sie entsprach exakt ihren Gefühlen angesichts der durchlebten Erfahrung von Gewalt.

Das Erlebnis hatte keine Angst hinterlassen; auch keinen Zorn, nachdem der erste Schock vorüber und der Adrenalinspiegel gesunken. Überraschenderweise empfand sie vor allem Mitleid – wie Harriet –, eine Art Erbarmen für diesen Mann, das sie niemandem zu erklären vermochte, nicht einmal sich selbst.

Es mußte damit zusammenhängen, daß der Akt dieses Mannes in

ihren Augen etwas Unnatürliches hatte. Glücklicherweise hatte sie selbst immer ein recht gesundes Verhältnis zur Sexualität gehabt. Sie hatte weder die Notwendigkeit noch den Wunsch verspürt, irgendwelche Handbücher oder Eheleitfäden zu Rate zu ziehen, akrobatische Positionen auszuprobieren oder Partnertausch-Klubs in tristen Vorstädten aufzusuchen, um ihr Sexualleben in Schwung zu halten, und es war sicher der Intaktheit ihrer eigenen Sexualität zuzuschreiben, daß sie Mitleid empfand mit einem Menschen, der auf Heimlichkeiten und Erlebnisse aus zweiter Hand angewiesen war, um Freude am Sex zu haben. Dieses Mitleid war allerdings kein sanftes oder liebevolles Gefühl, es hatte eher Ähnlichkeit mit Verachtung.

Als sie an diesem Sonntagmorgen vor Selena Harcourts Haustür stand und die Klingel betätigte – die ein Fragment der Titelmelodie aus *Doktor Schiwago* zum Besten gab –, dankte sie ihrem guten Stern zum wohl hundertstenmal, daß es ihr gelungen war, Alan dazu zu bringen, den Vorfall nicht zu melden. Es war ihm gegen die Natur gegangen und hatte ihre ganze Überredungskraft erfordert, aber sie hatte es geschafft, und nun stand sie hier, um ihren Teil des Handels zu erfüllen.

«Oh, hallo, Sandra, komm doch rein», sagte Selena in dem ihr eigenen gurrenden Ton. «Entschuldige die Unordnung.»

Von Unordnung konnte selbstverständlich nicht die Rede sein. Selenas Wohnzimmer war blitzsauber wie gewohnt. Es roch nach Kiefernadel-Raumspray und einem zitronehaltigen Desinfektionsmittel, die gesammelten Aschenbecher und Trachtenpuppen von der Algarve, der Costa del Sol und zahlloser anderer europäischer Urlaubsziele strotzten vor Leben und funkelten vor Sauberkeit.

Der einzige Neuzugang im Haushalt war ein trübsinniger Pudel mit Namen Pepe, der sich müde um seinen Liegeplatz am Kamin kringelte und Sandra einen traurigen Blick zuwarf, als wolle er sich für sein lächerliches Aussehen entschuldigen, für die Schurbüschel und Schleifen in seinem Fell, mit denen ihn Selena ausstaffiert hatte, in der Hoffnung auf einen Preis bei der bevorstehenden Hundeausstellung. Sandra heuchelte pflichtschuldigst Bewunderung über die bedauernswerte Kreatur, die ihr einen deutlich mitfühlenden und verschwörerischen Blick zuwarf, und nahm vorsichtig auf der Sofakante Platz. Sich in Selenas Haus bequem hinzusetzen verbot sich von selbst; alles sah aus wie für eine Schau arrangiert, seltsam unwirklich und nicht für den Gebrauch geeignet.

«Gerade eben hab ich noch zu Kevin gesagt, daß wir nicht viel von dir gesehen haben in letzter Zeit. Du warst schon ewig nicht mehr bei unseren Frühstücksparties.»

«Die Arbeit», erklärte Sandra. «Du weißt doch, ich bin jetzt drei Tage in der Woche bei Dr. Maxwell.»

«Ja, ich weiß, der Dentist», sagte Selena, wobei sie es schaffte, dem Wort genau den richtigen Unterton zu geben, um klarzumachen, daß Dentisten zwar nicht überflüssig waren, aber selbstverständlich kein geeigneter Umgang für bessere Kreise.

«Richtig.»

«Und was hast du sonst gemacht seit unserem letzten kleinen Plausch?»

Sandra konnte sich nicht erinnern, wann dieser Plausch stattgefunden haben mochte, weshalb sie sich vorsichtshalber entschloß, eine gedrängte Übersicht des letzten Monats abzugeben. Selena hörte ihr höflich zu, bevor sie anbot, einen Tee zu machen.

«Hast du auch von dieser Sache mit dem Spanner gehört?» rief sie aus der Küche.

«Ja», bestätigte Sandra, ebenfalls rufend.

«Natürlich, ich vergesse immer, daß dein Mann ja bei der Polizei ist. Dann bist du bestimmt bestens im Bilde, was?» fragte Selena, während sie ein Tablett mit Tee und allerhand kalorienträchtigen Keksen und Süßigkeiten auf den Tisch stellte.

Natürlich war er bei der Polizei, dachte Sandra, und Selena wußte das ganz genau. Schließlich hatte sie Sandra bei ihrer ersten Begegnung genau aus diesem Grund angesprochen – und ihre Art, den neuesten Klatsch aufzuspüren, war ähnlich subtil wie die flammenden Durchhalteparolen von Margaret Thatcher.

«Nicht so ganz», log Sandra. «Außerdem gibt es da auch nicht viel zu wissen.»

«Diese Dorothy Wycombe soll Alan ja ordentlich die Hölle heiß gemacht haben, stimmt's?» bemerkte Selena mit einiger Schadenfreude.

«Das kann man wohl sagen», gab Sandra zähneknirschend zu.

«Ist es denn wahr?»

«Was soll wahr sein?»

«Na, daß die Polizei nicht viel daran tut. Also, ich bin wirklich keine von diesen Emanzen, das weißt du, Sandra, aber ich muß auch sagen, daß wir Frauen manchmal schon ein bißchen unfair behandelt werden. Es ist eben eine Männerwelt, verstehst du?»

«Ja, aber die Männer tun tatsächlich eine ganze Menge bei dem Fall. Sie haben sogar einen Psychologen von der Universität eingeschaltet.»

«Oh?» Selena zog fragend die Augenbrauen hoch. «Und was soll der dabei tun?»

«Nicht der, sondern *die*. Sie soll der Polizei helfen festzustellen, welche Art Mensch das ist.»

«Aber das wissen sie doch längst – ein Mensch, der den Frauen gern beim Ausziehen zuguckt.»

«Ja, schon», sagte Sandra, «aber da steckt ja noch etwas mehr hinter. Warum hat jemand diese Neigung? Was tut er, während er den Frauen zusieht? Warum führt er kein normales Sexualleben? Das sind die Fragen, mit denen sich die Psychologen befassen.»

«Na schön, aber das bringt doch wohl nicht viel, oder?» wandte Selena ein. «Jedenfalls nicht, solange man ihn nicht erwischt.»

«Genau darüber wollte ich mit dir reden», tastete sich Sandra an ihr Thema heran. «Man macht sich Sorgen, daß er einen Schritt weitergehen könnte. Das Zugucken ist vielleicht nur der Anfang, und deshalb müssen die Ermittlungen intensiver werden. Aufgrund der bisherigen Informationen weiß man bereits, daß er das Terrain sondiert, bevor er zuschlägt. Er weiß über den Grundriß des Hauses Bescheid, stellt fest, wenn die Leute schlafen gehen, ob die Frau zuerst nach oben geht und solche Sachen. Also bin ich auf die Idee gekommen, daß es gut wäre, wenn wir alle die Augen offenhalten und uns umsehen, ob sich irgendwelche Fremde in der Gegend herumtreiben oder ob sich jemand sonstwie seltsam benimmt. Auf diese Weise könnten wir ihn vielleicht erwischen, bevor er womöglich Schlimmeres anstellt.»

«Großer Gott!» stieß Selena hervor. «Du denkst doch nicht etwa, daß er hier irgendwo lauert, oder?»

«Man kann nicht vorhersehen, wo er hingeht», meinte Sandra achselzuckend. «Bisher hat man noch kein bestimmtes Schema bei seinen Aktionen entdecken können.»

Selenas Hand zeigte ein leichtes Zittern, als sie den Tee nachschenkte, und sie biß sich mit den Zähnen auf die Unterlippe. «Ich glaube, da war was», begann sie. «Letzte Woche – am Mittwoch, meine ich. Im ersten Moment ist es mir irgendwie komisch vorgekommen, aber dann hab ich nicht mehr weiter darüber nachgedacht.»

«Was war es denn?»

«Ja, also, ich kam gerade von einem Besuch bei Eloise Harrison zurück. Sie wohnt zwei Straßen weiter unten, auf der Culpepper Avenue, und es ist ein ziemlich weiter Weg, wenn man vorne über die Hauptstraße geht. Also hab ich die Abkürzung über die Rückseite genommen. Es gibt da einen kleinen Durchgang zwischen den Häusern, auf dem man zur nächsten Straße kommt, verstehst du? Ich gehe also immer durch die Gartentür auf die kleine Allee, dann durch die Passage zwischen den Häusern, überquere die Straße, mache das Ganze noch mal von vorn und lande direkt in Eloises Garten.

Um nun auf den Mittwoch zurückzukommen, das war ein ziemlich dunkler und feuchter, einfach ein unfreundlicher Abend, und als ich in unsere Allee einbog, bin ich fast mit diesem Mann zusammengestoßen. Eigentlich war das komisch, und ich dachte noch, daß er wohl einfach so dagestanden sein mußte, ich weiß auch nicht, aber wenn wir uns beide bewegt hätten, wären wir bestimmt richtig zusammengerasselt. Na, ich hab jedenfalls einen ganz schönen Schreck bekommen, das kann ich dir sagen. Es ist ziemlich finster da draußen, bis auf das Licht aus den Häusern, und die Ecke ist verdammt einsam. Wie auch immer, ich bin, so schnell ich konnte, durch die Gartentür und hinein ins Haus. Hinterher hab ich dann nicht mehr viel an die Sache gedacht, aber jetzt, wo du davon redest, bin ich ziemlich sicher, daß er tatsächlich gestanden und auf dem Weg herumgelungert hat.»

«Weißt du noch, wie er aussah?»

«Tut mir leid, Liebes, aber ich konnte ihn wirklich nicht sehr gut sehen. Wie gesagt, es war dunkel, und dann der Schock und das alles – da bin ich einfach weggelaufen. Ich glaube, er hatte einen schwarzen Regenmantel an, mit einem Bindegürtel, und der Kragen war hochgeschlagen. Außerdem trug er einen Hut, sicher wegen des Regens, ich hätte also sein Gesicht ohnehin nicht erkennen können, auch wenn ich gewollt hätte. Es war eins von diesen weichen Filzdingern . . . wie heißen die doch gleich? Schlapphüte, richtig, das ist es. Ich glaube, er war ziemlich jung, ja, nicht einer von diesen alten Schmuddeltypen.»

«Wie kommst du darauf?»

«Ich weiß auch nicht, wirklich nicht», antwortete Selena sehr langsam, als habe sie Mühe, ihre Instinkte und Ahnungen in Worte zu kleiden. «Es war einfach die Art, wie er sich bewegt hat. Und der Schlapphut sah irgendwie viel zu alt aus für ihn.»

«Immerhin, vielen Dank», sagte Sandra, die es eilig hatte, nach Hause zu kommen, um sich Notizen zu machen, solange die Informationen noch frisch waren.

«Meinst du, das war der Kerl?»

«Keine Ahnung, aber die Polizei wird bestimmt dankbar sein für jeden Hinweis über irgendwelche verdächtige Unbekannte, die sich in der Gegend herumtreiben.»

Selena nestelte an ihrem spitzen Ausschnitt, der gerade die richtige Menge cremefarbener Haut enthüllte, um das Bild ihrer wasserstoffblonden Locken um ihr mondförmiges, reichlich geschminktes Gesicht abzurunden. «Wenn er das war, dann beobachtet er uns. Mich und dich, Josephine und Annabelle – entsetzlich!»

«Du solltest dir darüber nicht so viel Gedanken machen, Selena», meinte Sandra mit einem heimlichen Vergnügen an der Idee, daß sie diese Frau über Ängste hinwegzutrösten suchte, die sie selbst erst geweckt hatte. «Bestimmt war es nur jemand, der eine Abkürzung genommen hat.»

«Aber es war wirklich ein ausgesprochen ekliger Abend, da steht doch kein normaler Mensch draußen rum. Er muß irgendwas im Schilde geführt haben. Er hat spioniert.»

«Ich werde Alan davon erzählen, und ich bin sicher, daß sich die Polizei darum kümmern wird. Man kann nie wissen, Selena, vielleicht führt dein Hinweis auf eine Spur und zu einer Verhaftung.»

«Könnte das sein?»

«Ja, durchaus. Wenn es wirklich der Mann war.»

«Aber ich könnte ihn doch nicht identifizieren – vor Gericht oder bei diesen Gegenüberstellungen, die es da immer gibt. Wirklich, ich konnte ihn nicht sehr gut sehen.»

«Das hab ich auch nicht gemeint. Mach dir keine Sorgen, niemand wird das von dir erwarten. Ich wollte damit nur sagen, daß die Polizei schon wissen wird, wo sie ihn zu suchen hat, wenn sie erst weiß, daß er sich in dieser Gegend hier herumgetrieben hat.»

Selena nickte mit offenem Mund und ohne rechte Überzeugung, bevor sie sich anschickte, erneut Tee nachzugießen. Aber Sandra lehnte ab.

Erst an der Tür hellte sich Selenas Miene plötzlich wieder auf. «Wie dumm von mir», kicherte sie und hielt sich verschämt die Hand vor den Mund, «ich vergesse immer, daß ich ja gar nichts zu befürchten habe. Schließlich wohne ich Tür an Tür mit einem Polizisten!»

3

Der Sonntagnachmittag in Gristhorpes Landhaus war ein voller Erfolg, obwohl er wenig dazu beitrug, Banks' emotionale Verwirrung zu lösen. Auf der Hinfahrt im Auto durfte er keine Opernarien hören, sondern mußte sich statt dessen die Ohren mit öder, hämmernder Popmusik - vorwiegend Schlagzeug und Synthesizer - von Radio One volldröhnen lassen, um Brian und Tracy bei Laune zu halten. Aber das Wetter war herrlich; der herbstliche Himmel strahlte wieder in tiefem Blau, und die Bäume am Flußufer leuchteten in den für die Jahreszeit angemessenen satten Farben. Im Tageslicht zeigte sich an den steilen Hängen der Berge eine ganze Palette von Farbschattierungen, von den unterschiedlichen Grüntönen der Wiesenhänge bis zum Pink, Purpur und Gelb der Heidekräuter und Stechginster und dem gelegentlich aufblitzenden Weiß eines herausragenden Kalksteins.

Nachdem Gristhorpe seine Gäste begrüßt hatte, starteten die Kinder unverzüglich zu einer Erkundung des Geländes, um sich den nötigen Appetit fürs Essen zu verschaffen, während sich die drei Erwachsenen zu einem Tee in das vollgestopfte Wohnzimmer zurückzogen. Das Gespräch verlief locker und blieb allgemein, bis sich Gristhorpe unvermittelt erkundigte, wie Banks mit der «reizenden» Jenny Fuller zurechtkomme.

Sandra hob die dunklen Augenbrauen, was immer ein bedrohliches Zeichen war. «Handelt es sich vielleicht um diesen bewußten Dr. Fuller, mit dem du neulich abends so viel Zeit verbracht hast, Alan?» fragte sie milde lächelnd. «Daß es eine Frau war, hab ich bereits gewußt, aber ich hatte keine Ahnung, daß sie auch noch jung und reizvoll ist.»

«Oh, hat er Ihnen das nicht erzählt?» fragte Gristhorpe schadenfroh. «Wirklich, ein tolles Weib, unsere Jenny. Hab ich nicht recht, Alan?»

«Doch», bekannte Banks, «sie ist sehr hübsch.»

«Also, nun tu nicht so, Alan, da wird dir doch bestimmt etwas Besseres einfallen», zog ihn Sandra auf. «Hübsch? Was soll das denn heißen?»

«Meinetwegen, dann eben schön», knurrte Banks. «Sexy, erotisch, umwerfend . . . War es das, was du hören wolltest?»

«Er ist wahrscheinlich völlig hingerissen von ihr», meinte Gristhorpe.

«Ich bin keineswegs hingerissen», widersprach Banks und bemerkte, daß sein Protest wohl zu heftig ausgefallen war. «Sie hat mir sehr geholfen», fügte er rasch hinzu, «und . . .» damit wandte er sich zu Sandra, «und damit ich nicht wieder beschuldigt werde, chauvinistisch zu sein, darf ich noch anmerken, daß Dr. Fuller eine äußerst kompetente und intelligente Psychologin ist.»

«Also Geist und Schönheit?» mokierte sich Sandra. «Wie um alles in der Welt kannst du da widerstehen, Alan?»

Während die beiden über ihn lachten, sank Banks tiefer in seinen Sessel und wünschte sich, rauchen zu dürfen. Schließlich wechselte man das Thema und ließ ihn endlich in Ruhe.

Mrs. Hawkins, zu Recht stolz auf ihre Kochkunst, servierte ein köstliches Dinner; das Roastbeef war innen rosig, wie es sich gehörte, und der im Saft gegarte Yorkshirepudding hatte genau die richtige Konsistenz, war außen knusprig, innen weich und schwamm in kräftiger Bratensoße.

Nach dem Essen ruhten sich die Kinder ein Weilchen aus, um dann erneut nach draußen zu verschwinden und sich im angrenzenden Moorland wieder ihren Spielen zu widmen, während Sandra mit ihrer Kamera auf Entdeckungsreise ging.

«Wußten Sie eigentlich», sinnierte Gristhorpe, als er mit Banks im Garten stand und Sandra und den Kindern nachsah, die über die grasbewachsenen Hänge verschwanden, «daß dieses ganze Gebiet vor Millionen von Jahren ein tropisches Meer war? Dieser ganze Kalkstein, den Sie da sehen, besteht aus den Gehäusen abgestorbener Muscheln.» Er beschrieb eine allumfassende Bewegung mit dem Arm.

Banks schüttelte den Kopf; Geologie war ganz entschieden nicht seine Stärke.

«Nach den verschiedenen Eiszeiten war es hier so warm wie in Äquatorialafrika. Löwen, Hyänen, Elefanten und Flußpferde zogen durch die Dales.» Gristhorpe sprach wie jemand, der dabeigewesen war, als gehöre er selbstverständlich zu diesen vergangenen Dingen. «Kommen Sie.» Er nahm Banks beim Arm. «Ich werde Ihnen etwas zeigen, bevor Sie noch denken, daß ich ein närrischer alter Mann bin.»

Banks schaute besorgt auf die eingefallene Trockenmauer und den Haufen Steine, zu dem ihn Gristhorpe geführt hatte.

«Sie setzen mich immer wieder in Erstaunen, diese Wälle», sagte er. «Ich kann mir nicht vorstellen, wie sie dem Wind und dem Regen widerstehen oder wie jemand die Geduld haben kann, sie aufzuschichten.»

Gristhorpe lachte, mit einem vollen, dröhnenden Klang aus tiefstem Innern. «Das ist bestimmt nicht leicht, kann ich Ihnen sagen. Mauern und Wälle zu bauen ist überhaupt eine sterbende Kunst, und Sie haben recht, Alan, was die Geduld betrifft. Manchmal geht mir diese Mühsal ganz schön auf die Nerven.» Gristhorpes Stimme war rauh und von einem deutlichen North-Yorkshire-Akzent geprägt, dabei trotzdem kultiviert. Es war die Stimme eines Mannes, der viel gelesen hatte und weit gereist war.

«Hier», sagte er und trat einen Schritt zur Seite, «wie wär's mit einem Versuch?»

«Ich? Das kann ich nicht», stotterte Banks. «Ich wüßte nicht mal, wo ich anfangen soll, ich habe nicht die leiseste Ahnung von solchen Sachen.»

Gristhorpe grinste herausfordernd. «Macht nichts. Das ist genau wie früher mit den Bauklötzen. Nur Mut, versuchen Sie Ihr Glück.»

Banks trat widerstrebend zu dem Haufen Steine, von dem ihm keiner den Eindruck machte, in die eindrucksvolle Konstruktion zu passen. Schließlich wählte er einige Steine aus, wog sie in der Hand, schaute prüfend auf die Mauer, drehte die Steine um, schaute erneut zur Mauer, entschied sich dann für einen glatten, keilförmigen Brokken und paßte ihn recht sauber ein.

Gristhorpe blickte mit ausdruckslosem Gesicht auf den Stein und zurück zu Banks. Dann streckte er die Hand aus, griff den Keil, kehrte ihn um und legte ihn wieder an seinen Platz.

«Da, perfekt», erklärte er. «Wirklich eine verdammt gute Wahl.»

Banks mußte lachen. «Was war verkehrt an der Art, wie ich ihn eingepaßt habe?» fragte er.

«Er lag falsch herum, weiter nichts», verriet Gristhorpe. «Das hier ist eine ziemlich einfache Mauer. Sie hätten die Werke meines Großvaters sehen sollen – die reinsten Kathedralen, wirklich. Ein paar davon stehen noch irgendwo. Wie dem auch sei, man fängt damit an, daß man einen Graben aushebt und zwei parallele Reihen von Steinen als Fuß der Mauer aufschichtet. Es müssen große sein, mit möglichst geraden Kanten. Zwischen diesen beiden Reihen schüttet man das sogenannte ‹Herz› auf, aus vielen kleinen Bruchstücken wie Kieselsteinen. Sie verbinden sich miteinander unter dem Druck von oben, verstehen Sie? Danach können Sie dann mit dem eigentlichen Bau beginnen, immer in zwei Reihen von den Fußsteinen hoch und nach oben immer enger werdend. Die Lücke wird weiter mit Kieseln gefüllt, wobei man darauf achten muß, daß man sie mit vielen Bruchsteinen zusammendrückt.

Was nun Ihren Stein da betrifft, so hat er recht gut gepaßt, sich aber ein bißchen nach innen geneigt. Statt dessen muß die Schräge nach außen gehen, weil sonst der Regen nach innen fließt und die Stützkiesel durchtränkt, und wenn das passiert, wird sich die Mauer ausdehnen, sobald der erste Frost kommt.» Zur Demonstration legte er seine Handflächen zusammen und bewegte sie langsam wieder auseinander. «Und dann fällt das ganze verdammte Ding in sich zusammen.»

«Ich verstehe.» Banks nickte, leicht beschämt, daß ihm so schlichte, einleuchtende Überlegungen nicht selbst gekommen waren. Offensichtlich handelte es sich hier um die berühmte Weisheit der Landbewohner.

«Eine gute Trockenmauer», fuhr Gristhorpe fort, «hält jedem Wetter stand und sogar den dummen Schafsviechern, die darauf herumkraxeln. Ein paar der Wälle, die Sie hier sehen, stehen schon seit dem achtzehnten Jahrhundert. Natürlich muß man sie hier und da ein wenig ausbessern, aber wer würde das nicht gerne tun?» Er lachte. «Sie und dieses Prachtstück, unsere Jenny . . .» fragte er unvermittelt «. . . ist da irgendwas?»

Völlig überrascht, aus heiterem Himmel mit dieser Frage überfallen zu werden, schüttelte Banks mit leichtem Erröten den Kopf. «Ich mag sie, sogar sehr. Aber nein, da ist nichts.»

Gristhorpe nickte befriedigt, plazierte erneut einen Stein und rieb sich vergnügt die Hände.

Am Abend, als sie wieder zu Hause waren und Brian und Tracy zu Bett geschickt hatten, saßen Alan und Sandra noch bei einem Schlummertrunk zusammen. Das Opernverbot war aufgehoben, doch die Lautstärke sollte gedämpft bleiben. Banks hatte eine Kassette mit den berühmtesten Arien von Verdi und Puccini eingelegt, gesungen von Kiri te Kanawa. Eng zusammengekuschelt saßen sie auf dem Sofa, bis Sandra plötzlich ihr Glas auf den Tisch stellte, sich zu ihm umdrehte und ihn fragte: «Warst du mir jemals untreu?»

«Nein», antwortete er, ohne zu zögern. Es war die Wahrheit, aber es klang nicht danach, und ihm dämmerte plötzlich, in welcher mißlichen Lage Jimmy Carter gewesen sein mußte, als er bekannt hatte, er habe die Ehe gebrochen – aber nur im Geist.

11

1

Am Montag mittag hatte DC Richmond anhand des Melderegisters und der Wählerlisten herausgefunden, daß es in Eastvale etwa achthundert Männer zwischen zwanzig und fünfunddreißig Jahren gab, die allein oder mit einem Elternteil lebten. Außerdem hatte er eine Liste sämtlicher Namen angefertigt.

«Wundervoll, was die Computer heutzutage alles können, Sir», sagte er zu Banks, als er ihm seinen Bericht übergab.

«Sie sind wohl ganz versessen auf die Dinger, wie?» erkundigte sich Banks und sah mit einem Lächeln zu ihm hoch.

«Jawohl, Sir. Ich habe mich auch schon für diesen Kursus im nächsten Sommer angemeldet. Hoffentlich können Sie mich auch so lange entbehren.»

«Weiß der Himmel, was uns nächsten Sommer erwartet», antwortete Banks. «Ich dachte, ich hätte hier ein ruhigeres Leben, als ich mich versetzen ließ, aber Sie sehen ja, was daraus geworden ist. Wie dem auch sei, ich werde Sie auf alle Fälle schon mal vormerken. Schließlich weiß ich, daß der Super auch ganz verrückt ist auf neue Technologien – zumindest solange die Arbeit davon nicht betroffen ist.»

«Danke, Sir. Gibt es sonst noch etwas?»

«Setzen Sie sich doch einen Moment», meinte Banks und begann die Liste rasch durchzusehen. Die einzigen Namen, die er auf den ersten Blick erkannte, waren diejenigen, die ihm Robin Allott am Vortage angegeben hatte: Geoff Welling und Barry Scott.

«Nun gut», sprach er und schob Richmond die Papiere zu, «noch etwas Laufarbeit für Sie. Überprüfen Sie als erstes die beiden Namen, die hier angekreuzt sind, aber bitte mit äußerster Diskretion. Es darf niemand erfahren, daß wir aufgrund so kümmerlicher Indizien das Privatleben der Bürger ausforschen.» Er grinste Richmond an. «Gebrauchen Sie Ihre Phantasie, und finden Sie zunächst einmal heraus, ob die beiden Herren Alibis haben für die Abende, an denen unser Spanner zugeschlagen hat. Alles klar?»

«Jawohl, Sir.»

«Das andere wird vielleicht ein bißchen mehr Zeit in Anspruch nehmen.» Banks berichtete von Mr. Patels Beobachtungen, in der stillen Hoffnung, Richmond auf diese Weise darüber beruhigen zu können, daß sein samstäglicher Auftritt mit Jenny Fuller im *Oak* dienstlicher Natur gewesen war. «Es kann sein, daß ihn auch andere Leute gesehen haben. Hören Sie sich also in der Gegend um, sprechen Sie mit den Anwohnern und den Ladenbesitzern. Und versuchen Sie festzustellen, wer die Busfahrer waren, die an dem bewußten Abend die Strecke befahren haben. Sprechen Sie mit ihnen, und finden Sie heraus, ob sie unseren Mann vielleicht gesehen haben. In Ordnung?»

«Ja, Sir», antwortete Richmond, etwas zögerlicher.

«Nun, was gibt es denn, mein Junge?»

«Nicht daß ich mich beklagen wollte, Sir – aber das wird ziemlich lange dauern ohne Unterstützung.»

«Dann lassen Sie sich von Sergeant Hatchley dabei helfen, wenn er nicht zu beschäftigt ist.»

Nachdem Richmond keine Anstalten machte, vor Freude an die Decke zu springen, fügte Banks mit einem unterdrückten Lächeln hinzu: «Und bitten Sie Sergeant Rowe, Ihnen ein paar von seinen uniformierten Jungs zur Verfügung zu stellen.»

«Ja, Sir», sagte Richmond, etwas besänftigt.

«Okay, an die Arbeit also.»

Banks setzte keine großen Hoffnungen in diese Recherchen, aber sie mußten nun einmal durchgeführt werden. Es war immer dasselbe, mit jedem Fall; Tausende von Arbeitsstunden schienen zu keinem brauchbaren Ergebnis zu führen, bis schließlich irgendwo – an einer Stelle, wo man es am wenigsten erwartete – ein Detail auftauchte, eine winzige Information, die letztlich zur Lösung führte.

Ihm fiel ein, daß er sich im Geist notiert hatte, noch einmal im Haus von Alice Matlock vorbeizuschauen. Vielleicht fand er dort heraus, was ihn seit dem Gespräch mit Robin unbewußt beschäftigte.

Da es ein sonniger, wenn auch etwas kühler Tag war, zog er seinen leichten Mantel über und machte sich auf den Weg. Er bog nach links in den Marktplatz, wieder nach links in das verzweigte Netz der alten Gassen bis zur King Street, folgte der sich abwärts windenden Straße bis hinunter zur Siedlung Leaview und quer durch zu Gallows View.

Er fand Alice Matlocks Haus genauso vor, wie es die Polizei vor fast einer Woche verlassen hatte, und fragte sich, wer dieses Chaos wohl erben mochte. Ethel Carstairs? Gab es hier irgend etwas von Wert, für das es sich gelohnt hatte zu töten? Man hatte bisher kein Testament gefunden, was nicht notwendigerweise bedeutete, daß Alice ihren letzten Willen nicht formuliert hatte. Es gab keine direkten Verwandten, insofern lag die Vermutung nahe, daß sie sehr wohl Überlegungen angestellt hatte, was nach ihrem Tod mit ihren weltlichen Gütern geschehen sollte. Bestimmt war es lohnend, etwas darüber zu erfahren.

Während er in dem engen, vollgestopften Wohnzimmer stand, versuchte er sich ins Gedächtnis zu rufen, was ihm aufgefallen war, was ihn störte. Wieder machte er sich auf den Rundgang durch die Nischen und Alkoven mit ihren handbemalten Kinderlied- und Märchenfiguren wie Miss Muffett und Little Jack Horner, den alten sepiabraunen Fotografien in ihren vergoldeten Rahmen und den silbernen Teelöffeln aus nahezu sämtlichen Seebädern der britischen Inseln.

Er nahm eine Schneekugel mit einer ländlichen Szene aus den Dales zur Hand, schüttelte sie und beobachtete, wie die weißen Flocken auf den Schäfer und seine Herde niedersanken. In einer anderen Nische entdeckte er eine silberne Schnupftabakdose mit feinen Gravuren und einer leichten Delle an einer Kante. Er öffnete sie und bemerkte auf der Innenseite des Deckels die Initialen A.G.M. Stand A für Alice? Sicher nicht. Andrerseits wußte er von Robin Allott, daß sie in ihren politischen Anschauungen radikale Positionen vertreten und für die Rechte der Frauen gekämpft hatte. Banks hatte die Pionierinnen der Frauenbewegung auf alten Fotos Zigarren und Pfeifen rauchen sehen, warum sollten sie dann nicht auch Tabak geschnupft haben? Andrerseits hatte Alice nach seiner Erinnerung keinen zweiten Vornamen gehabt, hingegen diesen Freund oder Verlobten, der im Ersten Weltkrieg gefallen war. Vielleicht hatte ihm diese Dose gehört. Und diese Delle konnte durchaus von der Kugel herrühren, die ihn getroffen hatte. Banks stellte fest, daß er ins Grübeln kam. Irgend etwas an diesem Haus beflügelte seine Phantasie, gab ihm das Gefühl, in einem winzigen, sehr privaten Museum zu stöbern.

Als nächstes betrachtete er das Flaschenschiff, ganz aus der Nähe. Es fiel nicht schwer, sich in einen kleinen Jungen hineinzudenken, der dieses Schiff mit Matrosen bevölkert und sie die spannendsten Abenteuer hatte bestehen lassen. Der Name *Miranda* war deutlich zu erkennen, ebenso die verschiedenen Decks, die Masten, Taue und Segel im Miniaturformat. Es gab sogar eine winzige nackte Frau mit wehender Haarmähne als Galionsfigur. Die bewußte Miranda vermutlich.

Während er sich in die Mitte des Zimmers zurückzog und noch einmal seinen Blick in die Runde schweifen ließ auf Alice Matlocks gesammelte, sorgsam bewahrte Schätze, stand ihm mit einemmal ganz klar vor Augen, was ihn geplagt und an seinem Unterbewußtsein genagt hatte.

Er hatte das Schiff deutlich vor Augen gehabt bei Robins Erzählung – ebenso wie viele andere Gegenstände in diesem Raum –, und das trotz des heillosen Durcheinanders. Man hatte die Schubladen und Schränke geleert und ihren Inhalt auf dem Boden verstreut – aber es war nichts mutwillig zerstört worden.

Eines der typischen Merkmale des Einbruchs bei den Ottershaws – und der Grund für Banks' Überzeugung, daß es sich um das Werk derselben Jugendlichen handeln mußte, die auch mehrere alte Damen ausgeraubt hatten – hatte darin bestanden, daß die Einrichtung bewußt zerstört oder beschädigt worden war, indem man Ottershaws Bilder, seine Stereoanlage, den Fernsehapparat und den Videorekorder mit Urin und Fäkalien verunziert hatte.

Banks war sich bewußt, daß die Indizien noch zu mager waren, um eine endgültige Entscheidung darauf aufzubauen, dennoch fand er seinen ersten Verdacht bestätigt. Der Tod von Alice Matlock ging sicher nicht auf das Konto dieser Jugendlichen, die es sich zweifellos nicht hätten nehmen lassen, alles zu zerschlagen – das Flaschenschiff, die Schneekugeln und jedes andere zerbrechliche Objekt in Reichweite. Nein, hier hatte jemand ganz gezielt nach Bargeld und nach Wertgegenständen gesucht, die sich in Geld umsetzen ließen. Das Element mutwilliger Zerstörung fehlte gänzlich.

Den Mantelkragen hochgeschlagen, um sich vor dem kühlen Wind zu schützen, machte sich Banks gedankenversunken auf den Rückweg ins Präsidium.

2

«Ich mache mir Sorgen, Gray», sagte Andrea, während beide nach einem Hauptgericht von Lasagne und Salat in ihrem Dessert aus Kirschpudding und Eiscreme herumstocherten. Es war Montag abend – Andreas Mann war zu seiner Arbeitswoche nach Bristol gestartet, und Trevor hatte seinen wöchentlichen Ausgang zum Jugendklub genommen –, so daß Graham und Andrea wie ein normales Paar miteinander zu Abend essen konnten. Die romantische Stimmung bei Kerzenlicht war jedoch leicht getrübt durch Andreas offensichtliche Nervosität.

«Was hast du denn?» erkundigte sich Graham und führte einen Löffel Kirschpudding zum Mund. «Willst du mir erzählen, daß Ronnie mißtrauisch geworden ist?»

«Nein, darum geht's nicht», versicherte ihm Andrea eilfertig, «aber es könnte leicht dazu kommen.»

Sie sah wunderschön aus, wie sie ihm da am Tisch gegenübersaß. Ihre enge schwarze Bluse spannte sich über den vollen Brüsten, und zwischen den Knöpfen zeigten sich winzige Ovale ihrer olivfarbenen Haut. Ihr glänzendes, ebenfalls schwarzes Haar fiel weich über ihre Schultern und schimmerte sanft, wenn sie den Kopf zurückwarf. Der rote Lippenstift betonte ihren vollen Mund, und in ihren dunklen Augen spiegelte sich das Kerzenlicht wie in frischpoliertem Eichenholz. Graham fand ihren Anblick ausgesprochen erregend, und ihre geistesabwesende Stimmung störte seine Pläne.

«Also, was ist los?» seufzte er schließlich und legte seinen Löffel zur Seite.

Andrea lehnte sich nach vorn über den Tisch und legte das Kinn in ihre Hände. «Es ist dieser Mann von nebenan.»

«Wooller?»

«Ja, der.»

«Und, was ist mit ihm? Ich weiß, er ist ein Kriecher und ein Widerling, aber . . .»

«Weißt du noch, wie ich dir letzte Woche erzählt habe, daß er mich immer so komisch anguckt . . .»

«Ja.»

«Also, heute morgen hat er mich doch tatsächlich angesprochen. Ich war gerade unterwegs zum Einkaufen, und da hat er mich am Ende der Straße abgefangen und ist neben mir her gegangen.»

«Eine Frechheit! Erzähl' weiter», drängte Graham, neugierig geworden. «Hat er versucht, dich anzumachen?»

«Nein, das war's nicht. Jedenfalls nicht so direkt.» Sie schüttelte sich. «Ich bekomm' eine Gänsehaut, wenn ich nur an diese dünnen, ausgetrockneten Lippen denke, die er hat. Und an das unheimliche

Grinsen, als ob er irgendwas wüßte, von dem die andern keine Ahnung haben. Er weiß garantiert Bescheid über uns, Graham, ich bin sicher.»

«Hat er das denn gesagt?»

«Nein, nicht mit Worten. Er hat sich nicht so direkt geäußert. Zuerst hat er irgendwas gemurmelt von wegen, daß ich mich bestimmt einsam fühle, weil mein Mann doch so oft weg ist. Und dann hat er gesagt, wie schön es doch wäre, daß ich einen Freund gefunden hätte, diesen netten Mr. Sharp aus unserem Laden. Er hat gesagt, daß er dich immer kommen und gehen sieht, aus seinem Hinterfenster, und daß er sich schon gedacht hat, was für ein guter Kerl du bist, weil du mir ein bißchen Gesellschaft leistest, vor allem, wo du dich doch außerdem noch um deinen Sohn kümmern mußt. Weißt du, Gray, es war die Art, wie er das gesagt hat. Seine Stimme und dieser Unterton. Einfach schmutzig, verstehst du?»

«War das alles, was er gesagt hat?» fragte Graham.

«Wie meinst du das?»

«Hat er nur davon gesprochen, daß ich dich besuche?»

«Ja, aber wie gesagt, es war mehr die Art, wie er sich geäußert hat. Als ob er mehr wüßte.»

«Erzähl' weiter.» Graham begann an seiner Unterlippe zu nagen, während Andrea ihren Bericht fortsetzte.

«Er sagte, daß nicht jeder soviel Einfühlungsvermögen hätte wie er und daß mein Mann vielleicht weniger verständnisvoll wäre – weil er sich zum Beispiel Gedanken machen würde, daß die Leute darüber reden, obwohl ja eigentlich gar nichts Schlimmes passiert. Und dabei hat er mich die ganze Zeit so höhnisch angeschielt, als ob er sich vorsichtig heranpirschen und mir sagen wollte: ‹Na, komm schon, wir beide wissen doch genau, was da vorgeht.› Ich hab ihn einfach ignoriert und versucht, schneller zu gehen, aber er hat immer wieder aufgeholt und ist sogar mit mir um die Ecke gebogen. Dann hat er weitergeredet von wegen, wie schade es doch wäre, wenn mein Mann das erfährt und nicht versteht, daß ich dann wieder allein dastehen würde und keine netten Freunde mehr hätte, auch wenn sie noch so harmlos wären. Schließlich hab ich ihm gesagt, er soll endlich zum Punkt kommen und mir erzählen, worauf er hinaus will. Und da hat er ganz beleidigt getan.»

«Was will er?» fragte Graham ungeduldig. «Geld?»

«Nein, das glaub' ich nicht. Ich glaube, er will mit mir ins Bett.»

«Er will was?»

«Mich – aber das könnte ich nicht ertragen, Gray. Ich würde mich übergeben, ganz bestimmt.» Sie war kurz davor, in Tränen auszubrechen.

«Mach dir keine Sorgen», tröstete Graham. «Dazu wird es nicht kommen, da kannst du sicher sein. Was hat er gesagt?»

«Er hat nur gesagt, daß es doch eigentlich keinen Grund gibt, daß ich mir nicht noch einen anderen Freund nehme. Ihn beispielsweise, und daß er wirklich ein guter Freund sein könnte und all das. Er hat nicht wirklich etwas Genaues gesagt, verstehst du? Nicht offen und direkt, so daß du den Finger darauf legen könntest, aber wir wußten beide genau, was er gemeint hat. Er sagte, wie hübsch er mich fände, was für schöne Beine ich hätte, und ich hab förmlich gefühlt, wie sein Blick über meinen ganzen Körper gekrochen ist. Dann hat er noch gesagt, daß wir alle drei uns bald zu einem Tee treffen sollten und daß er glücklich wäre, wenn er nur dasitzen und uns zuschauen dürfte ... Oh, es ist einfach ekelhaft, Gray! Was soll ich nur tun?»

«Du brauchst keine Angst zu haben», versicherte Graham, zog seinen Stuhl an ihren heran und strich ihr übers Haar. «Ich werde mich um ihn kümmern.»

«Wirklich?» Sie drehte ihm das Gesicht zu, so nahe, daß er ihren nach Kirschen duftenden Atem riechen konnte. «Was wirst du tun?»

«Zerbrich dir darüber nicht den Kopf, Liebes. Ich habe dir gesagt, daß ich die Sache mit ihm kläre, und ich halte doch immer mein Wort, nicht wahr?»

Andrea nickte.

«Also hast du auch nichts zu befürchten, verstehst du? Du wirst nichts mehr von ihm hören. Er wird dir nicht mal mehr einen Blick zuwerfen, wenn er dir auf der Straße begegnet, das versprech' ich dir.»

«Aber du wirst ihm doch nichts tun, nicht wahr, Gray? Ich möchte nicht, daß du in Schwierigkeiten kommst, und du weißt, wo so was hinführen kann.»

«Wenigstens können wir uns dann in der Öffentlichkeit zeigen», sagte Graham matt. «Und wir können zusammen von hier weggehen.»

«Ja», stimmte Andrea zu, «aber das wäre sicher kein guter Start, meinst du nicht auch? Ich wünsche mir etwas Besseres für uns.»

«Ja, das kann ich mir denken», meinte Graham und lehnte sich wieder zurück.

«Aber du wirst dich ganz bestimmt um ihn kümmern, ja? Und du siehst zu, daß es keine Schwierigkeiten gibt?»

Graham nickte und lächelte sie an. Andrea bemerkte seinen Blick und stand auf. «Noch nicht, du Lüstling», sagte sie. «Warte, bis ich das Geschirr abgewaschen habe.»

«Das kann doch warten», meinte Graham und streckte die Arme nach ihr aus, «aber ich kann's nicht.»

Sie entwand sich mit einer neckischen Bewegung, so daß seine Hand nur den Kragen ihrer Bluse zu fassen bekam. Als sie zurückwich, spannte sich der Stoff vor ihrer Brust, die Knöpfe platzten ab und flogen klirrend gegen die Gläser und Teller. Die Bluse öffnete sich und enthüllte Andreas halbtransparenten Büstenhalter, gegen dessen schwarzes Material sich ihre blasse Haut so klar und deutlich abhob und der einen besonders üppigen und einladenden Ausblick auf ihren Brustansatz bot.

Graham war einen Moment lang wie erstarrt. Er hatte keine Ahnung, wie Andrea reagieren würde. Möglicherweise war die Bluse sehr teuer – sie fühlte sich jedenfalls weich an, wie Seide, und sie würde ihm böse sein. In Gedanken bereitete er sich schon darauf vor, sich zu entschuldigen und ihr anzubieten, eine neue Bluse zu bezahlen, aber sie lachte nur, streckte die Hand aus und zog an seinem Hemd.

«Na dann, komm schon», forderte sie ihn lächelnd auf. «Du kannst es ja wohl tatsächlich nicht erwarten.»

Im nächsten Augenblick wälzten sie sich auf dem Boden, lachend und an ihren Kleidern zerrend.

Danach lagen sie einen Moment ruhig da, schweißüberströmt und nach Atem ringend, bis sie wieder lachen mußten und nach oben ins Schlafzimmer gingen, um sich für die nächsten zwei Stunden auf etwas bequemere Art zu lieben.

Schließlich war es Zeit zu gehen. Trevor mußte in einer halben Stunde zurück sein, und Graham hatte versprochen, auf dem Heimweg bei Wooller vorbeizuschauen.

«Vergiß nicht», sagte Andrea, als sie ihn zum Abschied küßte, «ich will keinen Ärger. Frag' ihn auf nette Art, und mach' ihm klar, daß nichts an der Sache dran ist.»

3

Graham Sharp klopfte sachte an die Tür von Nummer sechs; Sekunden später erschien Wooller und spähte durch seine dicke Brille über die Vorlegekette.

«Mr. Sharp», tönte er. «Welch angenehme Überraschung! Kommen Sie, treten Sie doch ein, bitte.»

Das verschmutzte Wohnzimmer roch nach alten Socken und gekochtem Kohl. Wooller, der offenbar glaubte, daß Sharp gekommen war, um mit ihm ein Arrangement über Andrea zu treffen, fegte ein paar Zeitungen von einem hochlehnigen Stuhl und bat seinen Gast, sich zu setzen.

«Tee? Oder vielleicht etwas Kräftigeres?»

«Nein, danke», antwortete Graham steif. «Ich werde mich auch gar nicht erst setzen, da ich ohnehin nicht lange bleiben will.»

«Oh», wunderte sich Wooller und blieb im Türrahmen der Küche stehen, «kann ich Sie vielleicht doch überreden?»

«Nein», entgegnete Sharp schroff und ging auf Wooller zu. «Sie können mich zu gar nichts überreden. Aber ich Sie!»

Wooller schaute etwas verwirrt, bis ihn Graham plötzlich beim Pullover packte, das Vorderteil mit der Faust zusammenraffte und den schmächtigen kleinen Bibliothekar fast vom Boden hob. Sharp war um einiges größer als er und in einer weitaus besseren körperlichen Verfassung. Er schüttelte Wooller und stieß ihn gegen den Türrahmen, anfangs noch recht sachte, dann immer heftiger. Bei jedem Mal, das Woollers Rücken gegen die Holzfüllung schlug, spuckte Graham ein Wort aus: «Wag' ... es ... ja ... nicht ... Andrea ... Rigby ... noch ... einmal ... zu ... drohen ... du ... kleiner ... Stinker ... hast ... du ... kapiert?» Es war schwer zu sagen, ob Wooller tatsächlich nickte, aber er wirkte jedenfalls hinreichend eingeschüchtert.

«Hören Sie auf!» wimmerte Wooller und legte schützend die Hand auf seinen Hinterkopf. «Sie schlagen mir ja den Schädel auf. Da, sehen Sie, ich blute!»

Er hielt Graham die offene Hand vor Augen, und tatsächlich zeigte sich Blut. Sharp fühlte, wie sich sein Magen plötzlich vor Schreck zusammenkrampfte. Er ließ Wooller los und lehnte sich gegen den Türrahmen, bleich und zitternd, während ihn Wooller mit offenem Mund anstarrte.

Graham hatte sich rasch wieder gefangen. Er griff nach einem Glas vom Abtropfbrett, hielt es unter den Kaltwasserhahn und stürzte das Wasser hinunter, ohne auch nur zu schauen, ob er ein sauberes Glas erwischt hatte.

Nachdem er sich etwas besser fühlte, fuhr er sich mit der Hand durchs Haar, fixierte den völlig bestürzten Wooller und packte ihn erneut an der Brust. «Ich sage es nicht noch einmal», erklärte er und legte einen möglichst drohenden Unterton in seine Stimme. «Hast du mich verstanden?»

Wooller schluckte schwer und nickte. «Lassen Sie mich los! Lassen Sie mich los!»

«Wenn du noch einmal ein Wort sagst zu Mrs. Rigby», fuhr Graham fort, «oder wenn du es wagst, sie auf eine Art anzugucken, die ihr nicht gefällt – dann komm' ich wieder und führe diese Sache zu Ende, kapiert? Und laß dir ja nicht einfallen, ihrem Mann was davon zu sagen. Wenn du's doch tust, machst du uns zwar ein bißchen Ärger, das ist wahr – aber nicht halb soviel, wie du dann am Halse hast. Ist das klar?»

Wooller nickte, und sein Adamsapfel hüpfte erneut. «Lassen Sie mich los! Bitte!»

Graham lockerte seinen Griff ein wenig, ohne Woollers zerknautschten Pullover jedoch ganz loszulassen. «Zuerst sagst du mir mal laut und deutlich, daß du mich verstanden hast», befahl er. «Und dann erzählst du mir schön brav, daß du den Mund halten wirst. Kein Wort darüber – nicht zu ihrem Mann, nicht zur Polizei, zu niemandem! Und wenn du's doch tust, Wooller, ich schwöre dir – dann brech' ich dir jeden einzelnen verdammten Knochen in deinem stinkigen Leib!»

Wooller zitterte. «In Ordnung», winselte er und versuchte, sich aus Grahams Griff zu winden. «Okay, ich werd' nichts sagen, und ich lass' sie in Ruhe. Ich wollte ja nur ihr Freund sein, mehr wollt' ich nicht.»

Wütend über Woollers erbärmliche Lüge, hob Graham erneut die Faust, riß sich aber zusammen und ließ von seinem Vorhaben ab. Er war ohnehin schon zu weit gegangen und war sicher, daß Wooller in Zukunft keinen Ärger mehr machen würde.

4

Die Hintertür sprang mit einem leisen Knacken auf, und im gleichen Augenblick fühlte Trevor wieder diesen angenehmen Kitzel, der sein Blut in Wallung brachte und den Schweiß auf Stirn und Wangen prickeln ließ. Die rauhe Wolle seiner Tarnmütze kratzte an seinem Gesicht, und die Haut juckte wie verrückt. Vorsichtig pirschten sie sich ins Innere des Hauses, aber alles blieb dunkel und still, wie erwartet. Die schmalen Lichtstreifen ihrer Taschenlampen streiften das zum Spülen aufgetürmte Geschirr, einen Tisch, auf dem dunkle Gegenstände verstreut lagen, eine aufgeschlagene Zeitung mit einem halbgelösten Kreuzworträtsel. Sie waren wieder in einer Küche gelandet, allerdings schien diese weitaus weniger sauber und aufgeräumt zu sein als die, in der sie ein paar Tage zuvor gestanden hatten.

Auch das Wohnzimmer erwies sich als recht chaotisch. Die Sonntagszeitung lag in Einzelblättern auf dem Teppich verstreut, und auf dem Kaminsims machte Trevors Peilstrahl eine halbvolle Kaffeetasse aus.

Die Frau, die hier wohnte, mußte nach Lennys Angaben eine Menge kostbaren Schmuck haben, der sich leicht in London absetzen ließ. Eingedenk dieses Tips ließen sie das Wohnzimmer außer acht und begaben sich direkt zur Treppe nach oben, den Lichtstrahl der Taschenlampen sorgsam auf die Stufen gerichtet. Der erste Raum war leer bis auf ein schmales Bett – offensichtlich handelte es sich um ein Gästezimmer –, und die beiden anderen Räume waren ähnlich asketisch eingerichtet. Es hatte etwas Beklemmendes, als ob diese Frau einmal eine Familie gehabt hätte, die fortgegangen war und das Haus nackt und leer hinterlassen hatte. Und nach dem Eindruck von den unteren Räumen her zu urteilen, gab sie sich offenbar nicht mehr viel Mühe mit dem Rest; trotzdem war sie angeblich ziemlich wohlhabend.

Nach zwei weiteren Fehlstarts ins Badezimmer und in einen begehbaren Kleiderschrank stießen sie schließlich auf einen Raum, der nach dem eigentlichen Schlafzimmer aussah. Zuerst konnten sie nichts Bestimmtes ausmachen, aber als sie den Lichtstrahl ihrer Taschenlampen etwas weiter schweifen ließen, entdeckten sie ein breites Himmelbett, das mitten im Zimmer stand. Mick pflanzte sich auf eine Ecke der breiten Matratze und hüpfte ein paarmal auf und ab, bevor er zu dem Ergebnis kam, daß das Bett zu durchgelegen war. Dann machten sie sich auf die Suche nach dem Schmuck.

Wieder gab es eine ganze Kollektion von Kleidungsstücken zu durchforsten, in diesem Fall allesamt für eine Frau, wobei Trevor feststellte, daß die Wäsche dieser Dame bei weitem exotischer war. Er fand Büstenhalter, die so tief ausgeschnitten waren, daß sie praktisch aus einem Nichts bestanden; allerknappste, durchsichtige Slips; einen Spitzenstrumpfgürtel mit Rosenmuster; Strumpfhosen mit dunklen Zierborten am Oberteil und kurze, spitzenbesetzte Nachthemden. Alles war frisch gewaschen und strömte einen leicht exotischen Duft aus. Jasmin vermutlich, dachte Trevor. Seine Mutter hatte einmal vor

Jahren einen Jasmintee gekauft; die Erinnerung an diesen Geruch ließ ihn plötzlich an sie zurückdenken. Ihm fiel wieder ein, daß niemand diesen Tee gemocht hatte, aber seine Mutter hatte nur gelacht und sich mokiert über den Mangel an Neugier und Abenteuergeist ihrer beiden Männer.

Der Schmuck fand sich in einer lackierten Schatulle mit chinesischen Landschaftsmalereien. Sie war verschlossen, ließ sich aber ohne Mühe aufbrechen. Nachdem sie den Inhalt in ihre Taschen gesteckt hatten, stöberten sie noch ein wenig herum und suchten nach Bargeld, allerdings ohne Erfolg, was Trevor ärgerte, denn mit Bargeld war er weniger angewiesen auf Lennys windige Tauschgeschäfte.

Sie machten sich wieder auf den Weg ins Erdgeschoß und wollten eben in die Diele einbiegen, um ihren Rückzug anzutreten, als die Eingangstür auf und zu ging, das Licht aufflammte und eine Frau sich anschickte, ihren eleganten Pelzmantel abzulegen.

Leise schlich Mick über die Treppe nach unten. Als die letzte Stufe ein lautes Knarren von sich gab, drehte sich die Frau erschrocken um, doch bevor sie schreien konnte, hatte ihr Mick bereits den Mund zugehalten. Mit vereinten Kräften zerrten sie die Frau ins Wohnzimmer, vergewisserten sich, daß die Vorhänge geschlossen waren und knipsten die Stehlampe an. Mick nahm der Frau das Kopftuch ab und band es ihr als Knebel um den Mund; dann fesselte er mit dem Gürtel ihres Mantels rüde die Hände auf den Rücken.

«Wir brauchen Zeit, um zu verschwinden», sagte er zu Trevor, «und müssen sicher sein, daß sie lange genug stillhält. Reich' mir mal den Leuchter da drüben.»

Trevor sah in die angezeigte Richtung und entdeckte einen antiken Kerzenständer aus Messing mit einem schweren Fuß. Die Frau gab ein unterdrücktes Wimmern von sich und versuchte, sich aus ihren Fesseln zu befreien.

«Nein», sagte Trevor.

«Nun mach' schon», drängte Mick. «Es muß sein. Wir können doch nicht riskieren, daß man uns schnappt.»

Zögernd trat Trevor an den Kamin, nahm den Leuchter vom Sims, bemerkte das Gewicht und ließ ihn auf den Boden fallen. «Nein», wiederholte er. «Damit bringst du sie um. Du hast ja keine Ahnung, wie schnell das geht.»

«Na, wenn schon», meinte Mick und streckte gebieterisch die Hand aus. «Gib schon her.»

«Ich hab' eine bessere Idee», schlug Trevor vor.

«Was denn?»

Trevor schaute nachdenklich auf die Frau, die in einer seltsam verrenkten Stellung auf dem Sofa lag. Sie war etwa achtunddreißig oder vierzig Jahre alt, aber gut erhalten, hatte blondgefärbtes, an den Ansätzen dunkel nachwachsendes Haar und eine Spur zuviel Mascara auf den Wimpern. Abgesehen davon, machte sie auf Trevor einen durchaus verlockenden Eindruck. Unter dem Pullover mit dem Polokragen zeichnete sich ein praller Busen ab, und ihr Rock war unterdessen schon weit genug hochgerutscht, um einen Ausblick auf die Oberschenkel zu eröffnen. Mit einem Gefühl leichter Beklommenheit spürte er, daß die große Chance endlich gekommen war.

«Du bist wohl irre», japste Mick, der Trevors Absichten klar registriert hatte. «Wir müssen weg und können nicht die ganze Zeit hier rummachen.»

«Warum nicht? Wir wissen doch, daß sie allein lebt. Sie ist zu Hause – wer soll also noch kommen?»

Mick dachte einen Moment nach und leckte seine Lippen. «Na schön, dann mal ran», willigte er ein und ging auf die Frau zu.

Trevor verstellte ihm den Weg und schob ihn freundlich zur Seite. «Erst ich.»

Sein Ton hatte etwas seltsam Entschiedenes, so daß Mick nur die Achseln zuckte und zurückwich. Trevor bugsierte die Frau, etwas unbeholfen, auf den Fußboden. Sie wehrte sich nicht, aber ihr Körper war plötzlich schwer und schlaff geworden. Er schob ihren Pullover hoch, konnte ihn aber nicht ganz über ihre Brüste ziehen, weil ihre Hände gefesselt waren. Schließlich entdeckte er eine Schere, die neben den Zeitschriften auf dem Couchtisch lag. Er nahm sie zur Hand und begann vorsichtig, die Wolle aufzuschneiden. Die Frau trug einen pinkfarbenen Büstenhalter, in dem sich die harten Spitzen ihrer Brustwarzen abzeichneten. Trevor versuchte, das elastische Material in der Mitte hochzuziehen und zu zerreißen, aber es erwies sich als unerwartet widerstandsfähig, so daß er erneut zur Schere greifen mußte. Die ganze Angelegenheit war offenbar ein härteres Stück Arbeit, als er gedacht hatte.

«Verdammte Scheiße, beeil dich!» drängte Mick. «Bring's endlich hinter dich.»

Trevor knetete die Brüste. Sie waren weich und schlaff und fühlten sich nicht gut an. Langsam schnitt er den Rest ihrer Kleidung auf.

Wieder wehrte sie sich nicht; sie lag einfach da wie ein Sack Kartoffeln.

Schließlich drückte er ihre Schenkel auseinander, löste seine Gürtelschnalle und zog den Reißverschluß seiner Hose auf. Es war sein erster Versuch, aber er ließ sich gut an; er wußte, was er zu tun hatte.

Er konzentrierte sich darauf, sie nicht anzusehen. Mit dem straffgespannten Schal zwischen den Zähnen sah sie aus, als grinse sie ihn höhnisch an, und in ihren weitgeöffneten Augen glaubte er Spott zu lesen, nicht nur Furcht. Er würde es ihr zeigen, das Lachen würde ihr schon noch vergehen . . .

Er meinte ein schmerzliches Stöhnen hinter ihrem Knebel zu hören, als er loslegte. Sie bewegte den Kopf heftig hin und her, und er sah, daß sich ihre Augen mit Tränen füllten. Der Druck in seinem Innern war übermächtig, und nach zwei, drei rüden Stößen war alles vorbei. Trotz dieser kümmerlichen Anstrengung völlig erschöpft, rappelte er sich mühsam auf die Knie und zog die Hose wieder hoch. Die Frau lag reglos da. Ihre Tränen waren versiegt, ihre Augen starrten in eine unbestimmte Ferne, und sie schien immer noch zu grinsen unter dem festgezurrten Schal.

«Du bist dran», sagte er zu Mick.

«Im Leben nicht! Wenn du glaubst, ich rühr' in deiner dünnen Soße rum, bist du schiefgewickelt, Kumpel. Komm schon, wir verpissen uns.»

Im Hinausgehen verpaßte Mick der liegenden Frau einen kräftigen Tritt gegen die Schläfe und gab ihr zu verstehen, daß sie noch mehr davon haben könne, wenn sie nicht den Mund hielt. Bevor er sich umdrehte und Mick durch die Küche nach draußen folgte, konnte Trevor noch sehen, wie ein dünner Streifen Blut aus dem blonden Haar sickerte.

12

1

Nach einem langweiligen Grundsatzreferat von Fred Barton über die Eigenschaften und den Einsatz eines Teleobjektivs war der Rest der dienstäglichen Versammlung des Foto-Klubs der Diskussion über die Arbeiten gewidmet, die zwei Wochen zuvor bei einer Sitzung mit einem Aktmodell angefertigt worden waren. Wie gewohnt rissen ein paar weniger ernsthafte männliche Fotoamateure ihre derben Witze, aber insgesamt war die kurze, zwanglose Diskussion recht produktiv.

Sandra begutachtete Normans Arbeiten und mußte zugeben, wenn auch nur im stillen, daß sie ihr gefielen. In ihren Augen zeigten die Aufnahmen deutlich mehr Experimentierfreude als bei den anderen, was sie als Vorzug empfand, da sie selbst gern etwas wagte, allerdings selten so weit ging wie Norman. Er hatte einen besonders lichtempfindlichen Film benutzt und die Abzüge so stark vergrößert, daß sie eine extrem grobe Körnung hatten. Mit dem Ergebnis, daß die Bilder nicht nach einem nackten Frauenkörper, sondern eher nach einer Mondlandschaft aussahen.

Später versammelte sich die übliches Clique im *Mile Post*. Der Pub war heute voller als sonst, die Rock-'n'-Roll-Klänge aus der Jukebox und das ständige Piepen der Videospiele erschwerten die Unterhaltung beträchtlich. Außerdem hatte sich eine Gruppe von Farmern versammelt, die irgend etwas feierten, mit einer Menge lautem Gelächter und dem obligaten gelegentlichen Rundgesang, und ein paar junge Männer aus den Rennställen von Middleham waren in die Stadt gekommen, um sich zu vergnügen.

«Habt ihr euch mal diese neue Minolta angesehen?» fragte Norman, machte es sich auf seinem Stuhl bequem und legte Pfeife und Streichhölzer griffbereit vor sich auf die polierte Tischplatte.

«Das ist keine Kamera, sondern ein Computer», meinte Robin.

«Du brauchst das Ding nur zu programmieren, und es macht alles allein, einschließlich der richtigen Brennweite.»

«Na und? Was glaubst du denn, was du machst, wenn du die Belichtungszeit und die Blende einstellst?» fragte Norman. «Das ist doch dasselbe – du programmierst die Kamera, oder?»

«Nein, das ist was anderes.»

«Was mich betrifft», warf Sandra ein, «mir ist eigentlich jede technische Neuerung willkommen, die mir mehr Zeit läßt, mich auf das Objekt zu konzentrieren.»

Norman lächelte nachsichtig. «Treffend bemerkt, Sandra. Obwohl ich sagen würde, daß die Technik, wie du das nennst, noch ein integraler Bestandteil des Fotografierens ist.»

«Ich weiß, wie wichtig die Wahlmöglichkeiten sind», gab Sandra zu, «und ich werde der manuellen Bedienung immer den Vorrang geben. Aber trotzdem – je einfacher, desto besser, wenn du mich fragst.»

«Ich habe es eigentlich nie besonders schwierig gefunden, die Kamera oder die Brennweite einzurichten», erklärte Robin. «Ich weiß überhaupt nicht, was der ganze neumodische Quatsch soll.»

«Typisch, diese reaktionäre Einstellung», schnaubte Norman. «Du kannst doch den Fortschritt der Technik nicht einfach ignorieren, mein Junge. Statt dessen solltest du lieber versuchen, ihn dir zunutze zu machen.»

«Ich habe ja gar nichts gegen Technik, wirklich nicht», gab Robin friedlich zu bedenken. «Ich meine nur, daß ich ihn nicht brauche, das ist alles. Ebensowenig wie zum Beispiel eine elektrische Zahnbürste.»

«Oh, du hättest sicher deine Freude an der guten alten Lochkamera, das kann ich dir sagen», seufzte Norman.

«Was mich angeht, ich kann mir diese neuen Modelle einfach nicht leisten», erklärte Sandra.

«Ich glaube, das können wir alle nicht», bekräftigte Harriet. «Ein ziemlich kostspieliges Hobby, diese Fotografie.»

«Sehr wahr», pflichtete Norman bei. «Ich müßte die gesamte Ausrüstung verkaufen, die ich inzwischen angesammelt habe, aber vielleicht wäre es die Sache wert. Auf jeden Fall werde ich mir das Ding einmal etwas genauer ansehen. Wie wär's, noch eine Runde?»

Als Norman mit den Getränken zurückkam, hatte man das Gespräch geschickt auf das Thema der heutigen Klubsitzung zurückgelenkt. Sandra beglückwünschte ihn zu seinen Arbeiten, und er gab murrend zu, daß ihre eigenen Aufnahmen – obwohl in Farbe und offensichtlich beschnitten – doch recht gelungene Kompositionen darstellten. Sie habe interessante und ungewöhnliche Schattierungen der Haut zuwege gebracht.

«Wo sind eigentlich deine Aufnahmen?» fragte er Robin. «Die haben wir, glaube ich, noch gar nicht gesehen.»

«Sie sind noch nicht fertig. Ich habe Dias gemacht und den Film erst vor ein paar Tagen weggeschickt, weil noch ein paar Aufnahmen übrig waren.»

«Dias!» ereiferte sich Norman. «Das ist aber ziemlich ungewöhnlich.»

«Ich habe einen 50er Ektachrome genommen», argumentierte Robin. «Hervorragendes Material für diese Zwecke.»

«Mag ja sein», meinte Norman, «aber Dias für eine Aktstudie? Ich wette, du hattest gar keinen Film in der Kamera, was, Robin? Wahrscheinlich ist das der Grund, warum du uns nichts vorweisen kannst.»

Robin ignorierte ihn und wandte sich an Sandra. «Ich habe mit deinem Mann gesprochen», meldete er, «aber ich glaube kaum, daß ich ihm sonderlich helfen konnte.»

«Das weiß man nie», meinte Sandra achselzuckend. «So oder so muß er zunächst einmal alle greifbaren Informationen zusammentragen. Was in etwa damit vergleichbar ist, die Sandkörner am Strand zu zählen.»

«Mir wäre das viel zu frustrierend.»

Sandra lachte. «Oh, für Alan sicher auch. Vor allem, wenn er in mehreren Fällen gleichzeitig ermittelt und kaum noch nach Hause kommt. Dabei ist das noch lange nicht alles.»

«Das Los des Polizisten ist eben ein glückloses», alberte Norman.

«Das würde ich nicht sagen», meinte Sandra lächelnd. «Alan ist normalerweise ganz glücklich mit seiner Arbeit, wenn er nicht gerade mit besonders unerfreulichen Verbrechen zu tun hat, wie beispielsweise mit der Tötung einer wehrlosen alten Frau.»

«Oder mit einem Spanner», fügte Norman hinzu. «Wie wollen doch unseren heimlichen Schaulustigen nicht vergessen.»

«Nein, in der Tat», stimmte Sandra zu. «Wie dem auch sei, Robin, es ist durchaus möglich, daß du ihm doch hast weiterhelfen können. Alan sagt immer, daß man nie genau weiß, wann und wie man an die Lösung kommt, weil alles zunächst nur ein großes Durcheinander ist.»

«Also, wann werden wir nun diese Dias zu Gesicht bekommen?» fragte Norman ungeduldig.

«Nun, ich müßte sie eigentlich bald zurückhaben.»

«Ich wette, du hast nicht einmal einen Diaprojektor.»

«Wenn schon. Den kann ich mir jederzeit leihen.»

«Nicht von mir, ich hab auch keinen. Bisher hab ich es nicht mal geschafft, die letzten Ferienfotos irgendwem vorzuführen.»

«Aber Robin hat doch bestimmt einen Projektor, wenn er Dias aufnimmt, oder?» erkundigte sich Harriet.

«Nein», entschuldigte sich Robin kleinlaut. «Ich fürchte, es ist das erste Mal, daß ich mit Dias gearbeitet habe. Natürlich habe ich so einen kleinen Guckapparat, aber der ist nicht besonders hilfreich.»

«Kein Problem, ich habe nämlich einen Projektor – und eine Leinwand», erklärte Sandra. «Wenn jemand die Geräte ausleihen will, bitte sehr, ihr braucht nur vorbeizukommen und sie euch zu holen. Ihr wißt ja, wo ich wohne.»

«Soll das eine Einladung sein, Sandra?» erkundigte sich Norman anzüglich.

«Ach, halt den Mund», erwiderte sie und stieß ihn scherzhaft in die Seite.

«Findet ihr nicht, daß es irgendwie unnatürlich ist, wenn wir Nackte fotografieren im Klub?» fragte Harriet unvermittelt. «Ich meine, wir reden immer darüber, als ob es das Normalste von der Welt wäre, sich nackte Leute anzugucken.»

«Warum auch nicht?» meinte Norman. «Für manche von uns ist es bestimmt die einzige Chance, so was zu sehen.»

«Das sagst ausgerechnet du, Norman? Ein flotter Aufreißer in allen Kneipen?» witzelte Sandra. «Dabei stehen die Mädchen sicher schon Schlange vor deinem Studio und können es kaum erwarten, sich auszuziehen.»

«So flott nun auch wieder nicht, meine Liebe. Und von einem Studio kann auch keine Rede sein. Aber was ist mit dir, Robin?»

«Was soll mit mir sein?»

«Bist du auch der Meinung von Harriet, daß es unnatürlich ist, wenn man Studiofotos von Nackten macht?»

«Unnatürlich nicht, nein. Meine Mutter würde es allerdings bestimmt nicht gutheißen», meinte er in einem matten Versuch von Humor. «Ich habe manchmal höllisch zu kämpfen, um ein bißchen Privatleben für mich zu retten.»

Gegen zehn Uhr setzte ein allgemeiner Rückzug nach Hause ein, aber Sandra gab Harriet mit einem diskreten Blick zu verstehen, daß sie noch ein wenig bleiben sollte. Nachdem die anderen gegangen waren, rückte Harriet ihren Stuhl näher heran und fragte: «Noch was zu trinken?»

«Ja, bitte», antwortete Sandra. Sie brauchte wirklich einen Drink, und sie brauchte jemanden, mit dem sie sprechen konnte. Die einzige Person, die ihr zu diesem Zweck einfiel, war Harriet, aber trotzdem war sicher noch etwas Alkohol nötig, damit sie sich öffnen konnte.

Die freien Plätze an ihrem Tisch wurden im Nu wieder belegt von einer Gruppe lärmender, aber doch höflicher Stallburschen. Nachdem sie sich auf den lauteren Geräuschpegel eingestellt hatte, begann Harriet von ihrer Arbeit zu erzählen, die darin bestand, daß sie mit einer mobilen Leihbücherei durch die abgelegeneren Dörfer der Dales fuhr.

«Ich hatte gestern eine Reifenpanne, oberhalb von Wensleydale beim Butter-Tubs-Paß», berichtete sie. «Ein Wagen voller Touristen kam plötzlich um die Kurve gebraust, ich mußte blitzschnell zur Seite ausweichen auf den Schotter, und der ist ganz schön spitz, das kann ich dir flüstern. Jedenfalls hab ich eine Ewigkeit da festgesessen, bis endlich ein netter junger Tierarzt vorbeikam und mir geholfen hat. Als ich dann endlich in Angram ankam, hat die alte Mrs. Whytherboom einen Höllentanz aufgeführt, weil sie so lange auf ihren neuesten Krimi von Agatha Christie warten mußte.» Sie legte eine Pause ein. «Sandra, was ist mit dir? Du hörst mir ja gar nicht zu.»

«Wie? Ach, entschuldige, bitte.» Sandra kippte den letzten Schluck ihres Wodka Slimline und gab sich einen Ruck. «Es ist mir auch passiert, Harriet», sagte sie leise. «Das, worüber wir letzte Woche gesprochen haben. Mich hat es vorigen Freitag erwischt.»

«Großer Gott», flüsterte Harriet und faßte Sandra beim Handgelenk. «Was . . . wie?»

«Genau wie bei den anderen. Ich hab mich zum Schlafengehen fertig gemacht, und er hat mich durch eine Lücke unter dem Vorhang beobachtet.»

«Hast du ihn bemerkt?»

«Glücklicherweise gerade noch rechtzeitig, bevor ich ganz ausgezogen war. Er ist sofort verschwunden, und ich konnte ihn nicht mehr erkennen. Die Sache ist streng vertraulich, Harriet, und muß unter uns bleiben. Alan hat keine Anzeige erstattet, um uns beiden die damit verbundenen Peinlichkeiten zu ersparen. Das macht ihm schon schwer genug zu schaffen, und wenn er wüßte, daß nun noch jemand ...»

«Schon verstanden. Mach dir keine Sorgen, Sandra, ich werde keiner Menschenseele etwas davon sagen. Nicht einmal David.»

«Ich danke dir.»

«Wie fühlst du dich jetzt?»

«Jetzt? Oh, ganz gut, es kommt mir alles schon sehr weit entfernt vor. Im ersten Moment war es natürlich ein Schock, und ich habe mich regelrecht vergewaltigt gefühlt, aber ich wollte mit dir darüber reden, daß ich auch so etwas wie Mitleid empfunden habe für diesen Mann. Es ist merkwürdig, aber als ich wieder einigermaßen klar denken konnte, kam mir die ganze Sache so kindisch vor. Ja, das ist genau das Wort, das mir in den Sinn kam – kindisch. Dieser Mann braucht Hilfe und keine Bestrafung. Oder vielleicht beides, ich weiß auch nicht. Es hängt davon ab, welches Gefühl in mir stärker ist – Wut oder Mitleid. Jedesmal wenn ich daran denke, liefern sich diese beiden Gefühle einen Kampf in mir.»

«Es war dumm von mir, so was zu sagen wie letzte Woche», entschuldigte sich Harriet. «Daß er mir leid tut und so. Ich hatte keine Ahnung ... das heißt, ich habe immer noch keine Ahnung, wie das ist. Aber diese Gefühle – Wut und Mitleid – sind viel enger beieinander, als man denkt, nicht wahr?»

«Ja, tatsächlich. Wie dem auch sei – es ist nicht ganz so schlimm, wie du vielleicht denkst», meinte Sandra lächelnd. «Man ist ziemlich schnell darüber hinweg, und ich bezweifle, daß es irgendwelche bleibenden Verletzungen verursacht wie andere Sexualverbrechen.» Noch während sie sprach, merkte sie, daß ihre Worte zu glatt klangen, um wahr zu sein.

«Ich weiß nicht. Hat Alan schon irgendwelche Spuren?»

«Nichts Handfestes, nein, nur eine ziemlich vage Beschreibung. Eine unserer Nachbarinnen hat vor ein paar Tagen einen Mann herumlungern sehen, hinten auf dem Gartenweg. Er war etwa genauso gekleidet wie der Mann vor meinem Fenster, aber wir konnten beide keine genaue Beschreibung liefern. Auf jeden Fall solltest du die Umgebung eures Hauses im Auge behalten, Harriet. Wie es scheint, sondiert er das Gelände, bevor er seinen Posten bezieht und sich seine zweifelhaften Vergnügungen verschafft.»

«Ja, ich hab schon in der Zeitung davon gelesen. Superintendent Gristhorpe hat eine Pressemitteilung abgegeben.»

«Wie dem auch sei», meinte Sandra, «es gibt jede Menge Frauen in Eastvale, insofern glaube ich, daß die Wetten gegen dich ziemlich hoch stehen.»

Harriet lächelte. «Und warum du?»

«Was meinst du?»

«Die Wetten gegen dich dürften doch auch recht hoch gewesen sein.»

«Alan glaubt, es hat mich getroffen, weil ich seine Frau bin. Er meint, daß der Mann immer verwegener und dreister wird und ihm sozusagen den Fehdehandschuh hinwerfen wollte.»

«Also ein Spanner mit Sinn für Humor?»

«Warum nicht? Den haben viele Psychopathen.»

«Du glaubst also nicht, daß er vielleicht auf der Suche ist nach jemandem?»

«Auf der Suche? Nach wem? Was meinst du damit?»

«Daß er jemand Bestimmten sucht. Du weißt doch, wie Jack the Ripper, der immer den Namen dieser Frau gesagt hat.»

«Mary Kelly? Das ist doch nur ein Gerücht. Warum sollte er denn nach jemand Bestimmtem Ausschau halten?»

«Keine Ahnung, es war nur so eine Idee. Jemand, der ihn ans erste Mal erinnert, an die erste Liebe oder so was in der Richtung.»

«Du bist ja die reinste Amateurpsychologin, wie?» fragte Sandra und musterte Harriet aus zusammengekniffenen Augen.

«Es war nur so ein Gedanke, weiter nichts», antwortete Harriet achselzuckend.

«Sie haben eine ausgebildete Psychologin zu dem Fall herangezogen», erklärte Sandra. «Eine Frau mit dem Namen Fuller, Dr. Jenny Fuller. Ein Klasseweib, wie Gristhorpe behauptet, und Alan hat schon an mehreren Abenden verdächtig lange gearbeitet.»

«Aber Sandra», protestierte Harriet, «du wirst doch nicht ernsthaft glauben, daß Alan ...»

«Beruhige dich», erwiderte Sandra lachend und legte ihre Hand auf Harriets Arm. «Nein, das glaub' ich nicht – aber ich glaube doch, daß sie ihn mächtig reizt.»

«Wie willst du das wissen?»

«Das weiß man eben als Frau. Du würdest es bestimmt auch merken, wenn David eine andere Frau im Auge hätte, stimmt's?»

«Nun, ich glaube schon. Er ist ziemlich leicht zu durchschauen.»

«Eben. Ich würde nicht unbedingt dieses Wort gebrauchen, um

Alan zu beschreiben. Bei ihm merkt man es eher daran, was er *nicht* sagt und wie er reagiert, sobald dieses Thema aufkommt. Er ist ziemlich wortkarg geworden und hat mir nicht einmal erzählt, daß die Frau, mit der er neuerdings arbeitet, sehr attraktiv ist.»

«Beunruhigt dich das?»

«Nein, ich vertraue ihm. Und wenn er wirklich der Versuchung erliegen sollte, wäre er beileibe nicht der erste.»

«Und was würdest du dann machen?»

«Nichts.»

«Glaubst du, er würde es dir erzählen?»

«Ja, durchaus möglich. Männer wie Alan tun das im allgemeinen, mußt du wissen. Sie bilden sich ein, daß die Ehrlichkeit sie dazu treibt, aber tatsächlich tun sie es nur, weil die Schuldgefühle sie erdrücken und sie diese Last nicht allein tragen können. Ich würde wahrscheinlich lieber auf die Wahrheit verzichten, aber er würde sicher keine Rücksicht darauf nehmen.»

«Wirklich, Sandra, du bist eine richtige Zynikerin», sagte Harriet kopfschüttelnd. «Findest du nicht, daß du ihn ein wenig hart beurteilst?»

Sandra lachte. «Ich könnte das nie sagen, wenn ich ihn nicht wirklich lieben würde, mit all seinen Fehlern und Schwächen. Außerdem brauchst du dir keine Gedanken zu machen – ich glaube nicht, daß aus dieser Sache etwas wird. Wenn sie wirklich so schön ist, wie Gristhorpe behauptet, wäre es wohl auch unnormal, wenn sich Alan nicht zu ihr hingezogen fühlen würde. Er ist schließlich ziemlich erwachsen und wird schon damit fertig werden.»

«Du hast sie also noch gar nicht gesehen?»

«Nein, bislang hat er mich ihr noch nicht vorgestellt.»

«Vielleicht», meinte Harriet, lehnte sich vor und senkte ihre Stimme, «vielleicht solltest du ihn dazu bringen, daß er sie zum Abendessen mitbringt. Oder du schlägst vor, daß ihr euch mal auf einen Drink trefft. Dann wirst du ja sehen, wie er reagiert.»

«Eine gute Idee», strahlte Sandra. «Das wird sicher sehr amüsant. Ja, ich denke, das sollte ich einmal anregen. Ich bin gespannt, wie er reagieren wird.»

2

Police Constable Craig war einer der uniformierten Männer, die man vorübergehend in Zivil gesteckt und für den Voyeur-Fall abgestellt hatte. Seine Aufgabe bestand darin, möglichst viele Pubs in einem festgelegten Radius zu beobachten und sich nach Leuten umzusehen, die ohne ersichtlichen Grund in deren Nähe herumlungerten. Es war eine ermüdende und frustrierende Tätigkeit, da er die Lokale nicht betreten durfte, sondern einfach immer wieder an ihnen vorbei durch die Straßen ziehen und sehen mußte, ob sich irgendwo irgendwer unverhältnismäßig lange herumtrieb.

Als er gegen Ende seiner Schicht zum zweitenmal an diesem Abend in die Nähe des *Oak* kam, bemerkte er, daß im Dunkel der Bushaltestelle der gleiche Mann wartete, den er bereits auf seinem ersten Rundgang gesehen hatte. Nach den wenigen Details, die er im Schatten des Unterstandes ausmachen konnte, war der Mann schlank und mittelgroß, trug einen dunklen Regenmantel mit Gürtel und eine flache Mütze. Es war offensichtlich kein Filzhut, aber schließlich gab es kein Gesetz, das einem Mann verbot, sich mehrere Kopfbedeckungen zuzulegen. Darüber hinaus wußte Craig, daß mindestens zwei Busse hier gehalten hatten, seit er das letzte Mal am *Oak* vorbeigekommen war.

Wie verabredet, betrat er den lärmenden Pub und hielt Ausschau nach DC Richmond, der - Pflicht hin, Pflicht her - inzwischen tödlich gelangweilt war, jeden Abend in diesem lauten, grellen Gin-Palast zubringen zu müssen. Richmond hörte sich Craigs Bericht an und schlug vor, zunächst das Revier zu informieren und in fünfzehn Minuten noch einmal draußen nachzusehen. Wenn der Mann nach Ablauf dieser Zeit immer noch da war, würde man zu ihm gehen und ihn befragen. Erleichtert ließ sich Craig ein halbes Guinness bestellen und nahm die Chance wahr, sich für eine Weile hinzusetzen und die strapazierten Füße zu entlasten.

Unterdessen schaute Mr. Patel - in dem das Jagdfieber erwacht war, seit ihn Banks besucht hatte - in kurzen Zeitabständen aus seinem Ladenfenster und notierte in einem eigens zu diesem Zweck erworbenen Merkheft, daß ein Mann mit dem Aussehen der bereits von ihm beschriebenen verdächtigen Person sich seit achtundvierzig Minuten in dem Unterstand der Bushaltestelle aufhielt. Er terminierte seinen Eintrag auf «Dienstag, 21 Uhr 56», wählte die Telefonnummer der Polizei und verlangte nach Detective Chief Inspector Banks.

Banks war im ersten Moment nicht besonders glücklich über die Nachricht, da er gerade einen friedlichen Abend mit den Kindern verbrachte – ohne Oper, ohne Fernsehen – und Brian dabei half, eine komplizierte Streckenerweiterung für seine elektrische Modelleisenbahn zu bauen, während Tracy ausgestreckt auf dem Bauch lag und anordnete, wo die Brücken, die Signallampen und die Bergketten aus Pappmaché zu plazieren waren. Beim Klingeln des Telefons zogen alle drei ein Gesicht, doch als Banks hörte, was ihm Sergeant Rowe von Mr. Patel mitzuteilen hatte, war er schlagartig hellwach.

Die fünfzehn Minuten Wartezeit im *Oak* waren inzwischen verstrichen. Richmond hatte, wie vereinbart, das Revier benachrichtigt, und nun war es an der Zeit, sich zu dem Verdächtigen zu begeben und ihm ein paar Fragen zu stellen. Während sich die beiden Beamten zu den schweren, rauchglasverzierten Eingangstüren vorarbeiteten, war Banks bereits bei Mr. Patel eingetroffen und betrat dessen Laden, beiläufig wie ein Kunde unter vielen.

«Ist er das?» fragte er.

«Das kann ich nicht mit Sicherheit sagen», antwortete Mr. Patel und kratzte sich am Kopf, «aber er sieht genauso aus. Hat allerdings keinen Hut aufgehabt beim letzten Mal.»

«Wie lange, sagten Sie, ist er schon da?»

Mr. Patel schaute auf seine Uhr, dann in sein Notizbuch. «Dreiundsechzig Minuten», erklärte er, nachdem er seine kurze Rechenoperation abgeschlossen hatte.

«Und wie viele Busse sind inzwischen vorbei?»

«Drei. Einer nach Ripon und zwei nach York.»

Die Bushaltestelle befand sich an der Spitze eines Dreiecks, dessen Basis in einer geraden Linie zwischen Mr. Patels Geschäft und dem *Oak* verlief. Banks war bereits an der Ladentür und schaute nach rechts zu dem Verdächtigen auf der anderen Straßenseite, als er Craig und Richmond entdeckte, die mit offensichtlicher Zielstrebigkeit auf den Mann zu gingen. Im Nu hatte er sie entdeckt, und im nächsten Moment verschwand seine schattenhafte Gestalt die Straße hinunter.

Doch was eben noch in einem kompletten Desaster zu enden drohte, wurde unversehens zu einem triumphalen Erfolg. Als der Mann mit einem deutlichen Vorsprung vor den Verfolgern an Mr. Patels Laden vorbeisprintete, stürzte Banks nach draußen und vollführte den besten Rugby-Tackle seit seinem letzten Scrum-Half in der Schulmannschaft vor zwanzig Jahren.

Um half elf war das ganze Quartett auf dem Revier versammelt, wo man den lautstark protestierenden Mann in ein Vernehmungszimmer verfrachtete, einen kahlen Raum mit blaßgrünem Anstrich, einem Stahlschreibtisch und drei steifen, hochlehnigen Stühlen.

Richmond und Craig, die sich schon auf einen Rüffel gefaßt gemacht hatten, waren angenehm überrascht, als ihnen Banks statt dessen für ihre Hilfe dankte. Beide wußten sehr gut, daß die Dinge erheblich anders ausgesehen hätten, wenn der Mann entkommen wäre.

Der Verdächtige hieß Ronald Markham, war achtundzwanzig Jahre alt und arbeitete in Eastvale als Installateur. Abgesehen von der Kopfbedeckung, entsprach seine Kleidung exakt den bereits vorhandenen Beschreibungen. Er hatte sich anfangs empört gegen die plötzliche Festnahme zur Wehr gesetzt, war aber inzwischen in eine mürrische Verstocktheit verfallen.

«Was hatten Sie zu suchen an der Haltestelle?» fragte Banks mit Richmond im Hintergrund statt des sonst bei Vernehmungen assistierenden Hatchley, den heute niemand hatte stören wollen.

«Auf den Bus gewartet», antwortete Markham schnippisch.

«Haben Sie das notiert, Constable Richmond?»

«Ja, Sir. Verdächtiger erklärt, er habe ‹auf den Bus gewartet›», zitierte Richmond.

«Auf welchen Bus?» wollte Banks wissen.

«Irgendeinen.»

«Wohin wollten Sie?»

«Irgendwohin.»

Banks ging zu Richmond, flüsterte ihm etwas ins Ohr, wandte sich dann wieder um zu Markham und sagte: «Dauert nur eine Minute, Sir.» Damit verschwanden die beiden Kriminalbeamten und ließen einen uniformierten Constable als Wache zurück.

Als sie etwa eine Dreiviertelstunde später zurückkehrten – nach einem hastigen Imbiß aus Sandwich und Bier im *Queen's Arms* –, war Markham wieder in Rage gekommen.

«So lasse ich mich nicht behandeln!» protestierte er. «Ich kenne meine Rechte.»

«Was hatten Sie an der Haltestelle zu suchen?» wiederholte Banks ruhig.

Markham gab keine Antwort. Er fuhr sich mit seinen dicken Fingern durchs Haar, wandte die Augen zur Decke und blickte dann wieder zu Banks, der erneut fragte: «Was hatten Sie da zu suchen?»

«Meine Frau im Auge behalten», platzte Markham schließlich heraus.

«Warum hielten Sie das für notwendig?»

«Das können Sie sich doch wohl denken, verdammt», höhnte Markham. «Weil ich glaube, daß sie's mit 'nem anderen treibt, deshalb! Sie meint, ich wär' weggefahren zu einem Job, aber ich bin ihr gefolgt, bis zum *Oak.*»

«War sie allein oder in Begleitung eines Mannes?»

«Allein – aber sie hat ihn da getroffen, das weiß ich genau. Deshalb hab ich draußen gewartet, daß sie zusammen rauskommen.»

«Und was wollten Sie dann tun?»

«Ich?» Markham fuhr sich erneut mit der Hand durch sein dünnes, fahles Haar. «Keine Ahnung. Hab ich mir nicht überlegt.»

«Wollten Sie die beiden zur Rede stellen?»

«Weiß ich nicht, das sagte ich doch.»

«Oder wollten Sie sie nur im Auge behalten, ihnen nachspionieren?»

«Möglich.»

«Und warum wollten Sie das?»

«Ja, also, damit ich's sicher weiß, daß sie was miteinander haben.»

«Demnach sind Sie also nicht sicher?»

«Nein, das hab ich doch schon gesagt. Deshalb war ich ja da, um mir Gewißheit zu verschaffen.»

«Was wäre denn nötig gewesen, um Sie davon zu überzeugen?» fragte Banks.

«Wie meinen Sie das?»

«Welche Art von Beweis haben Sie erwartet?»

«Ich weiß auch nicht. Ich wollte einfach sehen, wo sie hingehen und was sie tun.»

«Haben Sie gehofft, die beiden im Bett beobachten zu können? War es das, was Sie sehen wollten?»

Markham schnaubte empört. «Das hab ich wohl kaum *gewollt*, aber ich habe damit gerechnet, ja.»

«Wie wollten Sie die beiden denn beobachten?»

«Wie meinen Sie?»

«Ich meine die äußeren Umstände. Wie wollten Sie das anstellen, den beiden nachzuspionieren? Mit einem Feldstecher? Wollten Sie an der Regenrinne hochklettern oder was? Hatten Sie vielleicht auch die Absicht, die zwei dabei zu fotografieren?»

«Wie ich schon sagte, ich habe gar nicht so weit gedacht. Ich wollte den beiden nur folgen und sehen, wo sie hingehen. Danach ...» Er zuckte mit den Achseln. «Aber egal, worauf, zum Teufel, wollen Sie eigentlich hinaus?»

«Danach wollten Sie die beiden beobachten und sehen, was sie miteinander treiben. Stimmt's?»

«Ja, vielleicht. Würden Sie nicht auch gerne Bescheid wissen, wenn es Ihre Frau wäre?»

«Haben Sie solche Dinge vorher schon mal gemacht?»

«Was für Dinge?»

«Leuten zu folgen und sie zu beobachten?»

«Warum sollte ich?»

«Das frage ich Sie.»

«Nein, hab ich nicht. Und ich verstehe auch nicht, was die ganzen Fragen sollen. Inzwischen sind die beiden sicher längst dabei, in irgendeinem verschwiegenen Bungalow.»

«Bungalow? Sie wissen also, wo er wohnt?»

«Nein, ich weiß nicht mal, wer es ist.»

«Aber Sie sprechen doch von einem Bungalow. Demnach kennen Sie also sein Haus?»

«Nein.»

«Warum haben Sie dann das Wort Bungalow gesagt?»

«Herr des Himmels, was soll das eigentlich?» jammerte Markham und barg das lange Gesicht in seinen Händen. «Jetzt ist sowieso alles vorbei.»

«Was ist vorbei?»

«Meine Ehe. Dieses Weibsstück!»

«Haben Sie vielleicht schon früher mal in einen Bungalow geguckt und den Leuten beim Ausziehen zugeschaut?» bohrte Banks weiter, obwohl er seine Mühen inzwischen für vergeblich hielt und zu der Überzeugung gekommen war, daß sie den Falschen erwischt hatten.

«Nein, natürlich nicht!» antwortete Markham. Plötzlich lachte er laut los. «Heiliger Strohsack, Sie glauben, ich bin dieser Perversling, was? Sie denken, ich bin der gottverdammte Spanner, nach dem Sie suchen!»

«Warum sind Sie weggelaufen, als meine Männer auf Sie zu kamen?»

«Ich konnte doch nicht wissen, daß sie von der Polizei sind, oder? Schließlich hatten sie keine Uniformen.»

«Aber warum hätten Sie weglaufen sollen? Es wäre doch möglich gewesen, daß die beiden einfach zur Bushaltestelle wollten, nicht wahr?»

«Das war nur so ein Gefühl. Die Art, wie die beiden gegangen sind. Für mich sahen die nach schweren Jungs aus, und ich hatte keine Lust, mich beklauen zu lassen.»

«Sie haben also geglaubt, daß man Sie ausrauben will? War das der Grund?»

«Zum Teil. Ich hatte plötzlich die Idee, daß es irgendwelche Kumpel sein könnten von dem Burschen, mit dem sich meine Frau trifft. Daß man mich gesehen hat und mir einen Denkzettel verpassen wollte, so was in der Art. Ich weiß auch nicht, ich kann nur sagen, daß sie einfach nicht danach aussahen, als ob sie nur zum Bus wollten.»

Inzwischen war es kurz vor Mitternacht. Markham erklärte, daß man ihn erst gegen ein Uhr zu Hause erwartete. Er hatte das absichtlich so arrangiert, um seiner Frau genügend Zeit und genügend Spielraum zu geben für die lange Leine, an der er sie aufzuhängen gedachte. Banks schlug vor, ihn nach Hause zu begleiten und gemeinsam auf seine Frau zu warten, um die Angelegenheit vollständig zu klären.

Das Haus lag etwa eine halbe Meile nordwestlich vom Marktplatz an der Coleman Avenue und war so geräumig und gut eingerichtet, daß Banks zu der Überzeugung kam, es müsse doch etwas dran sein an dem Gerücht, als Klempner ein Vermögen verdienen zu können. Die Räume waren vorwiegend in dunklen Braun- und Grüntönen gehalten, was sie für Banks' Geschmack ein wenig zu düster erscheinen ließ.

Um Viertel vor Eins drehte sich ein Schlüssel in der Haustür. Mrs. Markham hatte ihrem Mann gesagt, daß sie eine Freundin besuchen wollte und er sich keine Sorgen machen müßte, wenn es ein bißchen später wurde und er vor ihr nach Hause kam. Überrascht, im Wohnzimmer Licht zu sehen, warf sie einen Blick um die Ecke und trat zögernd ein, als sie ihren Mann mit einem Fremden im Zimmer sitzen sah.

Mrs. Markham war eine eher unscheinbare, dunkelhaarige Frau Ende Zwanzig und nach Banks' Vorstellung nicht gerade der Typ für außereheliche Affären. Allerdings waren solche Dinge nicht auf bestimmte Typen beschränkt, und man lag meistens falsch, wenn man die Leute in Schubladen stopfte, bevor man sie näher kannte.

Nachdem er seinen Dienstausweis gezeigt hatte, fragte er Mrs. Markham, wo sie den Abend verbracht hatte.

Sie setzte sich steif hin und begann, einen ihrer schwarzen Lederhandschuhe abzuwürgen. «Mit einer Freundin», antwortete sie mißtrauisch. «Was soll das Ganze eigentlich?»

«Name?»

«Sheila Croft.»

«Hat sie Telefon?»

«Ja.»

«Würden Sie sie bitte anrufen?»

«Jetzt? Warum?»

«Weil es sehr wichtig ist, Mrs. Markham», erklärte Banks geduldig. «Ihr Mann steckt möglicherweise in ernsten Schwierigkeiten, und deshalb muß ich Ihre Angaben überprüfen.»

Mrs. Markham kaute an ihrer schmalen Unterlippe und warf ihrem Mann einen Blick zu. In ihren Augen stand Angst.

«Wie ist die Nummer?» drängte Banks.

«Es ist spät, sie wird schon im Bett sein. Außerdem waren wir gar nicht bei ihr zu Hause», versetzte Mrs. Markham aufgeregt.

«Sondern?»

«Wir sind in einem Pub gewesen – *The Oak.*»

«Und eine Sheila Croft war auch nicht dabei, du verlogenes Miststück!» mischte sich Markham ein. «Ich hab gesehen, wie du allein da reingegangen bist. Aufgedonnert wie ein Pfingstochse – und wie siehst du jetzt aus? Schau dich nur an! Du könntest dir wenigstens die Mühe machen, hinterher ein bißchen Make-up aufzulegen!»

Mrs. Markham wurde ganz blaß. «Dann ruf Sheila doch an», ereiferte sie sich. «Du kannst sie ja fragen. Sie war schon vor mir da, ich hatte mich etwas verspätet.»

«Deine Sheila wird mir die Hucke vollügen, um dir zu helfen, das weißt du verdammt gut. Also, wer ist der Kerl, du Schlampe!»

Markham sprang auf, als wolle er die Antwort aus seiner Frau herausprügeln. Banks trat dazwischen und stieß ihn zurück in seinen Sessel.

«Schon gut, schon gut», sagte Markham verbittert. «Ich würde sie nie schlagen, und das weiß sie genau. Raus mit der Sprache, du Luder – wer ist es?»

An diesem Punkt begann Mrs. Markham zu weinen und eine lange Litanei anzustimmen, daß sie sich vernachlässigt fühle. Deprimiert von dieser Szene und verärgert, nicht den richtigen Mann erwischt zu haben, machte sich Banks still davon.

3

Ein kalter Wind pfiff durch den «Schnüffel»-Tunnel, wo sich Mick und Trevor getroffen hatten. Die Jacken bis oben hin zugeknöpft, standen sie da, rauchten und schwadronierten.

«Na, hat's Spaß gemacht letzte Nacht?» fragte Mick.

«Nicht besonders», antwortete Trevor. «Ich nehm' an, es war ganz okay, aber . . .»

«Was denn? War's zu eng?»

«Yeah, hat n' bißchen weh getan zuerst. Trocken wie'n alter Hundeknochen.»

«Wart's ab, bis du mal eine kriegst, die will. Da rutscht du rein wie nichts, echt. Gibt aber auch 'ne Menge, die's auf die harte Tour wollen. Die mögen das, wenn du ihnen zeigst, wer der Boß ist, du verstehst?»

Trevor zuckte wegwerfend mit den Achseln. «Wo hast du die Sore?»

«Gut versteckt, bei mir zu Hause. Da liegt's sicher. Ich glaub', wir hab'n den großen Coup gelandet diesmal. Hab noch nie in meinem Leben so funkelnde Dinger gesehen.»

«Das hängt doch wohl von Lenny ab, oder?»

«Ich sag' dir ja, er hat die Kontakte. Und er holt garantiert das Beste raus für uns. Sicher 'n paar Tausender oder so was.»

«Sicher. Und wieviel sehen wir davon?»

«Ach, fang' nicht schon wieder damit an, Trev», knurrte Mick und hüpfte von einem Bein aufs andere, als hätten sich Ameisen in seinen Hosenbeinen versammelt. «Wir kriegen, was uns zusteht. Und du hattest außerdem noch 'ne kleine Prämie, stimmt's?» meinte er mit einem anzüglichen Grinsen.

«Wo steckt Lenny denn?»

«Immer noch in London, macht 'nen großen Deal klar. Schweigt sich mächtig aus über die Sache.»

«Wann ist er zurück?»

«Weiß nicht. Dauert noch 'n paar Tage. Oder 'ne Woche.»

«Ich will wissen, wann wir das Zeug endlich loswerden.»

«Verdammt, was issen heute mit dir los, Trev? Du meckerst in einer Tour, total beschissen. Hast du denn die ganzen Scheine schon ausgegeben?»

«Nein. Aber ich hab's nicht gern, wenn das ganze Zeug bei uns rumliegt, das ist alles.»

«Keine Sorge. Ich sag dir doch, es is total sicher. Und Lenny is bald wieder da.»

«Hast wohl was von ihm gehört, wie?»

«Hab 'n Brief bekommen, heute morgen. Vorsichtiger Junge, unser Lenny. Denkt immer, das Telefon könnt' angezapft sein. Er schreibt, es wär besser, wenn wir erst mal 'ne Weile aufhören mit den Jobs. Bis sich alles 'n bißchen abgekühlt hat oder so.»

«Ich hab nirgendwo was bemerkt von Hitze.»

«Aber da geht bestimmt was vor, hinter den Kulissen, ist doch klar. Hat 'ne Menge Trouble gegeben in letzter Zeit, und die Bullen reißen sich garantiert den faulen Arsch auf. Ich sage dir, Kumpel, die werden sich die Eier abschuften. Besser wir machen 'n paar Wochen Pause, schließlich hab'n wir ja genug, um über die Runden zu kommen.»

Es war weniger das Geld, das Trevor reizte; ihn interessierte mehr der Nervenkitzel, den er bei den Einbrüchen empfand, das Gefühl, sein Herz schneller und lauter schlagen zu hören, wenn der Lichtstrahl der Taschenlampen die Dunkelheit zerriß, wenn plötzlich einzelne Dinge auftauchten wie Bilder an den Wänden, Familienfotos auf den Tischen oder Flaschenetiketten auf der Bar. Aber es war sinnlos, Mick diese Dinge zu erklären.

«Also, was meinst du?» fragte Mick.

«Er hat vermutlich recht», antwortete Trevor, der bereits mit dem Gedanken spielte, allein weiterzumachen. Das war sicher noch viel spannender. Und er hatte seine Ruhe, was er sehr zu schätzen wußte. Mick war allem Anschein nach zu simpel und vulgär, um die innere Schönheit und Freude dieser Unternehmungen ermessen zu können.

«Also dann, legen wir uns erstmal auf die faule Haut?»

«In Ordnung.»

«Bis wir was von Lenny hören, okay?»

«Ja.»

Über ihren Köpfen rumpelte ein Zug über die Schienen. Mick schaute auf seine Uhr und grinste. «Verspätung.»

«Was?»

«Der Zehn-Uhr-Zehn aus Arrogate. Ist zwanzig Minuten zu spät. Mal wieder typisch. Scheiß-British-Rail.»

13

1

Banks verbrachte den größten Teil der Woche in seinem Büro, brütete über den drei Fällen und rauchte zu viel, ohne ein klares Muster entdecken zu können. Die Figuren schienen sich seinen Gedanken zu entziehen; eine männliche Schattengestalt im schwarzen Regenmantel schwebte mit zwei gesichtslosen Jugendlichen durch seinen Kopf, und er sah ihnen zu, wie sie die Matrosen an Bord der *Miranda*, des Flaschenschiffs der toten Alice Matlock, betrachteten. Und irgendwo in dem ganzen Durcheinander tauchten immer wieder die Köpfe der anderen Personen auf, die ihm bei diesen Fällen begegnet waren: Ethel Carstairs, die Sharps, der Schulleiter «Boxer» Buxton, der Klassenlehrer Mr. Price, Mr. Patel, Alice Matlock – tot auf den kalten Fliesen liegend – und Jenny Fuller.

Jenny Fuller. Zweimal in dieser Woche hatte er den Telefonhörer abgenommen, um sie anzurufen, und zweimal hatte er ihn wieder auf die Gabel gelegt, ohne auch nur ihre Nummer zu wählen. Es gab keinen Grund, sich mit ihr zu treffen, es hatte sich nichts Neues ergeben, und er hatte das Gefühl, sie ohnehin schon genügend getäuscht zu haben. Als Sandra am Mittwoch abend den Vorschlag gemacht hatte, Jenny zum Dinner einzuladen, hatte es einen dummen Streit gegeben. Er hatte protestiert, hatte behauptet, sie kaum zu kennen, eine rein berufliche Beziehung zu ihr zu unterhalten. Dabei hatte er sich fürchterlich echauffiert, bis Sandra einen eleganten Rückzieher gemacht hatte.

Richmond und Hatchley waren aus und ein gegangen mit immer neuen Informationen, von denen sich keine als besonders ermutigend erwies. Geoff Welling und Barry Scott schienen ganz normale junge Burschen zu sein und waren außerdem am Tag vor dem Zwischenfall mit Carol Ellis zu einem Urlaub nach Italien gefahren, womit sie aus dem Rennen waren.

Sandra befragte weiterhin die Nachbarn, aber niemand hatte den Informationen von Selena Harcourt etwas hinzuzufügen.

Die Suche nach Passanten, Ladenbesitzern und Busfahrern, die sich in der Nacht, da Mr. Patel den Mann an der Haltestelle beobachtet hatte, in der Nähe des *Oak* aufgehalten haben mochten, ging weiter. Tatsächlich erinnerte sich einer der Busfahrer, den Mann gesehen zu haben, konnte aber nicht mit einer Beschreibung aufwarten, da er sich auf die Straße konzentriert hatte und der Mann im Schatten des Unterstands nicht zu erkennen gewesen war. Die Ladenbesitzer hatten allesamt früher geschlossen und wohnten, im Gegensatz zu Mr. Patel, von ihren Geschäftsräumen entfernt. Bislang hatten sich auch keine Passanten gemeldet, trotz eines entsprechenden Aufrufs in der *Yorkshire Post.*

Richmond hatte das Haus von Alice Matlock noch einmal gründlich durchsucht, jedoch kein Testament finden können. Alice hatte offenbar nichts besessen außer einem Postsparbuch, das zum Zeitpunkt ihres Todes ein Guthaben von hundertfünf Pfund und fünfundfünfzig Pence auswies. Sie schien zu einem immer seltener werdenden Menschenschlag gehört zu haben, der seinen Verhältnissen entsprechend lebte, und war in all den Jahren mit dem ausgekommen, was sie als Krankenschwester verdient oder später an Pension zur Verfügung gehabt hatte. Laut Auskunft von Ethel Carstairs hatte sie nie von einem Testament gesprochen, so daß das Tatmotiv der Gewinnsucht in sich zusammenfiel, bevor es noch hatte konstruiert werden können.

Am Freitag morgen betrat Banks das Revier, völlig versunken in die Klänge von Monteverdis *Orfeo.* Soeben flehte Orpheus den Seelenfährmann Charon an, ihn ins Reich der Schatten einzulassen, um Eurydike noch einmal zu sehen.

Non viv'io, no, che poi de vita è priva
Mia cara sposa, il cor non è più meco,
E senza cor com'esser può ch'io viva?

sang der Mann, der die wilden Tiere mit seiner Musik zu zähmen vermochte: *Ich fühle kein Leben mehr; seit meinem Weib das Leben genommen wurde, ist mein Herz mit ihr gegangen, und wie soll ich leben können ohne mein Herz?*

Völlig entrückt achtete er nicht auf die Frau, die am Empfang auf ihn wartete, bis der diensthabende Sergeant ein Husten von sich gab und ihn mit einer Berührung am Arm aus seiner Trance weckte. Etwas verlegen stellte ihn der Beamte der wartenden Frau vor und wandte sich wieder seinen Pflichten zu, während Banks seine Kopfhörer abnahm und Thelma Pitt nach oben in sein Büro führte.

Offensichtlich stark angespannt, setzte sie sich auf den Stuhl, den er für sie hervorholte. Ihr blondes Haar war unverkennbar gefärbt, da sich an den Ansätzen ein deutlicher dunkler Nachwuchs zeigte, der in Verbindung mit ihrem hageren, immer noch attraktiven, herzförmigen Gesicht und dem für ihr Alter zu kurzen Rock den Eindruck einer einst sehr lebenslustigen und schönen Frau erweckte, mit der es rapide abwärts ging. Neben ihrem rechten Auge war ein dunkelroter, sich bereits gelblich verfärbender Bluterguß zu sehen.

Banks legte eine neue Akte an und nahm als erstes ihre persönlichen Daten auf. Ihr Name kam ihm irgendwie bekannt vor, bis er sich nach einer Weile erinnerte, daß sie und ihr Mann, ein hiesiger Landarbeiter, vor zehn Jahren eine Viertelmillion Pfund im Lotto gewonnen hatten. Banks kannte sämtliche Details der Geschichte aus den Sonntagszeitungen. Die beiden waren damals jungverheiratet gewesen; der Ehemann sechsundzwanzig, Thelma fünfundzwanzig Jahre alt. Eine Zeitlang war ihr neugewonnenes Jet-set-Leben in ganz Eastvale die *cause célèbre* gewesen, bis Thelma ihren Mann verlassen hatte und zu einer Art lokaler *femme fatale* geworden war. (Seltsam, überlegte Banks, daß sich bei diesen delikaten Dingen immer die französischen Redewendungen aufdrängten und als unübersetzbar erwiesen.) Thelmas legendäre Parties waren dem Vernehmen nach nur mühsam kaschierte Orgien, an denen etliche prominente Eastvaler teilgenommen und sich damit manche Unannehmlichkeiten eingehandelt hatten. Als die Parties vorüber waren, zog sich Thelma in ein komfortables, aber namenloses Dunkel zurück. Ihr Mann starb Jahre später bei einem Autounfall in Frankreich.

Bis dahin war die Geschichte schon traurig genug; und nun saß diese Frau vor ihm, wirkte zehn Jahre älter, als sie war, umklammerte ängstlich die Handtasche auf ihrem Schoß und hatte zweifellos von neuen Schicksalsschlägen zu berichten.

«Ich möchte einen Diebstahl anzeigen», meldete sie und drehte nervös an einem dicken Rubinring auf dem zweiten Finger ihrer rechten Hand.

«Und wer wurde bestohlen?» erkundigte sich Banks. «Ich vermute, es . . .»

«Ja, es handelt sich um mich.»

«Wann ist das passiert?»

«Am Montag abend.»

«Bei Ihnen zu Hause?»

«Ja.»

«Um welche Zeit?»

«Kurz nach zehn. Ich war früh zu Hause.»

«Wo waren Sie vorher?»

«Wo ich jeden Montag bin, im Golfklub.»

«Um zu spielen?»

«Nein», antwortete sie mit einem dünnen Lächeln und entspannte sich ein wenig. «Um zu trinken.»

«Heute ist schon Freitag, wie Sie sicher wissen», meinte Banks befremdet, aber höflich, um ihr die Befangenheit zu nehmen. «Wie Sie sagten, fand der Einbruch am Montag statt . . . das ist eine ziemlich lange Wartezeit für eine Anzeige.»

«Ich weiß», bekannte Thelma Pitt, «und das tut mir auch sehr leid. Aber da war noch etwas . . .»

Banks schaute hoch, die weitgeöffneten Augen fragend auf sie gerichtet.

«Man hat mich vergewaltigt . . .»

Banks legte seinen Kugelschreiber auf den Tisch. «Möchten Sie nicht vielleicht doch besser mit einer Beamtin sprechen?» fragte er.

«Nein, das ist unwichtig.» Sie lehnte sich zu ihm vor. «Inspector, ich trage das mit mir herum, Tag und Nacht, seit diesem Montag. Ich konnte nicht früher kommen, weil ich mich einfach zu sehr geschämt habe. Ich habe mich schmutzig gefühlt und geglaubt, es wäre alles nur meine Schuld – eine Strafe für meine Sünden, wenn Sie so wollen. Ich bin Katholikin, wenn auch keine sehr eifrige, und ich habe das Haus seither nicht mehr verlassen. Aber heute morgen bin ich aufgewacht und war plötzlich wütend, verstehen Sie? Ich bin erbost, und ich will alles tun, damit diese Verbrecher gefaßt werden. Der Diebstahl ist mir nicht so wichtig. Der Schmuck ist zwar einiges wert, aber längst nicht so viel . . . so viel wie . . .» Sie umklammerte die Armlehnen ihres Stuhls, bis ihre Knöchel weiß hervortraten, und versuchte, ihre Gefühle unter Kontrolle zu bringen.

Banks, der bis eben geglaubt hatte, daß der Spanner inzwischen zu schwerwiegenderen Sexualtaten übergegangen war, nahm Thelmas Bericht mit einiger Überraschung zur Kenntnis.

«Verbrecher?» fragte er. «Wollen Sie damit sagen, daß es mehrere waren?»

«Sie waren zu zweit. Jugendliche, wie ich glaube. Sie trugen Wollmasken, und nur der eine hat mich vergewaltigt. Der andere hat gesagt, er denkt nicht dran, in der Soße rumzurühren. Genau das waren seine Worte, Inspector – ‹in der Soße rumrühren›.» Sie deutete auf ihren Bluterguß. «Er war auch derjenige, der mir den Tritt verpaßt hat.»

Banks wußte nicht so recht, was er sagen sollte. In der plötzlich eintretenden verlegenen Stille ließ Thelma unvermittelt eine Bemerkung fallen, die sich endlich als handfeste Spur erwies.

«Da ist noch etwas . . .» meinte sie und wandte den Blick von ihm zur Wand, als wolle sie die idyllische Herbstszene auf dem Kalender studieren «. . . ich bin geschlechtskrank.»

2

Während der nächsten halben Stunde widmete sich Banks den Einzelheiten von Thelma Pitts Geschichte, während PC Susan Gay das Protokoll führte.

Jeden Montagabend pflegte sich Thelma an der Bar des Eastvale Golfklubs einzufinden, um die Kontakte mit einigen Leuten aus früheren und besseren Tagen aufrechtzuerhalten. Vor allem mit einem Mann namens Lewis Micklethwaite, der sie eine Zeitlang regelmäßig ausgeführt hatte.

Ein paar Wochen zuvor hatte Thelma mit einer Freundin ein verlängertes Wochenende in London verbracht und sich, nicht mehr ganz nüchtern, in einem Pub von einem jüngeren Mann aufgabeln lassen, mit dem sie dann auch die Nacht verbracht hatte. An die Einzelheiten der Begegnung konnte sie sich nur noch bruchstückhaft erinnern, wußte allerdings, daß sie am nächsten Morgen in einer schrecklichen Verfassung aufgewacht war – mit einem emotionalen und körperlichen Kater. Der junge Mann hatte in einem kleinen Appartement jenseits der Brixton Road gewohnt, und Thelma hatte sich davon gemacht, so schnell sie konnte. Außerstande, draußen ein Taxi zu finden, war sie in den ersten Bus Richtung Stadtmitte geklettert und in ihr Hotel zu ihrer Freundin gefahren.

«Um es kurz zu machen», fuhr sie fort, «eine Woche später fand ich heraus, daß mich dieser Bastard netterweise angesteckt hatte – mit Gonorrhöe.»

Aus diesem Grund hatte sie den Golfklub am vergangenen Montag früher als gewohnt verlassen wollen, um Lewis nicht beichten zu müssen oder ihn anzustecken. Lewis hatte sich unerwartet bestürzt gezeigt über ihren frühen Rückzug und einen Streit angefangen. Thelma war jedoch einfach weggelaufen, mit dem Ergebnis, daß sie die Einbrecher überrascht hatte und vergewaltigt worden war.

«Können Sie die beiden vielleicht beschreiben?» fragte Banks. «Sie trugen Wollmasken, wie Sie sagten, nicht wahr?»

«Ja.»

«Von welcher Farbe?»

«Grau. Bei beiden.»

«Haben Sie eine Vorstellung, wie alt die beiden gewesen sein könnten?»

«Nach der Art, wie sie geredet und sich benommen haben, würde ich sagen, daß es noch Teenager waren.»

«Wie können Sie dessen so sicher sein?»

«Der Junge, der mich vergewaltigt hatte, war eindeutig unerfahren. Die ganze Sache war glücklicherweise schnell vorbei. Ich würde sagen, daß es für ihn das erste Mal war. Eine Frau merkt so etwas, Inspector, Sie verstehen?»

«Was war mit dem anderen?»

«Ich glaube, er hatte Angst. Er nahm zwar den Mund ziemlich voll, traute sich aber nicht so recht, irgendwas zu tun. Er war kleiner und stämmiger als der andere, und er hatte eine äußerst widerwärtige Stimme. So eine Art Krächzen. Und kleine Schweinsaugen. Er war irgendwie nervös und überreizt, als ob er Drogen genommen hätte. Der Junge, der mich vergewaltigt hat, war dünner und größer und hat nicht viel gesagt. An seiner Stimme ist mir nichts Besonderes aufgefallen. Er hatte blaue Augen, und sein Atem roch nicht gerade angenehm.»

«Haben sich die beiden beim Namen genannt?»

«Nein, dazu waren sie zu vorsichtig.»

«Was war mit der übrigen Kleidung? Irgendwas Besonderes?»

Thelma Pitt schüttelte den Kopf. «Was diese jungen Leute eben so tragen heutzutage. Bomber-Blouson, Jeans . . .»

«Sonst noch etwas, an das Sie sich erinnern?»

«Oh, ich erinnere mich äußerst lebhaft, Inspector, schließlich habe ich das Ganze in Gedanken hundertmal durchgespielt seit diesem Montag. Aber da gibt es nichts mehr, das Ihnen helfen könnte, es sei denn, Sie könnten etwas damit anfangen, daß der Junge, der mich vergewaltigte, weiße Y-Fronts trug, von Marks & Spencer, wie ich glaube», fügte sie mit einem bitteren Unterton hinzu, um dann unvermittelt den Kopf in die Hände zu legen und in Tränen auszubrechen. Susan Gay tröstete sie, und nach einer Weile hatte Thelma Pitt ihre Fassung wiedergewonnen.

«Tut mir leid», entschuldigte sie sich, «das ist wirklich sehr unpassend ...»

Banks fühlte sich der Situation nicht im mindesten gewachsen. «Es muß ein schreckliches Erlebnis gewesen sein», meinte er hilflos. «Würden Sie die beiden wiedererkennen?»

«Ich glaube schon, wenn die Umstände ähnlich sind. Aber das würde Ihnen wohl nicht helfen, weil ich die Gesichter nicht identifizieren könnte.»

«Das ist vielleicht gar nicht notwendig.»

«Die Stimme und die Augen von dem stämmigen Typ würde ich jederzeit wiedererkennen. Was den anderen betrifft ... ich erinnere mich, daß er eine dunkle Stelle hatte an einem seiner Vorderzähne und an dem daneben – so, als ob er eine Füllung verloren hätte –, aber das reicht nicht, um ihn eindeutig zu identifizieren. Es gibt nichts, was ich vor Gericht wirklich beschwören könnte.»

Sie war bemerkenswert ruhig, während sie das alles noch einmal durchlebte, fand Banks und versuchte sich vorzustellen, wieviel innere Stärke und Mut nötig waren, um mit einem so abscheulichen Erlebnis fertig zu werden.

Zum Schluß gab sie noch eine Beschreibung der gestohlenen Schmuckstücke und einer gleichfalls sehr wertvollen Kamera zu Protokoll, bevor Banks sie mit dem Versprechen entließ, sich unverzüglich mit ihr in Verbindung zu setzen, wenn sich etwas Neues ergab. Außerdem legte er ihr nahe – obwohl es dazu im Grunde viel zu spät war –, zu einem Arzt zu gehen, um sich untersuchen und etwaige Beweise für den Überfall feststellen zu lassen.

Sobald Thelma Pitt in Begleitung von PC Gay sein Büro verlassen hatte, hängte sich Banks ans Telefon und wählte die Nummer von Dr. Glendenning. Seine Sekretärin ließ ihn wissen, daß der Doktor gerade mit einem Patienten beschäftigt sei, ihn aber in etwa zehn Minuten zurückrufen könne.

Es dauerte zwanzig Minuten, bis der alte Herr zurückrief und kurz angebunden fragte: «Was gibt's?»

«Eine Geschlechtskrankheit», meldete Banks. «Gonorrhöe, um genau zu sein. Was wissen Sie darüber?»

«Ah, Gonorrhöe», antwortete Glendenning interessiert, den das Thema offensichtlich ähnlich in Schwung brachte wie ein tapferer Gegner den General im Felde. «Besser bekannt unter der Bezeichnung Tripper oder Kavaliersschnupfen.»

«Wie sind die Symptome?»

«Ausfluß und eine Art Brennen beim Urinieren. Inspector Banks, Sie wollen mir doch nicht etwa sagen, daß Sie . . .»

«Nein, es geht nicht um mich», fertigte ihn Banks kurz ab und fügte im Flüsterton ein «alter Trottel» hinzu. «Und wie schnell treten die Symptome auf?»

«Das ist verschieden», fuhr Glendenning ungerührt fort. «Im Normalfall nach drei bis zehn Tagen.»

«Welche Behandlung?»

«Mit Penicillin. Vorher muß man natürlich ein paar Tests machen, um andere Möglichkeiten auszuschließen, vor allem die Syphilis, die ähnliche Anfangssymptome haben kann.»

«Wo muß man hingehen, um sich behandeln zu lassen?»

«Nun ja, früher ging man einfach zu seinem Hausarzt oder in die Ambulanz im Hospital, aber heutzutage, bei der allgemeinen Promiskuität und dem allen, gibt es überall Tageskliniken, die auf solche Sachen spezialisiert sind. Diskrete Behandlung garantiert, versteht sich.»

Banks erinnerte sich, von solchen Einrichtungen gehört zu haben. «Hier in Eastvale haben wir auch eine, oder? Und wenn ich nicht irre, ist sie dem Krankenhaus angeschlossen, richtig?» fragte Banks.

«Richtig. Und dann gibt's noch eine in York.»

«Sonst nichts in der Nähe?»

«Nein, es sei denn, Sie zählen Darlington und Leeds mit.»

«Vielen Dank, Doktor», sagte Banks eilig. «Recht vielen Dank.»

Gleich nachdem er aufgelegt hatte, rief er Hatchley und Richmond zu sich, unterrichtete sie über die neue Situation und wies sie an, sämtliche einschlägigen Kliniken im Umkreis von fünfzig Meilen anzurufen, um sich nach einem jungen Mann mit schlechten Vorderzähnen zu erkundigen, der über die Herkunft seiner Ansteckung vermutlich sehr vage Angaben gemacht hatte.

Eine Viertelstunde später wußte er, daß sich in keiner der Kliniken ein Patient gezeigt hatte, auf den die Beschreibung zutraf. Demzufolge hatte der Verdächtige die Symptome entweder noch nicht bemerkt oder überlegte noch, was nun zu tun war. Hatchley und Richmond hatten dafür gesorgt, daß das Personal der Kliniken die Augen aufhalten und die nächstgelegene Polizeidienststelle anrufen würde, sobald sich eine verdächtige Person zur Behandlung anmeldete. Anschließend hatte Hatchley die jeweils zuständigen Reviere angerufen und die Beamten gebeten, den jungen Mann festzuhalten, wenn er in einer der Kliniken auftauchte, und Banks unverzüglich zu informieren.

Schließlich rief Banks Jenny Fuller an, in ihrem Büro an der Universität, und berichtete ihr von Thelma Pitt. Wenn deren Fall auch nichts mit dem Voyeur zu tun hatte, so handelte es sich doch immerhin um ein Sexualverbrechen, und er brauchte den Rat einer Frau.

«Haben Sie sie irgendwohin geschickt, wo sie Hilfe bekommen kann?» erkundigte sich Jenny.

«Ich habe ihr geraten, einen Arzt aufzusuchen, muß allerdings zugeben, daß ich dabei in der Hauptsache dienstliche Interessen im Auge hatte.»

«Das wird ihr nicht viel helfen, Alan. Aber in York gibt es ein sogenanntes Krisencenter für die Opfer von Vergewaltigungen, das den Betroffenen die Möglichkeit gibt, über ihre Probleme zu reden. Es erstaunt mich, daß Sie offensichtlich nie davon gehört haben, Alan. Nach einer solchen Erfahrung haben die meisten Frauen erhebliche Schwierigkeiten, ihr normales Leben fortzusetzen, und es gibt einige, die sich nie davon erholen. Wie dem auch sei, diese Leute können eine gute Hilfe sein. Es sind nicht einfach nur Ärzte, sondern überwiegend Personen, die selbst einmal Opfer gewesen sind. Warten Sie, ich suche Ihnen gleich die Nummer heraus.»

Banks notierte die Telefonnummer und versprach, sie an Thelma Pitt weiterzugeben.

«Wie ist es? Treffen wir uns bald wieder?» fragte Jenny.

«Ja, sicher. Ich habe allerdings eine Menge zu tun mit dieser Geschichte von Thelma Pitt, und in unserem Fall haben sich keine besonderen Fortschritte ergeben. Ich rufe Sie wieder an.»

«Der klassische Korb!» jammerte Jenny dramatisch.

«Seien Sie nicht albern», lachte Banks. «Wir sehen uns bald. Und wer weiß», fügte er hinzu, «vielleicht werden Sie ja sogar demnächst zum Dinner eingeladen.» Dann legte er den Hörer auf, bevor Jenny die Möglichkeit hatte zu antworten.

Als nächstes stand Lewis Micklethwaite auf dem Programm. Banks öffnete die klappernde Schublade seines Schreibtisches, zog das örtliche Fernsprechbuch hervor und griff erneut nach dem Telefon.

3

Micklethwaite zeigte keine Neigung, sich nach der Arbeit auf dem Revier einzustellen, ebensowenig wie er Banks bei sich zu Hause empfangen wollte. Tatsächlich schien ihm überhaupt jeglicher Umgang mit der Polizei zu widerstreben, und als er sich schließlich – unter Androhung von Arrest – auf der Wache einfand, wußte Banks auch sofort warum.

«Sieh an, mein guter alter Spezi Larry Moxton!» sagte Banks und bot seinem Besucher eine Zigarette an.

«Ich weiß gar nicht, was Sie meinen. Mein Name ist Micklethwaite.»

Ein Irrtum war ausgeschlossen. Der gelichtete Scheitel, die dunklen Knopfaugen, der schwarze Bart, der dunkle Teint und die fleischigen Lippen – das mußte Moxton sein.

«Kommen Sie schon, Larry», drängte Banks, «Sie werden sich doch wohl an mich erinnern, oder?»

«Wie ich bereits sagte», wiederholte Micklethwaite, sich auf seinem Stuhl windend, «ich weiß nicht, wovon Sie reden.»

Banks seufzte. «Larry Moxton, Ex-Anlageberater. Ich habe Sie vor etwa zehn Jahren in London aus dem Verkehr gezogen, erinnern Sie sich? Nachdem Sie gerade dieser geschiedenen Frau ihre Ersparnisse abgegaunert hatten. Was war das noch gleich – das Grundstück in Florida in bester Lage? Oder die mündelsicheren Wertpapiere?»

«Ein verdammtes Komplott gegen mich, das war's!» empörte sich Moxton. «Schließlich war es nicht mein Fehler, daß sich dieser Scheißkerl von Partner mit dem Kapital aus dem Staub gemacht hat.»

Banks strich sich über sein Kinn. «Wirklich Pech, Larry, das muß man sagen. Wir haben ihn nie gefunden, den Knaben, stimmt's? Aalt sich wahrscheinlich längst in Spaniens Sonne, aber so geht's nun mal im Leben.»

Moxton warf ihm einen finsteren Blick zu. «Was wollen Sie diesmal? Ich bin sauber, total sauber. Seit ich wieder draußen und hier in den Norden gezogen bin. Und mein neuer Name ist völlig legal. Reine Zeitverschwendung, wenn Sie das meinen.»

Die Vorstellung, daß es einem plumpen, gemeinen Menschen wie Moxton gelungen war, intelligenten Frauen ihr Geld abzuschwatzen, fiel einigermaßen schwer, aber tatsächlich war genau das seine Spezialität gewesen. Frauen hielten ihn offenbar für unwiderstehlich, aus Gründen, die Banks nicht nachvollziehen konnte.

«Es geht um Thelma Pitt, Larry. Was ist mit ihr?»

«Was soll mit ihr sein?»

«Sie kennen sie doch, oder?»

«Na und?»

«Was haben Sie vor? Sind Sie jetzt hinter reichen Witwen her?»

«Sie haben kein Recht, mich in dieser Form zu beschuldigen. Ich habe meine Strafe abgesessen – für ein Verbrechen, das ich nicht begangen habe –, und es geht Sie einen Dreck an, mit wem ich meine Zeit verbringe.»

«Wann haben Sie sich zum letztenmal getroffen?»

«He, was soll das?» wollte Moxton wissen, umklammerte die wacklige Schreibtischplatte und machte Anstalten, sich zu erheben. «Ihr ist doch nichts passiert, oder?»

«Keine Sorge – und setzen Sie sich wieder hin. Also, wann haben Sie sich zum letztenmal gesehen?»

«Ich will wissen, was los ist! Das ist mein gutes Recht!»

«Sie sollen sich setzen! Und Sie brauchen überhaupt nichts zu wissen, ist das klar? Sie werden doch nicht wollen, daß ich die Beherrschung verliere, oder? Also, was ist – wann haben Sie Thelma zuletzt gesehen?»

Moxton hatte, wie viele andere, die Erfahrung gemacht, daß es wenig Sinn hatte, sich mit Banks anzulegen, daß er seine Beute mit der Geduld und Ausdauer einer Katze belauerte. Möglicherweise verzichtete er darauf zuzuschlagen – aber es gab Augenblicke, in denen man sich wünschte, er hätte es getan.

«Montag abend», antwortete er widerstrebend. «Am Montag abend hab ich sie zuletzt gesehen.»

«Wo?»

«Im Eastvale Golfklub.»

«Sind Sie dort Mitglied, Larry?»

«Klar bin ich das. Wie ich schon sagte, ich bin ein ehrbarer Geschäftsmann, und ich habe großes Ansehen als Anlageberater, müssen Sie wissen.»

«Ihr Ansehen können Sie sich an den Hut stecken, was mich

angeht, Larry, aber das tut hier nichts zur Sache. Also, seit wann sind Sie dort Mitglied?»

«Seit zwei Jahren.»

«Zwei Jahre . . .» und das vor dem Hintergrund, daß Ottershaw den Klub als exklusiv bezeichnet und behauptet hatte, es würden keine zweifelhaften Personen aufgenommen «. . . wo wird das noch hinführen, Larry, ich weiß es wirklich nicht», meinte Banks.

Moxton warf ihm einen finsteren Blick zu. «Kommen Sie endlich zur Sache, Inspector», sagte er patzig, «ich habe noch was anderes zu tun.»

«Das kann ich mir vorstellen . . . Okay, Thelma Pitt ist Ihnen also bekannt. Welcher Art ist denn diese Beziehung?»

«Das geht Sie gar nichts an.»

«Sind Sie gute Freunde, Geschäftspartner oder ein Liebespaar?»

«Wir gehen schon mal miteinander aus und amüsieren uns ein bißchen – wie würden Sie das nennen? Was ist eigentlich los? Ist ihr etwas zugestoßen?»

Allem Anschein nach war er ehrlich interessiert an Thelmas Wohlergehen, Banks hielt es jedoch für unehrenhaft, ihm davon zu erzählen, daß man seine Freundin beraubt und vergewaltigt hatte. Das konnte sie ihm besser selbst sagen, wenn ihr der Sinn danach stand.

«Um welche Zeit am Montag abend haben Sie sich von ihr getrennt?» überging Banks die Frage.

«Hab ich gar nicht, sie ist zuerst gegangen, und zwar früher als sonst, um Viertel vor zehn ungefähr. Ich weiß nicht warum. Sie war irgendwie durcheinander, und wir haben uns gestritten, wie Sie das wahrscheinlich nennen würden.»

«So, würde ich das? Und worüber?»

«Das geht Sie . . . ach, was soll's?» seufzte er und kehrte ergeben die Handflächen nach oben. «Sie können's ruhig wissen. Ich wollte, daß sie mit mir zusammen weggeht, wie sonst auch, aber sie wollte plötzlich allein sein.»

«Wohin sind Sie denn sonst immer gegangen?»

«In meine Wohnung.»

«Um dort die Nacht zu verbringen?»

«Ja, hin und wieder.»

«Und warum haben Sie das am vergangenen Montag nicht auch gemacht?»

«Ich sagte Ihnen doch, sie wollte nicht. Hatte angeblich Kopfschmerzen. Sie wissen ja, wie Frauen sind.»

«Und Sie haben sie bedrängt, im Klub zu bleiben?»

«Klar hab ich das. Ich wollte mit ihr zusammen sein.»

«Auch wenn sie sich nicht wohlfühlte?»

«Ich hatte den Eindruck, daß es nur eine Ausrede war. Sie sah völlig gesund aus, war höchstens ein bißchen aufgeregt über irgendwas.»

«Haben Sie eine Vorstellung, was das gewesen sein könnte?»

«Nein, sie war nicht besonders mitteilsam. Ist einfach weggerauscht.»

«Nachdem Sie mit allen Mitteln versucht haben, sie zum Bleiben zu überreden und in Ihre Wohnung mitzukommen. Ist das richtig?»

«Worauf wollen Sie hinaus?»

«Auf gar nichts. Ich versuche lediglich, ein paar Fakten festzustellen.»

«Nun ja, ich wollte natürlich, daß sie bei mir bleibt. Schließlich bin ich auch nur ein Mann und mag attraktive Frauen.»

«Thelma Pitt war also nicht die einzige?»

«Wir sind schließlich nicht verlobt oder verheiratet, wenn Sie das meinen. Und nun hören Sie endlich auf, um den heißen Brei herumzureden. Was soll das alles?»

«Haben Sie sonst noch Bekannte im Golfklub?»

«Ein oder zwei. Ist ja schließlich ein Treffpunkt für Geschäftsleute, Sie verstehen?»

«Maurice Ottershaw zum Beispiel?»

Banks bemerkte ein kurzes Aufflackern von Angst in Moxtons Blick. Es dauerte nur einen Augenblick, aber es war unverkennbar.

«Maurice Ottershaw?» wiederholte Moxton. «Den kenne ich. Das heißt, wir haben ein paarmal ein Glas miteinander getrunken, von kennen kann also eigentlich nicht die Rede sein. Was soll die Frage?»

«Das will ich Ihnen gerne sagen, Larry», erklärte Banks, beugte sich nach vorn über seinen Schreibtisch und fixierte Moxtons Augen. «Ich glaube, daß Sie für irgendwen irgendwelche krummen Sachen fingern. Sie wissen genau Bescheid, wann Ihre reichen Freunde aus dem Klub auf Reisen sind und geben diese Tips weiter. Bei Thelma Pitt ist die Sache allerdings etwas schiefgelaufen, nicht wahr? Weil Sie die Dame nicht lange genug von ihrem Haus fernhalten konnten, stimmt's?»

Moxton wirkte jetzt ehrlich erschrocken. «Was ist mit ihr? Sie müssen es mir sagen. Sie ist doch wohl nicht verletzt, oder?»

«Warum sollte sie?»

«Nach allem, was Sie gesagt haben . . . ich dachte . . .»

«Machen Sie sich darüber keine Gedanken.»

«Sie können mir nichts beweisen, und das wissen Sie.»

«In der Tat, das weiß ich», bekannte Banks. «Aber ich weiß auch, daß Sie dahinterstecken.»

«Seien Sie vernünftig. Glauben Sie etwa, ich scheiße vor die eigene Haustür?»

«Ein Dreckskerl wie Sie scheißt überall hin, Moxton. Aber von jetzt an werden wir Sie beobachten, Sie ständig im Auge behalten. In Zukunft werden Sie nirgendwo mehr Ihren Mist abladen, ohne daß wir genau Bescheid wissen. Kapiert?»

«Das ist Einschüchterung, reine Schikane!» schrie Moxton und sprang empört aus seinem Stuhl.

«Raus – und zwar sofort!» schimpfte Banks und deutete auf die Tür.

14

1

Als Trevor am Montag morgen erwachte, wußte er sofort, daß irgend etwas nicht stimmte.

«Trevor!» hörte er seinen Vater, wie üblich, von unten rufen. «Das Frühstück ist fertig! Mach schnell, sonst kommst du zu spät zur Schule.»

Zumindest konnte er sich darauf verlassen, daß es heute beim Frühstück keinen Streit geben würde. Den ganzen Sonntag über war er zu Hause geblieben und hatte den braven Sohn gespielt, hatte dem Vater bei der Hausarbeit geholfen und sogar seine Schulaufgaben gemacht. Mit solchen Gesten konnte er sich ein paar Tage, manchmal auch etwas länger, seine Ruhe erkaufen.

Nur schade um die Schulaufgaben, dachte er. Die reinste Verschwendung, da er sie ohnehin nicht abgeben würde. Er hatte vor, sich am Nachmittag davonzumachen, um mit Mick ein paar neue Sachen zu planen. Die Tatsache, daß Lenny ihnen geraten hatte, sich eine Zeitlang mit Hauseinbrüchen zurückzuhalten, bedeutete noch lange nicht, daß man keine anderen Wege finden konnte, sich ein bißchen Spaß zu machen – vielleicht sogar außerhalb der Stadt.

Trotzdem, irgend etwas stimmte nicht. Er fühlte sich merkwürdig unwohl, während er so dalag, die Decken bis zum Kinn hochgezogen, zu den farbenprächtigen Postern an der Wand aufschaute und sich fragte, ob dieses klebrige Gefühl weiter unten möglicherweise von einem feuchten Traum herrührte. Vorsichtig schob er die Decklaken zur Seite und setzte sich auf die Bettkante. Auf der Vorderseite seiner Schlafanzughose zeigten sich Flecken, die bei genauerem Hinsehen einem gelblichen Ausfluß entstammten.

Äußerst alarmiert stürzte er ins Badezimmer und wusch sich. Als er sich hinstellte, um zu urinieren, packte ihn echte Angst. Es tat höllisch weh und fühlte sich an, als ob er rotglühende Nadeln aus sich herauspressen müßte. Der kalte Schweiß trat ihm aus den Poren, er stützte sich mit den Händen gegen die Wand und preßte die Stirn auf die Fliesen. Als er fertig war, ließ der Krampf nach, zurück blieb nur ein anhaltendes Herzklopfen, das Echo eines zerrenden Schmerzes.

Er wusch sein Gesicht und betrachtete sich im Spiegel. Der dunkle Fleck zwischen seinen Vorderzähnen war größer geworden, und er hatte zwei neue Pickel bekommen; der eine war noch im Frühstadium und hatte sich in die Hautfalte zwischen Oberlippe und Nasenflügel geklemmt; der andere blühte gelb und reif direkt am Übergang vom Kinn zum Hals. Aber das war im Moment seine geringste Sorge. Er war blaß, und seine Augen blickten stumpf und glanzlos. Und er wußte, was mit ihm los war: Er hatte einen Tripper. Diese beschissene Fotze hatte ihm einen Tripper verpaßt!

Mit einiger Anstrengung riß er sich endlich zusammen, erledigte den Rest seiner Morgentoilette und ging zurück in sein Zimmer, um sich anzukleiden.

«Beeil dich, Trev!» rief sein Vater. «Der Schinken und die Eier werden kalt.»

«Ich komme schon, Dad!» rief er zurück. «Sekunde noch.»

Er zog sein weißes Hemd und die grauen Hosen an, nahm einen ärmellosen Pullover mit V-Ausschnitt und grau-weißem Muster aus dem Schrank und war fertig. Hastig schlangen Vater und Sohn ihr Frühstück hinunter, aber Graham strahlte und meinte:

«Das war doch ein schöner Tag gestern, nicht wahr?»

«Ja», log Trevor.

«Wir haben 'ne Menge geschafft.»

«Haben wir, wirklich.»

«Und sogar deine ganzen Schulaufgaben.»

«Ja, das ist wahr.»

«Glaub' mir, Trevor, das lohnt sich. Im Moment siehst du das vielleicht anders, aber eines Tages wirst du mir noch dankbar sein dafür, du wirst schon sehen.»

«Das werd' ich wohl, ja», murmelte Trevor. «Lieber Himmel, schau auf die Uhr! Ich komm' noch zu spät.»

«Dann nichts wie weg», sagte Graham und fuhr Trevor mit einem Lächeln durchs Haar. «Und vergiß nicht, deine Hausaufgaben vorzulegen.»

«Keine Sorge, das werd' ich nicht», grinste Trevor gezwungen und packte seine Schultasche.

«Und du solltest dich auch bald mal um den Zahn kümmern, mein Junge», fügte Graham hinzu, «wird ja immer schlimmer sonst. Sieh zu, daß du einen Termin bekommst beim Schulzahnarzt.»

«In Ordnung, Dad», antwortete Trevor und stürmte aus der Tür.

Er hatte beileibe nicht vor, den Schulzahnarzt oder sonstwelche Dentisten aufzusuchen. Dieser Dr. Himmler – wie er den Schulzahnarzt zu nennen pflegte – und seine Assistentin Griselda hatten ihm den Geschmack an Zahnbehandlungen schon beim ersten Besuch gründlich verdorben. Himmler war ein schmieriger Typ, trug eine billige Kassenbrille, die über dem Steg mit Leukoplast zusammengehalten war, und Griselda stand mit bleichem Gesicht und roten Lippen daneben wie eine mittelalterliche Hexe und reichte ihm die Folterinstrumente. Wenn er Füllungen machte, gab es grundsätzlich keine Narkose; man mußte sich am Stuhl festhalten, das hatte zu genügen. Für die Extraktion von Zähnen verabreichte er Lachgas, und Trevor erinnerte sich mit Grauen an das Gefühl des Erstickens, als man ihm die Maske über Mund und Nase gestülpt und sie sich an seinen Poren festgesaugt hatte, so daß alle Atemluft draußen blieb. Danach stand man völlig benebelt auf und stolperte ins Zimmer nebenan, wo die Patienten der voraufgegangenen Sitzungen noch immer um die Spülapparate herumstanden, in die Becken spuckten oder sich das Blut aus dem Mund spülten.

Trevor schlug zunächst die übliche Richtung zur Schule ein, hügelan durch Leaview Estate, wo bereits der Briefträger und der Milchmann unterwegs waren und die Frauen ihren zur Arbeit entschwindenden Ehemännern nachwinkten, und bog dann ab in die King Street mit ihrem Kopfsteinpflaster und den eleganten Touristenläden. Die Geschäfte hier waren samt und sonders mit Spiegelglas ausgestattet und mit graphitfarbenen Treppengeländern zu den Kellergeschossen, die vollgestopft waren mit angeschimmelten Büchern, mit Spinnrädern, Spulen und anderen, heute als Antiquitäten geltenden Überbleibseln vergangener Manufakturen.

Die Schule lag am Ende einer schmalen Straße zu seiner Linken, und Trevor konnte bereits das Rugbyfeld erkennen an den weißen Spitzen der Eckpfosten und die angeschwärzten roten Ziegel des viktorianischen Glockenturms. Statt jedoch den Weg nach unten zur

Schule einzuschlagen, bog er seitwärts in die engen, gewundenen Gassen zum Marktplatz, an dessen östlicher Kante – zwischen der *National Westminster Bank* und *Jopling's Newsagent's* – eine kurze Treppe mit ausgetretenen Stufen nach unten führte zur *El Toro Coffee Bar*, einem dämmrigen Schuppen mit einem Wandschmuck aus Stierkampf-Postern, Kastagnetten und Rumbakugeln. Trevor zog sich in die hinterste und dunkelste Ecke zurück, bestellte einen Espresso und setzte sich hin, um in Ruhe nachzudenken.

Er hatte also einen Tripper, das war klar, schließlich hatte er oft genug gehört, wie die anderen auf dem Schulhof davon gesprochen und ihre Witze gemacht hatten, ohne allerdings auf die Idee zu kommen, daß es sie auch einmal erwischen könnte. Insofern war Trevors Vorstellung von diesen Dingen eher phantasievoll als wissenschaftlich exakt, und seine Überlegungen zu den Konsequenzen, milde gesagt, ziemlich weithergeholt. Er malte sich aus, wie sein Penis schwarz wurde und faulig, wie das Fleisch ihm in einzelnen Brocken beim nächsten Gang zur Toilette abfallen würde. Zweifellos war es nur eine Frage von Stunden, bis nichts mehr übrig war. Man konnte sich behandeln lassen, das wußte er, aber er hatte keine Ahnung, wie diese Behandlung aussah. Egal, alles war besser, als auf diese Art zu sterben – sogar der Schulzahnarzt.

Zu Dr. Farmer, dem Hausarzt, konnte er unmöglich gehen, weil dann sein Vater sofort alles erfahren würde. Die Peinlichkeit war zu ertragen – aber keinesfalls, daß die ganze Sache ans Licht kam. Man würde ihm zu viele unangenehme Fragen stellen. Allerdings gab es Spezialkliniken – zumindest hatte er so was gehört –, am besten suchte er sich eine davon aus. Die Zeitungen hatten nichts gemeldet von einer Vergewaltigung, also hatte Micks Fußtritt wohl funktioniert, und die Frau hatte den Mund gehalten, aus Angst vor schlimmeren Repressalien. Andrerseits rückte die Polizei nicht unbedingt mit allem heraus, was sie wußte, insofern war es sicher besser, wenn er es nicht in Eastvale versuchte. Nur für alle Fälle.

Trevor bat den Wirt um das Telefonbuch und suchte nach den einschlägigen Kliniken und Ambulanzen. Wie er richtig vermutet hatte, gab es eine solche Einrichtung in York. Er kritzelte die Adresse auf eine Seite aus seinem Übungsheft, riß sie heraus und verließ das Lokal.

An der Busstation verstaute er Schultasche und Schulblazer in einem Schließfach und zog den Dufflecoat über Hemd und Pullunder, um nicht sofort als Schüler erkannt zu werden. Der nächste Bus nach

York ging in fünfzehn Minuten. Er ging zum Zeitungsstand, kaufte eine Ausgabe des neuesten *Melody Maker* und setzte sich auf die grüngestrichene, rissige Wartebank.

2

Den ganzen Montag über dampfte Banks geradezu vor Ungeduld. Während des Wochenendes hatte er nach besten Kräften versucht, nicht über den Fall Thelma Pitt nachzudenken und sich statt dessen um die Familie zu kümmern. Am Samstag waren sie alle miteinander nach York gefahren, um Einkäufe zu machen, und am Sonntag hatten sie eine lange Wanderung durch das Wensleydale unternommen, von Bainbridge nach Semerwater. Es war ein sonniger, trotzdem kühler und windiger Tag gewesen, aber sie hatten sich alle warm verpackt in ihre Wanderausrüstung.

Unverändert angespannt nahm er am Montag morgen im Büro die Kopfhörer ab – sich kaum mehr erinnernd, welche Oper er bis eben gehört hatte –, warf den Walkman in die Schreibtischschublade und rief laut nach Sergeant Hatchley.

«Sir?» meldete sich der Sergeant, hochrot im Gesicht von der Anstrengung, die Treppe nach oben im Laufschritt genommen zu haben.

Banks musterte ihn mit strenger Miene.

«Sie sollten besser etwas für Ihre Kondition tun», eröffnete er das Gespräch. «In Ihrer jetzigen Verfassung werden Sie uns nicht viel nützen bei der Verbrecherjagd, oder?»

«Nein, Sir», antwortete Hatchley, nach Atem ringend.

«Wie dem auch sei, deshalb habe ich Sie nicht kommen lassen . . . Gibt es Neues aus den Kliniken?»

«Nein, Sir.»

«Verdammt!» Banks schlug mit der Faust auf den Tisch.

«Sie hatten darum gebeten, Sie zu informieren, Sir», erinnerte Hatchley. «Ich bin sicher, daß Sie es erfahren hätten, wenn am Wochenende etwas vorgefallen wäre.»

Banks warf ihm einen mißmutigen Blick zu. «Selbstverständlich», stimmte er zu, kratzte sich am Kopf und nahm hinter seinem Schreibtisch Platz.

«Es kann bis zu zehn Tagen dauern, Sir.»

«Wie weit wären wir dann?»

«Mittwoch oder Donnerstag.»

«Donnerstag», wiederholte Banks und schlug sich rhythmisch mit dem Lineal gegen den Schenkel. «Bis dahin kann viel passieren. Was ist mit Moxton?»

«Moxton, Sir?»

«Oder Micklethwaite, wie er sich inzwischen nennt.»

«Ach, der. Auch nichts Neues, tut mir leid.»

Banks hatte angeordnet, Moxton zu überwachen, um herauszufinden, ob er vielleicht seinen Partner warnen würde, wer immer das sein mochte.

«Er hat nicht sehr viel unternommen», fügte Hatchley hinzu, «allerdings hat er die Frau besucht.»

«Thelma Pitt?»

«Ja, Sir.»

«Und?»

«Nichts weiter, Sir. Ist ungefähr fünfzehn Minuten geblieben und dann wieder nach Hause gefahren. Sah ziemlich sauer aus, wenn Sie mich fragen. Hat seine Wagentür zugeknallt und den ganzen Samstagabend in seiner Wohnung gehockt. Am Sonntag morgen hat er dann einen Spaziergang gemacht, seinen Wagen gewaschen, anschließend was getrunken in diesem Nobelschuppen, dem *Hope and Anchor*, bis ungefähr neun Uhr abends, ist dann wieder nach Hause und dort geblieben.»

«Hat er mit jemandem gesprochen in dem Lokal?»

«Nur mit dem Wirt, Sir.»

«Kennen wir den Mann?»

«Nein, Sir. Grundehrlich, wie's aussieht. Schummelt noch nicht mal bei den Getränken, soweit ich weiß.»

Banks holte tief Luft. «In Ordnung, Sergeant, danke sehr», sagte er in etwas milderem Ton, um Hatchley zu besänftigen. «Könnten Sie wohl etwas Kaffee hochschicken lassen?»

«Sir?»

«Eine schreckliche Brühe, ich weiß», grinste Banks. «Egal, ich brauche einen Schluck Kaffee.»

«Ich kümmer' mich darum», erklärte Hatchley, schien aber noch etwas auf dem Herzen zu haben. «Äh . . . Sir? . . .»

«Was gibt's?»

«Haben Sie eine Vorstellung, wer es gewesen sein könnte? Die Vergewaltigung, meine ich.»

«Ich bin nicht ganz sicher, Sergeant. Möglicherweise der junge Sharp und sein Kumpel oder ein anderes Pärchen, das den beiden ziemlich ähnlich sieht. Auf jeden Fall sind es dieselben Burschen, die auch bei den alten Damen eingestiegen und dem guten Ottershaw auf seinen Videorekorder geschifft haben – da bin ich ganz sicher.»

«Und Alice Matlock umgebracht haben?»

Banks schüttelte den Kopf. «Ich glaube nicht. Diese Sache liegt anders. Noch ein Problem auf alle Fälle.»

«Warum holen wir uns nicht diesen Sharp-Jungen und verhören ihn?»

«Weil wir keine Beweise haben. Glauben Sie nicht, daß ich ihn mir längst vorgenommen hätte, wenn ich irgendwas gegen ihn in der Hand hätte? Außerdem bin ich keineswegs sicher, daß er es wirklich war. Ich hatte nur einfach das Gefühl, daß da irgendwas nicht stimmte, als ich mit ihm und seinem Vater gesprochen habe.»

«Dieser Hinweis mit dem faulen Zahn, Sir. Wenn er . . .»

Banks machte eine wegwerfende Handbewegung, als wolle er eine Fliege verscheuchen. «Das alleine bringt uns auch nicht weiter, das wissen Sie so gut wie ich. Wenn er allerdings diesen Tripper . . .»

«Wir könnten ihn doch immerhin schon mal herholen und ein bißchen unter Druck setzen.»

«Das ist keine Lösung. Sein Vater würde sicher darauf bestehen, dabei zu sein. Außerdem würde er garantiert mit einem dieser gottverdammten Anwälte anrücken, und dann würde keiner mehr den Mund aufmachen. Wenn Sharp unser Knabe ist, brauchen wir Beweise, bevor wir ihn wieder in die Zange nehmen – oder wir sind ihn ein für allemal los.»

Hatchley kratzte sich an seinem Hinterteil. «Und was ist mit der Frau?» fragte er.

«Thelma Pitt?»

«Ja.»

«Sie hat doch gesagt, daß sie ihn nicht eindeutig identifizieren könnte, und wir dürfen in dieser Hinsicht kein Risiko eingehen. Wenn wir ihn schnappen, dann soll er auch hier festsitzen und nicht einfach wieder rausspazieren können wegen irgendeines formaljuristischen Fehlers. Außerdem möchte ich ihr die Prozedur eigentlich nicht zumuten, bevor wir etwas mehr in der Hand haben. Wenn Sharp derjenige war, hat er sich mit Sicherheit angesteckt und wird früher oder später in einer der Ambulanzen auftauchen. Und dann haben wir ihn am Haken.»

Hatchley nickte und machte sich auf den Weg nach unten in die Kantine.

Als man ihm den Kaffee brachte, wurde Banks einmal mehr bewußt, warum er es vorzog, seine Pausen im *Golden Grill* zu verbringen. Er schwenkte seinen Schreibtischstuhl in Richtung Fenster, steckte sich eine Zigarette an, schaute mit leerem Blick über den Marktplatz und beobachtete das frühmorgendliche Treiben. Vor den Geschäften hielten die Lieferwagen, abgestellt in der zweiten Reihe; der Pfarrer warf einen Blick auf seine Armbanduhr und hastete in die Kirche; eine Hausfrau mit einem karierten Kopftuch rüttelte an der Ladentür von *Bradwell's Grocery*, der offenbar noch geschlossen hatte.

Banks nahm diese Aktivitäten nur am Rande seines Bewußtseins wahr. Er stand kurz vor der Lösung der Hauseinbrüche und des Überfalls auf Thelma Pitt – er wußte es, fühlte es in seinen Knochen –, aber er konnte nichts tun, um die Dinge zu beschleunigen. Wie so oft in diesem Beruf, mußte er sich in Geduld üben; diesmal mußte er sogar der Natur ihren Lauf lassen, im wahrsten Sinne des Wortes.

Während er eine weitere Zigarette rauchte, erwachte der Markplatz allmählich zum Leben. Als die ersten Touristen in die normannische Kirche strebten, hatte auch *Bradwell's Grocery* endlich die Türen geöffnet, um aus einem orangefarbenen Lieferwagen mit aufgemaltem Sombrero die Paletten mit frischen Früchten entgegenzunehmen. Die Frau mit dem karierten Kopftuch war nicht mehr zu sehen.

Als der Morgen schon halb vorbei war, hatte Banks genug von der Enge seines Büros. Er teilte Sergeant Rowe mit, daß er das Haus für eine halbe Stunde oder etwas mehr verlassen würde, und begab sich auf einen Fußmarsch, um einen Teil seiner Rastlosigkeit loszuwerden.

Mit schnellen Schritten überquerte er den Marktplatz, knöpfte sich im Gehen seinen Mantel zu und eilte auf direktem Weg durch die sich anschließenden engen Gassen und blühenden Gärten hinunter zum Fluß.

Die langsam dichter werdenden Wolken hatten die Sonne noch nicht ganz verdeckt, aber einen dünnen Schleier über ihre Strahlen gezogen, der das grelle Licht dämpfte und die ganze Landschaft wie ein sanftes Aquarell erscheinen ließ, mit zarten Tönen von Grün, Gelb, Orange, Braun und Rot. Ein Geruch von herannahendem

Regen lag in der auffrischenden Brise, die aus Nordwesten zu kommen schien, über die Tiefen des Swainsdale. Der Wind trieb den Fluß vor sich her durch sein terrassenförmiges Bett, so daß das konstante gurgelnde Rauschen der Stromschnellen bis hinauf zu den Bäumen entlang des Ufers ertönte. Die ersten Blätter fielen, wehten über den Boden und endeten überwiegend in den Fluten des Flusses.

Jenseits des Swain verlief ein weiterer Fußweg mit Bäumen und Blumenbeeten. Durch die schwankenden Äste konnte man die Front der dahinterliegenden Häuser erkennen, die durch den angrenzenden Grüngürtel von der Siedlung East Side getrennt waren. Banks wußte, daß Jenny in einem dieser Häuser wohnte, hätte jedoch bei diesem Blickwinkel und aus so weiter Entfernung nicht sagen können, um welches Haus es sich handelte.

Er versenkte die Hände tiefer in den Taschen seines Mantels, zog die Schultern hoch und eilte weiter. Die körperliche Betätigung erfüllte ihren Zweck, vertrieb die chaotischen Gedanken aus seinem Kopf und verhalf ihm zu dem nötigen Appetit fürs Mittagessen.

Er machte kehrt und ging um den Schloßberg herum zurück zum Marktplatz. Hatchley und Richmond saßen bereits beim Essen, als er im *Queen's Arms* eintraf, und Hatchley brach mitten im Satz ab, als er seinen Chef kommen sah. Offensichtlich hatten sich die beiden gerade über ihn beschwert, nachdem er den Sergeant am Morgen so rüde behandelt hatte. Banks holte tief Luft, trat an den Tisch und brachte die Dinge wieder ins Lot, indem er seinen Männern ein Bier bestellte.

3

Um halb elf kam der Bus in York an und hielt am Römerwall. Trevor ging an der alten Stadtmauer entlang, passierte den Bahnhof und die Ruinen von St. Mary's Abbey und dem Yorkshire Museum und überquerte den Ouse auf der Lendal Bridge. Danach wanderte er wie im Traum durch die geschäftige Innenstadt, bis er Hunger verspürte. Die Lokale hatten gerade erst aufgemacht, als er in einem Pub in Stonegate einkehrte – bei seiner Größe und ohne die Schulkluft sah er gut und gerne über achtzehn aus –, wo er eine Pastete aus Steak mit Pilzen aß und sich dazu einen halben Liter Faßbier bestellte.

Beinahe zwei Stunden saß er in dem Lokal, hielt sich an seinem Bier fest und studierte jedes einzelne Wort in seinem *Melody Maker* (einschließlich der Rubrik «Stellenangebote für Musiker»), bevor er sich wieder auf die Straße wagte, wo er auf Schritt und Tritt über irgendwelche amerikanischen Touristenpaare stolperte, die sich über das kühle Wetter und ihre unzureichende Bekleidung beklagten.

«Endlich, da ist sie ja wieder, die verdammte Sonne», hörte er einen fetten Mann in dünnen Baumwollhosen und Blazer schimpfen. «Jesus, man sollte doch meinen, daß man hin und wieder mal 'n bißchen Hitze abbekommt!»

«Aber, Elmer», ermahnte ihn seine Frau. «Jetzt sind wir schon einen ganzen Monat in Europa, da solltest du doch wohl wissen, daß es niemals heiß wird, nördlich von Athen.»

Trevor feixte. Blöde Armleuchter, dachte er. Warum schleppten sie ihre stinkenden Ärsche überhaupt hierher und verpesteten die Straßen, wenn sie nicht mal eine kleine Herbstbrise aushalten konnten? In seiner Vorstellung war Amerika ein einziger großer, unter der Sonne verdorrender Kontinent, wo man Eier braten konnte auf dem heißen Asphalt; wo die Leute ständig mit nacktem Oberkörper herumliefen und ewig Grillparties feierten; wo sich endlose, unbewohnbare Wüsten und Dschungel erstreckten.

Eine knappe Stunde später war ihm klar, daß er sich verlaufen hatte. Allem Anschein nach hatte er die Umgrenzung der Stadtmauern verlassen und befand sich nun außerhalb der Touristengebiete, in einer Gegend, die eher nach einem Arbeiterviertel aussah. Die langen, schnurgeraden Reihen von zu klein geratenen, Rücken an Rücken geduckten Häuschen aus verstaubten, hellroten Ziegeln schienen kein Ende nehmen zu wollen, und zwischen den engen Häuserreihen flatterte die Wäsche im Wind. Trevor machte kehrt, sah die Türme des Münsters in einiger Entfernung aufblitzen und schlug den Weg in ihre Richtung ein.

Er hatte die Sache nun lange genug vor sich her geschoben. Wenn er nicht wollte, daß sein Penis zusammenschrumpfte und schließlich ganz abfiel, war es höchste Zeit, sich in Behandlung zu begeben, wie erschreckend diese Aussicht auch sein mochte.

Bei einem Zeitungshändler nahm er die Gelegenheit wahr, in den Stadtplan zu schauen und sich die Lage der Klinik einzuprägen, bevor ihn der Inhaber, der mißtrauisch geworden war, aufscheuchte und ihm empfahl, sich davonzumachen, wenn er nichts kaufen wollte.

«Scheiß-Paki!» murmelte Trevor zwischen zusammengebissenen Zähnen, als er sich plötzlich vor die Tür gesetzt sah. Immerhin, er hatte erreicht, was er wollte.

Die Klinik lag ganz in der Nähe des Stadtkerns, in einem niedrigen, fensterlosen modernen Betonklotz mit einem geteerten Flachdach. Trevor meldete sich am Empfang, gab seinen Namen und seine Wünsche an und wurde aufgefordert, ins Wartezimmer zu gehen. Dort traf er auf zwei andere Patienten – einen Mann mittleren Alters und eine ungepflegte Studentin –, die beide einigermaßen verlegen wirkten. Niemand sprach ein Wort, während sie auf den Arzt warteten, alle mieden geflissentlich jeden, auch den zufälligsten Augenkontakt.

Es dauerte etwa eine Stunde, bevor Trevor endlich an der Reihe war. Ein kahlköpfiger Arzt mit langem Gesicht führte ihn in einen kleinen Raum und bat ihn, vor dem Schreibtisch Platz zu nehmen. Trevor rutschte ängstlich auf seinem Stuhl hin und her und betete, daß die ganze Geschichte bald ausgestanden war. Das Zimmer roch durchdringend nach Dettol und Karbol und erinnerte erschreckend an den Zahnarzt.

«Also», sprach der Arzt strahlend, nachdem er ein paar Notizen auf ein Formblatt gekritzelt hatte, «was kann ich für Sie tun, junger Mann?»

Eine blöde Frage, dachte Trevor. Warum, zum Teufel, glaubt er wohl, daß ich hier bin? Um mir die Plattfüße begucken zu lassen?

«Ich habe da ein Problem», murmelte er und erklärte dem Arzt die näheren Einzelheiten.

«Wie ist Ihr Name?» erkundigte sich der Arzt, nachdem er Trevors Beschreibung der Symptome mit diversen Hms und Ahs kommentiert hatte.

«Peter Upshaw», antwortete Trevor forsch. Er war gerüstet auf diese Frage und hatte vorsorglich einen beliebigen Namen aus den Kolumnen seines *Melody Maker* herausgegriffen.

«Adresse?»

«Arrowsmith Drive, Nummer zweiundvierzig.»

Der Arzt sah ihn prüfend an. «Hier in York?»

«Ja.»

«Wo ist das denn?» Er kratzte sich mit dem Kugelschreiber über die glänzende Schädelplatte. «Ich glaube, da war ich noch nie.»

«In der Nähe des Münsters», platzte Trevor heraus und errötete. Er hatte nicht damit gerechnet, daß dieser Quacksalber so neugierig sein würde.

«Am Münster? Ah, ja . . .» Der Arzt machte erneut einen Eintrag auf seinem Formblatt. «Okay, Peter», fuhr er fort und legte den Kugelschreiber aus der Hand. «Dann werden wir mal die üblichen Tests machen. Aber vorher muß ich Sie noch fragen, wo Sie sich das geholt haben, bei wem.»

Die Frage traf Trevor gänzlich unvorbereitet. Er konnte unmöglich die Wahrheit sagen oder irgendeinen erfundenen Namen angeben, und «Niemand» war sicher auch nicht die richtige Antwort.

«Bei einer Prostituierten», nahm er hastig zu der erstbesten Ausrede Zuflucht.

«Eine Prostituierte?» fragte der Arzt mit hochgezogenen Augenbrauen. «Wo war das, Peter?»

«Hier.»

«In York?»

«Ja.»

«Wann?»

«Vor ungefähr einer Woche.»

«Wie hieß die Frau?»

«Jane.»

«Wo wohnt sie?»

Das Tempo war zu schnell für Trevor, und er begann, über seine Antworten zu stolpern. «Ich . . . ich weiß nicht. Ich war mit ein paar Kumpels zusammen. Wir hatten ein bißchen zuviel getrunken und sind einfach so rumgelaufen, und dann war sie plötzlich bei uns.»

«Auf der Straße.»

«Ja.»

«Aber Sie müssen doch mit ihr irgendwohin gegangen sein.»

«Nein . . . das heißt, ja, natürlich.»

Der Arzt starrte ihn fragend an.

«Zu einer Allee», fuhr Trevor fort. «Wir sind einfach in eine dunkle Allee gegangen. Es war niemand auf der Straße, und wir haben uns einfach an eine Mauer gelehnt, im Stehen.»

«Und Ihre Freunde? Haben sie . . . eh?»

«Nein», versicherte Trevor eilig, weil ihm klar wurde, daß er andernfalls die Namen aller Beteiligten würde angeben müssen.

«Sind Sie sicher?» fragte der Arzt stirnrunzelnd.

«Ja, nur ich. Es war nämlich mein Geburtstag.»

«Ah», sagte der Arzt mit einem wohlwollenden Lächeln, «ich verstehe. Sie wissen demnach nicht, wo diese Frau wohnt?»

«Nein.»

«Waren Sie seither mit jemand anderem zusammen?»

«Nein.»

«Nun gut, Peter. Dann gehen Sie bitte jetzt den Flur hinunter bis zur letzten Tür. Dort finden Sie eine Krankenschwester, die Ihnen eine Blutprobe abnehmen wird – damit wir ganz sicher sind. Anschließend kommen Sie dann wieder hierher, und wir werden der Sache dann zu Leibe rücken.»

Das Zimmer am Ende des Korridors erinnerte an den Chemiesaal in der Schule, mit seinen Glasschränken voller beschrifteter Fläschchen und den langen, schmalen Tischen mit Retortengläsern, Bunsenbrennern, Pipetten und den Gestellen mit blutgefüllten Glasröhrchen. Es war ein Anblick, der Trevor nervös machte.

Die Krankenschwester war eine hübsche Person. «Seien Sie ganz entspannt», empfahl sie und rollte seinen Ärmel hoch. «Es wird bestimmt nicht weh tun.»

Das tat es auch nicht. Er spürte kaum den Einstich, drehte aber doch den Kopf zur Seite, um nicht sehen zu müssen, wie das Blut in den Kolben der Spritze quoll. Er fühlte nur ein leises Ziehen, als es begann aus der Vene zu fließen.

«Na also», sagte die Krankenschwester lächelnd und drückte einen alkoholgetränkten Wattebausch auf die Einstichstelle. «Schon vorbei. Sie können jetzt wieder zurückgehen zu Dr. Willis.»

Trevor verfügte sich wieder in das kleine Sprechzimmer, wo ihn Dr. Willis freundlich empfing.

«Ich möchte jetzt, daß Sie sich auf diesen Stuhl dort setzen und ganz entspannt zurücklehnen», sagte er mit leiser, eindringlicher Stimme, als wolle er Trevor hypnotisieren. «Es wird nicht lange dauern. Nur noch ein zusätzlicher kleiner Test.»

Willis drehte ihm den Rücken und nahm einen blitzenden Gegenstand von einem weißen, nierenförmigen Tablett.

«Ziehen Sie bitte nur Ihre Hose runter, Peter. Auch die Unterhose, ja, so ist es gut», sagte er und kam auf Trevor zu, eine Art größerer Nähnadel in der Hand haltend, die er allerdings an der Spitze gefaßt hatte und deren Nadelöhr ungewöhnlich groß zu sein schien.

Trevors Muskeln versteiften sich bei jedem Schritt, den der Arzt näher kam. Einen Augenblick lang meinte er, sein Peiniger trage einen schmutzigen Kittel und eine mit Leukoplast umwickelte Kassenbrille.

«Entspannen Sie sich, Peter», sagte Willis und beugte sich vor, «ich werde das jetzt ganz vorsichtig einführen . . .»

4

Der Anruf wurde exakt um 16 Uhr 17 durchgestellt.

«Chief Inspector Banks?» fragte eine unbekannte Stimme.

«Ja.»

«Hier spricht Inspector MacLean, Kripo York.»

Banks umklammerte den Hörer fester. Er spürte, wie seine Handflächen feucht wurden und sich schlüpfrig anfühlten gegen das schwarze Bakelit. «Ja, ich höre.»

«Es handelt sich um Ihre Anfrage. Der hiesige Tripper-Laden hat uns vor ein paar Minuten angerufen. Scheint, als hätten sie Ihren Knaben da. Sieht aus wie achtzehn, könnte aber auch jünger sein und scheint sich in York nicht besonders gut auszukennen. Hat sich sehr vage ausgedrückt über die Umstände, wie er sich das Leiden geholt hat. Die berühmte Tripperfalle – entschuldigen Sie das Wort – mit der Nutte in der dunklen Straße, Sie verstehen? Der Doktor hatte das deutliche Gefühl, daß die Geschichte total improvisiert war. Klingt das nach dem Burschen, den Sie suchen?»

«Und ob», erklärte Banks, vor Aufregung mit den Fingern auf seinem Schreibtisch trommelnd. «Was gibt es noch?»

«Nicht sehr viel», fuhr MacLean in seinem trockenen Ton fort. «Die Vorderzähne etwas angeschlagen, okay, aber kaputte Zähne hat dieses Jungvolk ja heutzutage durch die Bank. Ich war drüben in den Staaten, zu 'nem Austauschjob vor zwei Jahren, und diese Amerikaner finden es einfach kriminell, wie die Briten ihre Zähne behandeln – oder vielmehr nicht behandeln, wenn Sie wissen, was ich meine. Drüben heißt es, daß man einen Briten sofort an seinem Gebiß identifiziert. Wissen Sie . . .»

«Inspector . . .» unterbrach ihn Banks.

«Tut mir leid», entschuldigte sich MacLead. «Sie haben's wahrscheinlich ziemlich eilig, ihn in die Finger zu kriegen, wie?»

«Ziemlich, ja. Wo ist er jetzt?»

«Immer noch in der Tripperbude. Wir halten ihn fest in dem Laden. Hab ein paar Uniformierte dafür abgestellt. Seine Behandlung soll er natürlich kriegen, ist ja klar. Sie wissen doch, daß er noch 'n paar Schuß brauchen wird, oder? Sollen wir Ihnen den Knaben anliefern?»

«Nein, danke. Ich hol' ihn mir selbst.»

«Froh, das zu hören. Wir sind nämlich 'n bißchen unterbesetzt hier unten.»

«Welchen Namen hat er angegeben?»

«Upshaw. Peter Upshaw. Klingelt's da bei Ihnen?»

«Nein, aber der wird ja wohl sowieso falsch sein», meinte Banks und notierte die Adresse der Klinik. «Ich bin in etwa einer Stunde da – und vielen Dank, Inspector MacLean.»

«Gern geschehen», antwortete MacLean und legte auf.

«Sergeant Hatchley!» bellte Banks, sprang auf und riß die Tür zum Korridor auf.

Zum zweitenmal an diesem Tag erschien Hatchley mit hochrotem Gesicht und nach Atem ringend, aber diesmal gab Banks keinen Kommentar zu seiner schlechten Kondition. Seine dunklen Augen blitzten im Vorgefühl des Erfolgs, als er dem Sergeant übermütig auf die breite, wohlgepolsterte Schulter klopfte und fragte: «Na, wie wär's mit einem kleinen Ritt nach York?»

5

Unterdessen saß Trevor völlig niedergeschmettert im Untersuchungszimmer, bewacht von einem gelangweilt dreinschauenden, rotwangigen Constable, der kaum älter war als er selbst. Ein weiterer Beamter von ähnlichem Alter und Erscheinungsbild (so ähnlich, daß die Anwohner in ihrem Revier sie die «Zwillings-Bobbies» getauft hatten) stand draußen am Empfang und wartete auf den Kripo-Bonzen aus Eastvale.

Nach der leicht schmerzenden und äußerst demütigenden Untersuchung hatte man Trevor gebeten, noch auf das Testergebnis zu warten. Er war nervös und hatte Angst, aber nicht vor der Polizei; sich um zwei Probleme gleichzeitig zu sorgen überforderte sein jugendliches Gemüt. Insofern war er äußerst überrascht, als plötzlich Constable Parker in der Tür erschien, dicht gefolgt von Dr. Willis.

«Tut mir leid», meinte Dr. Willis leicht verlegen, nahm seine Brille ab und polierte die Gläser an seinem weißen Kittel. «Da liegt sicher nur ein kleines Mißverständnis vor, das sich bestimmt leicht klären läßt, nicht wahr?» Unter den Augen des Polizisten zog er eine Spritze auf und verabreichte Trevor die erste der für seine Behandlung erforderlichen Injektionen. Danach blieb nichts weiter zu tun, als zu warten und sich innerlich auf das nächste Problem einzustellen.

Es war schon gegen sechs Uhr, als Banks und Hatchley die Klinik erreichten – sie hatten nicht mit dem abendlichen Verkehrschaos im Labyrinth von Yorks Einbahnstraßen gerechnet. Constable Spinks führte sie zu dem Untersuchungszimmer, wo Trevor wartete und eine höhnische Grimasse zog, als er Banks eintreten sah.

«Hallo, Trevor», grüßte Banks. «Wie ich sehe, ist Ihnen eine Zahnfüllung abhanden gekommen seit unserer letzten Begegnung.»

Wortlos erhob sich Trevor von seinem Stuhl und folgte den beiden Beamten mit mürrischer Miene zu ihrem Wagen. Die Rückfahrt durch die Dunkelheit in das heimatliche Eastvale verlief schweigend.

Das Gesetz schrieb vor, daß ein Heranwachsender nur in Gegenwart seiner Eltern einer Straftat bezichtigt werden durfte, und da es wahrscheinlich zu einer Anklage kommen würde, mußte sich Banks als erstes mit Graham Sharp in Verbindung setzen, nachdem das Trio auf der Polizeistation Eastvale angekommen war.

Niemand sprach mit Trevor, bis sein Vater gekommen war.

Banks telefonierte gerade mit Sandra, um ihr mitzuteilen, daß es wieder einmal spät werden würde, als Graham Sharp von PC Gay in das ohnehin schon überfüllte Büro geführt wurde.

Nachdem Trevor und sein Vater vor Banks Schreibtisch Platz genommen hatten und Sergeant Hatchley am Fenster mit seinem Notizblock bereit stand, konnte die Vernehmung beginnen. Banks rückte die Akten auf seinem Tisch zurecht, sortierte die Schreibstifte vor seinem Platz und schaute Trevor an.

«Was haben Sie in dieser Klinik gemacht?» begann er.

«Was glauben Sie wohl?» meinte Trevor sarkastisch.

«Nun, Sie haben sich wohl kaum Ihre Zahnfüllung erneuern lassen, das ist mal sicher.»

«Was soll das alles?» protestierte Graham Sharp. «Welche Klinik? Wovon reden Sie überhaupt?»

«Mr. Sharp», erklärte Banks geduldig, «nach dem Gesetz müssen Sie anwesend sein, wenn die Möglichkeit einer Strafanklage gegen Ihren Sohn besteht – aber ich bin hier derjenige, der die Fragen stellt. Ist das klar?»

«Ich habe das Recht, meinen Sohn zu schützen.»

«Das haben Sie. Und es steht ganz in Ihrem Belieben, ihm den Rat zu geben, meine Fragen nicht zu beantworten, wenn Sie das für nötig halten. Einstweilen aber sollten Sie sich vor Augen halten, daß man ihm noch gar nichts zur Last gelegt hat.»

Graham Sharp lehnte sich wieder in seinem Stuhl zurück, leicht verärgert und verwirrt.

«Warum sind Sie nicht in die Klinik von Eastvale gegangen?» wandte sich Banks wieder an Trevor.

«Wußte gar nicht, daß es hier auch eine gibt.»

«Und wie haben Sie von der in York erfahren?»

«Durch einen Mitschüler.»

«Bei wem haben Sie sich den Tripper geholt?»

«Einen Moment mal!» meldete sich Sharp erneut. «Das geht wirklich zu weit! Welcher Tripper? Wer soll hier geschlechtskrank sein?»

«Ihr Sohn, Mr. Sharp. Er hat Gonorrhöe. Ist das richtig, mein Junge?»

Trevor antwortete nicht.

«Es macht keinen Sinn, das zu leugnen», drängte Banks. «Der Arzt hat schließlich die Tests gemacht. Wir brauchen ihn nur anzurufen und zu bitten, mit Ihrem Vater zu sprechen.»

Trevor wandte den Blick von seinem Vater und nickte. Stumm bettete Graham Sharp den Kopf in die Hände.

«Dann also zurück zu meiner Frage», fuhr Banks fort. «Wo haben Sie sich das geholt? Auf Toilettensitzen kann man sich das Leiden übrigens nicht fangen, müssen Sie wissen.»

«Wie ich es dem Doktor schon erzählt habe», antwortete Trevor.

«Ah ja», meinte Banks und erhob die Stimme, damit auch Graham Sharp ihn klar verstehen konnte. «Sie hatten's also mit einer Prostituierten, an einer Mauer in einer dunklen Straße. Richtig?»

Trevor nickte mit bleichem Gesicht.

«Wann war das?»

«Vor ungefähr einer Woche. Letzten Montag.»

«Dann waren Sie also in York an diesem Montag?»

«Ja.»

«Und wann war Ihr Sohn wieder zu Hause, Mr. Sharp?»

Sharp schreckte hoch beim Klang seines Namens. «Wie?»

«Um welche Zeit ist Ihr Sohn am vergangenen Montag abend zu Hause gewesen?»

«Um elf ungefähr. Er muß immer um elf zu Hause sein, weil er schlafen geht um die Zeit.»

«Wußten Sie, wo er gewesen war?»

«Er hat mir gesagt, daß er nach York wollte, ja», erklärte Sharp.

«Mit wem?»

«Weiß ich nicht, hat er nicht gesagt. Mit einem Freund.»

«Ein Freund?»

«Nehm' ich jedenfalls an.»

«Nicht mit mehreren Freunden?»

«Lieber Himmel, ich weiß es nicht!»

«Verstehen Sie, Mr. Sharp, die Sache ist die: Er hat dem Doktor gesagt, daß er mit einer Gruppe von Freunden unterwegs war, um seinen Geburtstag zu feiern, und daß seine Freunde zusammengelegt haben, um ihm eine Prostituierte zu kaufen – sozusagen als Geburtstagsgeschenk. War das übrigens sein Geburtstag, am letzten Montag, Mr. Sharp?»

«Ja. Ja, das stimmt.»

«Ihnen ist doch wohl klar», fragte Banks, «daß wir das jederzeit überprüfen können, nicht wahr?»

«Nun ja, das war nicht sein offizieller Geburtstag, das nicht, sondern der Geburtstag seiner Mutter. Den hat er regelmäßig gefeiert. Er hängt nämlich sehr an seiner Mutter.»

«Trevor, ist das wirklich so gewesen?» fragte Banks eindringlich. «Sie haben sich also an einer Mauer in York eine Prostituierte genehmigt, um den Geburtstag Ihrer Mutter feierlich zu begehen? Und diese Dame hat gesagt, sie heiße Jane, aber Sie haben keine Ahnung, wo sie wohnt?»

Trevor nickte nur.

«Ist Ihnen bewußt, Trevor, daß wir nötigenfalls jede Prostituierte in York befragen können? Die Stadt ist nicht so groß wie Leeds oder Bradford, und es gibt dort nicht sehr viele Prostituierte. Die Polizei kennt sie alle, und die Damen stehen auf bestem Fuß mit der Obrigkeit. Nach dem Motto ‹eine Hand wäscht die andere›, Sie verstehen? Wir können also ziemlich schnell feststellen, ob Ihre Geschichte zutrifft oder nicht.»

«Bitte sehr», sagte Trevor trotzig, «dann fragen Sie sie doch. Ist mir doch egal, verdammt.»

«Rede nicht in diesem Ton, Trevor», ermahnte ihn sein Vater.

Sergeant Hatchley, der während der bisherigen Vernehmung gelassen wie ein Buddha auf der Fensterbank gethront hatte, setzte sich unvermittelt in Bewegung, um in dem kleinen Büroraum auf und ab zu gehen, begleitet von einem lauten Knarren des Fußbodens. Trevor verfolgte ihn mit nervösen Blicken und schien jedesmal zusammenzufahren, wenn Hatchley hinter seinem Rücken vorbeikam.

«Wollen Sie uns nicht die Namen Ihrer Freunde verraten, Trevor?» erkundigte sich Banks. «Nur so, zur Bestätigung Ihrer Angaben.»

«Nein.» Trevor warf einen Seitenblick auf Hatchley, der sich für einen Moment an die Wand gelehnt hatte und mit seinen Fingerknöcheln knackte, bevor er eine neue Seite in seinem Notizbuch aufschlug.

«Wo waren Sie am Donnerstag abend in der Woche zuvor?»

«Zu Hause, bei mir», schaltete sich Graham Sharp rasch ein.

«Ich habe Trevor gefragt.»

«Zu Hause, wie er gesagt hat», erwiderte Trevor mit einem Blick zu seinem Vater.

«Und was taten Sie?»

«Hab 'n bißchen ferngesehen, was gelesen, ein paar Hausaufgaben gemacht.»

«Und am Dienstag, Mittwoch, Freitag, Samstag, Sonntag?»

«Dasselbe.»

«Kein besonders geselliges Leben, was, Trevor? Als ich in Ihrem Alter war, war ich ständig auf Achse. Meine Eltern wußten nie, wo ich gerade rumschwirrte.»

Trevor hob uninteressiert die Schultern.

«Hören Sie», ließ sich Graham Sharp vernehmen, mit einem Blick zu Hatchley, der seinen Posten an der Wand verließ und lässig zu seinem Fensterplatz zurückschlenderte, «es reicht mir allmählich. Was soll das alles? Was soll mein Trevor denn getan haben?»

«Wann?»

«Was meinen Sie mit ‹wann›?»

«Ich meine, daß Ihr Trevor nach unserer Überzeugung eine ganze Menge Dinge getan hat. Und deshalb wollte ich nur wissen, von welchem Abend Sie reden.»

«Machen Sie sich nicht lächerlich. Trevor ist ein guter Junge. Er ist gut in der Schule, und danach geht er zur Universität. Er wird etwas machen aus seinem Leben.»

Banks schüttelte bedauernd den Kopf. «Er ist keineswegs so gut in der Schule. Ich habe das überprüft.»

Sharp starrte ihn mit offenem Mund an, hatte sich aber rasch wieder unter Kontrolle. «Na schön, vielleicht hat er im Moment das eine oder andere Problem. Wir hatten alle solche Phasen, das wissen Sie doch selbst, Inspector, oder?»

«Ja, das weiß ich», antwortete Banks gelassen, «aber ich fürchte, in Trevors Fall sind die Probleme etwas ernsterer Natur.»

«Inwiefern?» wollte Sharp wissen. «Was um alles in der Welt soll er denn Schlimmes getan haben?»

Hatchley drehte sich vom Fenster weg und meldete sich, zur allgemeinen Überraschung, in schroffem Ton zu Wort. Er sprach jedoch mit einer derart ruhigen Eindringlichkeit, daß sich niemand der Wirkung seiner Stimme entziehen konnte.

«Am vergangenen Montag», begann er, «brachen zwei junge Burschen in das Haus einer Frau ein. Sie glaubten, die Frau sei ausgegangen und erst spät wieder zurück. Aber wie es sich fügte, hatte die Frau einen Streit mit ihrem Freund, kam früher nach Hause und ertappte die beiden auf frischer Tat. Sie fesselten die Frau, einer der beiden vergewaltigte sie, der andere versetzte ihr einen Tritt an den Kopf. Dieses Verbrechen wurde nach unserer Überzeugung von denselben Burschen verübt, die in das Haus eines gewissen Maurice Ottershaw eingedrungen sind, die vier alte Damen in ihren Wohnungen beraubt und tätlich angegriffen haben und möglicherweise», er schaute zu Banks, der ihm ermunternd zunickte, «möglicherweise für den Tod Ihrer Nachbarin Alice Matlock verantwortlich sind.»

«Soll das etwa heißen, daß mein Trevor mit diesen ganzen Sachen etwas zu tun hat?» ereiferte sich Sharp und sprang auf. Seine Schläfenvenen waren hervorgetreten und pochten wild. «Sie müssen total verrückt sein!» Er ließ seine Faust auf den wackligen Schreibtisch donnern. «Ich wünsche, daß mein Anwalt gerufen wird! Und Sie werden kein Wort mehr sagen, bevor er hier ist!»

«Das ist selbstverständlich Ihr gutes Recht, Sir», meinte Banks und gab Hatchley das Signal, sich wieder auf seine Fensterbrüstung zurückzuziehen. «Ich gebe Ihnen allerdings zu bedenken, daß wir Ihrem Sohn bisher noch keine dieser Taten zur Last gelegt haben. Er ist lediglich hier, um uns bei unseren Ermittlungen zu helfen.»

Diese Standardformulierung schien Sharp für einen Augenblick zu besänftigen. Zögernd ließ er sich wieder auf seinem Stuhl nieder und strich das Haar aus seiner Stirn. «Ich dachte schon, Ihr Mann hier will meinen Sohn beschuldigen, eine Vergewaltigung, mehrere Einbrüche und einen Mord begangen zu haben», knurrte er mit einem finsteren Blick auf Hatchleys Rücken.

«Nichts dergleichen», versicherte ihm Banks. «Er hat Sie lediglich über die Umstände einiger Straftaten informieren wollen, bei deren Aufklärung uns Ihr Sohn vielleicht behilflich sein könnte.»

Ungeachtet der Tatsache, daß er keinen Zusammenhang sah zwischen den Wohnungseinbrüchen und dem Tod von Alice Matlock, wußte sich Banks sehr wohl diesen ungeklärten Mord zunutze zu machen. Wenn Trevor glaubte, daß man ihm den Mord an Alice anhängen wollte, gab es vielleicht eine hauchdünne Chance, ihn zu einem Geständnis bei den übrigen Straftaten zu bewegen.

«Was bringt Sie auf den Gedanken, daß mein Trevor etwas weiß über diese Sachen?» erkundigte sich Sharp.

«Die Tatsache, daß die Frau, die man vergewaltigt hat, kurz zuvor mit einer Gonorrhöe angesteckt wurde», erläuterte Banks, zu Trevor gewandt, der angelegentlich seine Knie betrachtete. «Nun ist es so, daß man Ihren Sohn gerade aus einer einschlägigen Klinik in York geholt hat, wo ebenfalls eine Gonorrhöe an ihm festgestellt wurde. Die Symptome zeigen sich, nach meinen Informationen, drei bis zehn Tage nach der Ansteckung. Ein Zeitraum von sieben Tagen paßt also meines Erachtens ganz gut in diesen Rahmen, finden Sie nicht auch?»

«Na und?» widersprach Sharp, «es gibt doch wohl auch noch andere Kunden für diese Kliniken, oder? Wenn sich Trevor tatsächlich mit einer Prostituierten eingelassen und bei ihr angesteckt hat – was ich ihm glaube –, dann ist das noch lange kein Verbrechen, sondern höchstens jugendlicher Leichtsinn. Ich war auch nicht gerade ein Engel in seinem Alter.»

«Rechnen Sie Raub, Vergewaltigung, Körperverletzung und Mord ebenfalls zu Äußerungsformen von jugendlichem Leichtsinn?» fragte Banks sarkastisch.

«Moment mal, Sie haben gesagt, daß Sie meinen Sohn nicht beschuldigen, so was getan zu haben.»

«Ich beschuldige ihn ja auch gar nicht, ich versuche nur, an die Wahrheit heranzukommen. Und ich habe mit keinem Wort gesagt, daß wir ihn im Verdacht haben. Sind Sie sicher, daß er letzten Montag in York war?»

«Er hat jedenfalls gesagt, daß er dahin wollte.»

«Wann haben Sie eigentlich diese Zahnfüllung verloren, Trevor?» erkundigte sich Banks.

«Am Mittwoch», antwortete Trevor, nicht ganz zeitgleich mit dem «Donnerstag» von seinem Vater.

«Diese Frau, die man vergewaltigt hat», fuhr Banks fort, «erinnert sich nämlich, daß der junge Mann kaputte Vorderzähne hatte, wie bei einer herausgefallenen Füllung. Sie meint, daß sie das wiedererkennt, außerdem erinnert sie sich auch an seine Stimme. Und sie behauptet», damit wandte er sich direkt an Trevor, «daß sie auch seine Technik wiedererkennen würde. Sie sagte, er müsse noch ganz unerfahren gewesen sein, weil er sein Pulver verschossen hat, bevor er noch ganz drin war.»

Trevor wurde rot vor Zorn und umklammerte Halt suchend die Schreibtischkante. Graham legte ihm begütigend die Hand auf die Schulter.

«Wir werden die Frau holen lassen, Trevor. Sie hat keine Angst, uns die nötigen Beweise zu liefern – trotz der Tätlichkeiten Ihres Freundes. Außerdem werden wir sämtliche Prostituierten in York befragen. Wir werden uns bei den Busfahrern erkundigen, ob sie sich an Sie oder Ihre Freunde erinnern, und wenn Sie uns erzählen wollen, daß Sie den Zug genommen haben, werden wir uns eben an den Fahrkartenschaltern und bei den Schaffnern umhören. Wir werden herausfinden, wer sonst noch an dem bewußten Abend nach York gefahren ist, und wir werden jeden fragen, ob er Sie und Ihre Freunde gesehen hat. Nachdem Sie offenbar mit einem ganzen Haufen unterwegs waren, wird es wohl einigermaßen laut gewesen sein – wegen des jugendlichen Leichtsinns und überhaupt –, und in irgendeinem Pub wird sich ganz bestimmt jemand finden, der sich daran erinnert. Also, warum wollen Sie uns das Verfahren nicht erleichtern, Trevor? Uns und allen übrigen? Es liegt ganz bei Ihnen, aber wir werden Sie festnageln, so oder so.»

«Komm schon, Trev», flötete Hatchley und legte Trevor väterlich die Hand auf die Schulter, «laß es nicht so weit kommen. Besser, du bringst es gleich hinter dich.»

Trevor schüttelte seine Hand ab.

«Ich weigere mich, das zu glauben», erklärte Sharp. «Mein Sohn ist keinesfalls fähig zu solchen Taten, unmöglich. Ich habe ihn eigenhändig großgezogen, nachdem uns seine Mutter verlassen hat, und ihm alles gegeben, was er wollte. Und wenn er wirklich etwas Böses getan haben sollte – was ich selbstverständlich nicht glaube –, dann ist er dazu angestiftet worden. Von diesem verdammten Mick Webster, ganz bestimmt. Den sollten Sie sich einmal vornehmen, jawohl, und nicht meinen Trevor!»

«Sei still, Dad», fuhr Trevor dazwischen. «Halt den Mund, um Gottes willen!» Damit verfiel er erneut in mißmutiges Schweigen.

Banks stand auf und schaute mit einem Lächeln auf Trevor herunter. Der Junge sah ihm einen kurzen Moment in die Augen, wandte schließlich den Blick ab, und beide wußten – im Bruchteil dieser wenigen Sekunden –, daß Banks gewonnen hatte. Es reichte nirgendwo, um Trevor selbst zu überführen, aber wenn Mick Webster glauben mußte, daß man ihn verpfiffen hatte . . .

«Wo wohnt er, dieser Webster?» erkundigte sich Banks bei Graham.

«In der Siedlung, drüben auf der East Side. Gleich die erste Straße gegenüber vom Grüngürtel.»

«Ich weiß Bescheid. Und die Hausnummer?»

«Keine Ahnung, aber es ist das fünfte Haus weiter runter nach dem Tabakladen. Hab ihn da mehrmals ein und aus gehen sehen, wenn ich mir meine Zigaretten geholt habe.»

«Alles notiert?» wandte sich Banks an Hatchley, der zustimmend nickte. «Holen Sie Richmond, beeilen Sie sich, und bringen Sie mir diesen Mick Webster.»

15

1

Nach Alans Anruf schickte Sandra ihren Sohn Brian zu seinem Feuerwehrverein und Tracy zu ihren Pfadfindern. In London hatten die Kinder kein Interesse gezeigt für solche Jugendorganisationen, aber seit sie in Eastvale zur Schule gingen und festgestellt hatten, daß die meisten anderen Kinder irgendwelchen Vereinen angehörten, waren sie zu dem Ergebnis gekommen, daß es eine gute Möglichkeit war, sich Freunde zu schaffen. Tracy war nach wie vor recht glücklich mit ihrer Gruppe, aber Brian empfand seinen Verein zunehmend als Ärgernis. Er beklagte sich über den Drill und über den Gruppenführer, den er noch weniger mochte, weil er spuckte, wenn er seine Kommandos erteilte. Sandra, die ein Einzelkind gewesen war, hielt das ganze verschlungene Vereinswesen von Pfadfindern, von sogenannten Füchsen und Wichteln, für ausgemachten Unfug, ließ den Kindern gegenüber aber tunlichst nichts davon verlauten.

Als die Kinder endlich gegangen waren, atmete sie auf, sah sich in ihrem Wohnzimmer um und überlegte, welche Arbeit sie nun als erstes in Angriff nehmen sollte. Sie war eine recht tüchtige Hausfrau, aber keineswegs ein großer Putzteufel. An den Wochenenden half auch Alan mit und übernahm die Aufgaben, die ihr selbst besonders zuwider waren, wie das Absaugen der Treppenläufer und das Scheuern des Badezimmers.

Inzwischen war es sieben Uhr abends. Sie wußte nicht, wann Alan zurück sein würde; offenbar hatte er einen Verdächtigen zu vernehmen. Während sie noch überlegte, ob sie sich in die Dunkelkammer zurückziehen oder es sich mit einer erst am Morgen aus der Stadtbibliothek entliehenen Biographie von Alfred Hitchcock bequem machen sollte, hörte sie plötzlich ein Klopfen am Eingang.

Etwas verwundert öffnete sie die Tür, in der Erwartung, Selena Harcourt mit einer Tasse Zucker oder etwas Ähnlichem aushelfen zu müssen. Doch statt dessen war es Robin Allott aus dem Foto-Klub.

«Du sagtest doch, du wolltest uns deinen Dia-Projektor leihen, weißt du noch?» fragte er, auf der Türschwelle wartend.

«Oh, ja, natürlich, Robin», antwortete Sandra. «Tut mir leid, ich hatte das ganz vergessen. Entschuldige, daß ich dich so unfreundlich empfangen habe. Komm' doch rein.»

«Ich hoffe, ich störe nicht.»

«Nicht im geringsten. Ich habe eben die Kinder in ihren Verein geschickt und war gerade dabei, mir zu überlegen, was ich mit meiner freien Zeit anfangen soll.»

«Ja, ich hab sie weggehen sehen. Die Feuerwehrjungs und die Pfadfinder – das erinnert mich an meine Jugend.»

Er streifte sich sorgsam die Schuhsohlen auf der Türmatte ab. Sandra hängte seinen dunkelblauen Regenmantel in den Garderobenschrank und führte ihn ins Vorderzimmer, das er gebührend bewunderte, bevor er die schwere alte Pentax von seiner Schulter nahm und auf einem Tisch neben dem Fenster ablegte.

«Eine dumme Angewohnheit», entschuldigte er sich. «Ich schleppe dieses Ding ständig mit mir herum. Für alle Fälle.»

Sandra lachte. «Ein klares Zeichen für einen echten Profi. Aber nimm' doch Platz, Robin. Darf ich dir etwas zu trinken anbieten?»

«Ja, gern, wenn es keine Umstände macht.»

«Aber nein. Gin oder Scotch? Ich fürchte, mehr ist nicht im Hause.»

«Das macht nichts. Ein Scotch wäre nicht schlecht.»

«Mit Wasser? Oder Eis?»

«Nein, danke. Für mich bitte pur.»

Sandra goß den Whisky ein, mixte für sich selbst einen Gin mit Tonic Slimline und ließ sich gegenüber von Robin in einem Sessel nieder. Robin schien noch schüchterner zu sein als an den Abenden im *Mile Post*. Offenbar machte es ihn verlegen, mit ihr allein zu sein, so daß Sandra beschloß, das Eis zu brechen mit der Frage, ob er am Wochenende etwas Interessantes unternommen habe.

«Nein, eigentlich nicht», meinte Robin kopfschüttelnd. «Ich habe zwar am Sonntag eine Fahrt an die Küste gemacht, aber es war ziemlich bewölkt, so daß ich keine anständigen Aufnahmen machen konnte.»

«Und was treibst du am Abend?» fragte Sandra. «Gehst du nicht mal gelegentlich in einen Klub oder in ein Konzert?»

«Nein, so was tu' ich kaum. Ich geh' schon mal um die Ecke und trink' ein Bier, aber das ist eigentlich alles.»

«Nicht sehr abwechslungsreich, oder? Was ist mit Mädchen? Du hast doch bestimmt irgendwelche Freundinnen, oder?»

«Nicht so sehr», meinte Robin und schaute verlegen in sein Glas. «Seit meiner Scheidung bin ich, na ja, so eine Art Einsiedler geworden, das muß ich schon zugeben. Ich hatte das Gefühl, daß es nicht richtig wäre, wenn ich so bald schon wieder mit jemandem ausgehen würde.»

«Nun ja, aber du bist doch schließlich nicht verwitwet», gab Sandra zu bedenken. «Bei einer Scheidung ist es völlig in Ordnung, ein bißchen auszugehen und sich zu vergnügen, wenn man darauf Lust hat. Habt ihr euch im Einvernehmen getrennt?»

Robin nickte hastig, und es war zu fühlen, daß ihm das Thema nicht behagte. «Wie dem auch sei, du wirst schon noch darüber hinwegkommen, keine Sorge», versicherte Sandra. «Ich geh' rasch nach oben und hol' den Projektor.»

«Möchtest du, daß ich dir helfe?» erbot sich Robin, ein wenig hölzern. «Ich meine, er ist vielleicht ein bißchen zu schwer . . .»

«Aber nein, keineswegs», wehrte Sandra ab und schickte ihn mit einer Handbewegung zurück zum Sofa. «Diese Dinger sind doch heutzutage alle aus Plastik und federleicht.»

Als sie mit dem Projektor zurückkam, stand Robin vor den Bücherregalen über dem Kamin und studierte die einzelnen Buchtitel.

«Da ist der Apparat», meldete Sandra. «Er ist ganz einfach zu bedienen. Kennst du dich damit aus?»

«Ich bin nicht ganz sicher», meinte Robin. «Abgesehen von Fotoapparaten, bin ich technisch nicht besonders gut. Weißt du was», fuhr er fort, «ich hab zufällig diese Aufnahmen bei mir, die wir neulich im Klub gemacht haben. Möchtest du sie vielleicht mit mir ansehen? Dann könntest du mir auch gleich zeigen, wie der Apparat funktioniert.»

«Ja, warum nicht?»

Sandra deponierte das Projektionsgerät auf einem Tisch am Ende des Raums und ging wieder nach oben, um die Leinwand zu holen. Dann zog sie die Vorhänge zu und plazierte die Leinwand vor den Fenstern. Schließlich zeigte sie Robin, wie er das Gerät einzuschalten hatte, und steckte die Dias, die er ihr reichte, in die runde Halterung.

«Der Rest geht automatisch», erklärte sie. «Wenn du die nötigen Vorbereitungen getroffen hast, brauchst du nur noch auf diesen Knopf zu drücken, um das nächste Dia einzublenden. Oder auf diesen hier, wenn du das vorige noch einmal zeigen willst. Und hiermit stellst du die Bildschärfe ein.» Sie wies auf die entsprechenden Regler.

Robin nickte. «Entschuldige bitte», sagte er, «aber ich glaube, ich möchte eigentlich doch etwas Eis und Wasser zu meinem Whisky.»

Sandra machte Anstalten, sein Glas zu holen.

«Nein, schon gut», sagte er, «das kann ich doch selbst. Inzwischen kannst du schon mal alles fertig machen für die Vorführung.» Damit entschwand er in Richtung Küche.

Sandra stellte den Projektor auf die richtige Höhe ein, schaltete das Licht aus, blendete das erste Dia ein und war eben dabei, die richtige Schärfe einzustellen, als Robin mit seinem Whisky zurückkam.

Es war wirklich eine bemerkenswerte Aufnahme. Das Modell hockte mit untergeschlagenen Beinen da, den Blick von der Kamera weg gerichtet. Die Konturen ihres Auges waren sehr klar zu sehen, und Robin hatte offenbar einen Filter aus der 81er Serie benutzt, um den warmen Ton des nackten Fleisches besonders herauszubringen. Das Erstaunlichste an der ganzen Komposition war jedoch der Eindruck, daß das Modell nicht zu posieren schien; es sah aus, als schaue die nackte Frau ganz selbstvergessen in die Weite, auf eine ferne Erinnerung.

«Es ist ausgezeichnet», bemerkte Sandra mit leicht gehobener Stimme, um das Summen des Projektors zu übertönen. «Ich hätte nicht gedacht, daß eine Sitzung mit einem Aktmodell so gute Ergebnisse bringen könnte auf Dias, das ist wirklich erstaunlich. Wunderschön.»

Sie hörte die Eiswürfel klingeln in Robins Glas. «Danke», sagte er in einem seltsam abwesenden Ton. «Ja, die Aufnahmen sind wirklich gut herausgekommen. Aber das Modell ist längst nicht so schön wie du.»

Etwas an seiner Art, das zu sagen, verursachte in ihr ein leises Kribbeln der Angst im Nacken, und sie stand einen Moment wie erstarrt, bevor sie sich langsam zu ihm umdrehte. Es war zu dunkel im Zimmer, um mehr als seine Silhouette erkennen zu können, doch im seitlich aus den Projektorschlitzen fallenden Licht war deutlich zu sehen, wie die scharfe Klinge eines Küchenmessers in seiner Hand aufblitzte.

Robin kam auf sie zu, stand bereits ganz dicht vor ihr, so daß sie seinen fliegenden Atem spüren konnte. Sie wich zurück und befand sich unversehens zwischen dem Projektor und der Leinwand. Das Bild an der Wand verzog sich, die Konturen des Aktmodells schienen sich um ihren eigenen Körper zu wickeln wie eine aufgemalte zweite Haut und mit ihr zu verschmelzen, während sie wie versteinert dastand und einen fremden, gänzlich verwandelten Robin näher kommen sah.

2

Mick warf sich noch eine Handvoll seiner Pillen ein und trat wieder ans Fenster. Draußen war es dunkel geworden, und die Leuchtröhren der hohen, schlanken Straßenlaternen glühten in einem ersten schaurigen Rot, bevor sie langsam ihren gewohnten gelblichen Schimmer annahmen.

Immer noch kein Zeichen von Trevor. Beunruhigt setzte Mick seine rastlose Wanderung durch das Zimmer fort. Der Effekt der ersten Ladung Amphetamine war inzwischen abgebaut, aber der zweite Schub begann allmählich seine Wirkung zu zeigen. Auf Stirn und Kopfhaut prickelte der Schweiß und juckte unter den kurzen Haarborsten. Sein Herz hämmerte wie ein Artilleriesperrfeuer, aber er fühlte sich gar nicht gut. Er war höchst beunruhigt. Wo, zum Teufel, steckte dieser Bastard von Trevor? Er hatte schon vor zwei Stunden hier sein wollen.

Als das Licht der Laternen sich zu einem trüben Gelb verfärbte wie altes Papier, war Mick noch nervöser und zappeliger geworden. Er fühlte einen Anfall von Klaustrophobie, das Zimmer war plötzlich zu eng. Seine Muskeln schienen an den Kleidern zu zerren, und seine Hirnmasse fühlte sich an, als quille sie über den Rand seiner Schädeldecke. Irgendwas ging da draußen vor. Sie waren hinter ihm her. Er schaute erneut aus dem Fenster, diesmal etwas vorsichtiger, um nicht gesehen zu werden.

Ein Mann mit einem Homburg auf dem Kopf führte seinen Jack Russell spazieren. Er wanderte schon seit Stunden mit diesem Köter straßauf, straßab, immer am Rand des Grüngürtels entlang, unter den Laternen, und Mick hatte das sichere Gefühl, daß er immer wieder verstohlen zu seinem Haus schaute. Ein bißchen weiter weg auf der Grünfläche, wo man die Lichter der vornehmen Hütten von der anderen Seite durch die im Wind tanzenden Blätter und Zweige blinken sah, stand ein junges Paar unter einem Baum. Das Mädchen hatte sich mit dem Rücken an den Stamm gelehnt, und der junge Mann stand davor, hatte den Arm über ihrem Kopf gegen den Baum gestützt und redete auf sie ein. Sicher sollten sie nach einem Liebespaar aussehen, dachte Mick, so war es jedenfalls geplant, aber ihm konnte man nichts vormachen. Er sah genau, wie das Mädchen ständig zur Seite guckte, an dem Knaben vorbei, statt sich ihm mit voller Aufmerksamkeit zu widmen. Wahrscheinlich sprach er gerade in einen Mini-Sender, den er vorn in seinem Revers versteckte, und verständigte sich über Funk mit dem Spaziergänger. Und die drei waren nicht die einzigen. Etwas tiefer im Unterholz verwandelten sich die hohen Schatten, die er eben noch für Baumstämme gehalten hatte, in menschliche Gestalten, und wenn er die Ohren spitzte, konnte er sogar hören, wie sie leise miteinander tuschelten.

Er hielt sich die Ohren zu, zog sich ins Innere des Zimmers zurück und legte eine laute Rock-Platte auf, um die flüsternden Stimmen zu übertönen. Vergeblich – das Raunen hatte sich bereits in seinem Kopf festgesetzt, und selbst die Klänge der Musik waren plötzlich Teil eines finsteren Komplotts, einer Verschwörung, die seine Wachsamkeit einschläfern sollte. Das war es, was sie wollten, genau das. Er riß den Tonkopf herunter, fuhr krachend mit dem Saphir über die Platte und trat wieder ans Fenster. Er mußte auf der Hut sein, höchste Achtsamkeit war jetzt geboten.

Draußen hatte sich nichts geändert. Der Mann mit dem Hund hatte kehrtgemacht und kam wieder zurück. Er hielt an einem Baum, lockerte die Hundeleine und blickte in den Himmel, während der Hund das Bein hob. Das Liebespärchen täuschte einen innigen Kuß vor.

Vielleicht war doch noch Zeit, sich aus dem Staub zu machen, überlegte Mick, leckte seine Lippen und fuhr sich mit dem Handrükken über die feuchte Stirn. Er mußte sich bereit machen. Wahrscheinlich wußten die da draußen noch gar nicht, daß er schon zu Hause war. Wenn er sich davonmachte, mußte er allerdings für eine Weile seinen Beobachtungsposten am Fenster verlassen, und diese Vorstellung war unerträglich. Aber es mußte sein, schließlich konnte er nicht zulassen, daß sie ihn einfach überrumpelten.

Er rannte nach oben in Lennys Mansarde, zerrte das schwere Schießeisen unter der Matratze hervor, lief wieder zurück in das chaotische Durcheinander seines eigenen Zimmers und sammelte sein Bargeld ein, das er in einem leeren Buchrücken mit dem Titel *Praktische Fitneß-Tips* versteckt hatte. Alles in allem waren es fast hundert Pfund. Das sollte reichen.

Er stürmte über die Treppe nach unten in die Diele, riß seinen Parka vom Garderobenhaken, stopfte die Waffe und das Geld in die tiefen Taschen und ging zurück zu seinem Posten am Fenster. Nun war er bereit, konnte es mit jedem aufnehmen. Die Pillen taten endlich die vertraute Wirkung. Er spürte das beruhigende Gewicht der Waffe in seiner Tasche, die Wellen von Adrenalin, die durch seine Adern strömten und ihn mit einem wohligen Gefühl von Stärke und Macht durchfluteten. Es war höchste Zeit, daß er etwas unternahm; er lief über vor Energie.

Der Mann mit dem Hund war verschwunden, und das Liebespaar hatte sich einen anderen Baum gesucht. Die wollten ihn austricksen, ganz klar, aber er war schließlich nicht von gestern. Es wimmelte ja nur so von Pärchen inzwischen. Drückten sich an jedem Baum rum und taten so, als ob sie sich küssen und befummeln würden. Ein heißer Strom von Energie schoß ihm in die Lenden, während er hinausschaute auf die erotische Szenerie der sich umschlingenden Schatten.

Als der Streifenwagen endlich auftauchte, war er bereit. Er beobachtete, wie sich die Scheinwerfer langsam näherten, die dunklen Schatten der Beobachter in der Grünanlage verscheuchten und mit ihren Lichtbündeln suchend die Häuser abtasteten. Leise öffnete er die Hintertür. Er hatte einen festen Plan. Es gab nur eine vernünftige Lösung: Er mußte aus Eastvale verschwinden, sich nach London durchschlagen und eine Zeitlang bei Lenny untertauchen. Um aus Eastvale herauszukommen, mußte er zuerst quer durch den Grüngürtel, dann über den Fluß und um die Burg herum zur Bushaltestelle auf dem Marktplatz. Nach Osten zu flüchten war nicht ratsam; in dieser Richtung gab es nur endlose Felder und die langen, flachen Niederungen des Tals. Da draußen im Freien war er eine leichte Zielscheibe.

Vorsichtig schlich er sich über den baumbestandenen Weg hinter den Häusern bis zu einem schmalen Durchgang zwischen den Gebäudeblocks. Als er sich behutsam an die Straße herangetastet hatte, lagen bereits vier Häuser zwischen ihm und der Polizei. Nun brauchte er nur noch lautlos unter den Bäumen abzutauchen und war frei.

Unbemerkt überquerte er die Straße und erreichte den Rand des Grüngürtels. Die Polizisten standen immer noch vor seinem Haus und klopften an die Tür, diese Armleuchter. Ein paar Schritte noch, und er würde im Dunkel verschwunden sein, in den Schatten, die ihm nun wieder vertraut und willkommen waren.

Plötzlich hörte er hinter sich eine Stimme rufen. Einen Moment lang blieb er wie angewurzelt stehen und fühlte, wie das Adrenalin in seinen Adern prickelte.

«He, Sie da!» rief die Stimme erneut. «Bleiben Sie stehen! Polizei!»

Eine Sekunde lang dachte er, nun ist alles vorbei, sie haben mich, aber dann erinnerte er sich, daß er noch einen Trumpf im Ärmel hatte – seine Waffe und diese Kraft, die in ihm knisterte. Blitzartig war ihm ein neuer Gedanke gekommen, so wunderbar und verlockend, daß er laut herauslachte, während er über die Grünfläche rannte, die Polizei, laut rufend, dicht auf seinen Fersen. Er würde es nie schaffen bis zur Bushaltestelle, das war ihm inzwischen klar, und selbst wenn es ihm gelang, würde man ihn dort schon erwarten, weil sie sich über Funk miteinander verständigten. Also mußte er improvisieren, mußte etwas anderes versuchen.

Das Licht war an. Ein gutes Zeichen. Ohne einen Moment zu zögern, rannte er die Treppen hoch, drei Stufen auf einmal nehmend, und rammte die Schulter gegen die Haustür. Sie gab nicht nach beim ersten Ansturm. Die Polizisten kamen bereits unter den Bäumen hervor, kaum siebzig Meter von ihm entfernt. Mick nahm einen kurzen Anlauf und warf sich erneut gegen die Tür. Diesmal sprang sie auf. Hinter einer Tür in der Diele stand die Frau, bereits aufgescheucht von seinem ersten Versuch, und spähte ängstlich durch eine schmale Ritze. Mit einem Ruck stieß er die Tür auf, packte sie an den Haaren und schleifte sie zum Vorderfenster. Inzwischen hatte die Polizei die Straße schon halb überquert. Mick zog seine Waffe, schlug die Fensterscheibe ein und hielt Jennys Kopf an den Haaren hoch.

«Halt!» schrie er den Uniformierten zu. «Keinen Schritt weiter! Ich habe eine Waffe, und ich habe die Frau. Und wenn Sie nicht tun, was ich sage, knall' ich sie ab, die Alte!»

3

Selbst Robins Stimme hatte sich verändert, ihre scheue Freundlichkeit verloren und einen gekünstelt schneidigen Ton angenommen.

Sandra wich noch etwas weiter zurück, bis sie die Leinwand in ihrem Rücken spürte. Ihre Konturen stimmten nun exakt mit denen des projizierten Bildes überein, die nackte Gestalt des Modells umhüllte ihren Körper, und die Züge des Mädchens überlagerten ihr Gesicht.

«Robin», sagte sie und versuchte, möglichst ruhig und gelassen zu klingen, «tu's nicht, du willst das doch in Wirklichkeit gar nicht. Du darfst nicht zulassen, daß es so weit mit dir kommt.»

«Ich muß», sagte Robin lakonisch, «ich bin sowieso schon jenseits.»

«Jenseits wovon?»

«Jenseits allem, wozu ich glaubte fähig zu sein.»

«Du kannst es immer noch aufhalten.»

«Nein.»

«Doch, das kannst du», meinte Sandra mit sanfter Beharrlichkeit.

«Nein! Siehst du das denn nicht ein? Ich muß weiter und weiter gehen, immer weiter, oder es bringt nichts und ist völlig sinnlos. Als ich dich gesehen habe, Sandra, in deinem Schlafzimmer, wie du dich ausgezogen hast, das war das Beste, das war wie . . . Ich habe nicht gedacht, daß ich noch mehr haben müßte. Ich habe überhaupt nicht für möglich gehalten, daß ich jemals weiter gehen könnte. Verstehst du, was ich meine. Bis zum Gipfel, bis zum Äußersten.»

Sandra nickte. Das Gesicht des Aktmodells blieb ohne Regung, seltsam unbeteiligt fixiert auf jene ferne Erinnerung. Sandra hatte das Gefühl, für immer an die Leinwand geheftet zu sein durch dieses Bild. Sie wünschte sich, daß Robin den Projektor ausschalten würde, aber sie wagte nicht, ihn darum zu bitten. Nach der Art, wie er sprach, war er wirklich jenseits aller Vernunft. Sie konnte nichts tun, außer ruhig auf ihn einzureden, ihn immer wieder zu beschwören, endlich aufzuhören und das Messer aus der Hand zu legen. Aber sie wußte insgeheim, daß er das nicht tun würde. Er war bereits zu weit gegangen, und es blieb ihm nichts anderes übrig, als noch weiter zu gehen. Er hatte den ersten, den größten Schritt getan, der Rest würde sich von allein ergeben.

Er kam näher, das Aktmodell umschlang die blanke Klinge, warf deren Schatten über Sandras Brust und drängte sie immer dichter vor die Leinwand.

Robin hielt plötzlich inne, immer noch seitlich entfernt stehend, als wolle er die Projektion des Bildes nicht überdecken. «Zieh dich aus», befahl er und zupfte an der Messerklinge.

«Nein», antwortete Sandra, «das meinst du doch gar nicht, Robin. Leg' das Messer weg, noch ist es Zeit.»

«Zieh dich aus», wiederholte er. «Ich meine es wirklich. Also tu, was ich dir sage.»

Es war sinnlos, noch weiter zu protestieren. Sie biß die Zähne zusammen, bemühte sich, die Tränen zurückzuhalten, und griff mit zitternden Händen an die Knopfleiste ihrer Bluse.

«Nicht zu schnell», mahnte Robin. «Nimm dir ruhig Zeit und mach' es schön langsam.»

Jeder Knopf war eine Ewigkeit, aber schließlich war die Bluse offen. Sie ließ sie auf den Boden fallen und wartete.

«Weiter», kommandierte er. «Jetzt die Jeans.»

Die Levis saßen ziemlich knapp. Sandra öffnete den obersten Knopf und zog den Reißverschluß herunter. Es war nicht leicht, aber schließlich schaffte sie es, den Stoff über die Hüften zu streifen und sich in aufrechter Haltung nacheinander von den beiden Hosenbeinen zu befreien.

Am ganzen Leibe zitternd, stand sie vor ihm, nur noch mit einem weißen Büstenhalter und ihren Panties bekleidet. Das Bild aus dem Projektor floß immer noch um ihren Körper, was ihr nun sehr willkommen war, da es ihr zumindest ein wenig Deckung, ein wenig Schutz bot. Aber Robin zog das Dia heraus, und das durchdringende weiße Licht aus der Vergrößerungslinse warf Sandras Umrisse auf die Leinwand, während sie die Hand hob, um ihre Augen vor dem grellen Schein der Lampe zu schützen.

Robin blieb für eine lange Weile stumm. Wie von Ehrfurcht ergriffen, betrachtete er die schlanke Gestalt mit den blonden Haaren und den langen, wohlgeformten Beinen. Sie fühlte, wie seine Blicke über ihren langen Körper glitten, jeder Biegung, jedem Schatten folgend, und sie bemerkte, wie die Hand, die das Messer hielt, deutlich zitterte.

«Jetzt der Rest», befahl er mit einer Stimme, die aus tiefster Kehle zu kommen schien.

Sandra schickte sich an, seine Anordnung zu befolgen.

«Nicht so schnell», drohte er.

Schließlich stand sie nackt in dem schonungslos harten Licht des Projektors und gab sich keine Mühe mehr, ihr Weinen zu verbergen; ihre Schultern zuckten, und die Tränen flossen über ihre Wangen, tropften auf ihren Leib und rieselten über ihre Brüste.

Unvermittelt stieß Robin einen erstickten Schrei aus, ließ das Messer fallen und warf sich vor Sandra auf die Knie. Das Abrupte und Unerwartete dieser Handlung war wie ein Schock und nahm ihr plötzlich alle Furcht. Er legte seine Arme um ihre Hüften, barg seinen Kopf in ihrem Schoß und begann zu schluchzen. Während sie spürte, wie seine heißen Tränen an ihr herunterflossen, griff sie rasch mit der linken Hand nach der Kamera, die Robin auf dem Tisch neben der Leinwand abgelegt hatte, hob sie mit beiden Händen hoch in die Luft und ließ sie mit aller Kraft auf seinen Kopf sausen.

4

Es war still geworden in seinem Büro. Sehr zufrieden mit sich selbst, saß Banks da, rauchte eine Zigarette und wartete, daß sich Hatchley und Richmond melden würden. Gegenüber hockte Trevor mürrisch und in sich gekehrt auf seinem Stuhl, während sein Vater in offensichtlicher Nervosität mit den Fingern auf die Schreibtischkante trommelte und leise durch die Zähne pfiff.

Schließlich klopfte es sachte an die Tür, und Sergeant Rowe steckte seinen grauhaarigen Kopf ins Zimmer, um anzudeuten, daß er etwas mitzuteilen hatte.

«Ein Anruf für Sie, Sir», meldete er mit besorgter Miene, da Banks aufgetragen hatte, keine Anrufe zu ihm durchzustellen und ihn nicht zu stören, während er Trevor verhörte. «Es ist Ihre Frau. Sie sagt, es ist dringend, und sie klingt wirklich sehr aufgeregt.»

Leicht befremdet und in Sorge, daß Brian und Tracy etwas passiert war, bat Banks seinen Sergeant, den Verdächtigen für einen Moment im Auge zu behalten, und verfügte sich ins nächste leerstehende Büro, um den Anruf entgegenzunehmen.

«Alan? Gott sei Dank!» keuchte Sandra. Rowe hatte recht gehabt. Banks erinnerte sich nicht, Sandra jemals so außer sich erlebt zu haben.

«Was gibt's? Was ist passiert?»

«Es war Robin, Alan. Dieser Spanner, verstehst du? Er ist hierher gekommen. Und er hatte ein Messer.»

«Was ist passiert? Bist du in Ordnung?»

«Ja, ja, es geht mir gut. Ich bin ein bißchen verschreckt und zittrig, aber er hat mir nichts getan. Alan, ich glaube, ich habe ihn umgebracht! Ich habe ihm die Kamera auf den Kopf geknallt. Zu fest wahrscheinlich, ohne darüber nachzudenken. Ich war wütend und hatte solche Angst.»

«Bleib, wo du bist, Sandra», sagte Banks. «Rühr' dich nicht von der Stelle. Ich bin in einer Minute da, hast du verstanden?»

«Ja, Alan. Aber beeil dich, bitte!»

«Und ob.»

Banks rief Rowe aus seinem Büro und teilte ihm mit, daß er wegen eines Notfalls dringend nach Hause müsse.

«Was ist mit den beiden da drin?» fragte Rowe.

«Ich komme wieder», erklärte Banks, blitzschnell überlegend. «Sergeant Hatchley soll mich sofort zu Hause anrufen, wenn er mit diesem Webster hier auftaucht. Und sorgen Sie dafür, daß sich die beiden Burschen unter keinen Umständen zu Gesicht kriegen, klar?»

«In Ordnung, Sir, verstanden», verkündete Rowe, dem anzusehen war, daß er gerne gewußt hätte, was passiert war, um dem Chef seine Anteilnahme zu bekunden. Er hielt sich jedoch diskret zurück, verschwand wieder in Banks' Büro und zog sachte die Tür hinter sich zu.

Banks war bereits in der Nähe des Ausgangs, als ihm PC Craig, der heute Wachdienst hatte, nachrief:

«Sir! Inspector Banks! Sir!»

Banks drehte sich um. «Was ist?» fragte er schroff und setzte seinen Weg zur Tür fort.

«Ein Anruf, Sir. Von Sergeant Hatchley. Ein Notfall, sagt er.»

Einen Moment lang überlegte Banks, ob er den Anruf überhaupt entgegennehmen sollte. Schließlich siegte das Pflichtbewußtsein, und er griff nach dem Hörer. Immerhin war Sandra nicht mehr in akuter Gefahr, insofern würde eine Minute mehr oder weniger wohl nichts ausmachen.

«Was gibt's, Sergeant?»

«Der Junge, Sir, dieser Webster, er ist uns entwischt.»

«Na und? Dann nichts wie hinterher.»

«Die Sache ist leider etwas komplizierter. Wir wissen, wo er ist.»

«Kommen Sie endlich zum Punkt, Sergeant», knurrte Banks. «Mir reicht der Notfall, den ich hier am Hals habe.»

«Er ist über den Grüngürtel gespurtet und hinein in das Haus einer Frau, die er jetzt als Geisel festhält. Und er hat eine Waffe.»

Banks fühlte, wie sich sein Magen zusammenkrampfte. «Welches Haus?»

«Das von dieser Frau Doktor, Sir. Die da neulich beim Super aus dem Büro kam.»

«Großer Gott!» keuchte Banks und rieb sich mit der freien Hand die Stirn.

«Da ist noch was, Sir. Der Typ sagt, daß er Sie da sehen will. Er hat extra nach Ihnen verlangt, und wenn Sie nicht in zwanzig Minuten da sind, will er die Frau abknallen.»

Nie zuvor in seinem Leben hatte Banks derart überstürzt seine Gedanken abwägen und eine Entscheidung treffen müssen. Es war nur eine Sache von Sekunden, bis er Hatchley die nötigen Instruktionen erteilte, doch ihm selbst kam es vor, als habe er in diesem Zeitraum den Weg zur Hölle und zurück hinter sich gebracht. Wie in einer Blitzlichtaufnahme war das Bild der beiden Frauen vor ihm aufgetaucht. Wenn er Sandra im Stich ließ, jetzt, da sie ihn wirklich brauchte, war es vielleicht nie mehr so wie früher zwischen ihnen; sie würde ihm nie mehr ganz vertrauen. Wenn er andrerseits Jenny nicht zu Hilfe kam, bedeutete das ihren sicheren Tod. Irgendwie und irgendwann würde Sandra wohl verstehen, daß es weit eher seine Pflicht war, ein Leben retten zu helfen, als seiner Frau Trost zu spenden, nachdem es ihr schon aus eigener Kraft gelungen war, sich aus einer schrecklichen und lebensbedrohenden Lage zu befreien. Unabhängig davon, daß es Jenny war, die in Gefahr schwebte, daß er unmöglich Jennys Leben aufs Spiel setzen konnte, wußte er sehr genau, daß seine Entscheidung nicht anders ausgefallen wäre, wenn Mick Webster eine fremde Person als Geisel genommen hätte. Zweifellos war er hier persönlich betroffen und deshalb vielleicht stärker engagiert, aber sein Beruf verlangte, daß er das auch für jeden anderen tat. Selbstverständlich mußte er Sandra einen seiner Beamten schikken, für den Fall, daß der Mann wieder zu Bewußtsein kam. Wenn sich ein Außenstehender darum kümmerte, war die Sache zwar offiziell, aber das ließ sich ohnehin nicht mehr vermeiden. Das Ganze war ein Stück zu weit gegangen, um noch als relativ harmlose Episode von Voyeurismus abgetan werden zu können. Wer auch immer sich um Sandra kümmern würde, es war unvermeidlich, daß nun alle Einzelheiten zur Sprache kommen mußten.

«Ich fahre sofort hin», erklärte Banks. «Schicken Sie inzwischen DC Richmond zu mir nach Hause. Verstanden? ZU MIR NACH HAUSE – und zwar sofort! Ich habe keine Zeit für Erklärungen, aber es ist äußerst dringend. Sagen Sie ihm, er soll sich beeilen und meiner Frau erklären, in welcher Situation ich hier bin.»

«Jawohl, Sir», versicherte Hatchley, leicht verwirrt.

«Und melden Sie dem Super», fügte Banks hinzu, «daß wir ihn da drüben brauchen. Für den Fall, daß es zu irgendwelchen Unterhandlungen kommt.»

«Er ist bereits unterwegs», erklärte Hatchley und legte auf.

Ohne noch eine Minute zu verlieren, stürmte Banks hinter das Dienstpult, packte einen Wagenschlüssel, ohne dafür zu quittieren, rannte durch den Hinterausgang auf den Hof, wo die Dienstwagen parkten, und hielt sieben Minuten später vor Jennys Haus.

Hatchley stand mit zwei uniformierten Männern neben der niedrigen Mauer zum Garten, der vom Erkerfenster aus relativ steil nach unten abfiel. Im Vorderzimmer brannte Licht, und aus dem Hintergrund hörte man die Klänge von *Tosca.*

«Irgendwas Neues?» erkundigte sich Banks bei Hatchley.

«Nein, Sir», meldete der Sergeant. «Hab den Knaben nicht mehr zu Gesicht gekriegt, seit er verlangt hat, daß wir Sie holen. Aber sie sind beide noch da drin. Ich hab Bradley und Jennings zur Rückseite geschickt und ihnen gesagt, sie sollen nichts unternehmen. Nur einfach die Augen offenhalten.»

Banks nickte. Hatchley hatte sich ganz richtig verhalten, wenn man berücksichtigte, daß er noch nie mit einer Geiselnahme zu tun gehabt hatte. Es war ein schwieriges Geschäft, wie Banks bei ein oder zwei Gelegenheiten in London festgestellt hatte. Wichtig war vor allem, eine möglichst ruhige und sachliche Atmosphäre herzustellen, um miteinander verhandeln zu können.

Ein weiterer Wagen fuhr an den Bordstein heran, und Superintendent Gristhorpe kletterte heraus. Mit seinem zerzausten, im Abendwind flatternden Haar und den buschigen, zusammengewachsenen Augenbrauen wirkte er mehr denn je wie ein zerstreuter Professor.

Banks trat zu ihm und gab ihm einen kurzen Überblick über die Situation.

«Warum hat er nach Ihnen verlangt?» fragte Gristhorpe.

«Keine Ahnung.»

«Haben Sie ihm gesagt, daß Sie da sind?»

«Noch nicht.»

«Dann tun Sie's besser, Alan. Sonst verliert er womöglich die Geduld.»

«Haben wir vielleicht ein Megaphon?» wollte Banks wissen.

Gristhorpe lächelte gequält. «Also, wirklich, Alan, woher sollen wir denn, verdammt noch mal, ein Megaphon haben?»

Banks nahm die Bemerkung ungerührt zur Kenntnis, wandte sich zu dem zerbrochenen Fenster hin und rief mit lauter Stimme:

«Mick! Mick Webster! Hier ist Inspector Banks. Ich bin da!»

Aus dem Innern des Raums ertönte ein Art Schlurfen und Schleifen, dann erschien Webster am Fenster, die Mündung seiner Waffe auf Jennys Schläfe gerichtet.

«Was wollen Sie?» fragte Banks. «Warum haben Sie mich kommen lassen?»

«Ich will, daß Sie hier reinkommen», rief Mick.

«Warum wollen Sie mich? Sie haben doch schon die Frau.»

«Tun Sie, was ich Ihnen sage. Kommen Sie rein – und keine Tricks!»

«Mick, lassen Sie die Frau gehen. Schicken Sie sie raus, dann können Sie mich haben.»

«Nichts da. Kommen Sie endlich – oder ich puste ihr die verdammte Birne ab!»

«Hören Sie, Mick, seien Sie fair, und lassen Sie das Mädchen gehen. Machen wir einen Handel. Wir kommen Ihnen einen Schritt entgegen und Sie uns. Schicken Sie sie nach draußen, dann komm' ich zu Ihnen rein.»

«Ich hab' Sie gewarnt, Banks! Entweder Sie kommen jetzt sofort rein, oder sie ist tot. Ich gebe Ihnen dreißig Sekunden.»

«Besser, Sie tun, was er sagt», meinte Gristhorpe besorgt. «Er ist nicht bei Sinnen und nicht zugänglich für Argumente. Haben Sie so was schon mal gemacht?»

«Ja», entgegnete Banks, «hin und wieder. Allerdings waren das meistens Profis.»

«Aber Sie kennen sich aus damit?»

Banks nickte.

«Ich werde versuchen, ihn zum Reden zu bringen», erklärte Gristhorpe. «Um die Verhandlungen offen zu halten.»

«Ihre Zeit läuft ab, Banks!» schrie Mick.

«In Ordnung, ich komme schon, Mick», antwortete Banks, kletterte die Stufen zum Eingang hoch und dachte bei jedem Schritt an Sandra.

5

Mick Webster war tatsächlich in einer höchst labilen und gefährlichen Verfassung, wie Banks sofort bemerkte, während er sich gehorsam Micks Anordnungen fügte und seine Taschen ausleerte. Der Junge war völlig überreizt, er schwitzte, kratzte sich ständig, zappelte herum, trat von einem Bein aufs andere, und es dauerte nicht lange, bis Banks begriffen hatte, daß die Zeichen auf einen Amphetaminsüchtigen hindeuteten.

Jenny machte einen leidlich gefaßten Eindruck. Ihre linke Wange war flammend rot wie von einem Schlag, aber der Blick ihrer Augen schien sagen zu wollen, daß ansonsten alles in Ordnung war und daß sie nun, da er hier war, gemeinsam dafür sorgen konnten, heil aus dieser Situation herauszukommen. Sie war eine geistesgegenwärtige Person, das wußte Banks, und er fühlte, daß sie binnen Sekunden eine Art intuitiver Brücke zueinander geschlagen hatten. Wenn sich eine günstige Gelegenheit ergeben sollte, würden sie sich zweifellos auch ohne Worte verständigen können. Blieb nur abzuwarten, wer die Initiative übernehmen würde.

Micks Stimmungen wechselten von Minute zu Minute. Eben noch zu Scherzen aufgelegt, war er im nächsten Moment schon völlig niedergedrückt und erklärte, er habe nichts mehr zu verlieren. Dazu kam sein rastloses Herumwandern, das ständige Gezappel, das Banks ganz verrückt machte. Im Hintergrund lief immer noch *Tosca* – der zweite Akt neigte sich bereits dem Ende zu –, die leere Kassette lag auf einem Kiefernholztisch neben dem eingeschlagenen Fenster.

«Also, Mick», begann Banks in ruhigem Ton. «Was verlangen Sie von mir?»

«Na, was schon?» schnaubte Mick. «Ich will raus hier!» Er stolzierte ans Fenster und brüllte nach draußen: «Ich will zehntausend Mäuse und freien Abzug aus dem Land – oder die Frau und der Bulle sind tot! Klar?»

Draußen, in der kalten Abendluft, sagte Gristhorpe leise zu Hatchley «Keine Chance» und mit lauter Stimme zu Mick: «In Ordnung, wir kümmern uns darum. Bleiben Sie mit uns in Verbindung, wir halten Sie auf dem laufenden.»

«Ich will aber nicht mit euch reden, ihr Wichser!» schrie Mick zurück. «Ich kenn' doch eure Tricks. Seht zu, daß ihr die Kohle kriegt, und verpißt euch.» Die Waffe auf Jenny gerichtet, fügte er hinzu: «Na, los schon, zurück hinter die Bäume, damit ich euch nicht sehen muß – oder ich knall' die Alte ab.»

Widerstrebend zogen sich Gristhorpe, Hatchley und die beiden Uniformierten über die Straße zurück in die Grünanlagen.

«Gut so», rief ihnen Mick hinterher. «Und da bleibt ihr jetzt schön steh'n, verdammt, bis ihr mir was zu sagen habt.»

Banks wagte sich so nahe wie möglich an Mick und Jenny heran. «Mick», sagte er, «sie werden es nicht tun. Du hast keine Chance.»

«Sie tun's, antwortete Mick. «Garantiert. Die wollen sich doch nicht angucken, wie Ihr Hirn durch den ganzen Vorgarten spritzt. Oder das von der da.»

«Sie können es gar nicht tun, Mick», fuhr Banks geduldig fort. «Sie können solchen Forderungen nicht nachgeben. Sonst kommt womöglich jeder auf die Idee, sich Geiseln zu schnappen, um sich alle Wünsche zu erfüllen.»

Mick lachte. «Könnte vielleicht 'n neuer Trend werden, äh? Sie tun's, ganz bestimmt. Wär' jedenfalls besser für Sie. Und für die hier auch.»

Die Musik spielte leise, und durch die zerbrochene Fensterscheibe strömte die kühle Abendluft. Draußen quäkte von irgendwo ein Funkgerät in einem Wagen. Inzwischen hatte man zweifellos die Straße abgesperrt und die unmittelbaren Nachbarn evakuiert.

Mick leckte sich die Lippen und schaute seine beiden Geiseln abwechselnd an. «Also», meinte er, «wie wollen wir's machen, wenn der Transport kommt?» Seine Augen verweilten auf Jenny, die neben dem gekachelten Kamin stand. Banks ermahnte sich zur Ruhe und umklammerte die Tischkante.

«Mach' es nicht noch schlimmer, als es schon ist, Mick», sagte er. «Wenn du jetzt aufgibst, wird man das zu deinen Gunsten berücksichtigen, und du wirst noch glimpflich davonkommen. Aber wenn du jetzt noch mehr riskierst . . .»

«Sie wissen so gut wie ich», sagte Mick und wandte sich zu Banks um, «daß ich bis zum Hals drinstecke, tiefer geht's nicht.»

«Das stimmt nicht, Mick. Es gibt einen Weg da heraus.»

«Und was wird man dann mit mir machen?»

«Ich kann dir nichts versprechen, Mick, das weißt du. Aber es wird sich ganz bestimmt zu deinen Gunsten auswirken.»

«Yeah, Scheiß drauf, zu meinen Gunsten. Soll wohl heißen, daß sie mir nur vierundzwanzig statt der fünfundzwanzig Jahre aufbrummen, wie?»

«Wenn du jemanden verletzt, wirst du noch viel mehr kriegen, Mick. Bis jetzt ist niemand zu Schaden gekommen, vergiß das nicht.»

Mick drehte sich wieder zu Jenny um. «Was wir machen, ist folgendes», erklärte er. «Wenn der Wagen bereit ist, fahren Sie mit mir, und er bleibt hier. Er weiß genau, daß Sie dran glauben müssen, wenn seine lieben Kollegen versuchen sollten, uns aufzuhalten. Seine Jungs wissen's vielleicht nicht, aber er schon.»

«Nein», antwortete Jenny fest.

«Was soll das heißen, nein, du alte Schlampe? Was glaubst du wohl, was ich hier in der Hand habe, 'ne Spielzeugpistole oder was?»

Jenny schüttelte den Kopf. «Ich werde nirgendwo mit Ihnen hingehen. Und ich werde nicht zulassen, daß Sie mich anfassen mit Ihren dreckigen Pfoten!»

Mick errötete und glotzte entgeistert, offensichtlich hart am Rande seiner Geduld. Banks wußte, daß er im nächsten Augenblick durchdrehen konnte, aber Jenny war die Psychologin, sie hatte die Initiative übernommen, und er mußte ihr folgen. Während Mick sein Opfer finster anstarrte, packte Banks die leere Kassettenhülse und schmetterte sie durch die zerbrochene Fensterscheibe nach draußen.

Es gab ein klapperndes Geräusch auf dem Asphalt; Mick fuhr jäh herum und richtete die Waffe auf das Geräusch. Banks war auf dem Sprung, nahe genug, um sich auf Mick stürzen zu können, sobald er die Pistole aus dem Fenster hielt. Aber bevor er seine Bewegung noch ausführen konnte, hatte Mick bereits in den Garten gefeuert. Es gab einen dumpfen Knall, und sie hörten, wie Mick laut aufschrie. Langsam drehte er sich zu ihnen um, das Gesicht kreidebleich, Mund und Augen weit geöffnet in Schock und Schmerz. Von seiner Hand tropfte das Blut auf das helle Kiefernholz des Tisches.

16

1

Unmittelbar nach dem Schuß und dem Schrei stürzten Gristhorpe und Hatchley unter den Bäumen hervor und rannten über die Straße zum Haus. Unterdessen hatte Banks bereits Micks Hemd in Streifen zerrissen und ihm mit Jennys Hilfe eine Aderpresse angelegt.

«Was für eine Sauerei», sagte Banks, zurrte den Knoten fest und sah Jenny in die Augen. «Gut gemacht», lobte er sie, «obwohl ich für einen Moment dachte, daß Sie ihn zu sehr gereizt haben.»

«Das hab ich auch befürchtet. Ich wollte ihn eigentlich nur ein bißchen durcheinanderbringen und ihn wachrütteln. Der Junge war dermaßen high, daß er gar nicht gemerkt hat, was eigentlich vorging. Ich bin jedenfalls froh, daß Sie mein Signal verstanden haben.»

Banks hörte die Kollegen über die Treppe zum Haus stürmen und trat ans Fenster, um Entwarnung zu geben. Kurze Zeit später brach das übliche Chaos aus. Alles redete durcheinander, stellte Fragen, gab Anweisungen an die Streifenwagen, rief nach der Ambulanz und der Spurensicherung – und niemand kam auf die Idee, die Stereoanlage auszuschalten, aus der soeben Toscas Klage ertönte:

Nell'ora del dolore – perché, perché, Signor,
Perché me ne rimuneri cosi?

Inmitten des hektischen Trubels schaltete Banks für einen Augenblick ab, um die vertrauten Worte in sich aufzunehmen: *In dieser Stunde meiner höchsten Qual/ Warum, himmlischer Vater/ Warum hast du mich verlassen?*

«Gute Arbeit, Alan», lobte Gristhorpe, Banks aus seinem Hörgenuß reißend. «Alles in Ordnung?»

«Bestens.»

«Sie sehen etwas blaß aus.»

«Das passiert mir immer, wenn man mir eine Waffe vor die Nase hält.»

Gristhorpe schaute auf Mick herunter. «Wenn sich jede Waffe so verhalten würde wie diese, wär's bestimmt besser bestellt um diese Welt. Ich bin kein besonders frommer Mensch, wie Sie wissen – das ist wohl der schädliche Einfluß meiner methodistischen Erziehung –, aber vielleicht ist Gott doch mitunter zur Stelle, wenn er gebraucht wird.»

Banks sah hinüber zu Jenny, die soeben einem Constable berichtete, was sich zugetragen hatte. «*Sie* war jedenfalls zur Stelle.»

Er teilte Gristhorpe mit, was mit Sandra passiert war, und bat um die Erlaubnis, nach Hause fahren und die Formalitäten auf später verschieben zu dürfen.

«Selbstverständlich», erklärte Gristhorpe. «Warum haben Sie mir das nicht schon früher gesagt? Sind Sie sicher, daß mit ihr alles in Ordnung war?»

«Nun, sie war ein bißchen aufgeregt, aber ziemlich gefaßt. Richmond ist bei ihr.»

«Dann nichts wie weg mit Ihnen», sagte Gristhorpe und gab Banks einen sanften Stoß in den Rücken.

Es war unwiderruflich Zeit, Sandra gegenüberzutreten.

Auf dem Weg zur Tür sah er Jenny, die man inzwischen vergessen zu haben schien, völlig zusammengesunken, das Gesicht in den Händen, auf dem Sofa sitzen. Er blickte sich noch einmal im Zimmer um – die kalte Abendluft wehte durch das zerbrochene Fenster, der Fußboden war übersät von Glassplittern, der Tisch voller Blut.

«Jenny», sagte er sanft und streckte die Hand aus, «kommen Sie mit.»

Sie folgte ihn wortlos zum Wagen, und auf dem Weg nach Hause berichtete er ihr, was Sandra unterdessen hatte durchmachen müssen.

«Glauben Sie, daß es richtig ist, wenn Sie mich jetzt mitnehmen?» fragte sie.

«Um offen zu sein, Jenny – ich weiß es nicht. Ich habe keine Ahnung, was mich erwartet, aber ich konnte Sie doch nicht einfach dort sitzen lassen. Machen Sie sich keine Sorgen, der Superintendent wird dafür sorgen, daß man alles wieder in Ordnung bringt.»

«Ich glaube, ich hätte wirklich nicht dort bleiben können», meinte Jenny schaudernd. «Wahrscheinlich hätte ich mir für heute ein Hotel genommen. Das kann ich immer noch. Ich hätte nicht mitkommen dürfen.»

«Seien Sie nicht albern.»

Er verstummte für den Rest der Fahrt.

Schließlich hielten sie vor seinem Haus und hasteten über den Plattenweg zum Eingang. Im gleichen Augenblick flog die Tür auf. Banks zuckte zusammen, als Sandra auf ihn zustürzte, aber zu seiner großen Erleichterung warf sie ihm die Arme um den Hals, vergrub das Gesicht an seiner Schulter und stammelte schluchzend:

«Alan! Alan! Gott sei Dank, daß dir nichts passiert ist!» Beruhigend streichelte er ihr übers Haar. «Keine Angst, es ist alles in Ordnung. Komm, wir gehen rein. Ich könnte einen Drink brauchen.»

Richmond sprang auf, als sie das Wohnzimmer betraten, fuhr sich mit den Fingern über seinen Schnurrbart und gab ein verlegenes Räuspern von sich. Plötzlich erinnerte sich Banks, daß ihn der Sergeant zusammen mit Jenny im *Oak* gesehen und sicher den Eindruck gewonnen hatte, daß sie sich sehr nahestanden. Der Himmel mochte wissen, was er jetzt dachte!

«Na bitte, ich hab's Ihnen ja gesagt», meinte Richmond, zu Sandra gewandt. «Ich hab doch gewußt, daß ihm nichts passieren würde.» Er blickte zu Banks und nickte ihm zu, zum Zeichen, daß hier alles in Ordnung war. Banks begleitete ihn zur Tür. «Ich habe die Aussage Ihrer Frau aufgenommen, Sir», erklärte Richmond. «Klare Sache. Es war der gesuchte Voyeur, keine Frage.»

«Wie geht es ihm?»

«Das wissen wir noch nicht, Sir, aber es sah nicht besonders ernst aus. Man hat ihn ins Krankenhaus gebracht, vor einer halben Stunde etwa. Das wär's dann wohl, ja, Sir?»

Richmond hatte es offensichtlich eilig, von hier wegzukommen, und Banks konnte sich gut vorstellen, daß es dem jungen Sergeant äußerst peinlich war, in eine derart persönliche Angelegenheit seines Vorgesetzten verwickelt zu sein. «Ja, Sie können jetzt gehen», sagte er. «Und noch etwas, Detective Richmond . . .»

«Bitte, Sir?»

«Ich danke Ihnen.»

Richmond errötete, murmelte ein vages «Keine Ursache» und verschwand mit gemessenen Schritten über den Fußweg.

Banks schloß die Tür und bemerkte, daß sich die beiden Frauen etwas ratlos musterten. Er wußte, daß es Sandra peinlich war, vor einer fremden Person ihre Gefühle gezeigt zu haben.

«Tut mir leid», entschuldigte er sich, leicht erschöpft, und fuhr sich mit den Fingern durch das kurzgeschorene Haar. «Ich habe wohl vergessen, die Damen miteinander bekannt zu machen.»

Nachdem er das Versäumte nachgeholt hatte, bot Sandra ihrem Gast einen Stuhl an, während sich Banks direkt zum Barschrank wandte mit der Bemerkung: «Ich nehme an, es darf wohl etwas Stärkeres sein als Tee – wie wär's mit einer Runde Scotch?»

«Ja, bitte», stimmten die beiden Frauen zu.

Es würde sicher nicht leicht werden, das Eis zu brechen, überlegte Banks, während er für jeden eine kräftige Portion Macallan Single Malt einschenkte. Schließlich konnte Jenny nicht einfach zu Sandra sagen: «Ich hörte, Sie hatten einen ziemlich schrecklichen Abend, meine Liebe», und es war wohl auch kaum damit zu rechnen, daß Sandra antworten würde: «Ja, wirklich furchtbar. Ich dachte, man würde mich vergewaltigen und sogar umbringen. Aber Ihnen soll es ja auch nicht gerade rosig ergangen sein, oder?» Also nippten alle drei stumm an ihrem Scotch, und Banks rauchte seine langersehnte Zigarette.

«Hören Sie, vielleicht ist es Ihnen lieber, wenn ich jetzt gehe», sagte Jenny schließlich. «Es geht mir wirklich wieder ganz gut.»

«Unsinn», sagte Sandra resolut, «Sie können unmöglich dahin zurück. Ich werde das Gästebett für Sie herrichten. Oh, Alan, es ist höchste Zeit, die Kinder abzuholen. Soll ich das machen?»

«Nein, du hast genug durchgemacht für heute», sagte Banks und legte seine Hand auf ihre Schulter. «Laß mich fahren. Es ist ja nur um die Ecke.»

«Sagst du's ihnen?»

«Ich werde ihnen sagen, daß man versucht hat, bei uns einzubrechen und daß du den Dieb gefangen hast. Dann werden sie dich für eine echte Heldin halten.»

«Aber es steht doch bestimmt später alles in der Zeitung, oder?»

«Wahrscheinlich, aber mit dem Problem werden wir uns befassen, wenn es soweit ist. Kann ich euch beide unbesorgt allein lassen?»

«Natürlich kannst du das», antwortete Sandra mit einem Lächeln zu Jenny. «Wir sind doch echte Helden, wie du sehr richtig festgestellt hast.»

«Ich dachte, ich hätte von Held*innen* gesprochen.»

Sandra schüttelte den Kopf. «Nein, das klingt irgendwie falsch. Ich finde, Heldinnen haben immer etwas von armen Opfern. Sie sind bleich und blutleer und machen eine Menge Getöse. Noch etwas Scotch, Jenny?»

Banks ging zu seinem Wagen. Auf dem Rückweg vom Gemeindesaal informierte er die Kinder, daß man über Nacht einen Gast im Hause habe, und bat sie, sich gut zu benehmen und friedlich zu Bett zu gehen, sobald sie ihren abendlichen Kakao getrunken hatten. Mehr zu erzählen, sah er keinen Grund.

Zu Hause angekommen, fanden sie Sandra und Jenny in angeregtem Gespräch vor. Die Kinder platzten sofort mit ihren Neuigkeiten heraus, Brian verkündete, er langweile sich zu Tode bei seinen Lifeboys und wolle nie wieder hingehen. Banks half den beiden, sich zum Schlafengehen zu rüsten, verfrachtete sie nach oben in ihre Zimmer und steckte sie ins Bett. Gähnend vor Müdigkeit, kam er wieder nach unten.

«Ich muß noch mal los», sagte er. «Es ist noch einiges zu klären.»

Sandra nickte nur. Es war nichts Neues für sie.

«Es wird wohl spät werden», fügte Banks hinzu, «wartet also nicht auf mich.»

Einigermaßen verwirrt, sich von zwei Frauen verabschieden zu müssen, bückte er sich zu Sandra, um sie auf die Wange zu küssen, nickte dann Jenny kurz zu und eilte zur Tür. Obwohl er seine Prioritäten längst gesetzt hatte, war es doch ein seltsames Gefühl, beide zusammen zu erleben. Während er sich zu Fuß auf den Weg machte – ohne Walkman, aber dankbar, die klare Nachtluft atmen zu können –, stellte er fest, daß dieses höchst beunruhigende Gefühl nichts mit Sexualität zu tun hatte. Nichts mit der Schönheit und der körperlichen Anziehungskraft beider Frauen, nur mit der sehr bestimmten Ahnung, daß es ein starkes Band gab zwischen ihnen, eine Nähe, die ihn ausschloß, die keiner Worte bedurfte und ihm den Eindruck vermittelt hatte, als sei er ein plumper, gefühlloser Klotz in Gegenwart zweier unbegreiflicher Wesen von einem anderen Stern.

2

Auf dem Revier herrschte Hochbetrieb. Die Zivilfahnder waren bereits von ihren Beobachtungsposten in den Pubs abgezogen worden und drängten sich um den neuen Dienstplan, um festzustellen, wer nach Hause durfte und wer im Einsatz blieb. Dazu klingelte pausenlos das Telefon, weil nahezu jeder Bewohner der Siedlung East Side das Bedürfnis verspürte, von der Schießerei Meldung zu machen.

Im ersten Stock war es deutlich ruhiger. Die Sharps waren in einen Vernehmungsraum verfrachtet worden, und die Tür zu Gristhorpes Büro stand offen. Kaum war Banks um den Treppenabsatz gebogen, steckte der Superintendent auch schon seinen Kopf aus der Tür und rief Banks zu sich herein. Der Raum war abgedunkelt bis auf eine einzelne Tischlampe, die ihren matten Schein über die Bücherregale und die gemütlichen Ledersessel warf, doch das einzige, was Banks im Moment wirklich brauchte, war eine weitere Zigarette. Als habe er seine Gedanken gelesen, zog Gristhorpe die unterste Schublade seines Schreibtischs auf, nahm einen Aschenbecher aus dem *Queen's Arms* heraus und schob ihn Banks zu.

«Nur diese eine, Alan, ich sehe ein, daß Sie's nötig haben. Weiß der Himmel, warum die Leute so fanatisch sind auf Sachen, die erwiesenermaßen zu Krebs führen.»

«Es gibt keinen schlimmeren Fanatiker als einen ehemaligen Raucher», scherzte Banks, der wie alle anderen wußte, daß Gristhorpes Antiraucherkampagne erst recht jungen Datums war.

«Wie stehen die Dinge, Alan?»

«Recht gut, alles in allem. Angenehm, sich einmal für einen Augenblick entspannen zu können. Ich bin bisher noch gar nicht dazu gekommen, mir bewußt zu machen, was überhaupt passiert ist.»

«Das hat ja auch noch reichlich Zeit. Es genügt, wenn Sie morgen Ihren Bericht machen. Mit Sandra alles in Ordnung?»

«Ja. Sie ist entweder zäher als ich oder eine begnadete Schauspielerin.»

«Ich glaube, sie hat einfach nur gewisse versteckte Tiefen, Alan, und starke Reserven. Sie wären erstaunt, wie viele Frauen das haben. Meine eigene zum Beispiel – Gott hab' sie selig – war sicher die sanfteste, freundlichste Frau auf Erden. Und so zartbesaitet, daß Sie gedacht hätten, sie würde beim geringsten Schimpfwort in Ohnmacht fallen. Trotzdem hat sie im Krieg als Lazarettschwester gearbeitet, wie Alice Matlock, und ihre halbe Familie zu Grabe tragen müssen. Aber sie hat nie mit der Wimper gezuckt oder sich beklagt – nicht einmal als dieser verdammte Krebs sie erwischt hat. Allerdings war sie auch aus Yorkshire, versteht sich.»

Banks lächelte. «Versteht sich.»

«Die meisten anderen in Ihrer Lage wären sicher sofort zu ihren Frauen gelaufen, aber Sie haben es richtig gemacht. Sie haben beides abgewogen und sich für den Platz entschieden, wo man Sie am nötigsten gebraucht hat.»

«Es war weniger eine logische Entscheidung, aber bei einiger Überlegung gab es nur einen Platz, wo ich wirklich sein *mußte.*»

«Das wußten Sie, und ich weiß es auch. Jemand mit weniger Verantwortung hätte sich allerdings wahrscheinlich von seinen Emotionen mitreißen lassen.»

«Es gab Zeiten, in denen ich das auch von mir dachte. Was ist mit Robin Allott?»

«Eine leichte Gehirnerschütterung. Es ist bald wieder auf dem Damm, aber einstweilen noch im Krankenhaus. Es war allerdings ein bißchen knapp. Er hätte ohne weiteres tot sein können, wenn die Kamera nicht in dieser Lederhülle gesteckt oder wenn Sandra ihn an der Schläfe oder am Schädelansatz getroffen hätte. Es war einer dieser alten Apparate aus Metall statt der heute üblichen Plastikgehäuse. Der junge Mann hatte also ziemlich viel Glück.»

«Sandra auch.»

«Man hätte ihr auch sonst keinen Vorwurf machen können.»

«Aber stellen Sie sich vor, wie sie sich dann gefühlt hätte.»

«Ja, da haben Sie wohl recht», stimmte Gristhorpe zu und kratzte sich das stachelige Kinn.

«Hat er irgendwas gesagt?»

«Kein Wort bisher, ist wohl noch zu benommen. Ich glaube allerdings nicht, daß er vorhat zu leugnen. Sandras Aussage war auf jeden Fall sehr eindeutig.» Seine buschigen Augenbrauen zogen sich in einer tiefen Stirnfalte zusammen. «Sie hat einiges durchgemacht, müssen Sie wissen.»

«Ich weiß oder kann es mir zumindest vorstellen. Obwohl mir die näheren Einzelheiten noch nicht bekannt sind.»

Es klopfte leise an die halbgeöffnete Tür, und ein Constable in Uniform brachte ein Tablett mit Kaffee und diversen Biskuits.

«Die sind von unten, Sir, von der Mannschaft», sagte er. «Wir haben immer ein paar Packungen in Reserve, aus der gemeinsamen Kaffeekasse sozusagen. Und wir haben uns gedacht, daß Sie vielleicht eine kleine Stärkung brauchen könnten.»

«Danke, das kommt uns sehr gelegen, Constable Craig», erklärte Gristhorpe. «Haben Sie heute nacht Bereitschaft?»

«Jawohl, Sir. Mit Susan Gay.»

Die Stimme des Constable hatte einen seltsam angespannten Unterton, der Gristhorpe zu der Frage veranlaßte, ob irgend etwas nicht in Ordnung sei.

«Nun ja, Sir», antwortete Craig, «ich will mich keineswegs beklagen, aber jedesmal wenn wir zusammen Dienst haben und es ums Kaffeekochen oder solche Sachen geht – dann bringt sie es fertig, mir das aufzuhalsen.» Sein Gesicht lief rot an. «Liegt alles nur an der verdammten Frauenbewegung, oder wie man das nennt, Sir.»

Gristhorpe lachte laut heraus. «In diesen Kreisen nennt man das ‹positive Diskriminierung›, mein Junge, und Sie werden sich wohl daran gewöhnen müssen, nur Mut. Ich hoffe nur, daß Ihr Kaffee etwas besser ist als die übliche Brühe, die man hier bekommt.»

«Ich denke schon, Sir», meinte Craig stolz. «Ein dankbarer Kunde hat uns heute nachmittag eine Kaffeemaschine verehrt, eins von diesen neumodischen Dingern mit Aromaschutz, Sie verstehen, Sir? Und ich bin direkt rüber zu diesem schnieken Tee-und-Kaffeeladen auf der King Street und hab mir ein paar frische kolumbianische Bohnen mahlen lassen.»

«Soso», meinte der Superintendent und richtete seine babyblauen Augen auf Craig, «wir nehmen also nicht nur Geschenke entgegen, sondern entfernen uns auch unerlaubt vom Dienst?»

«Ja, Sir. Verzeihung, Sir», gestand Craig und nahm stramme Haltung an.

«Schon gut, das war nur ein Scherz, mein Junge», sagte Gristhorpe. «Wo immer dieser Kaffee herkommen mag, er ist jedenfalls hochwillkommen. Wenigstens wird der Chief Inspector endlich in den Genuß kommen, ihn schwarz zu trinken. Und nun raus mit Ihnen, mein Junge.»

Der Kaffee war wirklich gut, vermutlich der beste, den sie seit langer Zeit bekommen hatten, und Banks hatte eine Schwäche für McVities' Knusperschokolade. Gristhorpe hingegen war gerade wieder einmal auf Diät und weigerte sich standhaft, der süßen Versuchung nachzugeben.

«Wie geht es Mick Webster?» erkundigte sich Banks.

«Er wird's überleben. Hat eine Menge Blut verloren, doch Ihre Aderpresse hat offenbar gewirkt.»

«Und seine Hand?»

«Er hat zwei Finger verloren und wird, wie der Arzt sagt, möglicherweise noch einen los, wenn die Operation nicht gelingt. Haben Sie vielleicht eine Ahnung, wo er diese Waffe her hatte?»

«Nein, den Namen Webster hab ich heute abend zum erstenmal gehört, von Trevor Sharp. Ich denke, wir sollten uns einen Durchsuchungsbefehl beschaffen und seine Wohnung unter die Lupe nehmen.»

«Schon in Arbeit. Richmond und Hatchley sind im Moment dort und befassen sich damit. Ich an Ihrer Stelle, mein lieber Alan, würde jetzt brav nach Hause gehen, meine Frau trösten und ein bißchen schlafen.»

«Ich will noch mit Sharp sprechen.»

«Das kann warten, Alan.»

«Nein.»

«Überlassen Sie ihn mir.»

«Ich hab die Sache angefangen, und ich will nicht wieder ganz von vorn einsteigen müssen.»

Gristhorpe klopfte mit dem Bleistift auf seinen Schreibblock. «Ich verstehe. Es wäre nicht gut, wenn er sich eine Nacht ausschläft und morgen wieder frisch ist.»

«Weiß er von der Sache mit Webster?»

«Nein.»

«Das ist gut.»

«Fühlen Sie sich auch bestimmt fit genug?»

«Aber ja. Außerdem könnte ich so ohnehin kein Auge zumachen.»

Gristhorpe deutete auf den Flur. «Vernehmungsraum drei. Sergeant Rowe ist meines Wissens noch dort und bewacht die beiden. Ich denke, der Junge wird einigermaßen reif sein inzwischen.»

3

Banks nahm die zweite Tasse Kaffee mit in den engen Vernehmungsraum.

Graham Sharp sprang sofort bei seinem Eintreten auf. «Sie können uns hier nicht einfach so festhalten», protestierte er. «Seit Stunden pfercht man uns in dieses Loch ein. Wir leben doch schließlich nicht in einem Polizeistaat!»

Banks nahm Platz und wandte sich an Sergeant Rowe. «Sie können jetzt gehen, Sergeant. Aber schicken Sie mir bitte jemanden, der das Protokoll führt. Constable Craig zum Beispiel.»

Er schwieg, bis Constable Craig im Zimmer war, steckte sich dann eine Zigarette an und nahm einen kräftigen Schluck Kaffee.

«Also dann», begann er und schaute zu Trevor, «wir haben uns Ihren Kumpel Webster vorgenommen, und er hat uns alles erzählt über Ihre netten kleinen Gaunereien.»

«Sie lügen», entgegnete Trevor. «Sie müssen mich für total verblödet halten, wenn Sie glauben, daß ich auf die Nummer reinfalle.»

«Welche Nummer?»

«Die Nummer mit dem Geständnis. Wenn die Cops dir erzählen, der Komplize hat alles zugegeben, und darauf warten, daß du umkippst. Hab ich oft genug im Fernsehen gesehen.»

«Der Komplize? Der Komplize wobei?»

«Ach, das ist nur so ein Wort.»

«Ja, das weiß ich, aber Wörter haben eine Bedeutung. Und sie lassen auch bestimmte Rückschlüsse zu. Das Wort ‹Komplize› zum Beispiel impliziert, daß Sie mit jemand zusammengearbeitet haben, um ein Verbrechen zu begehen.»

«Das heißt nichts, ich hab das nur so gesagt.»

«Reden Sie nicht dauernd um den heißen Brei herum», griff Sharp ein. «Wenn wir schon bleiben müssen, bis Sie zum Ende gekommen sind, dann beeilen Sie sich wenigstens etwas.»

«Es ist aber wahr», wandte sich Banks an den Jungen und bemerkte, daß Trevor inzwischen an seiner Unterlippe nagte. «Er hat uns alles erzählt über die Einbrüche – erst bei den alten Frauen, dann bei den Ottershaws und schließlich bei Thelma Pitt. Er hat uns auch beschrieben, wie er versucht hat, sie von dieser Vergewaltigung abzuhalten, aber Sie sollen sich ja aufgeführt haben wie ein tollwütiger Hund. Genau das waren seine Worte – ein tollwütiger Hund.»

«Er lügt», erklärte Trevor.

«Was meinen Sie damit, Trevor? Daß Sie sich nicht wie ein tollwütiger Hund benommen haben?»

«Ich habe niemanden vergewaltigt.»

«Warum sollte er lügen? Wir haben den Schmuck von Thelma Pitt bei ihm gefunden und noch ein paar andere Kleinigkeiten aus den übrigen Einbrüchen.» Banks wußte wohl, daß er sich auf sehr unsicherem Boden bewegte, wenn er in der Hoffnung auf ein Geständnis die Unwahrheit sagte; er konnte sich nur die Daumen drücken und darauf vertrauen, daß Richmond und Hatchley tatsächlich etwas finden würden. «Warum sollte er also lügen, Trevor? Er hängt drin, und er weiß es.»

«Er versucht nur, die Schuld auf andere abzuwälzen, das ist alles.»

«Aber ihr wart zu zweit, das wissen wir. Der eine groß und schlaksig, der andere etwas kleiner und untersetzt. Der schlanke Typ hatte kaputte Vorderzähne und holte sich den Tripper von Thelma Pitt. Der Stämmige hatte kleine Schweinsaugen und eine krächzende Stimme, und Sie werden zugeben müssen, daß das haargenau paßt auf Mick. Außerdem hat uns Ihr Vater von Mick Webster erzählt, erinnern Sie sich? Er hat uns gesagt, es wäre Micks Schuld, wenn Sie etwas Unrechtes getan hätten. Und nun behauptet Mick, Sie wären beide schuld. Was soll ich also glauben?»

«Glauben Sie, was Sie wollen. Ist doch nicht meine Sorge.»

«Das sollte es aber sein, Trevor. Ihrem Vater ist es jedenfalls durchaus nicht egal, er ist besorgt genug, um für Sie zu lügen.»

«Moment mal . . .»

«Seien Sie still, Mr. Sharp. Sie haben für Ihren Sohn gelogen, das wissen Sie verdammt gut. Also, Trevor?»

«Also was?»

«Die Wahrheit.»

«Hab ich Ihnen schon erzählt.»

«Das war nicht die Wahrheit, aber Mick hat die Wahrheit gesagt. Er stand übrigens unter Drogen. Sie wissen ja, wie er dann ist, nicht wahr? Sie können ihm nicht trauen, wenn er das Zeug genommen hat.»

«Sie auch nicht.»

«Tu ich aber, und die Geschworenen werden ihm auch glauben. Also, wie sieht's aus, Trevor?»

«Womit?»

«Erzählen Sie mir jetzt, was Sie getan haben?»

«Ich hab nichts getan.»

«Und Alice Matlock?»

«Er bringt doch niemanden um!» protestierte Graham Sharp.

«Woher wollen Sie das wissen? Er hat Sie doch auch sonst in allem belogen.»

Sharp blickte auf seinen Sohn, der sich zur Wand abgewendet hatte. «Das hat er nicht getan, ich weiß es. Das kann er nicht getan haben, dazu ist er gar nicht imstande.»

«Besonders viel Energie war dazu auch nicht nötig», meinte Banks. «Vermutlich war es eher ein Unfall.»

«Das können Sie ihm nie nachweisen», wandte Graham ein. Banks zuckte mit den Achseln. «Und was glauben Sie, Trevor?»

«Hat Mick Ihnen das erzählt?»

«Was denn?»

«Daß wir das alte Weib gekillt haben?»

«Und was ist, wenn er das getan hat?»

«Dann lügen Sie!» ereiferte sich Trevor, umklammerte die Tischkante und sprang auf. «Sie sind ein verdammter Lügner! Wir haben niemanden umgebracht, wir hatten überhaupt nichts zu tun mit Alice Matlock. Und wenn Sie behaupten, daß er das gesagt hat, sind Sie ein ganz beschissener Lügner!»

«Aber mit dem ganzen Rest hab ich doch recht, nicht wahr?»

«Das haben Sie sich alles nur ausgedacht. Und Sie haben nicht mal Mick gekriegt! Ich sage kein Wort mehr!»

In der plötzlich eintretenden Stille ertönte ein leises Klopfen an der Tür. PC Craig öffnete und machte Banks ein Zeichen, ihm auf den Flur zu folgen, wo ihn Richmond und Hatchley mit einem zufriedenen Grinsen erwarteten.

«Stehen Sie nicht so da wie zwei Katzen, die in den Sahnetopf gefallen sind», meinte Banks. «Sagen Sie schon, was haben Sie gefunden?»

«Den Schmuck von den Ottershaws und der Dame Pitt – und noch den einen oder anderen billigen Tinnef.»

«Fingerabdrücke?»

«Vic Manson meint ja. Auf der Kamera und einer breiten Brosche.»

Banks stieß einen Seufzer der Erleichterung aus.

«Außerdem», fügte Hatchley hinzu, «haben wir eine verdammt gute Idee, wer der Abnehmer von dem Zeug sein könnte.»

«Erzählen Sie schon.»

«Wir haben einen Schnappschuß gefunden, in einer der Schubladen. Keine besonders gute Aufnahme, ein bißchen verschwommen, aber soweit ich gesehen habe, paßt sie prima zu unserer Zeichnung von dem Burschen aus Leeds», erläuterte Hatchley. «Außerdem fanden wir einen Brief aus London, von einem gewissen Lenny. Scheint der Bruder von diesem Webster zu sein.»

«Haben wir ihn im Register?»

Hatchley schüttelte den Kopf. «Hier jedenfalls nicht, soweit ich weiß. Scheint die meiste Zeit unten in London zu sein. Mal sehen, was die Kollegen dort sagen.»

«Ja, überprüfen Sie das. Haben Sie auch seine dortige Anschrift gefunden?»

«Haben wir.»

«Hervorragend. Vielleicht sollten Sie Ihre Entdeckungen besser dem Superintendent vorlegen, damit er sich direkt mit den Londoner Kollegen in Verbindung setzt und dafür sorgt, daß sie sich diesen Lenny Webster schnappen. Wir werden ja sehen, was dabei herauskommt.» Er mußte gähnen. «Tut mir leid, Jungs, ich fürchte, ich bin etwas müde. Gehen Sie ruhig schon hoch, der Super ist noch in seinem Büro.»

«Jawohl, Sir», sagte Richmond und war schon auf dem Weg zur Treppe, während Hatchley noch einen Augenblick zögerte und unschlüssig von einem Bein aufs andere trat.

«Ist noch etwas, Sergeant?» erkundigte sich Banks, die Hand bereits am Türgriff.

«Wegen dieser Sache da heute abend, Sir . . . Ich wollte nur sagen, daß ich Sie mächtig bewundert habe. War ziemlich mutig von Ihnen, schätze ich. Ich halt' mich auch nicht grade für einen Waschlappen, aber ich hatte auch noch nie eine Kanone vor der Nase. Offen gesagt hab ich schon 'n verdammt flaues Gefühl, wenn ich nur dran denke.»

«Dann wollen wir hoffen, daß Ihnen das nie passiert», antwortete Banks. «Hier kommt das ja glücklicherweise entschieden seltener vor als da unten im Süden.»

«Ich weiß», stimmte Hatchley zu. «Und ich hätte mir nicht träumen lassen, daß ich eines Tages noch froh sein würde, jemanden von da unten hier im Laden zu haben.»

Die letzte Enthüllung war offenbar doch zuviel für Hatchleys üblicherweise steife und verschlossene Natur. Etwas überstürzt machte er sich davon, bevor er noch mehr sagen konnte und sich vor seinem Boß dem Verdacht aussetzte, sentimental zu sein.

Lächelnd drehte sich Banks um und ging zurück in das Vernehmungszimmer. Trevor zog das übliche finstere Gesicht, und sein Vater wirkte sehr blaß. Zweifellos war er inzwischen zu der Auffassung gekommen – auch wenn er es vielleicht nie zugeben würde –, daß sein Sohn schuldig war. Die Reaktionen des Jungen hatten ihn von dessen Schuld überzeugt und für Banks jeden Zweifel ausgeräumt, daß seine ursprüngliche Vermutung zutraf: Die beiden Burschen hatten definitiv nichts zu tun mit dem Tod von Alice Matlock – alles übrige ging jedoch voll zu ihren Lasten.

Während Banks Platz nahm und sich gelassen eine Zigarette anzündete, wurde Trevor zunehmend unruhig. Hier und da an seinem lauwarmen Kaffee nippend, beobachtete Banks, wie Vater und Sohn unter der lastenden Stille immer nervöser und ängstlicher wurden, und wartete geduldig, bis er sie an dem Punkt hatte, wo er sie haben wollte. Schließlich wandte er sich um zu PC Craig, deutete auf Trevor und befahl:

«Führen Sie ihn ab, Constable. Verdacht auf Einbruch, Körperverletzung und Vergewaltigung, das wird wohl vorläufig reichen. Lassen Sie ihm sofort die Fingerabdrücke abnehmen. Was mich betrifft – ich hab fürs erste genug von seiner Gesellschaft.»

Graham Sharp unternahm einen letzten Versuch, sich ihm in den Weg zu stellen, als er den Raum verlassen wollte, aber Banks schob ihn sanft zur Seite mit den Worten: «Keine Sorge, dieser Constable hier wird Ihren Sohn schon über seine Rechte aufklären.»

Es war spät geworden, weit nach Mitternacht bereits, und die Stadt lag dunkel und still, bis auf das Geläut der Kirchturmuhr, das alle Viertelstunde ertönte. Banks war wieder in seinem Büro und schaute durch die Schlitze der Jalousien aus dem Fenster. Draußen war keine Menschenseele zu sehen; alle Lichter waren erloschen, bis auf die nachempfundenen alten Gaslaternen rund um den Marktplatz und die Schaufensterbeleuchtung eines Ladens zur Rechten, auf der anderen Seite der Market Street, in dessen Auslagen graziös geschwungene Kleiderpuppen kostspielig-schlichte Modelle präsentierten, nach der Art von Grace Kelly in Filmen wie *Das Fenster zum Hof*.

Banks griff erneut nach einer Zigarette, nahm sich noch etwas heißen Kaffee und widmete sich der obersten Mappe aus dem Aktenstapel auf seinem Schreibtisch. Sie enthielt Sandras Aussage, in der knappen, analytischen Prosa von Richmond, die nicht sehr viel von ihrer Person durchschimmern ließ und noch viel weniger von ihren Gefühlen. Banks konnte sich allenfalls vorstellen, was sie empfunden hatte, und mußte feststellen, daß es ihm nur allzu gut gelang. Als er las, wie man sie gezwungen hatte, sich vor die Leinwand zu stellen und sich auszuziehen, das Messer an der Haut («Wo genau?» hatte Richmond verlegen, aber sachlich gefragt), brannten Tränen in seinen Augen, und er kochte vor Zorn. Erbittert klappte er die Mappe zu und hieb mit der Faust auf den Deckel.

Immerhin, nach dem, was Sandra von Robin Allotts Äußerungen in Erinnerung hatte – und sie hatte gut daran getan, so ausführliche Angaben gemacht zu haben –, war er offensichtlich der gesuchte Mann. Außerdem schien er in der Tat zum Schluß zusammengebrochen zu sein, ohne seine Absicht durchführen zu können, und Banks erinnerte sich, daß Jenny einmal gesagt hatte, daß dieser Mann immer weiter und weiter gehen müsse, um seine Befriedigung zu finden, aber durchaus einen Zusammenbruch haben könne, bevor er ernsthaften Schaden anrichtete. Ob er in diesem Fall einen ernsthaften Schaden verursacht hatte oder nicht, blieb letztlich eine akademische Frage.

Es war ein langer Tag gewesen. Er gähnte, und seine Lider fühlten sich plötzlich schwer und rauh an. Höchste Zeit, daß er nach Hause ging.

Er stellte den Kragen seines Mantels hoch und trat hinaus auf die Market Street. Die kühle Oktoberluft war ausgesprochen erfrischend, aber Banks war jenseits aller wiederbelebenden Einflüsse. Auf dem ganzen Heimweg nagte etwas in seinem Hinterkopf, etwas, das mit dem Verhör von Sharp zusammenhing. Trevors Reaktion auf die Sache mit Alice Matlock bestätigte zweifellos den Verdacht, den er schon lange gefaßt hatte, aber das war nicht die Frage. Da war etwas anderes . . . Wie auch immer, es war zwecklos, sich jetzt damit zu quälen. Es mußte warten bis morgen.

4

Jenny und Sandra saßen immer noch zusammen, als er die Tür öffnete. Sie tranken Kakao mit Scotch, und Sandra hatte Jenny einen ihrer abgelegten Morgenmäntel geliehen.

«Ich dachte, ihr wärt längst im Bett», wunderte sich Banks und hängte seinen Mantel auf.

«Uns war nicht nach Schlafen zumute», meinte Sandra. «Aber jetzt, wo du davon sprichst, fühl' ich mich tatsächlich etwas müde.»

«Ich auch», bekannte Jenny.

«Ihr Bett ist bereit», erklärte Sandra. «Hoffentlich ist es auch bequem genug.»

«Ich glaube, ich schlafe gleich wie ein Stein», meinte Jenny lächelnd und stand auf. «Gute Nacht, ihr beiden, und vielen Dank.»

Während sie die Treppe hochging, ließ sich Banks neben Sandra auf das Sofa fallen. Wieder hatte er diese seltsame Atmosphäre zwischen den beiden Frauen bemerkt, als ob sie einer anderen Welt angehörten, zu der er keinen Zutritt hatte. Doch er war zu müde, um diese Frage zu ergründen. Zehn Minuten später folgten sie Jenny nach oben und schlüpften unter die Decken.

«Worüber habt ihr denn so lange gesprochen?» fragte er, nachdem sie dicht zusammengerückt waren.

«Ach, über dies und das.»

«Über mich?»

«Ein wenig. Aber überwiegend darüber, was das für ein Gefühl war.»

«Und? Was war es für ein Gefühl?»

«Das würdest du nie verstehen.»

«Du könntest ja einen Versuch machen und es mir beschreiben.»

«Ich möchte das nicht noch mal alles durchgehen heute. Ein andermal, Alan.»

«Vielleicht ist es ein ähnliches Gefühl wie bei vorgehaltener Pistole.»

«Vielleicht. Weißt du was? Es ist sehr seltsam, ich hatte schreckliche Angst, und ich habe ihn gehaßt, diesen Kerl – aber danach hat er mir einfach nur leid getan. Er sah aus wie ein kleines Kind, als ich auf ihn eingeschlagen habe. Er lag auf den Knien und hatte das Messer schon fallen lassen, wie ein kleines Kind. Meine Gefühle waren ganz durcheinander in dem Moment. Ich war ängstlich und wütend und verletzt, und da hab ich auf ihn eingeschlagen. Ich wollte ihn töten, das hab ich wirklich gewollt, aber er war einfach ein Bild des Jammers. Wie ein Kind, das nach seiner Mutter schreit.»

«Du hast genau das Richtige getan», versicherte Banks, nahm sie in den Arm und fühlte, wie ihre Tränen warm über seine Schulter rannen.

«Ich weiß, aber deshalb hab ich auch vorhin gesagt, du würdest es nicht verstehen. Du kannst es einfach nicht. Es gibt eben Dinge, die Männer nie begreifen werden, nicht in Millionen Jahren.»

Banks fühlte sich erneut ausgeschlossen, und es erbitterte ihn, daß Sandra wahrscheinlich sogar recht hatte. Er wollte alles verstehen und hatte immer geglaubt, über genügend Anteilnahme, Gefühl und Vorstellungskraft zu verfügen, um dazu imstande zu sein. Und nun mußte er hören, daß seine Mühen vergeblich waren, daß er nie ergründen würde, welches Band die beiden Frauen verknüpfte und ihn ausschloß, nur weil er ein Mann war. Weil er dem Geschlecht angehörte, das sie beide zu Opfern gemacht hatte, das Macht über Frauen ausübte, das sie erniedrigte und mißbrauchte. In gewisser Weise spielte es keine Rolle, wieviel Güte und Verständnis er selbst aufbrachte – er war schuldig aufgrund seiner Zugehörigkeit zur anderen Hälfte der Menschheit.

Während er langsam in den Schlaf sank, schwand seine Erbitterung, und er fand, daß diese Unterschiede vielleicht doch nicht so bedeutend und vernichtend waren, wie er sie im Augenblick empfand. Er war einfach nur erschöpft, und die Ereignisse des Abends hatten auch in ihm ihre unverarbeiteten Reste hinterlassen. Alles in allem war es wohl nur die Erkenntnis, daß eine Kluft existierte, die schon immer bestanden hatte, auch vor diesem Mißbrauch an Sandra. Eine Kluft, die wohl unüberbrückbar war, aber das Glück der Gemeinsamkeit und ihre Nähe nie ernsthaft gefährdet hatte und es sicher auch in Zukunft nicht tun würde. Der menschliche Geist war weitaus robuster und anpassungsfähiger, als es in Augenblicken düsterer Stimmung erschien. Dennoch, er mußte sich darauf einstellen, daß die Entfernung zwischen ihnen offener zutage getreten war, und es würde einige Mühe erfordern, sie wieder zu verringern.

Er nahm sie ein wenig fester in den Arm, um ihr zu sagen, daß er sie liebte; aber Sandra war bereits eingeschlafen. Seufzend drehte er sich auf die andere Seite und überließ sich einem tiefen, traumlosen Dunkel.

17

1

Als er am nächsten Morgen mit Robin Allott zusammentraf, war ihm augenblicklich klar, was Sandra gemeint hatte. Er hatte erwartet, diesen Mann zu hassen, doch statt dessen wirkte Robin einfach nur mitleiderregend mit seinem Verband auf der kahlrasierten Schädeldecke, die ihm das Aussehen eines Mönchs verlieh. Banks stellte fest, daß es überraschend einfach war, sich von seinen persönlichen Gefühlen zu lösen und mit Robin umzugehen wie mit jedem beliebigen anderen Täter. In der Ecke saß Richmond und führte das Protokoll.

«Was haben die Ärzte im Krankenhaus gesagt?» eröffnete Banks das Gespräch.

Allott zuckte mit den Achseln und vermied es, Banks in die Augen zu sehen. «Nicht sehr viel. Sie haben die Wunde versorgt und mich wieder losgeschickt, mit diesem Ding hier.» Er hielt eine Karte hoch, auf der zu lesen stand, wie man Patienten mit Kopfwunden zu behandeln hatte. «Den Rest der Nacht hab ich hier in einer Ihrer Zellen verbracht.»

«Sind Sie bereit zu sprechen?»

Allott nickte. Er begann mit einer Entschuldigung und legte dann ein umfassendes Geständnis ab über sämtliche bekanntgewordenen Vorfälle von Voyeurismus inklusive einiger weiterer Taten, die unbemerkt geblieben oder von den Opfern nicht angezeigt worden waren.

Zum Schluß blieb nur eine wichtige Frage offen: Der Zeitpunkt, zu dem Allott Carol Ellis beobachtet hatte, stimmte ziemlich exakt mit dem überein, an dem Alice Matlock ihren nächtlichen Besucher empfangen hatte, der demnach entweder ihr Mörder sein mußte oder sie zumindest als letzter lebend gesehen hatte. Allott wurde also befragt, ob ihm jemand begegnet war bei seiner schnellen Flucht über den Cardigan Drive.

«O ja», antwortete Allott. «Ich wollte es Ihnen schon lange erzählen, weil ich Alice gern hatte, aber ich wußte nicht wie, wenn ich nicht ... Die ganze Zeit hat mich das gequält. Zuerst hab ich gedacht, er würde mich anzeigen, und als er es dann nicht getan hat ... Ich bin so froh, daß das alles jetzt vorbei ist. Als Sie bei mir waren, hab ich schon mal versucht, eine Andeutung zu machen, und Ihnen gesagt, daß es ja nicht unbedingt Kinder gewesen sein müssen, sondern sich auch anders abgespielt haben kann.»

«Ich erinnere mich», sagte Banks, «aber Sie haben Ihre Theorie nicht besonders nachdrücklich vertreten.»

«Wie denn? Ich hatte doch Angst um mich selbst.»

«Also, wen haben Sie gesehen?»

«Niemanden, den ich kenne, aber es war ein Mann, etwa Ende Dreißig, Anfang Vierzig, würd' ich sagen. Mittelgroß und schlank. Er hatte hellbraunes Haar, glatt nach hinten gekämmt, mit einem Scheitel auf der linken Seite.»

«Was hatte er an?»

«Einen beigefarbenen Mantel, glaube ich. Es war ziemlich kühl, soweit ich mich erinnere. Und Handschuhe. Rehbraune Handschuhe.»

«Haben Sie gesehen, aus welcher Richtung er kam?»

«Nein. Als ich auf der anderen Straßenseite vorbeilief, war er gerade am Ende von Alice Matlocks Haus angekommen. Sie wissen schon, bei Gallows View, an der Stelle, wo der Block im rechten Winkel zum Cardigan Drive abbiegt.»

«Demnach befand er sich also auf dem Cardigan Drive und ging eben am letzten Haus von Gallows View vorbei?»

«Ja, direkt gegenüber auf der anderen Straßenseite.»

«Und Sie konnten ihn gut erkennen?»

«Gut genug. Kurz vor der Einbiegung steht eine Laterne.»

«Würden Sie ihn wiedererkennen?»

«Ja.»

«Sind Sie sicher?»

«Absolut.»

Jenny hatte ihn gebeten, mit Allott sprechen zu dürfen, und Banks hatte zugestimmt, unter der Bedingung, daß das Gespräch in seiner Gegenwart stattfand. Da er keine Fragen mehr an Allott hatte, bat er Richmond, Jenny aus ihrem Warteraum zu holen und zu ihm zu schicken.

Das nagende Gefühl in seinem Kopf hatte nicht nachgelassen.

Halbgelöste Fragen eine Nacht zu überschlafen hatte schon oft Wunder gewirkt, doch diesmal hatte dieser Weg versagt. Die Lösung lag ihm gewissermaßen auf der Zunge, wie ein lange gesuchtes Wort, das man nicht über die Lippen bringt.

Jenny hatte offenbar mit Absicht ihre weiblichen Reize verhüllt unter farblosen, sackartigen Gewändern, die die Umrisse ihrer Figur unkenntlich machten. Dazu trug sie das Haar straff zurückgekämmt in einem strengen Knoten und eine äußerst unkleidsame horngeränderte Brille.

Robin Allott blickte auf, als sie mit eckigen Bewegungen ins Zimmer marschierte, einen Aktenordner unter dem Arm und einen Stift hinter dem Ohr. Banks beobachtete, wie sie an der anderen Seite des Tisches Platz nahm, ihren Ordner aufschlug und erst jetzt ihrem Gegenüber in die Augen sah.

«Möchten Sie mir vielleicht erzählen, wann Sie angefangen haben, Frauen beim Ausziehen zu beobachten?» fragte sie in geschäftsmäßigem Ton.

Aha, dachte Banks, jetzt bin ich an der Reihe, dem Profi bei der Arbeit zuzusehen.

Allott wandte den Blick zu der herbstlichen Szene auf dem Wandkalender. «Das war, nachdem mich meine Frau verlassen hat. Ich konnte nicht ... sie war nicht glücklich ... Sie hat es lange mit mir versucht, aber zum Schluß konnte sie's nicht mehr aushalten. Wir haben kein richtiges Eheleben geführt, so wie andere Paare, Sie verstehen?»

«Und warum war das so?»

«Ich weiß nicht. Ich mochte sie nicht anfassen. Nicht als Mann. Ich hatte einfach kein Interesse daran. Es war nicht ihre Schuld. Sie war wirklich eine gute Frau. Und sie hat sich mit vielen Sachen abgefunden.»

«Wie hat sie sich das erklärt?»

«Einmal hat sie mir gesagt, daß sie mich für latent homosexuell hält, aber das stimmte nicht, das wußte ich genau. Ich habe nie so was gefühlt bei Männern, schon der Gedanke war abstoßend. Ich habe überhaupt nie echte Gefühle gehabt.»

«Was meinen Sie mit echten Gefühlen?»

«Na ja, diese Dinge, die die Menschen eben so fühlen und tun. Alles, was normal und selbstverständlich ist, wie miteinander reden, sich küssen und lieben. Ich hatte immer das Gefühl von einer dicken

Mauer zwischen mir und dem Rest der Welt – besonders zwischen mir und meiner Frau.»

«Und nachdem sie gegangen ist, haben Sie also angefangen, anderen Frauen beim Ausziehen zuzuschauen. Warum?»

«Weil es das war, was ich wollte. Das war alles, wirklich, ich wollte nicht mehr. Es war das einzige, was mich gereizt hat. Ich weiß, es war nicht richtig, aber ich konnte nicht ... ich hab's versucht, damit aufzuhören ...»

«Können Sie sich irgendeinen Grund vorstellen, warum Sie sich ausgerechnet diesen Reiz ausgesucht haben? Warum Sie nur auf diese Weise Befriedigung gefunden haben?»

Allott zögerte einen Moment und kaute an seinen Lippen. «Ja», erklärte er nach einer Weile. «Ich hatte das schon mal gemacht. Vor langer Zeit, als kleiner Junge – und seitdem bin ich den Gedanken nicht mehr losgeworden.»

«Was ist damals passiert?»

Er holte tief Luft, und sein Blick schien nach innen abzutauchen.

«Wir haben in einer engen kleinen Straße gewohnt, mit einem Pub an der Ecke – *The Barley Mow* hieß er –, und in der Nacht, wenn ich eigentlich schlafen sollte oben in meinem Zimmer, hab ich oft die Frau von gegenüber beobachtet, wie sie allein aus dem Lokal kam, die Treppe hochging zu ihrer Wohnung und sich ausgezogen hat, um schlafen zu gehen. Sie hat immer die Vorhänge aufgelassen, und ich hab ihr von meinem Fenster aus zugesehen.

Die Frau war schön, und niemand aus der Nachbarschaft wußte so genau, wer sie war. Sie hat mit keinem gesprochen, und die Leute haben sich von ihr ferngehalten, als ob sie unnahbar oder irgendwie etwas Besseres gewesen wäre. Angeblich war sie eine Ausländerin und aus irgendeinem osteuropäischen Land geflohen, aber niemand wußte etwas Genaues von ihr. Sie war immer allein. Sie war ein Rätsel, ein Geheimnis, und nur ich konnte ihr zusehen, wenn sie den Schleier fallenließ. Zu Anfang hab ich nichts Besonderes dabei empfunden, aber dann, ich glaube, zu dieser Zeit, wo man sich als junger Mensch verändert ... ein paar Wochen lang hatte ich plötzlich ganz seltsame Gefühle, wenn ich ihr zuguckte. Gefühle, die ich noch nie gehabt hatte, die mir Angst machten, aber mich auch erregten. Ich vermute, daß ich damals anfing zu ... mit mir zu spielen, ganz unbewußt, und ich weiß noch, wie ich immer dachte: ‹Was ist, wenn sie dich sieht? Was wird sie tun? Es wird Ärger geben, ganz bestimmt.› Trotzdem hab ich mir auch irgendwie gewünscht, daß sie mich sieht, daß sie von mir weiß . . .» Allott lehnte sich vor in seinem Stuhl, und seine klaren braunen Augen begannen feucht zu schimmern.

«Hat sie Sie jemals entdeckt?»

«Nein. Eines Tages war sie verschwunden, einfach so. Ich war völlig vernichtet. Ich hatte gedacht, es würde immer so weitergehen, sie würde sich ausziehen, nur für mich. Als sie nicht mehr da war, brach für mich die ganze Welt zusammen. Oh, ich tat alles, was andere Jungs auch tun, aber immer mit dem Gefühl, daß irgend etwas fehlte – es war nie so wunderbar und umwerfend, wie die andern das empfanden oder wie ich selbst glaubte, daß es sein müßte. Auch Mädchen, wirkliche Mädchen . . .»

«Warum haben Sie geheiratet?»

«Weil es normal war zu heiraten. Meine Mutter hat mir geholfen, sie hat uns miteinander bekannt gemacht und alles übrige arrangiert. Aber es hat nicht funktioniert. Ich mußte immer an diese Frau denken, sogar . . . ich konnt' es nur machen, wenn ich an sie dachte. Und als meine Frau mich verließ, ist irgendwas ausgerastet in mir. Es war, als hätte sich plötzlich eine Art Nebel über mein Hirn gelegt, aber gleichzeitig hatte ich das Gefühl, endlich frei zu sein. Ich konnte tun, was ich wollte, und brauchte niemandem mehr etwas vorzuspielen. Oh, ich ging weiterhin ohne besondere Mühe mit anderen Menschen um – ich hatte den Foto-Klub und das alles –, aber in mir drin, da war dieser Nebel, das Gefühl, daß ich sie wiederfinden, mir zurückholen mußte, was ich verloren hatte.»

«Und? Ist es Ihnen gelungen?»

«Nein.»

«Wie sah sie aus?»

«Sehr schön. Schmal und schön. Sie hatte dunkle Augenbrauen und langes, goldblondes Haar. Das war besonders aufregend, ich weiß auch nicht warum. Vielleicht der Kontrast. Langes, glattes, blondes Haar bis über die Schultern – sie sah aus wie Sandra. Und deshalb . . . deshalb hätte ich ihr auch nichts tun können, niemals. Als es soweit war, konnt' ich es einfach nicht durchhalten.» Er blickte zu Banks, der sich eine Zigarette anzündete und das Treiben auf dem Marktplatz unter seinem Fenster beobachtete.

«Was hatten Sie eigentlich vor?»

«Nichts Konkretes. Ich wollte sie berühren, vielleicht auch mit ihr schlafen – aber ich konnte nicht. Bitte, glauben Sie mir, ich hätte ihr nie weh getan, ehrlich nicht.»

«Aber Sie haben ihr weh getan.»

Er ließ den Kopf hängen. «Ich weiß. Wenn ich ihr nur sagen könnte, wie leid es mir tut . . .»

«Ich glaube kaum, daß sie Sie sehen möchte. Sie haben ihr schreckliche Angst gemacht.»

«Das hab ich nicht so gemeint. Aber das schien der einzige Weg zu sein.»

«Es ist nicht meine Aufgabe, das zu beurteilen und über Sie zu richten», erklärte Jenny.

«Was wird man mit mir machen?»

«Sie werden Hilfe brauchen. Und wir werden versuchen, Ihnen zu helfen.»

«Sie?»

«Nein, nicht ich, sondern qualifizierte Leute.»

Robin nickte resigniert. «Ich wollte ihr keine Angst einjagen, und ich hätte ihr nie ein Härchen gekrümmt, das müssen Sie mir glauben. Ich dachte nur, es ginge nicht anders. Ich mußte doch wissen, was das für ein Gefühl ist, sie zu berühren, sie in meiner Macht zu haben. Aber ich konnt' es nicht, es ging einfach nicht.»

Jenny und Banks überließen ihn der Aufsicht eines uniformierten Constable und verließen das Zimmer. Auf dem Flur lehnte sich Jenny mit einem tiefen Aufatmen an die anstaltsgrün gestrichene Wand, nahm die Brille ab und löste den Haarknoten.

«Nun?» fragte Banks.

«Ich glaube, er ist harmlos», meinte sie. «Sie haben ja gehört, wie er immer wieder betont hat, daß er Sandra nie etwas getan hätte. Und ich glaube ihm.»

«Aber er hat ihr etwas getan!»

«Das hab ich ihm auch gesagt, und ich denke, er hat es verstanden. Aber er meinte das eher körperlich. Was soll ich mehr sagen, Alan? Er leidet, das ist sicher. Einerseits könnte ich ihn hassen für das, was er getan hat, aber andrerseits – sozusagen mit dem beruflichen Teil in mir – kann ich verstehen, daß es nicht seine Schuld ist, daß er Hilfe braucht und keine Strafe.»

Banks nickte. «Wie wär's mit einem Kaffee?»

«Oh, ja, sehr gern.»

Sie gingen über die Market Street zum *Golden Grill.*

«Sie scheinen mir immer noch ein wenig geistesabwesend, Alan», meinte Jenny, während sie an ihrem Kaffee nippte. «Ist noch etwas? Man sollte meinen, für einen Abend hätten Sie doch eigentlich genug Verbrecher dingfest gemacht.»

«Mir fehlt wahrscheinlich nur etwas Schlaf.»

«Sonst nichts?»

«Nein, wohl nicht. Außer daß mich irgendwas stört, aber ich weiß nicht genau, was es ist. Sie wissen vermutlich, daß wir den Mann, der Alice Matlock getötet hat, noch nicht gefaßt haben?»

«Ja.»

«Allott konnte uns eine Beschreibung von ihm geben. Demnach sind es mit Sicherheit nicht Mick und Trevor gewesen.»

«Sondern?»

«Mir ist so, als müßte ich wissen, wer es war und warum er es getan hat. Die Lösung starrt mich geradezu an, aber ich bin einfach außerstande, sie klar zu erkennen.»

«Handelt es sich um einen Hinweis, der Ihnen nicht einfallen will?»

«Nein, das nicht. Es ist eher ein ganzes Bündel von verworrenen Eindrücken. Kein Grund zur Sorge, noch eine Nacht Schlaf, und das Ganze wird sich wohl klären. Aber ich sollte vielleicht ein kleines Mittagsschläfchen einschieben, um die Sache zu beschleunigen.»

«Ist denn nicht alles vorbei?»

«Noch nicht.»

«Und unser unerschrockener Chief Inpector wird vorher natürlich nicht rasten noch ruhen, wie?»

Banks lächelte. «So wird's wohl sein. Aber ich werde Ihnen ein Geständnis machen – eigentlich hab ich mich aufs Land versetzen lassen, um hier eine ruhige Kugel zu schieben . . .»

2

Kaum zurück auf dem Revier, kam ihm schon Sergeant Hatchley in heller Aufregung entgegen.

«Wir haben ihn!»

«Wen?»

«Lenny Webster, diesen Hehler. Micks Bruder.»

Banks grinste. «Also hat sich London gemeldet?»

«Gerade eben. Haben ihm mitten in der Nacht einen kleinen Besuch abgestattet, unter dieser Adresse auf dem Brief.»

«Und?»

«Und der gute Junge war brav zu Hause. Hat sein Warenlager gehütet, ein ganzes Sortiment von Drogen. Marihuana, Kokain, Uppers, Downers und sogar ein bißchen Heroin.»

«Genug, um ihn für ein kleines Weilchen aus dem Verkehr zu ziehen?»

«Genug für ein ziemlich langes Weilchen, Sir.»

«Ich möchte wetten, er hatte vor, das Zeug mit hierher zu bringen und zu verkaufen, richtig?»

«Haargenau. Und da wäre noch etwas.»

«Lassen Sie hören.»

«Sieht so aus, als wär' Klein-Lenny doch kein ganz so harter Bursche, wie die andern glauben – wenn Sie wissen, was ich meine. Tatsache ist, daß man ihn nur ein bißchen schief angucken muß, und schon kippt er um. Als erstes haben sie sich den Burschen geschnappt, der ihm die Kanone beschafft hat, und bei der Gelegenheit sind sie gleich über drei andere Knaben gestolpert – auch nicht grade harmlose Wickelkinder, wie Sie sich denken können. Und als nächstes hat unser Lenny dann die ganze Arie gesungen, von seinen Plänen mit diesem Micklethwaite.»

«Moxton.»

«Wie bitte?»

«Sein richtiger Name ist Moxton. Larry Moxton.»

«Ah, ja. Also, Webster kennt ihn unter Micklethwaite, und die beiden wollten sich den Ramsch teilen. Außerdem hat ihn dieser Micklethwaite auf die Ottershaws und die Pitt angesetzt.»

«Okay, dann werden wir uns diesen Larry wohl mal besser kaufen, wie?»

«Glauben Sie, wir haben genug in der Hand, um ihn festzunageln?»

«Ich denke schon, wenn wir Thelma Pitt und Ottershaw ein bißchen plaudern lassen. Mich wundert nur, daß sich ein Heiratsschwindler und Hochstapler wie Larry mit einem zwielichtigen Vorstadtgangster wie Webster zusammentun kann.»

«Das erklärt sich auch aus dem Telex», sagte Hatchley. «Offenbar durch den Knaben, der ihnen die Drogen beschafft hat. Der hat mit Micklethwaite gesessen, und als er gehört hat, daß sein Kumpel in den Norden zieht, hat er ihn an Lenny weitervermittelt.»

«Aha, das Netzwerk der Ex-Knackis. Nette kleine Räuberhöhle, die wir da ausgehoben haben, wie?»

Hatchleys rotes Ballongesicht strahlte im Bewußtsein des Erfolges.

«Aye, aye, Sir, das haben wir. Oh, bevor ich's vergesse – in Ihrem Büro wartet eine Frau . . .»

«Doch nicht etwa . . .»

«Nein, nicht diese Wycombe. Die hier hab ich noch nie gesehen. Wollte ihren Namen nicht sagen, aber unbedingt mit Ihnen selbst sprechen.»

Neugierig streckte Banks den Kopf vor und spähte um die Tür zu seinem Büro. Es war Mrs. Allott, Robins Mutter.

«Was soll dieser ganze Unsinn über meinen Sohn?» überfiel sie ihn und plusterte sich zum Kampf auf.

Banks holte tief Luft und setzte sich auf seinen Stuhl. Noch ein wutentbranntes Elternteil war wirklich das letzte, was er jetzt brauchte.

«Ihr Sohn wird des Voyeurismus beschuldigt, Mrs. Allott, in mehreren Fällen, und der versuchten Vergewaltigung in einem Fall. Er hat eines seiner Opfer mit vorgehaltenem Messer bedroht, und diese Frau war zufällig meine.»

Mrs. Allotts Ton änderte sich um kein Jota. «Aha, immer in erster Linie für sich selber da, die Herren Polizisten. Na schön, ich sage Ihnen – Sie haben den Falschen erwischt. Mein Robin würde keiner Fliege was zuleide tun!»

«Einer Fliege vielleicht nicht», räumte Banks ein, «aber Frauen gegenüber hat er sich äußerst schlecht benommen.»

«Und? Hat ihn jemand gesehen? Wann denn? Wie viele Zeugen haben Sie?»

«Wir brauchen keine Zeugen, Mrs. Allott. Ihr Sohn hat ein umfassendes Geständnis abgelegt.»

«Nun, dann haben Sie es aus ihm herausgepreßt. Wahrscheinlich haben Sie ihm die Daumenschrauben angelegt.»

Banks stand auf. «Mrs. Allott, der Fall ist abgeschlossen und geklärt, es gibt nichts mehr darüber zu sagen. Wenn Sie mich jetzt bitte entschuldigen würden, ich habe noch zu arbeiten.»

«Er war mit mir zusammen», insistierte sie. «Jedesmal wenn er angeblich den Frauen nachgeschnüffelt hat, war er mit mir zusammen. Ich habe ihn immer im Auge gehabt, jede Minute, seit ihm dieses Miststück von einer Frau weggelaufen ist. Ein Flittchen war sie, keinen Schuß Pulver wert. Ich hab ihn vor ihr gewarnt, jawohl, ich hab gleich gewußt, daß sie ihm nur Probleme macht.»

«Warum geben Sie dem diensthabenden Sergeant nicht einfach

eine Liste der Tage und Uhrzeiten, zu denen Sie mit Ihrem Sohn zusammen waren, damit wir sie mit unseren Daten vergleichen und feststellen, ob sie übereinstimmen? Aber ich wiederhole noch einmal – es wird keinen Zweck haben. Ihr Sohn hat bereits alles gestanden.»

«Nur unter Zwang, da bin ich sicher. Er kann diese Dinge, die Sie ihm da vorwerfen, einfach nicht getan haben.»

«Ich versichere Ihnen, daß es trotzdem so ist.»

«Dann hat ihn dieses Weib dazu gebracht.»

«Sie sollten sich schon entscheiden, Mrs. Allott. Wie kann sie ihn zu etwas gebracht haben, was er gar nicht getan hat?»

«Er war mit mir zusammen», wiederholte sie standhaft.

Banks fand es müßig, ihr zu sagen, daß es zusätzlich zu dem Geständnis Sandras Aussage gab. Robins Unschuld stand fest für diese Frau, und kein noch so vernünftiger Einwand würde sie vom Gegenteil überzeugen können. Selbst im Zeugenstand würde sie noch lügen, um ihren Sohn zu retten.

«Schauen Sie», sagte er, so sanft und freundlich, wie es ihm möglich war, «ich habe wirklich sehr viel zu tun. Wenn Sie also bitte so nett sein würden, dem Sergeant unten am Pult die Daten . . .»

«Ich lasse mich doch nicht einseifen, was glauben Sie? Bilden Sie sich bloß nicht ein, Sie könnten mich so einfach abspeisen. Ich verlange, daß meine Rechte gewahrt werden.»

«In Ordnung. Also, bitte – die Daten.»

«Ich kann mich doch nicht an die genauen Daten erinnern. Glauben Sie, ich bin ein Computer? Er ist einfach immer zu Hause. Sie wissen das doch, Sie haben ihn dort gesehen. Und er hilft mir, Dad zu versorgen.»

«Ich habe ihn nur ein einziges Mal dort gesehen, Mrs. Allott, und da wurde ich erwartet. Wollen Sie mir etwa sagen, daß er jeden Abend zu Hause verbringt?»

«Ja.»

«Auch den Dienstag?»

Sie dachte einen Moment nach, und ein argwöhnischer Ausdruck zuckte über ihr verkniffenes Gesicht. «Dienstags . . . da geht er immer zum Foto-Klub. Mit seinen Freunden. Die können ihnen alle sagen, was er für ein guter Junge ist.»

Banks hätte eine Person nennen können, die sicher anderer Meinung gewesen wäre, aber er schwieg, Mrs. Allott kaum noch wahrnehmend. Ihre Gegenwart schien mehr und mehr in die Ferne zu rücken, in dem Maße, in dem der Gegenstand seines Grübelns näher kam und langsam schärfere Konturen annahm. Diese Frau hatte ihn auf eine Idee gebracht; sie hatte noch nicht ganz ihre Gestalt gefunden, und er wußte nicht, was er damit anfangen sollte, aber die Linse zog sich eindeutig enger zusammen.

Widerstrebend richtete er seine Aufmerksamkeit wieder auf das anstehende Problem.

«Was Sie mir da erzählen, Mrs. Allott, läuft also darauf hinaus, daß Ihr Sohn – von den Dienstagen abgesehen – ständig mit Ihnen zusammen ist, von dem Moment an, wo er von der Arbeit kommt, bis zum nächsten Morgen, wenn er das Haus wieder verläßt.»

«So ist es.»

«Er ist nie ausgegangen?»

«Nein.»

«In Ordnung», stellte Banks fest, zunehmend uninteressiert an ihren Lügen, da seine Idee immer näher in den Brennpunkt rückte. «Ich lasse Ihre Aussage protokollieren, Mrs. Allott. Sie können jetzt wieder nach Hause gehen.»

Sie stand auf und flatterte aus seinem Büro, die Tür mit einem Knall hinter sich zuschlagend. Im gleichen Augenblick hatte Banks sie auch schon vergessen. Er steckte sich eine Zigarette an, bat Craig, ihm noch etwas von seinem speziell gebrauten Kaffee hochzuschicken, und ließ sich tief in seinen Sessel rutschen, um nachzudenken.

Nach einer Stunde, drei Zigaretten und zwei Tassen Kaffee wußte er endlich, was ihm die ganze Zeit zu schaffen gemacht hatte und wie er der Sache zu Leibe rücken sollte. Er nahm den Telefonhörer ab und wählte die Nummer des Bereitschaftszimmers.

«Geben Sie mir Sergeant Hatchley», befahl er knapp, wohl wissend, daß Hatchley die Gewohnheit hatte, mit Rowe ein Schwätzchen zu halten.

«Sir?» meldete sich Hatchley.

«Sergeant, ich möchte, daß Sie zu den Sharps fahren und Graham Sharp bitten, mich unverzüglich aufzusuchen. Sagen Sie ihm, es hätte etwas mit der Aussage seines Sohnes zu tun und sei sehr dringend. Verstanden?»

«Jawohl, Sir.»

«Und geben Sie sich nicht mit einem Nein zufrieden, Sergeant. Wenn er Einwände macht, weil er den Laden zumachen muß und

Kunden verliert, dann erinnern Sie ihn daran, in welcher mißlichen Lage sich sein lieber Junior befindet.»

«Alles klar», antwortete Hatchley, «bin schon unterwegs, Sir.»

3

«Trevor Sharp ist zu den Jugendgerichtsbehörden überführt worden», erklärte Richmond. «Wollen Sie, daß ich ihn wieder herhole?»

«Nein», erwiderte Banks, «das ist nicht nötig. Wie geht es Webster?»

«Nach dem, was ich zuletzt gehört habe, ist er in recht guter Verfassung. Der Chirurg hat es wohl geschafft, diesen Finger zu retten. Haben Sie meinen Bericht schon gelesen?»

«Nein, noch nicht. Der Morgen war etwas hektisch, und ich hatte keine Zeit zum Lesen. Geben Sie mir doch einen Überblick.»

«Es ging eigentlich nur darum, Ihnen mitzuteilen, daß Vic Manson auf dem Schmuck ein paar recht ordentliche Fingerabdrücke gefunden hat, Sir. Anscheinend haben die Jungs das Zeug nach dem Einbruch noch mal ordentlich begutachtet, nachdem sie sicher zu Hause waren.»

«Und?»

«Und beide haben ihre Abdrücke hinterlassen, Sharp und Webster.»

«Dann haben wir sie also erwischt, die Halunken.»

«Sieht so aus, Sir. Außerdem hat Webster ein bißchen geplaudert. Dieser Schock hat seinen Organismus ganz schön durcheinander gebracht und ihn mächtig aufgerüttelt. Der Arzt will uns zwar noch nicht ausführlich mit ihm reden lassen, aber er hat uns ja schon gesagt, daß er's war, zusammen mit Sharp.»

«Gute Arbeit», lobte Banks. «Könnten Sie mir jetzt bitte Allott hereinschicken?»

«Den Spanner, Sir?»

«Ja, Robin Allott. Bringen Sie ihn hoch zu mir.»

«Sehr wohl, Sir. Ich fürchte allerdings, daß seine Mutter immer noch unten auf der Bank sitzt. Sie will nicht gehen, bevor sie den Superintendent gesprochen hat.»

Banks kratzte sich am Kinn. Er war unrasiert aus dem Haus gegangen, und die Bartstoppeln juckten. «Ich möchte nicht, daß sie ihren Sohn zu Gesicht bekommt», erklärte er. «Sie müssen versuchen, sie loszuwerden. Was Sie auch tun – sorgen Sie dafür, daß sie keinesfalls ihrem Robin begegnet.»

«Ich werde mein Bestes tun, Sir.»

Wenige Augenblicke später wurde Robin Allott in Banks' Büro eskortiert und aufgefordert, es sich bequem zu machen. Allott schaffte es immer noch nicht, dem Chief Inspector in die Augen zu sehen, und Banks war kurz davor, ihm zu sagen, daß er endlich aufhören sollte, sich den Kopf zu zerbrechen, daß alles vorbei und erledigt war, aber er hielt sich zurück. Warum sollte er diesen Bastard vom Haken lassen, nach dem, was er Sandra angetan hatte? Wenn sie Allott nicht schon vorher gekannt hätte, überlegte er, wären ihre Gefühle gegenüber diesem Mann sicher weniger von Mitleid geprägt gewesen.

Etwa fünfzehn Minuten später klopfte es an die Tür, und Sergeant Hatchley erschien, einen offensichtlich verängstigten Graham Sharp im Schlepptau.

«Was gibt's denn schon wieder, Inspector?» fragte Sharp aufgebracht, während er sich über die Türschwelle schob. «Ihr Sergeant hier sagt . . .»

Er brach ab und stand wie erstarrt. Robin Allott hatte sich zu dem Neuankömmling umgedreht, um festzustellen, wer den Aufruhr verursachte, und ihn ebenfalls sofort erkannt. Völlig entgeistert klappte ihm das Kinn herunter.

«Das ist er!» schrie er und wies mit dem Finger auf Sharp. «Das ist der Mann, den ich gesehen habe!»

Graham Sharp schaute zu ihm, dann zu Banks. Aus seinem Gesicht war alle Farbe gewichen, Halt suchend tastete er nach der Kante des wackligen Schreibtischs. Banks gab dem einigermaßen verwirrten Hatchley einen Wink, im Büro zu bleiben, und zog ihm einen Stuhl heran.

«Möchten Sie mir vielleicht davon erzählen, Mr. Sharp?» fragte er.

«Wie sind Sie auf mich gekommen?»

«Durch jemand anderen in einer ähnlichen Lage.»

«Wie meinen Sie das?»

Banks blickte zu Robin und wieder zu Sharp. «Seine Mutter ist hier erschienen und hat blind darauf geschworen, daß er ständig mit ihr zusammen war – obwohl er bereits gestanden hatte, der gesuchte Voyeur zu sein. Das hat mir gezeigt, zu welchen Dingen Menschen imstande sind, wenn sie ihre Familie schützen wollen. Und nach einigem Nachdenken schien alles zusammenzupassen. Ihr Sohn hat beteuert, daß er und Webster nichts zu tun haben mit dem Tod von Alice Matlock – und das war das einzige, was ich ihm wirklich abgenommen habe, weil ich ohnehin bereits den Verdacht hatte, daß dieses Verbrechen anders gelagert war. Alice Matlocks Besitztümer, ihre Erinnerungsstücke waren intakt geblieben, es hatte keine sinnlose Zerstörung gegeben wie in den anderen Fällen. Und sie war das erste Opfer gewesen, das hatte sterben müssen.

Die Frage war nur, wer um alles in der Welt ein Interesse daran haben konnte, eine harmlose alte Frau zu töten – und aus welchem Grund. Robins Mutter hat mir die Antwort gegeben. Mir fiel ein, wie hartnäckig Sie Trevor in Schutz genommen haben, wie blindlings Sie bereit waren, ihm falsche Alibis zu verschaffen und schlimmstenfalls einen Meineid darauf zu schwören. Es bedurfte also keiner besonderen Anstrengung, um sich vorstellen zu können, daß Sie noch ein gutes Stück weitergehen würden, um sich Ihre Illusionen über Ihren Sohn erhalten zu können. Die nüchterne Wirklichkeit ist die, Mr. Sharp, daß Ihr Sohn ein gefühlloser, verkommener Strolch ist – und nicht der große Strahlemann mit der hoffnungsvollen Zukunft, den Sie in ihm sehen wollen. Und Sie würden alles tun, um ihm diese fabelhafte Zukunft zu erhalten, hab ich recht?»

Sharp nickte.

«Ich kenne noch nicht alle Details», fuhr Banks fort, «doch ich vermute, daß Alice Matlock etwas über Ihren Sohn herausgefunden hatte. Vielleicht hat sie ihn dabei beobachtet, wie er sich vom Tatort davonmachte, vielleicht hat sie ihn mit dem Diebesgut gesehen oder bemerkt, wie er seine Wollmaske versteckt hat. Sie war zwar nicht besonders kontaktfreudig, aber sie wird, genau wie alle anderen, von den Einbrüchen bei diesen alten Damen gewußt haben. Hab ich recht bis dahin?»

Sharp seufzte und nahm mit zitternder Hand eine Zigarette an. Er schien kurz vor einem Nervenzusammenbruch zu stehen.

«Wie fühlen Sie sich? Sind Sie in Ordnung?» fragte Banks.

«Ja, Inspector. Das ist nur die Erleichterung auf einmal. Sie können sich nicht vorstellen, was das für eine Belastung war. Ich glaube, ich hätte das sowieso nicht mehr lange ausgehalten, das dauernd zu verdrängen und so zu tun, als wär's gar nicht passiert. Es war ein Unfall, verstehen Sie?»

«Wollen Sie sagen, daß Sie vorhatten, sich zu stellen?»

«Möglich, ich kann es nicht sagen. Ich weiß, wie weit ich gehen kann, um meinen Sohn zu schützen, aber ich kann nicht sagen, wozu ich imstande wäre, um mich selbst zu retten.»

«Erzählen Sie, wie es passiert ist.»

«Ja, das war so. Alice Matlock hatte mir erzählt, daß sie eines Abends auf dem Nachhauseweg von einer Freundin gehört hat, wie Trevor vor einem anderen Jungen mit seinen Einbrüchen angegeben hat. Sie kam zu mir, kurz vor Ladenschluß, an diesem Montag, erzählte mir davon und sagte, daß sie die Sache am nächsten Morgen der Polizei melden würde. Dabei hatte sie keinen Beweis, nicht den geringsten. Zuerst hab ich mir keine großen Sorgen gemacht, weil ich dachte, daß man eine alte Frau wie sie wahrscheinlich nicht besonders ernst nimmt. Aber dann hab ich mir überlegt, welchen Schaden das anrichten könnte und wieviel Fragen man uns stellen würde.

Ich konnte einfach nicht glauben, daß Trevor schuldig war, obwohl ich gespürt habe, daß irgend etwas nicht stimmte. Vielleicht hab ich es auch gewußt, im tiefsten Innern, ich weiß es nicht, aber ich wollte ihn unbedingt beschützen. Ist das denn so ungewöhnlich für einen Vater? Ich dachte mir, was immer er getan hat, es ist nur eine schlechte Phase, die er bald hinter sich hat. Und ich wollte nicht, daß er sein ganzes Leben ruiniert mit ein paar dummen Jugendsünden.»

«Wenn Sie etwas früher mit Ihren Ahnungen übergekommen wären», bemerkte Banks, «hätten Sie Ihrem Sohn und allen anderen eine Menge Kummer erspart. Vor allem Thelma Pitt.»

Sharp schüttelte den Kopf. «Ich kann immer noch nicht glauben, daß mein Trevor das getan haben soll.»

«Er hat es getan, Mr. Allott, mein Wort darauf. Und genau das ist der Punkt.»

Sharp schnippte die Asche von seiner Zigarette und schaute auf den Boden.

«Was ist dann passiert?» fragte Banks.

«Ich bin am Abend zu ihr gegangen, um mit ihr zu reden. Einfach nur zu reden. Hab an ihre Tür geklopft, und sie hat aufgemacht. Ich weiß gar nicht, ob sie mich erkannt hat, sie schien jemand anderen zu erwarten. Jedenfalls hab ich ihr von Trevors Zukunft erzählt und gesagt, daß es doch ein Verbrechen wäre, ihm alles zu verderben. Ich war völlig verzweifelt, Inspector, ich hab sie sogar angefleht, aber es war alles umsonst.»

«Was sagte sie denn?»

«Es machte irgendwie alles keinen Sinn für mich. Sie hat gesagt, es hätte keinen Zweck, zu ihr zu kommen und so zu tun, als wär' ich er. Ich wär' nicht er, ich wäre nur ein mieser Schwindler, und sie würde zur Polizei gehen. Ich verstand überhaupt nicht, was sie meinte, und als sie einfach nicht aufhörte, nach der Polizei zu rufen, hab ich die Nerven verloren und sie gepackt. Ich wollte ihr nichts tun, ehrlich nicht, aber sie war so zart und gebrechlich, und ich kann schrecklich jähzornig werden, das war schon immer so. Ich konnte nichts dafür, sie kippte einfach nach hinten. Ich hab noch nach ihr gegriffen, um sie aufzufangen, und ich hatte das Gefühl, daß sich alles wie in Zeitlupe abspielt, wie in einem schrecklichen Traum, wo man nicht schnell genug weglaufen kann. Ich hörte einen Ton, ein dumpfes Krachen, als ihr Schädel auf die Tischkante schlug. Und dann das Blut auf den Fliesen . . . ich . . .» Sharp legte den Kopf in die Hände und begann zu schluchzen.

«Was geschah dann?» fragte Banks, nachdem er ihm einige Minuten Zeit gegeben hatte, sich zu fassen.

«Ich hab alles ein bißchen durcheinander gebracht, als ob es einen Einbruch gegeben hätte, und hab ein paar von den Sachen mitgenommen – etwas Bargeld und einen Satz Silberbestecke. Sie finden das alles am Feldrand, drüben bei Gallows View, wo ich das Zeug vergraben habe. Ich habe keinen Penny von ihrem Geld angerührt, ehrlich nicht.»

«Ist Ihnen nicht der Gedanke gekommen, eine Ambulanz zu rufen?»

«Ich hatte Angst. Vor den Fragen, die man mir stellen würde.»

«Wir haben keine Fingerabdrücke gefunden, Mr. Sharp. Trugen Sie Handschuhe?»

«Ja.»

«Das wäre jedenfalls eine Erklärung für das dumpfe Klopfen an der Tür», meldete sich Hatchley, von seinen Notizen aufblickend. «Diese Rigby hat doch gesagt, das Klopfen klang irgendwie dumpf und matt, als ob es aus einiger Entfernung käme.»

Banks nickte. «Und warum trugen Sie die Handschuhe, Mr. Sharp?»

«Es war kalt draußen, und ich leide an Durchblutungsstörungen.»

«Aber Sie hatten es doch gar nicht weit zu ihr.»

«Nein, das eigentlich nicht.»

«Und Sie haben die Handschuhe nicht abgelegt, als sie ins Haus traten?»

«Daran hab ich gar nicht gedacht. Es ging alles so schnell, Sie glauben mir nicht? Wollen Sie etwa sagen, ich hätte vorgehabt, die Frau zu töten?»

«Darüber hat das Gericht zu befinden», meinte Banks, «ich trage nur das Beweismaterial zusammen. Haben Sie Mr. Allott gesehen?»

«Ja, auf dem Hinweg. Es sah aus, als würde er vor sich selbst weglaufen, und ich hatte nicht den Eindruck, daß er mich sehr genau gesehen hat. Trotzdem war ich ein paar Tage lang etwas beunruhigt, bis mir dann klar wurde, daß er wohl nichts davon gesagt hatte. Vielleicht wußte er nichts von dem Tod der alten Frau, oder er hatte selbst etwas zu verbergen, ich weiß es nicht.»

«Haben Sie eine Vorstellung, warum Alice Matlock Sie ins Haus gelassen hat, obwohl sie Sie doch offensichtlich nicht erkannt hatte?»

Graham zuckte mit den Achseln. «Ich habe nicht weiter darüber nachgedacht. Sie war schließlich ziemlich alt und hat wahrscheinlich manchmal wirres Zeug geredet.»

«Das wird der Wahrheit wohl ziemlich nahe kommen», meinte Banks. «Wahrscheinlich hätte sie sich nicht einmal genau erinnern können, an welchem Tag dieses Gespräch zwischen Ihrem Sohn und Webster stattgefunden hat. Wissen Sie, die Ironie bei dieser Geschichte, Mr. Sharp, ist doch wohl, daß sie den Vorfall vermutlich schon am nächsten Morgen ganz vergessen hätte. Außerdem hatten Sie völlig recht – niemand hätte den Worten einer Frau, die mehr in der Vergangenheit als in der Gegenwart lebte, besonderen Glauben geschenkt. Insofern haben Sie sie für nichts getötet.»

4

Der Rest war Routine. Die Aussagen mußten protokolliert und zu den Akten genommen werden, die Anklageschriften waren zu formulieren und die Anhörungstermine festzulegen. Für Banks selbst war die eigentliche Arbeit getan. Alles übrige lag nun bei den Gerichten und den Geschworenen, den «höchst ehrenwerten Zwölf».

Es erschien ihm glaubhaft, daß der Tod von Alice Matlock ein Unfall gewesen war, daß Sharp im Grunde ein gutmütiger Mensch war, den die Umstände dazu getrieben hatten, zu weit zu gehen. Allerdings traf es für viele Verbrechen zu, daß ehrbare Männer plötzlich den falschen Weg einschlugen. Mitunter war es höchst bedauerlich – oder zumindest störend –, daß die Gesellschaft das Prinzip des

Bösen, das nach Banks' Auffassung einen Menschen wie Trevor Sharp eindeutig von seinem Vater trennte, nicht mehr wahrzunehmen schien.

Da nichts Dringendes mehr zu tun war, beschloß er, nach Hause zu gehen und sich ein wenig um Sandra zu kümmern. Sicher gab es auch ein Wiedersehen mit Jenny, weil Sandra sie zweifellos irgendwann zum Essen einladen würde. Aber noch nicht so bald. Es brauchte etwas Zeit, die Wunden zu heilen und neue, trügerische Brücken zu bauen von Mann zu Frau; und es würde leichter sein, wenn man die verwirrenden Einflüsse von außen möglichst gering hielt.

Vielleicht würde er Sandra ein kleines Geschenk kaufen – diese schlichte Goldkette aus dem Schaufenster von H. Samuels zum Beispiel, die sie bei der letzten Fahrt nach Leeds so bewundert hatte; oder die neue superleichte Kameratasche von Errick's in Oxford. Aber er konnte sie auch ausführen, zu einem Abendessen und einer Show. Nächsten Monat würde die Opera North Gounods *Faust* aufführen – nein, besser nicht, Sandra machte sich nichts aus Opern. Ein Kinobesuch, ein neuer Film war wahrscheinlich mehr nach ihrem Geschmack.

Während er durch den anhaltenden Nieselregen nach Hause ging, empfand er die angenehme Erleichterung, das Gefühl von Leichtigkeit und Freiheit, das ihn nach Abschluß eines Falles regelmäßig überkam und für die Mühen belohnte.

Vor dem Weggehen hatte er den Walkman mit einer Kassette der schönsten Arien aus *La Traviata* gefüttert, die er normalerweise für seine Autofahrten reservierte. Er tastete nach den Knöpfen in seiner Tasche, schaltete das Gerät ein und schlenderte die Market Street hinunter, ließ die spitzen Nadeln des kalten Regens genüßlich auf sein Gesicht prasseln und summte die Klänge der Ouverture vor sich hin. Die Touristen strebten zu den Busparkplätzen, die Händler schlossen ihre Läden, enttäuschte Kauflustige rüttelten an bereits herunter gelassenen Gittern – ein Ensemble von Eindrücken und Auftritten wie bei der Eröffnungsszene einer großen Oper. Die Musik setzte an zu dem fröhlichen Trinklied des ersten Akts, und Banks begann, mit beschwingten, fast tänzelnden Schritten, leise mitzusingen.

Mein ganz privates Tal

Als ich beschloß, mich an einer Krimiserie zu versuchen, war die Wahl des Schauplatzes kein Problem. Immerhin war ich in Leeds aufgewachsen, und die *Dales* waren mir immer vorgekommen wie ein einziger großer Garten, direkt hinter unserem Haus. Außerdem hatte ich das Glück gehabt, daß mein Vater Fotograf war und mich regelmäßig mitnahm auf seine Motivsuche. Auf diese Weise wurde ich schon in sehr jungen Jahren mit der Landschaft vertraut, und bis heute ist es so, daß mir Orte wie York, Ripon, Harrowgate, Richmond und Skipton weit realer erscheinen als meine Heimatstadt Leeds.

Dennoch läßt sich nicht leugnen, daß mich die Beschreibung der ländlichen Region vor einige Probleme stellt. Es fängt damit an, daß ich für die Bewohner ein Außenseiter bin und immer bleiben werde – es sei denn, man kommt mit einer gehörigen Portion Phantasie zu dem Ergebnis, daß mich die Herkunft aus Leeds im Airedale bereits zu einem echten *Dalesman* machen könnte! Ich verstehe nichts von Landwirtschaft – um nur ein Beispiel zu nennen – und verfüge über keinerlei Intimkenntnis der landesüblichen Sitten und Bräuche. Insofern bin ich zum einen auf Informationen aus zweiter Hand angewiesen – etwa auf die ausgezeichneten Bücher von *Maria Hartley, Ella Pontefract* und *Joan Ingilby*, die sich als sehr wertvolle Quellen entpuppt haben (sie mögen etwas veraltet sein, aber in der Lebendigkeit ihres Stils und dem Sinn für das Wesen der Schauplätze sind sie kaum zu übertreffen). Zum anderen jedoch – und das ist wahrscheinlich weit wichtiger – bin ich bemüht, die Gegend so oft wie möglich selbst zu erkunden. Es bereitet mir großes Vergnügen, ganze Tage und Wochen von da nach dort zu wandern, mich mit den Leuten zu unterhalten und meine Abende in den Pubs zu verbringen. Warum also ein Tal erfinden, wenn es hier draußen genügend reale Täler gibt?

Zum Teil hat es wohl mit dem bereits erwähnten Mangel an Insiderinformationen zu tun, weit wichtiger aber ist der Aspekt, die Phantasie frei walten lassen zu können. In einem erfundenen Swainsdale kann ich einen Kalksteinfelsen, den ich in Wharfedale bemerkt habe, ohne weiteres über einer Zeile gepflegter Cottages plazieren, wie sie mir aus Wansleydale in Erinnerung sind. Ebenso kann ich das Tal – da ich mich nicht zum Sklaven der Wirklichkeit machen muß – mit einer ganzen Auswahl von Dörfern füllen. Mit winzigen Nestern – passend zu der guten englischen Tradition des geheimnisvollen Dorfmörders, den Agatha Christies Miss Marple so gekonnt zu überführen pflegte – oder auch mit größeren Gemeinden, die eher den Umfang einer Ortschaft wie *Hawes* haben dürfen. Ich habe dem *Swainsdale* auch eine Hauptstadt gegeben, mit dem Namen *Eastvale.* Mit ihren etwa 18 000 Einwohnern ist sie weit größer als sämtliche reale Städte in dieser Region, und sie läge – falls sie wirklich existierte – irgendwo zwischen *Ripon* und *Richmond.* – ‹Wenn man sich die Dales als ausgestreckte Hand vorstellt, die nach Südosten zeigt, dann liegt Eastvale dicht an der Spitze des Mittelfingers.› Das erste Buch dieser Reihe – Falle für Peeping Tom *(Gallows View)* – spielt überwiegend in Eastvale, das ‹von Westen her ansteigt bis zum Castle Hill und dann allmählich in zahlreichen Terrassen nach Osten hin abfällt, nur vom River Swain und der Bahnlinie durchkreuzt›. Eines der Ziele, die ich mit diesen Büchern verfolge, ist die Absicht, die Dales so darzustellen, wie sie heute tatsächlich sind, statt ein idealisiertes oder nostalgisches Bild von ihnen zu entwerfen. Um die Dinge beim Namen zu nennen: Der Tourismus ist heutzutage der größte Industriezweig, und die idyllischen Dörfer, die einst wirkliche Lebensgemeinschaften waren, sind überwiegend zu Feriensiedlungen geworden. Außerdem läßt die AIRFORCE in alarmierend kurzen Abständen ihre Übungsjets über die Gegend donnern und schreckt mit dem Lärm Menschen wie Tiere auf.

Eastvale ist ‹eine malerische Touristenattraktion mit seinem Kopfsteinpflaster auf dem Marktplatz, dem mittelalterlichen Kreuz und der normannischen Kirche, mit den baumbestandenen kleinen Wasserfällen im Fluß, den düsteren Burgruinen und Ausgrabungsstätten aus vorrömischer Zeit›. Trotzdem gibt es auch hier die nämlichen Probleme wie in anderen Städten vergleichbarer Größe und eine eher unerfreuliche Kehrseite wie etwa die im Bauboom der sechziger Jahre entstandene Siedlung der *East Side*: ‹Inmitten der graffitiverschmierten Häuserwände, weggeworfener Kinderwagen und Autoreifen, streunender Hunde und dreckiger Kinder kämpften die Bewohner der Siedlung nach der Schließung der beiden Hauptindustriezweige – die Wollfabrik am Fluß im Norden und die Schokoladenfabrik am östlichen Randbezirk – ums Überleben.›

Selbstverständlich hat Eastvale auch das unvermeidliche Kontingent an Skinheads, Randalierern, Vandalen, Sniffern und Kleinkriminellen. *Falle für Peeping Tom* erzählt von einem Spanner, einem Mord an einer alten Frau und zwei jugendlichen Einbrechern, deren kriminelle Laufbahn mit Raubzügen an Rentnern beginnt. Es ist ein hartes Buch, eine härtere Welt, als man sie in dieser Kulisse vermuten würde, aber wer das für unglaubwürdig hält, braucht nur die Lokalblätter zu lesen, die oft genug von ähnlichen wie den hier geschilderten Begebenheiten berichten.

Daneben gibt es auch reale Schauplätze in meinem *Swainsdale*. In den Pubs von Eastvale verkehren beispielsweise die Rekruten aus *Cattering Camp* und die Stallburschen aus *Middleham*, und meinen Helden, Chief Inspector Banks, treibt es bei der Informationssuche häufig bis nach York oder Leeds – ebenso wie nach Semerwater oder Swaledale zum rein privaten Vergnügen. Eine Szene spielt beispielsweise in St. Mary, der berühmten Pfarrkirche von *Muker*.

Weil ich selbst eine Art Außenseiter bin – um so mehr, seit ich in Kanada lebe –, habe ich wohl auch Banks zu einem «Zuwanderer» gemacht, der sich erst vor kurzem von London ins Swainsdale hat versetzen lassen. Das führt zu einem Konflikt – und zu einer Quelle von Komik – im Umgang mit seinem Kollegen Sergeant Hatchley, einem echten «Eingeborenen», der sich selbst Hoffnungen auf die höhere Position gemacht hat. Obwohl nur ein Zugereister, entwickelt Banks schon sehr bald eine starke Bindung an die neue Umgebung und wird zunehmend bestimmt von der allgemeinen Gelassenheit gegenüber dem Leben (wenn auch nicht unbedingt gegenüber dessen kriminellen Aspekten), einem lebhaften Sinn für Humor, seiner Neigung für gutes Bier und der Bereitschaft, seine Rolle als Außenseiter mit stoischem Gleichmut zu tragen. Superintendent Gristhorpe, sein Boß, ist ebenfalls ein Einheimischer und spielt eine gewichtige Rolle für Banks' Eingewöhnung. Auf dem verbliebenen Gelände seines Familienbesitzes baut er an einem traditionellen Steinwall – ohne Grund und ohne Ziel – und bespricht mit Banks die anstehenden Fälle, während beide nach passenden Steinen für die Mauer suchen.

Der zweite Band dieser Reihe – Eine respektable Leiche *(A Dedicated Man)*, vorauss. Mai 94 – spielt etwas weiter unten im Tal, in dem zentral gelegenen Dorf *Helmthorpe*, das sich an einen langgezogenen Kalksteinbruch mit dem Namen *Crow Star* schmiegt. Dieser Abschnitt des Tals ist ländlicher, mit seinem typischen Netzwerk aus hellen Steinwällen vor dem Hintergrund der grünen Hänge. In dieser Kulisse wird die Leiche eines ortsansässigen Historikers gefunden, und die Bewohner des Dorfes erweisen sich als ein bunt gemischter Haufen von Geschäftsleuten, Akademikern, abgehalfterten Entertainern, Schriftstellern und Neureichen. Wie ein alteingesessener Käserei-Besitzer bemerkt, wird es bald so weit kommen, «daß die alten Talbewohner vom National Trust oder der Heritage Foundation aufgekauft, wie exotische Tiere in einen Zoo gesteckt und dafür bezahlt werden, ihre skurrilen alten Bräuche in einer Art lebendem Museum vorzuführen». Selbstverständlich können es die meisten jungen Leute kaum erwarten, von hier wegzukommen, speziell eine junge Dame will es nicht fassen, daß Inspector Banks freiwillig die Hauptstadt London gegen das Swainsdale eingetauscht hat.

Obgleich ich versuche, das Tal meiner Phantasie zeitgemäß und realistisch zu gestalten, hoffe ich doch, daß auch etwas von meiner Liebe zu den Dales durchschimmert. Falls es seltsam erscheint, daß ich in dem einen Land lebe und über ein anderes schreibe, kann ich zu meiner Entlastung nur anführen, daß ich mich erst durch die Flucht vor der überwältigenden Realität des Ortes in der Lage fühle, ihn zu beschreiben, in einer Mischung aus Bücherwissen, Erinnerungen und den Bildern meiner Phantasie. Wordsworth hat einmal gesagt, daß wir die Dinge, die wir sehen und hören, zur Hälfte wirklich wahrnehmen und zur anderen Hälfte erfinden – eine Auffassung, mit der ich absolut übereinstimme.

Ein weiterer Grund dafür, über die Dales zu schreiben, besteht darin, daß ich mich auf diese Weise in der Phantasie dorthin versetzen und im Geist über diesen Ort verfügen kann. Ich lebe nicht in Yorkshire, aber ich hole es mir in mein Arbeitszimmer in Toronto und verbringe einen großen Teil meiner Zeit darin.

Schließlich und endlich spielt wohl auch die Liebe des Emigranten zu seiner Heimat mit. Eine Liebe, die mit wachsender Entfernung stärker wird, da wir uns offenbar alle nach den Dingen sehnen, die wir hinter uns gelassen und verloren haben. Die Schauplätze unserer Erinnerungen sind in unserer Vorstellung höchst lebendig, und vielleicht widmen wir ihrem Andenken um so mehr Zeit, je weiter wir von ihnen entfernt leben – zumal wir den Dingen, die wir täglich im Vorübergehen wahrnehmen, kaum noch Aufmerksamkeit schenken, nicht wahr?

Wenn ich wählen könnte, würde ich wohl in *Quayle* leben – dem Ort, an dem meine Frau und ich unsere Flitterwochen verbracht haben. Wenn es aber Wirklichkeit würde, finge ich wahrscheinlich eines Tages an, über Toronto zu schreiben.

August 1986 Peter Robinson